网络文学研究

第四辑

安徽大学网络文学研究中心◎编

周志雄◎主编

WANGLUO WENXUE YANJIU

北京师范大学出版集团
BEIJING NORMAL UNIVERSITY PUBLISHING GROUP
安徽大学出版社

图书在版编目(CIP)数据

网络文学研究. 第四辑/安徽大学网络文学研究中心编;周志雄主编. —合肥:安徽大学出版社,2022.8

ISBN 978-7-5664-2466-2

Ⅰ. ①网… Ⅱ. ①安… ②周… Ⅲ. ①网络文学—文学研究—中国 Ⅳ. ①I206.7

中国版本图书馆 CIP 数据核字(2022)第 152073 号

网络文学研究(第四辑)
Wangluo Wenxue Yanjiu

安徽大学网络文学研究中心 编
周志雄 主编

出版发行:北京师范大学出版集团
安 徽 大 学 出 版 社
(安徽省合肥市肥西路 3 号 邮编 230039)
www.bnupg.com
www.ahupress.com.cn
印　　刷:江苏凤凰数码印务有限公司
经　　销:全国新华书店
开　　本:787 mm×1092 mm 1/16
印　　张:17.5
字　　数:268 千字
版　　次:2022 年 8 月第 1 版
印　　次:2022 年 8 月第 1 次印刷
定　　价:50.00 元
ISBN 978-7-5664-2466-2

策划编辑:李加凯 宋执勇
责任编辑:李加凯 龚婧瑶
责任校对:宋执勇
装帧设计:李 军
美术编辑:李 军
责任印制:陈 如 孟献辉

目　录

学者立场

网络文学评价体系的实践与理论依凭*

欧阳友权**

〔摘　要〕 网络文学评价体系构建之所以成为备受关注的热门话题，一方面是因为当下丰富的网文作品和文学现象急需得到评价体系和批评标准的支持，另一方面是因为理论批评也只有积极回应现实的网络文学创作和文学问题才能保持自身的锋芒与活力。于是，廓清网络文学评价体系构建的现实需求，疏瀹富含文学批评观念的理论资源，谨遵主流意识形态的价值理念，就成为支撑网络文学评价体系构建的基本逻辑依凭。

〔关键词〕 网络文学；评价体系；现实需求；理论依凭

构建网络文学评价的理论框架、探析其评价体系和标准，缘于强劲的现实诉求，同时还需要依托于富含文学观念的理论资源，并谨遵当代社会主流意识形态的价值取向。网文现场对批评标准的热切期待及基于特定文学观念的理论边界，形成了历史实践与理论逻辑的双线并立，网络文学的评价体系就建立于这样的“基座”之上。这便是我们持论的学源和学理。

一、现实之基：创作实践的迫切需要

中国的网络文学以疾速的步履奔涌前行，走过了30年风雨历程，开始迈

---

* 基金项目：本文系国家社科基金重大招标项目“我国网络文学评价体系的理论与实践研究”(16ZDA193)的阶段性成果。

** 作者简介：欧阳友权，男，中南大学文学与新闻传播学院教授，博士生导师，中国作协网络文学委员会中南大学研究基地主任、首席专家，主要研究方向为网络文艺学。

向转型升级、提质进阶的时期。凭着种类丰富的作品、泛娱乐消费和跨文化传播的强劲影响力,网络文学浮出历史地表的速度和形貌超出人们的意料,已经成为当代文坛最受关注的文学新锐。此时,构建网络文学的评价体系已成为这一文学创作实践的迫切需要。

我们知道,伴随互联网在中国的快速普及,网络文学已成长为一个文学"大个子",其所创造的"海量"作品,以通俗性、娱乐化特色覆盖大众文化市场,对文学阅读,特别是对青少年成长产生了广泛影响。网络文学连年亮眼的数据不断刷新高位极值,引起全社会高度关注。2022 年 2 月 25 日发布的《第 49 次中国互联网络发展状况统计报告》表明,截至 2021 年 12 月,我国网民规模达 10.32 亿,较 2020 年 12 月增长 4296 万,互联网普及率达 73.0%。网络文学用户规模达 5.02 亿,较 2020 年 12 月增长 4145 万,占网民整体的 48.6%。[①] 第五届中国"网络文学+"大会发布的数据显示,2020 年我国各文学网站平台贮藏的原创作品达 2905.9 万部,网文创作者累计超 2130 万人,日均活跃用户约 757.75万人,网络文学市场规模达到 249.8 亿元。[②] 无论是规模、体量,还是覆盖面和影响力,网络文学都堪称"时代现象级"的文学现象,为世所罕见、中国仅有,打造了"世界网络文学的中国时代"。特别是内容生产上,每天超过 1.5 亿汉字原创作品的巨大增量,满足了大众阅读需求,但也让评论家们读不过来,更无从评说。我们看一个具体数据:截至 2021 年 11 月 26 日,仅起点中文网就贮藏玄幻、奇幻、武侠、仙侠、都市、现实、军事、历史、游戏、体育、科幻、悬疑、女生网、轻小说等 14 个主要类型的原创小说 2933994 部[③]。如此浩瀚的作品静潜网海,待价而沽,它们经历了网民粉丝的线上消费,极少数头部作品以

---

① 中国互联网络信息中心:《第 49 次互联网络发展状况统计报告》,http://www.cnnic.net.cn/gywm/xwzx/rdxw/20172017_7086/202202/W020220311487786297740.pdf,2022 年 3 月 26 日查询。

② 裘晋奕:《〈2020 中国网络文学发展报告〉在京发布:国内市场规模已达近 250 亿元》,上游新闻:https://www.sohu.com/a/494157158_120388781,2021 年 11 月 26 日查询。

③ 这 14 类小说分别是:玄幻 721722 部,奇幻 159241 部,武侠 45378 部,仙侠 236460 部,都市 374244 部,现实 43492 部,军事 20623 部,历史 77225 部,游戏 108311 部,体育 9109 部,科幻 157333 部,悬疑 66996 部,女生网 800370 部,轻小说 113490 部。起点中文网:https://www.qidian.com/,2021 年 11 月 26 日查询。

优质IP方式，通过媒介转换延伸至泛娱乐市场，实现二次或N次传播，但这都只是文化消费意义上的经济变现，而非人文审美意义上的价值筛淘。由于批评的缺席或“失语”，网络文学事实上成为一个“自生性”市场，而不是价值干预的“自主性”市场。网络文学已巍然耸立，可支撑这一文学“大厦”的“基座”却不明不白，这个“基座”就是我们认知、评判网络文学的标准。

切入网络文学现场，你会发现，恰当的批评和评论虽不能包治百病，但网络文学发展过程中的许多问题，确实都与批评标准有关。譬如，网络文学从“野蛮生长”步入“品质化创作”的转型升级阶段后，众口一词期待网络文学“高质量发展”，那么高质量的标准是什么？或曰怎样品相、哪些内涵的作品才算“高质量”？是传统文学标准下的“高质量”还是网络文学标准下的“高质量”？是“学院派”认可的“高质量”还是线上粉丝口中的“高质量”？再比如，近年来大力倡导网络现实题材创作，富有烟火气、时代味、民族风的作品大量涌现，改变了“玄幻满屏，一家独大”的套路惯习，但一些现实题材作品主流叫好、读者不叫座的“落地尴尬”表明，把现实题材写得好看，把题材优势转化为文学胜势，并未真正做到，现实题材创作与现实主义精神不匹配、不兼容、不同步，已成为时下网络现实题材作品的一大“软肋”。那么，现实题材创作有没有规律可循？如何评判现实题材作品？现实题材与现实主义精神之间具有怎样的关联？用什么标准来衡量一个网络作品是不是现实主义文学？人工智能、大数据、区块链，还有“元宇宙”等新兴智能科技对文艺的渗透越来越快，从早期的“猎户星写诗软件”“稻香老农作诗机”“宋词自动创作系统”，到后来的“微软小冰”、AI诗人“乐府”App、IP机器诗人“小封”，以及外国人发明的“布鲁特斯Ⅰ型”(Brutus Ⅰ)的人工智能系统、IBM公司的作诗软件“偶得”等等，我们当如何看待这些“拟主体”创作的作品，又该如何评判它们的价值？如此等等。这些问题的解决无不有待于批评标准或评价体系的科学构建，无不表明新媒体文艺发展对批评标准构建的强烈诉求。丰富的创作实践呼唤文学批评和有针对性的批评标准，而批评和批评标准对网文实践的回应正是催生网络文学批评标准呱呱坠地的现实“基座”。

二、理论之镜：传统学术资源的观念积淀

网络文学评价体系构建的另一学源性“基座”是其观念积淀和理论范式。这些范式、观念提供了评价体系构建的学术背景。如果说现实的文学实践是建构评价体系和标准的历史基础，那么，廓清观念资源，找到其艺术哲学支点则是理顺其理论逻辑的必由之路。我们从网络文学观念语境出发，将可以疏瀹出支撑其评价体系建构的三大理论资源。

一是传承和借鉴中国古代文论批评资源，让网络文学评价体系构建成为赓续文学传统、吸纳民族优秀文化的学术契机。网络文学肇始于数字媒介时代，但它基因有自，并非从零开始，而是濡染着几千年文学传统的人文气质，流淌着民族文化的“精神血脉”。代代传承下来的文化基因是网络文学批评标准和评价体系构建的“观念脐带”。例如，孔子论诗以“思无邪”为诗则，以“温柔敦厚”为诗教。孟子以“知人论世”“以意逆志”评诗，“故说诗者，不以文害辞，不以辞害志”①，强调“文”“词”“志”的统一。后来，《诗大序》提出抒情言志的诗论观和“风雅颂、赋比兴”的“三体三用”说。刘勰在《文心雕龙》中以“知音”论诗，主张“圆照之象，务先博观”“操千曲而后晓声，观千剑而后识器”，然后方能“平理若衡，照辞如镜”，并据此提出“将阅文情，先标六观”②的评价标准。此后，唐代刘知几的《史通》、司空图的《诗品》、宋代严羽的《沧浪诗话》，再到后来李贽的“童心说”、公安派的“性灵说”、王国维的“境界论”等，均涉及文学批评标准的理论与观念，虽持论角度不同却无不名理通达。这些理论是古人留下的一笔丰厚的理论财富，我们应该汲取其中的思想精华，使其对网络文学批评理论构建提供“真理的颗粒”。特别是古代文论中的那些美学范畴，如“比兴”“意象”“文气”“形神”“滋味”“气韵”“虚实”“意境”“神思”“妙悟”“兴观群怨”“文以载道”“澄怀味象”“乘物游心”“迁想妙得”“目击道存”“意在笔先”“得意

① 《孟子·万章》。

② 刘勰提出“六观”评诗标准：“一关体位，二观置辞，三观通变，四观奇正，五观事义，六观宫商。斯术既形，则优劣见矣。”见刘勰：《文心雕龙·知音》。

忘言”，以及“外师造化，中得心源”“韵外之致，味外之旨”“羚羊挂角，无迹可求”“不涉理路，不落言筌”等，虽然不是专为文学批评标准或体系问题而设，但其中蕴含的许多精神主旨、价值取向和学理逻辑，无疑会对网络文学批评建设起到观念蓄势和理论启迪作用。

二是汲取现代人文思想资源，让网络文学评价体系构建与现代性思想建立起必要的联系，以便在丰富的观念滋养中勘定学术边界，探寻理论的可能性。这主要包括现代艺术哲学资源、文化研究和文艺理论批评资源，以及现代媒介文化和传播学资源。对于这样一个涵盖面极广的大话题，我们不妨选点说明之。

现代艺术哲学可以从康德的“艺术自律论”找到现代文艺审美源头。康德是开启现代艺术之门的“守门人”，其哲学思想试图调和并扬弃柏拉图的理性论和博克、荷加斯等人的经验论，为寻求自然与自由的统一找到超感性根据，把对艺术和审美经验的考察嵌入先验哲学的问题框架，提出“无利害的愉悦”“无目的的合目的性”等命题，旨在把审美判断力确定为与知性和理性平行的先天立法能力，从先验角度论述艺术审美活动的一般特性，引导人们在主体哲学框架内以“人是目的”的正当性确证艺术审美的自律性。这就赋予了任何一种艺术创新的独立地位与审美价值，为网络文学及其批评活动提供了艺术哲学基石。康德之后，黑格尔完成了古典美学的终结，接替现代哲学的“铁帽子王”是海德格尔。海德格尔的现象学哲学超越审美主体、审美客体二元分立的思维定势，另辟蹊径，从人的存在状态出发来探索美和艺术的根本问题，从“此在的存在方式”探讨美和艺术作品的本源，以现象学方法对艺术和艺术作品进行分析，认为“艺术是艺术品和艺术家的本源”。接着，海德格尔从“世界”和“大地”来阐述对“艺术”的理解，认为艺术是对“大地”的去蔽，对“世界”敞亮，构成本真的存在。艺术是显现真理的最佳方式，美是真理在场的标志，真理和美让艺术通向自由，人据此实现“诗意的栖居”。在笔者看来，海德格尔给予网络文学研究与批评的启示主要体现在现象学的哲学方法论上。笔者在撰写《网络文学本体论》时曾借鉴“回到事物本身”的现象学方法和“存在先于本质”的本体论追问模式，聚焦网络文学“如何存在”又“为何存在”的提问方式，选择从“存在方式”进入“存在本质”的思维路径,“从现象学探索其存在方式,从价值论探索其存在本质,即由现象本体探询其价值本体,解答网络文学的存在形态和意义生成问题”,并将存在方式称为“显性存在”,将存在价值称为“隐性存在”,最后借鉴现象学方法回到事物本身反思其“何以存在”的问题,以图从理论逻辑的“正题”与“反题”走向“合题”,“将网络文学本体分析从‘形态’与‘价值’层面延伸至艺术可能性层面,思考其本体的审美建构与艺术导向,完成网络之于这种文学的艺术哲学命名”[①]。这样的艺术哲学思路对网络文学批评理论和批评标准构建有方法论意义。

文化研究和文艺理论批评资源是网络文学评价体系建设需要关注的另一种理论给养。文化研究被誉为“目前国际学术界最有活力、最富创造力的学术思潮之一”[②],网络文学是网络文化的重要内容,也是社会大众文化的重要组成部分,网络文学与大众文化之间具有“嵌套”关系,网络文学评价就包含了文化影响力批评。20世纪中后期,文化研究成为学术主潮之一。例如,以M.霍克海默、T.W.阿多诺、H.马尔库塞、J.哈贝马斯为代表的法兰克福学派对资本主义文化工业和大众文化批判,为认识社会现实提供了一种系统的分析眼光和方法,用霍克海默的话来说,他们的社会批判理论的意义在于“防止人类在现存社会组织慢慢灌输给它的成员的观点和行为中迷失方向,必须让人类看到他的行为与其结果间的联系,看到他的特殊的存在和一般社会生活间的联系,看到他的日常谋划和他所承认的伟大思想间的联系”[③]。这对于我们以批判的眼光认识网络文学与社会的复杂关联,认识网络文学批评与日常生活、与大众娱乐文化消费之间的互渗和互证,开启了新的思维空间。随后,英国的伯明翰学派开启了另一个文化研究新阵地,霍加特的《识字的用途》(1957年)、威廉斯的《文化与社会》(1958年)和《漫长的革命》(1961年)、汤普逊的《英国工人阶级的形成》(1963年)等,把研究对象从高雅文化或传统文学经典中解放出来,注重通俗文化、大众传媒文化研究,把理论目光聚焦于工人阶级文化、青年

① 欧阳友权:《网络文学本体论》,北京:中国文联出版社,2004年版,第1～2页。

② 罗钢、刘象愚:《文化研究读本》编者前言,北京:中国社会科学出版社,2000年版,第1页。

③ M.霍克海默:《批判理论》,李小兵译,重庆:重庆出版社,1989年版,第250页。

文化、女性文化、后殖民文化、日常生活文化，乃至同性恋文化等。伯明翰学派对电视、电影、广播、报刊、广告、畅销书、儿童漫画、流行歌曲，乃至室内装修、休闲方式等世俗生活的文化研究，聚焦于“大众文化转向”。这与网络文学充满市井烟火气的大众阅读、通俗消费，有着很高的相似度，其许多研究成果都可以为网络文学评价及其批评标准构建提供新的思维角度、研究方法和理论观念上的借鉴。“当代中国大众文化的兴起是与文化研究在当代中国的传播相辅相成的”①，网络文学理论与批评的兴起就是这一传播在互联网时代所产生的“同频共振”效应。对我国影响较大的文艺理论批评资源主要是20世纪初叶的俄国形式主义及随后的英美新批评、法国结构主义和解构批评，还有读者反应批评、女权主义批评和西方马克思主义批评理论等。其中，俄国形式主义对文学语言形式自主性的强调和“文学性”“陌生化”概念的建树，法国结构主义从结构整体性和语言共时性角度考辨一个文化意义是透过什么样的结构关系被表达，德里达和耶鲁学派的解构批评对作品意义、结构、语言的去中心化、反本质化地“延异性”解构，读者反应批评把文学批评的注意力从作品文本转移到读者的反应上，从阅读接受和批评活动的主体性方面开拓出文学批评的新领域，以及葛兰西、卢卡契、本雅明等西方马克思主义文艺批评，以人道主义为出发点，强调文学的主体性，批判资本主义中异化的社会现象等，都有助于我们以更为开阔的学术视野认识网络文学、介入网络文学批评，为评价体系和批评标准建设提供参照。安纳·杰弗森、戴维·罗比就曾说：“文学理论不仅能为处理不同的批评观点提供手段，而且能为建立一个更为合理、有效和自觉的文学研究学科提供基础。”②如艾布拉姆斯在《镜与灯》中提出的“四要素说”——作品、世界、作家、读者，四者共同构成文学活动，即可成为我们理解网络文学结构形态的理论镜鉴。

对网络文学评价体系建构影响最为直接的是新媒介文化和现代传播学。

---

① 陶水平：《文化研究的学术谱系与理论建构》，北京：社会科学文献出版社，2019年版，第480页。

② 安纳·杰弗森、戴维·罗比：《西方现代文学理论概述与比较》，陈昭全、樊金鑫、包华富译，长沙：湖南文艺出版社，1986年版，第9页。

尼葛洛庞帝的《数字化生存》1997年译介到中国后,迅速成为许多人认知数字化传媒的启蒙书。书中提出的“比特时代”“信息DNA”“人性化界面”“虚拟现实”“后信息时代”“新电子表现主义”[①]等,是理解网络文学新锐特征的“观念钥匙”。加拿大媒介传播学泰斗M.麦克卢汉的《理解媒介——论人的延伸》透过不同电子媒介的比较,勾画出新媒介社会的文化图景,他所提出的“媒介即信息”“媒介是人的延伸”“冷媒介和热媒介”“部落化—非部落化—重新部落化”等理论主张,独具机杼,对我们辨识包括网络文学在内的新媒体文化具有振聋发聩的影响力。[②] 信息传播学家马克·波斯特在《信息方式:后结构主义与社会语境》《第二媒介时代》中提出了有关人类口传文化、印刷文化和电子文化三段论划分,以及从马克思主义关于生产方式概念中发展出“信息方式”概念,他认为晚期资本主义的转变是从生产方式转向信息方式开始的,电脑书写对主客体边界的重新勘定将导致逻各斯中心观念的解构,新媒介信息方式诸如因特网和虚拟现实将改变我们的交流习惯,对我们的身份进行重新定位,让“我们正在从扎根于时空的‘树居型(arorial)’生物变为‘根居型(rhizomic)’游牧民”[③]。波斯特的这些观点对网络文学批评的观念转型具有很重要的启迪和开阔眼界的作用。后来,美国纽约大学的尼尔·波兹曼基于对后现代工业社会的深刻预见和尖锐批评,以及对媒介文化的深刻洞察,提出了“娱乐至死”和“童年消逝”等著名论题,认为新媒介催生的娱乐文化让“一切公众话语都日渐以娱乐的方式出现,并成为一种文化精神,我们的政治、宗教、新闻、体育、教育和商业都心甘情愿地成为娱乐的附庸,毫无怨言,甚至无声无息,其结果是我们成了一个娱乐至死的物种”[④]。这启示我们在建构网络文学批评标准时,对这一文学可能产生的负面影响需要保持警惕,并在标准体系设定中有所体现。

---

① 尼葛洛庞帝:《数字化生存》,胡泳、范海燕译,海口:海南出版社,1997年版。

② 马歇尔·麦克卢汉:《理解媒介——论人的延伸》,何道宽译,北京:商务印书馆,2001年版。

③ 马克·波斯特:《信息方式:后结构主义与社会语境》,范静哗译,北京:商务印书馆,2001年版,第25页。

④ 尼尔·波兹曼:《娱乐至死·消逝的童年》,章艳、吴燕莛译,桂林:广西师范大学出版社,2009年版,第6页。

三、价值取向：谨遵当代社会主流意识形态

由国家意志锚定的社会主流意识形态不仅是网络文学评价的理论资源，更是评价体系构建的价值遵循和导向规制。网络文学与传统文学一样，具有意识形态属性，网络文学评价就是要发掘和评判这一文学的意识形态性，以便遵循特定的意识形态内涵去评判网络文学作家作品，规范网络创作和经营行为。在我国，特别是新时代以来，网络文学逐步告别“野蛮生长”而被国家意志纳入“文化强国”战略和主流价值观载体的范围，并通过政策法规和领导讲话等形式在行业运营和文学生态中得到贯彻落实，引导和规约网络文学逐步发展成为社会主义文学的一部分，让网络作家成为建设文化强国的有生力量。

2014 年 10 月 15 日，习近平《在文艺工作座谈会上的讲话》提出，实现中华民族伟大复兴需要中华文化繁荣兴盛，作家要创作无愧于时代的优秀作品，社会主义文学要坚持以人民为中心的创作导向，而中国精神是社会主义文艺的灵魂，并针对网络文艺指出：“互联网技术和新媒体改变了文艺形态，催生了一大批新的文艺类型，也带来文艺观念和文艺实践的深刻变化。……我们要扩大工作覆盖面，延伸联系手臂，用全新的眼光看待他们，用全新的政策和方法团结、吸引他们，引导他们成为繁荣社会主义文艺的有生力量。”在这次重要讲话中，总书记还提出四个具体的评价标准：“运用历史的、人民的、艺术的、美学的观点评判和鉴赏作品。”[①]这是我们构建网络文学评价体系和批评标准的根本遵循。2015 年 10 月 3 日，中共中央出台《关于繁荣发展社会主义文艺的意见》，明确提出，文艺是民族精神的火炬，是时代前进的号角，最能代表一个民族的风貌，最能引领一个时代的风气。实现中华民族伟大复兴，离不开中华文化繁荣兴盛，离不开文艺事业繁荣发展。举精神旗帜、立精神支柱、建精神家园，是当代中国文艺的崇高使命。弘扬中国精神、传播中国价值、凝聚中国力

---

① 习近平：《在文艺座谈会上的讲话》(2014 年 10 月 15 日)，《人民日报》2015 年 10 月 15 日第 2 版。

量,是文艺工作者的神圣职责。① 2016 年 11 月 30 日,习近平《在中国文联十大、中国作协九大开幕式上的讲话》提出“文运同国运相牵,文脉同国脉相连”,要求文艺工作者做到“胸中有大义、心里有人民、肩头有责任、笔下有乾坤”,推出更多反映时代呼声、展现人民奋斗、振奋民族精神、陶冶高尚情操的优秀作品。② 2014 年 12 月 18 日,国家新闻出版广电总局专门针对网络文学存在的数量大质量低,有“高原”缺“高峰”,抄袭模仿、内容雷同,机械化生产、快餐式消费,以及片面追求市场效益,侵权盗版屡打不绝,市场主体良莠不齐,管理规则不健全,市场监管不完善等问题,发布了《关于推动网络文学健康发展的指导意见》,明确提出要把握正确导向,实施精品工程,建立健全编辑管理体制和作品管理制度等 15 条重点任务和举措。③ 2021 年 8 月 2 日,中央宣传部等五部门联合印发《关于加强新时代文艺评论工作的指导意见》,提出要把好文艺评论方向盘,加强文艺评论阵地建设,开展专业权威的文艺评论,增强文艺评论的战斗力、说服力和影响力。④ 2021 年 12 月 14 日,习近平《在中国文联十一大、中国作协十大开幕式上的讲话》号召广大文艺工作者:“在培根铸魂上展现新担当,在守正创新上实现新作为,在明德修身上焕发新风貌,用自强不息、厚德载物的文化创造,展示中国文艺新气象,铸就中华文化新辉煌,为实现第二个百年奋斗目标、实现中华民族伟大复兴的中国梦提供强大的价值引导力、文化凝聚力、精神推动力。”⑤

与此同时,在网络文学批评实践上,从 2015 年开始,中国作协举办“中国网络小说排行榜”,国家新闻出版广电总局举办“优秀网络文学原创作品推介”

---

① 《中共中央关于繁荣发展社会主义文艺的意见》,新华网,2015 年 10 月 19 日,http://www.xinhuanet.com/politics/2015-10/19/c_1116870179.htm,2021 年 11 月 27 日查询。

② 习近平:《在中国文联十大、中国作协九大开幕式上的讲话》,2016 年 11 月 30 日,新华网:http://www.xinhuanet.com/politics/2016—11/30/c_1120025319.htm,2021 年 11 月 27 日查询。

③ 国家新闻出版广电总局:《关于推动网络文学健康发展的指导意见》,国家新闻出版署官网:https://www.nppa.gov.cn/nppa/contents/312/74528.shtml,2021 年 11 月 27 日查询。

④ 中央宣传部等五部门联合印发:《关于加强新时代文艺评论工作的指导意见》,网易:https://www.163.com/dy/article/GGDTK777053469RG.html,2021 年 11 月 27 日查询。

⑤ 习近平:《在中国文联十一大、中国作协十大开幕式上的讲话》,《光明日报》2021 年 12 月 15 日。

活动，为网络文学创作设置标杆，也为网络文学评价制定标准。国家新闻出版广电总局还出台了《网络文学出版服务单位社会效益评估试行办法》(2017)，让当代社会的意识形态的价值规制成为构建网络文学评价理论、设置评价体系和批评标准的刚性约束和制度保证。

宏观视野

网络文艺：新世纪美学原则的崛起

马　季*

〔摘　要〕 网络文艺的迅猛发展与互联网技术进步有着紧密的关联，其网络性特质决定了它是一种面对大众的文学样式，且具有“后工业文化”特征。网络文艺是一片沃土，动漫、影音、游戏都借网而起，与文化产业有着紧密的联系。这种文艺体现的是平民的文艺梦想，表现手法和价值观念具有多元性。同时，网络文艺也有缺陷，表现在思想、艺术的方方面面，需要通过构建评价标准，从其他学科汲取养分等方式来推动其健全发展。

〔关键词〕 网络文艺；平民文学；文学新格局

回顾文学艺术发展的历史，我们会发现，每当它揭开新的篇章，总是伴随着媒体的进步，也就是说，文学艺术的变革总是和传播方式的革新密不可分。众所周知，最新的一次媒体进步当属互联网的出现，它的普及给艺术创造带来新的契机，同时也带来巨大挑战，进而深入影响文艺生产机制，引发受众审美趣味变化。

1994 年，互联网正式接入中国大陆。近 30 年，网络信息化作为一项国策，早已深入人心，网络文艺作为互联网领域的一匹黑马，对我国民众的日常生活和审美、娱乐趣味产生了深刻的影响。根据第 49 次《中国互联网络发展状况统计报告》，截至 2021 年 12 月底，我国网民人数首次超过 10 亿，其中约有近 8 亿网民经常性观赏与阅读网络文艺作品，涉及网络文学、网络影视、网络游戏、网络音乐、网络动漫、网络影像等。在这一全新领域里，网络不仅作为传播介

---

* 作者简介：马季，中国网络文学研究院研究员，安徽大学特聘教授。

质,而且作为创作手段,对文艺在新世纪的转型、发展与扩容发挥了强大的催化作用。网络文艺创作的最大特点是平民化与互动性,因此作品往往具有鲜明的时代特色,接地气,充满活力与朝气。同时,由于网络的开放性打破了创作与发表的壁垒,实现了"人人都能成为艺术家"的梦想,并由全体网民共建艺术评价体系,使得大众文化视野变得更加开阔,极大地丰富了民众的文化生活,开创了全新的文艺创造时代。

网络文艺的审美特性

机缘巧合,互联网的广泛使用恰逢中国社会进入转型期和变革期,人们生活节奏在变化,消费方式在变化,情感方式也在变化,尤其是价值观念在变化。这些变化所孕育的巨大能量,正好借助于互联网这一新型传播方式得到了释放。在全球文化互动频繁的今天,网络文艺作为一种文化现象展现了中国社会正在崛起的民间力量,民众广泛参与艺术创造已成为中国在全球文化交融中最显著的特色。

现代人的生活节奏之快今非昔比。网络时代的到来,迫使我们对速度有了前所未有的感知和要求。高速和爆炸的信息是网络时代的特征,满足了现代人的需求,从这个层面上来说网络文艺是应当自豪的,它的高速生产和流通使它成为时代的宠儿。当然,节奏快并不等于质量差,这个时代的检验标准是双重的,是严格的,甚至是不近"人情"的,它既要求网络文艺超速度,又要求它高质量,否则就要对网络文艺有所蔑视。这恐怕是网络文艺创新发展面临的挑战。

网络文艺以开放化的网络为载体,这就决定了它是借助于现代科技面向大众的一种样式;而它的艺术内涵决定了它是一种精神产物。可以说,网络是一座巨大的民间讲堂,网络文艺则是大众化的精神产物。这里所说的"大众化"具体说来有两层意思:一是以满足大众的心理需求、文化需求、娱乐需求为旨归;二是创作主体真正地属于大众。它与中国文艺新时期之前的"大众化"是有区别的。中国文艺新时期之前所提及和倡导的"大众化",是那些拥有意识形态话语权的知识分子自上而下地以文化启蒙的方式"走向民众",即利用通俗形式来传播、启蒙新知识,具有比较浓厚的意识形态性。网络文艺所呈现的大众化对于民众来说亲近得多。它面向民间,表现大众,并成为大众和民间生活的一部分,它是当代社会意识和时代背景的一种生动反映,也是改变未来社会文化图景的一种尝试和努力。对于网络各种艺术形态的风靡,正如杰姆逊所说:"十九世纪,文化还被理解为只是听高雅的音乐、欣赏绘画或是看歌剧,文化仍然是逃避现实的一种方法。而到了后现代主义阶段,文化已经完全大众化了,高雅文化与通俗文化,纯文学与通俗文学的距离正在消失。"

然而,由于网络文艺是后现代文化背景下的产物,必然会留有"后工业"文化的特征。资本的大举进入,使得文化生产与工商业联姻,形成所谓"文化工业"。网络文艺在这方面最突出的标志就是泛娱乐化,颠覆和搞笑成为通行的手段,价值消解成为时尚……如何继承传统,探索新型文艺样式的"中国化"之路?如何有效吸收西方传播学的合理成分,创造并总结出全新的中国本土经验?上述问题已在不同层面上浮出水面,直接影响着当代文艺的走向与审美判断。在波涛汹涌般的互联网文化现场,态度决定了方向,文化自律、文化自信与文化自觉不再是一句口号,而是迫切需要建立、完善的一整套价值系统。

在泛审美意义上,网络是人类继广播和影视之后最具大众性的文化媒体,也是"读图时代"最具影响力的文化感官。麦克卢汉说过,"媒介即信息",任何媒介都是"人的延伸"。那么,网络为我们"延伸"了些什么呢?很明显,网络对传统审美意义的解构,主要在于对所有艺术壁垒的摧毁,让艺术话语权回归民间,实现了艺术的返璞归真;网络的"赛伯空间"(Cyberspace)和"虚拟现实"(Virtual Reality)使交往与对话跨越了物理空间的屏障,让大众文化狂欢得以用虚拟的"无我"的方式,表现最"真我"的存在。

由于技术的介入,工具被纳入了网络文艺审美的视野。不论创作工具还是阅读工具,都具有了自己的审美特性。技术含量的高低,无疑已经成为评价作品的尺度之一。对于传统文艺的观赏和阅读者来说,这是个不得不面对的新课题。相对于传统文艺,网络文艺不仅实现了审美立场的突破,而且还实现了审美方式的转换。传统的审美是精英化的审美,即以极少数人的审美代替大多数人的审美,以极少数人对生活的感受、体验、经验替代所有人对生活的感受、体验、经验。而网络文艺创作更注重自己对生活的感受,无须求证他人,创作过程本身就是审美过程。

在传统文艺作品中,文本是读者判断与欣赏一部作品的唯一途径。而在网络文艺的世界里,人们更多关心的是作品的个体风格,除了艺术语言之外,还有网页的设计、音乐的安排、视觉的变换等,而不仅仅是作品叙事或抒情风格。网络信息的极大丰富甚至超载、过剩,逼迫人们习惯于观赏和阅读言简意赅、节奏明快、冲击力强、生活气息浓厚的作品;而排斥那些拖沓迟缓、冗长艰涩、琐碎描述、婉转抒情的作品。网络观赏和阅读作为一种精神消遣和时间消费,更注重作品与自我的关联程度,更注重观赏和阅读之后的快感获得或能量释放,而很少将其作为一种思想教化或审美沉醉。由此,网络文艺的审美由想象性的体验快感变为了享受性的经验快感,由纯粹精神性的美感变为了器官感觉的舒张。这说明随着网络文艺的高速发展,现代受众的审美趣味和审美习惯正在悄然发生变化。

艺术的综合性也是网络文艺审美的重要内容,网络文艺可以充分运用不同艺术形式之间的相互关联,文艺与其他学科之间的关联,提升文艺作品的内涵,丰富文艺作品的形式。网络文艺推动各种艺术走向融合,相互作用,在此基础上,它还实现了艺术和技术的有机结合。可以说,网络的出现改变了艺术的创作方式、欣赏方式、传播方式,甚至影响到艺术创作的思想观念,势必会引发美学观念的转变。

文艺创新的一片沃土

不同民族、不同地区、不同人群的文化心理、审美趣味必定会存在一定的差异,尤其处在大变革时代,短时期里甚至会出现差异大于认同的现象。如果差异双方的话语地位悬殊,自然就会形成主流与边缘的关系。目前,网络文艺仍然只是相对于传统文艺而存在的概念,在创作形态与艺术审美上与传统文艺存在的明显差异并未引起足够的重视。

经过20世纪90年代商业大潮之后,中国至今没有出现过新的"文艺思潮"。当前,中国人受惠于网络,纠结于网络,甚至狂喜于网络,悲愤于网络,其震荡与感怀、超拔与包容所唤醒与昭示的生命自觉,既可以用理论进行阐释,又可以用文艺作品去表现。看不见的网络能够被触摸,有血肉、有温度、有脉动的一面:它寄予了人类对灵魂归属的探寻。这或许已经超越了我们对文艺思潮的一般性理解。回到现实当中,无论是在思想观念层面,还是在媒体技术层面,网络愈来愈清晰地指向一个目标:创造一片全新的文艺创作沃土。各种艺术形式在网络这个辽阔的舞台上大放异彩,极大地丰富、满足了民众的文化生活和精神需求。

从创作人群来看,网络文艺具有以下几个特点。其一,70%为40岁以下的年轻人,80后、90后是主力军,00后是后备军,这说明网络文艺培育了自己的继承者,没有出现断代。其二,创作者分布广泛、遍及全国,其主体生活在二三线城市,这和其他领域人才的分布状况显然很不一样,它将是中国文学艺术在未来保持旺盛发展的动力和基础。其三,网络文艺作品具有明显的跨界特征,很有可能开辟中国文艺走向世界的新路径。其四,作者知识结构的多元化将为文艺创作产生新的造血功能。更重要的是,网络文艺的主流创作人群是国家体制改革走向纵深的产物,是思想多元化的产物,是文艺回归民间的产物,他们以经济独立、人格独立、思想独立,展现了新一代艺术家群体的形象。

早在2000年,北京音像网曾经策划了我国第一部互动式网络电影《天使的翅膀》,网站先将故事情节在网上公布,动员网友参与从修改剧本到影片创作的每个环节,网友可以自荐当演员,影片边拍摄边播放,互联网使观众成了编剧、导演和演员。还有在成都拍摄的网络原创电视剧《幸福女孩》,也采用了同样的网民参与和角色表演的方式。这种把编、导、演的主动权交给网民的做法,体现的不仅是网络活性审美艺术范式,更有后现代文化权力的变迁。

2013年6月17日,土豆网在上海举行了文艺电影频道上线仪式。这是继土豆网娱乐、音乐、动漫、综艺、电视剧、纪录片等多个频道改版后,又一大胆尝试。此前,土豆网已在北京举办了"土豆映像节颁奖盛典",在盛典中,85后青年导演大放异彩。这说明青年一代艺术家,已将网络作为自己的用武之地,知名导演贾樟柯表示:“土豆网正成为‘中国年轻人最喜欢的视频网站之一’。之后土豆又推出‘播客分成计划’,将部分广告收入反馈原创作者,我们欣喜地看到,土豆网已然成为国内文艺从业者的培养土壤,让他们有机会在这里生根、成长,为中国的电影业崛起,输送源源不断的新鲜能量。”土豆网每月覆盖3亿以上的人群,其“文艺电影频道”还将与豆瓣网合作,为用户提供“线上观影、在线互动、快捷购票、线下活动”等跨平台、一站式服务。而散落在各个视频网站、社区的微电影则犹如雨后春笋数以十万计,内容丰富,题材十分广泛。

在当今工业化的文化变迁中,当代网络音乐和网络歌曲从其社会存在特征来看,更多的是从个体出发,满足个体的情感要求,体现的是大众审美趣味。人们对网络音乐和网络歌曲以个人的感觉作为评判标准,竭力缩短审美心理距离,追求即兴冲动,同步反应和本能共鸣。这些音乐和歌曲以多种多样的形态和风格深受大众喜爱。网络音乐包括FLASH音乐、MIDI音乐、电子贺卡音乐、网络游戏音乐、网络广告音乐、网站背景音乐、网络MP3音乐、视频音乐、彩铃音乐等,丰富多彩;在音乐形式上,它囊括了所有音乐类型,包括古典音乐、民族音乐、现代音乐、舞蹈音乐、器乐曲、声乐曲、通俗音乐等。网络歌曲则分为三大类,即网友的原创、翻唱、改唱。当前,网络歌曲越来越受到社会的关注,这成为流行乐坛的一大特点,甚至是一大亮点。虽然社会各界对网络歌曲的看法和评价不尽相同,但应该肯定的是,互联网的普及和发展为音乐的发展创造了新的条件,网络歌曲以其崭新的面貌为流行音乐注入了新的活力。2005年1月,网络歌曲掀起第一波高潮,三首由平民歌手创作演唱的歌曲红遍网络,从此打开了网络歌曲的大门,具有革命性的意义。它们是杨臣刚的《老鼠爱大米》、庞龙的《两只蝴蝶》和唐磊的《丁香花》。后来的旭日阳刚、西单女孩,也都是借助于网络的传播产生了社会影响,因网络传播的草根性而获得了自己的一方天地。差不多十年后,筷子兄弟的《小苹果》一炮走红,2014年11月斩获全美音乐大奖(AMA)“年度国际最佳流行音乐奖”,12月又获得Mnet亚洲音乐大奖(MAMA)“中国最受欢迎歌曲奖”,中国原创网络歌曲达到了一个高峰。网络歌曲成为大众喜闻乐见的流行形态,并通过KTV被迅速传唱。这几年产生影响的歌曲有《归》《生锈的吉他》《放弃太难》《伤心的歌》《爱情主演》《啦啦爱》《不爱又何必纠缠》《颓废》《蝴蝶泉边》《爱情伤悲》《内蒙古黑怕》《只愿一生陪着你》《超速度》等。

网络动漫、网络游戏作为新型的大众文艺样式,同样借助于网络传播获得了惊人的增长。中国动漫产业长期以来依赖于电视动画,由于质量普遍低下,难以被消费者,尤其是年轻一代的消费者所认可,在政策调控和市场杠杆的双重引导下,2014 年全国制作完成的国产电视动画片共 138579 分钟(折合约 2310 小时),同比下降 32.31%,由数量增长转向质量提升的趋势十分明显。21 世纪以来,网络动漫开始起步,逐渐改变了我国原创动漫的生态系统。2006 年年初,中国动漫网站只有 1.5 万个,动漫网页约 5.7 万个,2013 年中国动漫网站已经超过 10 万个,网页数量增加到 5 亿个。手机动漫的发展速度同样惊人,以运营商为主导的手机动漫市场规模复合增长率超过 40%。动漫包含漫画图书、报刊、动画电影、音像制品、舞台剧等多种产品,也包含与动漫相关的服装、玩具、食品等周边衍生产品,业界常用“泛二次元”来指代。艾瑞咨询在《2020 年中国动漫产业研究报告》中分析认为,2014—2017 年,伴随着在线动漫平台的兴起以及二次元亚文化在年轻代际群体中的传播,中国泛二次元用户规模迎来高速增长,成为中国动漫产业发展的重要利好因素。2018 年后,互联网流量红利不复存在,但得益于国内外优质动漫作品的涌现,二次元用户规模进入平稳增长期,并已在 2021 年突破 4 亿大关。

随着动漫产业的快速发展,我国的动漫玩具等动漫周边产品逐步兴起,且发展强劲。2017 年文旅部正式发布了《文化部“十三五”时期文化发展改革规划》,明确加快发展动漫、游戏等新型文化业态。科技进步、两化融合为动漫周边行业发展带来了新动力,“全面二孩”政策、“三品行动”计划、“一带一路”倡议更为玩具等周边产品市场打开了新空间。2021 年我国动漫衍生品市场规模已达 1000 亿元。近 10 年,中国原创动漫迎来了自己的大发展,一批深受观众喜爱的作品在网络上形成了传播热潮,如《倒不了的塔》《尸兄》《古剑奇谭》《拜见女王陛下》《十万个冷笑话》《江影沉浮》《弦月梦影》《熊出没》《苍狼之决战野狐岭》《阿狸系列》《侠岚》《魁拔》《藏獒多吉》《罗小黑战记》《德玛西亚》;影视动漫也出现了快速发展,涌现出《西游记之大圣归来》《哪吒之魔童降世》《白蛇:

缘起》《姜子牙》《灵笼》《雾山五行》《刺客伍六七》等一批产生影响的作品。

网络游戏的发展速度同样是惊人的,截至2020年6月,网民中网络游戏用户规模达5.32亿,手机网络游戏用户规模达5.29亿,分别占整体网民/手机网民的58.9%和59.0%。游戏行业虽进入存量竞争阶段,但仍有上升空间。根据《2020年中国游戏产业报告》显示,2020年国内游戏市场实际营销总额为2786.87亿元,比上年增加478.1亿元,同比增长20.71%,继续保持较快增速。而移动游戏市场实际营销收入为2096.76亿元,比上年增加515.65亿元,同比增长32.61%,依然是拉动游戏市场整体增长的主要因素。

目前,网络游戏的发展趋势有两个重要特征:一是移动游戏市场竞争加剧。2021年2月,字节跳动正式上线游戏业务,并在此后陆续收购了沐瞳科技、有爱互娱等厂商,持续加强对移动游戏业务的布局力度。二是海外业务实现进一步拓展。随着国内游戏厂商融资、研发、运营能力的不断提升,越来越多的厂商将未来增长寄希望于海外市场,甚至出现了大量将海外作为主要市场的游戏公司。数据显示,2020年共有37款国产手机游戏在海外市场收入都超过1亿美元,同比增长48.0%。

网络游戏已经全面进入3D时代,很多网络游戏都是由当前流行的网络小说改编而成,如《鬼吹灯》《星辰变》《佣兵天下》《诛仙2》《恶魔法则》《天元》《神墓》《兽血沸腾》《大主宰》《斗罗大陆》《斗破苍穹》《全职高手》及《凡人修仙传》等,网络小说成为国产网游最主要的上游产品。由此可见,互联网领域各艺术门类的互动远大于传统艺术领域。其他产生影响的网络游戏,如《傲世》《碧雪情天》《哔哔曼》《超级舞者》《混乱冒险》《新海盗王女神传说》《江湖》等,也都有深厚的文化背景。从网络游戏盈利模式来看,网络游戏的媒体化使广告成为网游新的利润增长点;另外,从网络游戏收费模式来看,中国网络游戏将出现以"游戏玩家相互交互道具,网络游戏运营商获得分成"等新的收费模式,来创新盈利模式,同时增加用户黏性。

但网络文艺的发展也遇到了不少难题,如原创能力不足、作品盗版严重、内容不健康等现象,迫切需要一个国家层面的网络文艺标准体系进行行业规范,逐步形成一个具有前瞻性、适用性、科学性、系统性和与国际接轨的标准体系,使这片沃土更加有利于网络文艺持续、快速、健康发展。

平民文学梦想的殿堂

由于受众人群的广泛,在网络文艺的各种艺术类别中,最令人瞩目的当属网络文学。二十多年来,网络上产生了一批有重要影响的作品,如今何在的《悟空传》、江南的《此间的少年》、萧鼎的《诛仙》、萧潜的《飘邈之旅》、燕垒生的《天行健》、天下霸唱的《鬼吹灯》、南派三叔的《盗墓笔记》、当年明月的《明朝那些事儿》、桐华的《步步惊心》、蝴蝶蓝《全职高手》、月关的《回到明朝当王爷》、辛夷坞的《致我们终将逝去的青春》、猫腻的《庆余年》、梦入神机的《佛本是道》、唐家三少的《斗罗大陆》、辰东的《神墓》、天蚕土豆的《斗破苍穹》、我吃西红柿的《盘龙》、阿耐的《大江东去》、酒徒的《家园》、齐橙的《大国重工》、天下归元的《山河盛宴》、蒋胜男的《燕云台》和爱潜水的乌贼的《诡秘之主》等。不难发现,绝大多数网络文学作品的精神内核是东方化的、中国式的,显然,网络作家们试图在古老的文化传承中找到自己的精神源头,同时西方奇幻文学《魔戒》《冰与火之歌》《哈利波特》以及一些流行的科幻作品,也成为网络作家们的写作资源。

当然,网络文学的表现手法和价值观是多元化的,一定程度上超出了传统审美习惯,显示出追求另类、奇异、怪诞的当代文化特征和某些逆传统的特性。由于网络浩瀚如海洋,网络作家们希望自己的作品免于被淹没的命运,于是选择求新求异之路,逐步形成了网络文学创新求变的新传统。这并不让人觉得奇怪,所有新的文化样式在其诞生之初,都会受到社会排斥。我们要允许新事物成长、变化和发展,要用长远的眼光来对待网络文学。总而言之,网络文学的审美标准是在承袭古老文化传统的基础上,紧密贴合受众文化心理与审美趣味,经过读者筛选与自我评价逐渐形成的一种价值体系。

网络文学的发展与创新不仅仅表现在内容、艺术表现力与体裁上,其艺术形式也是极其重要的一部分。关于艺术形式,人们往往将之视为区别网络写手与传统作家的一种标志:网上写作很自由,对形式持宽容的态度;传统作家比较严谨,更注重整体结构。两者在表现形式上存在很多不同之处。然而,伴随着网络文学的发展,其在题材和创作手法上也逐渐呈现多元化的趋势,两者之间出现了相互融合和互补的可能。

回顾一下不难发现,20 世纪 90 年代末的网络文学,形式单一,题材狭隘,缺乏想象力与张力,大多是个人情感的书写,在质量上与传统媒体发表的作品有一定距离。2000 年之后,出现了像《瘟疫》《佛裂》这种表现未来社会的科幻类和灵异类小说,还有像《茶家庄》《花焚》《飞翔》等具有浓厚历史气息的小说,又有《大嘴、三刀、四眼神枪以及五娼》等内容糅杂的作品,以及《尘埃之上》《灰锡时代》等后现代主义色彩浓厚的小说,现实感强烈的《告别微安》《成都,今夜请将我遗忘》等现实主义小说,另外,名著延伸类作品《悟空传》《此间的少年》一时引发网络跟风和热议。由于资本的介入,2003 年 VIP 收费阅读制度建立之后,网络文学出现了商业化的趋势,类型化小说得到迅猛发展,很快形成了玄幻奇幻类、架空历史类、穿越重生类、古言现言类、都市灵异类、商场职场类、游戏竞技类、悬疑惊悚类、家庭婚姻类和现实题材类等六十多种类型,说明网络文学已经趋于独立成型。应该说,网络文学在艺术形式上的色彩纷呈既是其不断发展、走向成熟的表现,也是网络文学前进过程中的外部要求。作为隶属于文学范畴的网络文学,艺术形式的多元化是创作主体日益成熟的表现;同时,与创作主体日益成熟相对应的是接受群体需求的日益丰富,即接受主体对客体审美价值的需求大大提高。

由于网络写作者的身份千差万别,因而实现了真正的多样化。特别值得关注的是,网络写作与以往的体制外写作,在书写方式和人群结构上发生了重大变化。首先,依靠网络写作生存的职业写作者队伍已经超过了各地作协的专业作家队伍。其次,网络写作的速度和数量是惊人的,写作者依靠文学网站的运作,获得不菲的收入,无论怎么讲,这都是时代进步的结果。百万业余写作者不断耕耘、相互切磋,在传播文化和推进时代精神的过程中发挥了巨大作用。

网络文学受到普遍关注,是因为它是其他艺术样式的源头性作品。近年来,影视、动漫、网络游戏、纸质出版,甚至高雅的舞台剧,都纷纷在网络文学中

"淘金"。拿影视作品来说,自《杜拉拉升职记》《浮沉》《佳期如梦》《致我们终将逝去的青春》等被改编后,网络文学迅速成为聚焦的宠儿,其后的《遍地狼烟》《失恋33天》《裸婚时代》《甄嬛传》《步步惊心》《白蛇传说》《倾世皇妃》《千山暮雪》《花千骨》《欢乐颂》《大江大河》《芈月传》《琅琊榜》《青云志》《斗破苍穹》《扶摇》《天盛长歌》《仙剑奇侠传》《微微一笑很倾城》《何以笙箫默》《亲爱的翻译官》《楚乔传》《三生三世十里桃花》《陈情令》《你是我的荣耀》《战狼2》《庆余年》《择天记》《燕云台》《琉璃》《赘婿》《雪中悍刀行》《开端》等一批作品乘势而上,包括由《鬼吹灯》改编的两部大电影《九层妖塔》《寻龙诀》和网络剧《盗墓笔记》《执念师》《无心法师》《他来了,请闭眼》《灵魂摆渡2》《暗黑者2》《无证之罪》《隐秘的角落》《沉默的真相》等作品的成功改编使网络文学影响力急剧扩大。

网络文学"IP热"成为文化产业最具社会影响力的热点。对于线上要IP值,线下要文学值,这是网络文学界需要形成广泛共识的一个努力方向,更是网络文学界需要不断践行的一个重大课题。这一现象可以说是喜忧参半。一方面,它的确给网文作者带来了较之从前成倍增长的利益,也为文学网站开辟出了一条崭新的前景光明的道路。另一方面,随热跟风现象集中爆发,则给网文行业带来了潜在的危机。如果网络文学从业人员一味沉溺于好光景,那么离走下坡路也就不远了。实际上,当下网络文学"IP"虽热,但优质的有价值的"IP"却是供不应求,销售速度远远超过生产速度,无疑将催生IP泡沫,一旦泡沫破灭,结果可想而知。除了优质"IP"遭遇哄抢,一些影响力相对较小,但具备一定开发价值的"IP"也被企业抢购并囤积起来,自己不开发,也不给别人开发的机会,造成恶性的浪费。

文艺新格局面临的问题

在传统艺术领域,我们常常被那些蕴含深刻的文化积淀,展现丰富的思想情感、民族风俗,渗透崇高的审美情趣、人生境界的作品所打动,进而产生心灵的共鸣。而网络文艺是在现代科技和商业文化的基础上发展起来的,在艺术审美上还有很多欠缺,最主要的是人文精神的匮乏,有的作品过度追求故事的猎奇性,使人产生在文化遗传上的陌生和疏远。

从理论上说,数字化时代,人有可能变身为阅读机器的零部件,一些网络文艺作品里的人物塑造采用了简单的升级模式,大量刻意而无谓的人物行为和动作的重复,以及在艺术结构上的简陋,在细节处理上的随意性,极大地损伤了艺术审美趣味,与文艺作品所追求的表现人物的复杂性、精神高度等旨趣背道而驰。人人取而用之的手法,受众耳熟能详的语言与结构,无法产生具有独特性的作品,更遑论风格的形成。碎片化阅读模式容忍了浅阅读的滋生和存在,势必构成对新一代读者审美趣味的损伤。

特别需要引起警惕的是,在网络文艺创作过程中,作为创造主体的艺术家,其主体性受到了有史以来最严峻的挑战,这也是网络文艺创作往往难以体现艺术家个人思想的重要原因之一。从内部条件看,艺术家的主体性建立在其独立思考与丰富的精神资源上,而网络文学艺术家在这方面的储备并不充裕。从外部条件看,一方面受众诉求与市场推动等对创作者形成了强大的“干扰”,另一方面过度追求创作速度和娱乐功能,也使创作者的主体性受到了制约。上述情形还有可能进一步产生冲突、裂变并进行整合,网络文艺的发展也会因此而出现高潮和低谷。

那么,我们应当如何应对网络文艺新格局?21世纪以来,网络文艺处在不断扩容的动态之中,理论批评却相对处于静态,并未产生相对应的变化,客观上与创作之间产生了一定的落差。因此,建构网络文艺理论批评体系,推动网络文艺产生符合时代精神的佳作,不仅仅是学术上的与时俱进,实际上也是应对21世纪文化战略课题的必然选择。网络文艺自身必须在创作实践中不断吸收不同文化的养分,逐步克服虚拟创作环境带来的过度自由主义;充分运用各学科领域的相互补充、借鉴,结合民族的优秀文化传统和艺术形式,丰富网络文艺创作的思想内涵与表现形式,才能使网络文艺作品具有饱满的艺术性和强大的生命力,从而在根本上解决网络文艺面临的问题。

结　语

由于中国社会内部仍然在不断积聚和释放巨大能量,因此,以表现社会生活和时代风貌、展现人的精神诉求为己任的文艺作品,必然再次走到国家话语的前台,推动形成全新的、规模化的文艺生态景观,更因其在国际传播中发挥重大作用,在国家文化战略中地位日益凸显。科技进步为传播提供了新路径,信息传播介质变化推动的文化融合共振效应,撬动了话语秩序和审美范式的杠杆,为网络文艺创作提供了前所未有、无限宽阔的空间。就文艺创作本身而言,中国本土迅速成长的网络文艺及其不断丰富的思想内容和表现手法,如何融入世界文学艺术的洪流,并参与全球文化新格局的建构,是值得深入研究的课题。作为民族文化"软实力"的重要载体,网络文艺正在国际社会塑造和展示全新的中国形象。

媒介技术迭代与网络文学的价值取向*

杪 椤**

〔摘 要〕 文艺依赖媒介而存在，网络文学与传统文学相比具有异质性，但多是因为新媒介的特性融入文学中而表现出来的。伴随技术迭代，网络文学的价值表达遭遇了新挑战。一是平台的“再中心化”与互联网“去中心化”追求背道而驰；二是进入 Web 3.0 时代，技术迭代催动网络文学内容发生变化；三是技术的决定性作用和大众文化的消遣娱乐挑战文艺的价值坚守，网络文学要防止“技术至死”和“娱乐至死”。

〔关键词〕 网络文学；媒介技术；平台；再中心化

网络文艺是媒介革命的产物，没有互联网便没有网络文艺，这是谈论网络文艺的基本语境和前提，不能离开网络媒介去谈论网络文艺。本身并不具备价值判断力的技术工具，由于文艺的加入而具有了价值和意义的生产功能。相比于传统媒体，文艺的传播、生产和接受因网络媒介而产生了从未预料到的变化，形成了一套创新性的发展机制。而作为媒介的互联网技术也有着自身的发展规律，这两套机制是相互融合、互相促进的关系，但以技术对文艺的作用为主。在整个网络文艺大背景下观察网络文学，伴随互联网技术的更新换代，文艺的媒介环境不断迭代，作为网络文艺基础性、源头性形式的网络文学，在价值生产、传播和表达上遭遇了新的挑战。

---

* 基金项目：本文系 2018 年度国家社科基金重大项目“中国网络文学评价体系建构研究”(18ZDA283)的阶段性成果。

** 作者简介：杪椤，男，中国作协网络文学委员会委员，河北作协研究员。

一、互联网"再中心化"与网络文艺价值生产

网络文艺普遍表现出反传统、去中心化、悬置意义、消解崇高等后现代主义特征;作者大胆狂欢式表达,受众自由选择欣赏,作者和接受者之间的强交互性等一度成为网络文艺最为人称道的标志。随着信息技术的进步,随写随发、随录随播、随点随看的网络功能极大地满足了大众的文艺消费需求,因此也激发出无穷的文艺生产力。社会由此惊呼,文艺的春天真正到来了!毋庸置疑,相比于传统方式,文艺在互联网上的生产和传播过程,的确引发了至今仍然看不到终点和边界的划时代变革。但是,我们需要清晰地认识到,文艺作为人类意识观念的产物,是依靠媒介存在的,没有媒介就没有文艺,其表现形式一定与它所赖以存身的物质媒介密切相关,这就意味着有什么样的媒介就有什么样的文艺。网络文艺显现出的一些所谓异质性的特征,实际上是新媒介的属性融入文艺之中,从而引起了文艺形态的变化。

伴随互联网技术迭代和市场经济规律对网络的影响不断加深,被资本控制的网络媒介特征开始全面显现在网络文艺中。其中,最明显的是网络平台高度集约化的经营方式带来的重大影响——拓扑结构是保证互联网"去中心化"的技术设置,但是平台的不断扩张则与这一功能背道而驰:超级平台的出现使互联网"再中心化",重新走到"中心化"的传统老路上来[①]。目前的网络文艺已经呈现高度集中化的趋势,阅文集团、中文在线、掌阅文学和晋江文学城等网络文学平台,优酷、爱奇艺、腾讯、芒果 TV 等网络影视剧平台,抖音、微信视频、快手等网络短视频平台几乎囊括了网络文艺不同门类的大部分市场份额。这些"巨无霸"式的网络文艺平台的产生,从商业逻辑的角度而言是市场经济规律导致的必然结果,因为只有通过扩张规模和扩展业务范围才能实现利润最大化。作为网络文艺市场化的实际控制者和经营者,平台对网络文艺的发展繁荣起到了关键作用。在看到这一点的同时也应该注意到,超级平台对网络文艺生产和传播的影响极为复杂。

---

① 刘晗:《平台权力的发生学——网络社会的再中心化机制》,《文化纵横》2021 年第 1 期。

首先，平台构建了网络文艺交流和交易市场，超级平台自定的技术标准、准入门槛和交易制度等定义了网络文艺。以网络文学为例，网络作家只有同意了网站关于稿酬和福利待遇、版权处理和获益分配等的协议，才能够进入平台发稿；且在作家的实际创作中，平台会让作者按照要求设定和修改情节。对于读者而言，平台的作品分类、封推、排行，以及搜索结果的显示等始终影响着读者的选择。这意味着作者的创作和读者的阅读，都需要在遵守平台的规定下才能实现，都是平台“想让你写的”和“想让你看到的”，并无真正的写和读的自由。例如，在智能手机普及之前，流行一种“短信小说”，每一章只有140个字；现在我们在阅文系的平台上看到的是常见的长篇小说式样的网络文学，但在话本小说网上看到的却是“气泡小说”的样子，所以网络文艺都是由平台来定义的。特别是互联网凭借不断提升的超级计算能力进入3.0时代，其语义化和智能化程度越来越高，平台对网络文艺的操控越来越强。而平台的实际运营者只是资本的代理商，其终极目标是获取最大利润，这就意味着平台上必须有足够多的能满足大多数人文化消费需求的网络文艺产品，而平台只能尽可能多地吸纳作者和受众来实现这一目标。所谓“曲高和寡”，平台的价值取向无疑限制了网络文艺整体水平的提升。

其次，因为互联网文艺平台交易的基础内容首要的是市场交易空间和供需双方的交流机会，之后才是文艺产品，这就使得平台具有了社会公共文化服务设施的功能，但其资源分配和功能发挥又不可能具有公共文化设施应该具有的公平性和公正性，这又使得平台成了矛盾体。平台对作者和受众行为的制度规定，在很大程度上取代了本来该由社会管理机构才能做出的行政或法律规范，平台俨然成了网络文艺的实际管理者，拥有了社会文化治理的权力。它所带来的影响不容忽视：平台依靠强大的数据搜集能力得到关于读者阅读偏好的数据，并以此编制出一套叙事话语体系来赢得更多的受众，一方面通过对作者施加影响，告诉他们哪类作品最受读者欢迎，让他们在创作中迎合受众；另一方面，又通过线上线下的活动将某些类型和主题的作品包装成时尚的符号，利用读者的从众心理，使人误以为欣赏这些作品是时尚的、“入圈”的、有审美的，以此来吸引更多的受众。而这些作品中的主题倾向会潜移默化地作用于读者,网络文艺平台对于社会价值观念的影响就这样悄然发生了。而由于超级平台上的内容体量巨大,加上其所具有的巨大影响力,使得监管变得异常困难,对绝大部分具体内容的监管只能通过平台自检完成,其效果很难保证。

再次,除了超级平台的"寡头"经营,网络文艺平台的封闭性使其"自成中心",本该自由生长、按需所取的网络文艺世界形成了"诸侯割据"的局面,不利于网络文艺精品化和经典化,实现高质量发展的良好生态。在现实生活中,由政府建立的文化服务设施具有开放性和共享性,这也是"公共"的基本含义。但是网络文艺平台虽有公共设施的职能,却又因为其私有性而成为封闭的领地,平台与平台之间不能融通和衔接,每一个平台都成为一个经营、服务供需双方和内容资源的中心。尽管其影响力可以辐射到外部,但其所建立的模式、标准、规范等则是为了满足自己获利的需要。一个典型的例子是,平台内设置的搜索引擎只对本平台内部的内容有效,依据算法给具有不同阅读习惯和趣味的读者推荐的作品只限于平台内部的作品。同时,网络文艺自身具有的文化公共设施功能使受众产生难以消除的黏性,受众的文艺消费往往固定在某一个平台上,这无形中割裂了网络文艺的整体性,造成了信息和审美区隔的问题,影响了审美意义上的创作规范和评价体系的建立。

网络文艺的复杂性,与以独立平台为主的经营模式关系重大;由媒介特征形成的有利于网络文艺发展的因素,与由平台导致的不利于发展的局限性是相辅相成的,正所谓"成也平台,败也平台"。随着网络文艺向纵深发展,平台的影响会变得越来越大,但也会越来越隐蔽。毫无疑问,大力培植网络平台是促进网络文艺高质量发展的重要举措,但任由平台在利益驱动下无限度"野蛮生长"也会带来危害。如何平衡其中的利弊,还有待社会加以多方探索。或许,有学者提出的设想——构建国家网络文艺公共平台不失为办法之一[①]。

二、叙事算法升级与网络文学内容迭代

大数据和云计算技术的发展,为网络文学内容建设提供了新的媒介环境。

---

① 黎杨全:《观察网络文学的新维度》,《光明日报》2021年8月18日。

一般认为，互联网进入 3.0 时代后，其获得的语义性、智能性、三维性和无时无处不在的物联网性是区别于 2.0 时代的基本属性①。这些属性不独建基于超级计算，巨量的内容和用户使用频率同样是不可或缺的条件。也就是说，如果没有足够丰富的内容和足够多的用户应用样本，即使再迅捷的超级计算也无法创建出完善的学习模型，也就不可能实现智能化。由于文字传输对网络带宽的要求并不高，5G 环境并未给网络文学带来革命性变化；而因为传输速率扩张，短视频迎来了春天——这反倒降低了文学在文化消费中的时长占比，成为网络文学发展中的不利因素。在用户数量接近“天花板”时代继续保持文学的吸引力，从而也保护阅读市场规模成了一个难题。在 Web 3.0 时代，由于网络的语义性和智能化，网络叙事的变化将会催动网络文学内容迭代，或许会在创作和接受方面开创新的可能性。

受到分众化传播方式的影响，以读者对内容的精细化选择为目标，网络文学类型细分曾经是一个时期的趋势性特征。在文学网站上，除了男频和女频的大类设定，以题材和主题为依据的类型划分成为作品库分类的主要方式。从接受心理上看，网络文学的消费性和娱乐性实际上是一种“实用性”的表现，作者对某一类型作品的选择，主要用来实现对自己某种心理欲求的满足，从而获得精神抚慰，尽管作者的选择是潜意识的。这与纯文学“无用之用”的效应机理是有差别的。例如通过玄幻小说摆脱现实对心灵的束缚，通过历史小说实现对现实的逃逸和对人文精神的回归，又通过职场和言情小说满足对自我价值的实现、对爱的追寻等。在 2.0 时代，作者的题材选择和主题设定自动对应该类型独有的叙事规范，这无疑助长了类型的精细化发展。反映在创作中，是某一类作品的类型化特征更加明显，例如言情小说中的纯爱和虐恋的情节、玄幻小说中“打怪升级”的情节等大量增加。

类型细分尽管方便读者选择和阅读，但在叙事上的缺陷也显而易见。类型化程度加剧意味着世界架构的变形，其对想象世界的构形是畸形的——阅

---

① 《什么是 Web 3.0，有什么特点？》，https：//blog. csdn. net/Blockchain_lemon/article/details/88801977。

读的成瘾性也在于此:没有哪个人的生活全部是爱情生活,但作者会设定出一个爱情世界让人物只在其中就足以存活,从而让沉浸在其中的读者产生精神的依赖。叙事的导向影响了情节设定和内容呈现,进而通过对现实和想象世界的反映影响人的观念世界。近几年现实题材崛起,但从类型学角度看,完全意义上的现实本身并不能作为类型的标志,现实作为人物的生存空间只构成了小说世界的属性。现实题材写作的难度就在于将“眼见为实”的东西做“抽象的具象”书写是困难的,因为将现实做变形的想象需要天赋。

在3.0时代,由算法引起的类型迭代反作用于网络小说对内容的呈现。所谓“语义性”,是凭借超级计算技术将网络上不同的文本与文本之间根据内容意义建立联系,这个过程并不需要人的干预,是通过机器计算表现出来的智能活动。网络文学被置于语义网络之中,会打破现有对作品的检索和分类模式。读者选择一个类型的作品阅读之后,网络将会根据内容推送相似类型的作品,或者不同类型但有相似内容的作品或不同作品中的相似内容,就如同购物网站中已经实现的按照兴趣推荐商品的行为。虽然原有的作品库划分方式仍然存在,但对作品的选择将会更加精准和多样。而网络学习用户按阅读习惯做出的筛选,只需要根据关键词句或相似情节和主题即可得出判断,并不需要特意的类型化特征;随着用户使用机会的增加,网络的智能化程度提高,筛选的精准性将逐步提升。这将会放松创作对类型规约的服从,会从叙事上改变网络文学的内容表达方式,过去的类型细分将有可能重新走上融合之路,复合类型作品将是新的创作方向之一。

3.0时代网络文学平台之间的交流将会增加。网络根据内容和意义做出的筛选推送,初期只会在某个平台内部实现。但在阅读市场营收压力日渐增大的情况下,实现效益最大化,则必须共同稳固现有用户存量、拓展市场增量,那么融通平台之间的壁垒尤为重要。通过算法规则,增强文学网站的搜索引擎功能,将不同平台之间的作品纳入计算范围,变站内搜索为全网搜索,将会给读者提供崭新的使用体验。这是垂直在线传播的表现方式之一,但比现在初露端倪的垂直传播更具开放性。这一功能的实现,也将有助于打击盗版并方便网站规范作家和作品管理,因为内容推送将会对同类作品加以识别和归纳，极为方便地向管理方反馈。这一变化背后的动力，是互联网“去中心化”与“再中心化”之间的博弈。

Web 3.0时代网络文学跨媒介和跨文化传播的效率增加。表现为语义性的智能筛选和推送，毫无疑问将促进网络文学IP转化，为文化产业企业根据自身能力和兴趣选择更加适合的作品提供便利。同时，由输出海外的平台渠道日益增加和更加成熟的模式做保障，网络文学海外影响力逐步扩大；而从另一个角度讲，这是在华语阅读市场逐渐饱和之后拓展出的新市场。因为可以把语言看作媒介，所以海外传播是跨媒介和跨文化传播方式的一种，首先面临的就是语言转译问题。由于网络小说篇幅普遍较长，人工翻译工作量大、效率低，而借助于日益成熟的人工智能翻译，使这一效率大幅提升；同时，伴随海外作者的增加，亦将会有外文作品“倒流”被翻译为汉语之后在大陆网站上线的情况出现。

此外，互联网的物联网性也将为网络文学传播提供更多终端平台。总之，进入Web 3.0时代，伴随技术迭代引起的功能升级，算法对叙事的影响会对网络文学自身的创作、传播和整个行业生态带来较大影响。当然，这一观察仍然是面向网络文学内部做出的，而就目前情况看，互联网的功能变化对网络文学带来的挑战大于机遇，因为在审美接受的心理上，以文字为主要媒介的文学在表情达意的方式与效果方面不如影像。因此，在媒介技术变革中探索新发展模式的同时，网络文学必须通过优质内容应对外部挑战，这是确保行业繁荣发展的不二法门。

三、防止“技术至死”和“娱乐至死”

从“再中心化”到算法制约，技术的双刃剑作用在网络文艺发展中得到鲜明体现。面对网络技术对网络文艺的决定性作用，网络文艺生产要有自身的价值坚守。说到底，文艺不是苍白的符号，任何文体形式和文艺作品都会传达一定的观念或思想，是要作用于人类的精神世界的。因此，对于文艺内容而言，技术只是媒介、是工具，在网络文艺生产和传播过程中，一方面，应当尽力消解技术所带来的弊端,防止“技术至死”;另一方面,更要防止“娱乐至死”。

以网络文学为例,因为有大量的行业数据做支撑,网络文学强大的社会影响力是不证自明的,第49次《中国互联网络发展状况统计报告》显示,网络文学的用户规模达到5.02亿[①],因此网络文学的重要性亦是不容置疑的。在文学意义上,对网络文学的关注和引导,应当把生产优秀作品作为一个核心目标。尽管行业生态是保证网络文学健康发展的基础,但包括生产模式、作者迭代以及IP开发方面在内,都有市场机制和法制规范为保障;而唯独在内容生产方面,不仅需要靠作家的自觉和创作能力,也由于技术监管的难度大而需要平台的自觉,这是制约网络文学高质量发展的瓶颈问题。

网络文学向以为读者提供茶余饭后的消遣娱乐为基本职能,也正是得益于此,才博得了大众的青睐。但是,我们急需思考两个问题:一是网络文学提供的消遣娱乐是什么?二是消遣之后怎么办?关于第一个问题,毫无疑问,网络文学提供的消遣娱乐,是用语言文字进行的审美表达给读者提供适宜用作休闲内容的文学作品,而不是别的。所以,无论哪种类型哪种题材的作品,归根结底是要发挥文学的审美作用来给读者提供快感和美感。不能离开文学去谈论网络文学的消遣娱乐功能,网络文学不是影视,不是短视频,不是游戏,它仍然是文学。也正因为如此,对于发挥文化消费功能的网络文学,一定是通过主题在传递某种价值,如果不传递价值,那它传递什么呢?世界上并不存在没有意义的文字。所以,网络文学并非被抽离了意义,而是转换了表达意义的方式,也就是说,网络文学是在消遣娱乐之中传递意义和价值。

第二个问题,消遣之后怎么办?消遣娱乐由于与欲望和快感紧密相关,可以被看作人的一种本能,其作用是为了调节情绪和精神,以获得更健康的身心。这种消遣娱乐的方式和内容一定是健康的才会有益于人,否则就将起到反作用,就会使消遣失去价值。同时,消遣娱乐显然不是人生的目的,必须要在消闲之后投入自我成长和创作价值的行动中去。当我们大力张扬网络文学

---

① 中国互联网信息中心:第49次《中国互联网络发展状况统计报告》,http://www.cnnic.cn/hlwfzyj/hlwxzbg/hlwtjbg/202202/P020220318335949959545.pdf。

的消遣娱乐功能时，必须要考虑到消遣之后怎么办的问题，它必然要重新回到追寻价值和意义的正常轨道上来，才使得消遣娱乐变得有价值。

这两个问题都警示我们，不要认为网络文学不提供有价值的内容、只供读者休闲玩要，网络文学必定负载和传播一定的社会价值和审美意义，能够让读者在休闲娱乐中得到身心陶冶的作品才是真正的好作品。网络文学如果缺失了对价值和意义的追寻，完全在技术平台上靠无厘头、戏谑式的内容来支撑行业，必然难逃“娱乐至死”的命运。伴随5G的普及，网络带宽传输速率增加，影像和视频几近“霸屏”，严重减少了网络文学阅读的时长占比。网络文学如果靠着消解意义和价值与短视频、直播等争娱乐市场，实际是以己之短攻人之长，不具备任何优势。在经过喧嚣和浮躁的狂欢之后，网络文学必须要在主题内涵和审美叙事上提升品质，才能真正在网络3.0时代的文化现场继续保持优势。

诚然，网络文学是泛娱乐产业的重要内容源头，但这并不意味着它要变成游戏、影视和动漫等其他网络文艺形式的附庸。IP开发使网络文学得到增值，但其商业价值增加显然不是文学的终极目的，文本所蕴含的内容价值和审美价值扩增才是文学的追求。伴随技术进步，网络内容迭代加快，以语言文字为表意形式的网络文学刚刚走过20余年的历程，就已经遭遇了音视频的威胁；毋庸置疑，收费阅读向免费阅读转变的潜在原因，是靠点击实现的网络文学作品的现金价值大幅度降低。与娱乐性更强的其他网络文艺形式相比，网络文学所具有的用语言文字表现想象世界、表达情感愿望、提供精神慰藉，客观上提供文化消遣功能的作用，是它所能够存活至今的仅有的理由；它被作为IP源头，是因为在这个过程中它所建立的世界观、所创造的新奇故事及其蕴含的情感和情绪对大众具有吸引力——这仍然是内容和主题上的要素。

传统文学讲究“文以载道”，网络文学在表现形式上可以激进，但在内容和主题上仍然不能走“虚无”、走价值观“下行”的所谓“技术路线”，网络作家对此应当保持警醒，并在个人的创作中去实践。

网络文学的本体追问与分层评价*

欧阳婷**

〔**摘　要**〕 网络文学评价需从对象本体的追问出发，采取更为切合网络文学特质的评价思路和方法，给予对象以“区隔性”分层评价，即实施资格性评价和选择性评价。其中，资格性评价是一种文学入门评价、大众文化评价和娱乐性消费的合格资质评价；而选择性评价则是人文审美评价、艺术创新评价、精品力作的择优评价。这样的分层评价既能让富含“爽感”、拥有市场体量的网文作品获得历史合法性；同时也让充满“美感”的精品力作得以高标凸显，引领网络文学行业的高质量发展。

〔**关键词**〕 网络文学；本体追问；资格性评价；选择性评价

文学评价首先要明确评价对象是什么，而网络文学作为一种新兴又是新型的文学形态，不仅数量巨大，类型众多，而且在内容品质上也良莠不齐，十分庞杂。对这个评价对象的认知必须从实际出发，实事求是地从本体上辨析其特质，然后以对象区隔的思路对其进行分层评价，这样才有利于让网络文学评价有的放矢并切中肯綮。

一、网络文学的本体追问

要评价网络文学，首先要弄清什么是网络文学，它有些什么样的特质，只

---

* 基金项目：本文系国家社科基金重大招标项目“我国网络文学评价体系的理论与实践研究”（16ZDA193）的阶段性成果。

** 作者简介：欧阳婷，哲学博士，中南大学外国语学院副教授，研究方向：网络文学、跨文化比较研究。

有这样，我们的评价才能既符合作品实际，又积极影响评价对象的未来发展。尽管中国网络文学一路走过二三十年时间，开辟鸿蒙并迅速壮大，但对它的质疑却一直没有停止过，即便是“网络文学”的概念认知，至今仍存在“命名焦虑”①，还不时面对“父根”与“母体”的“审祖”式追问。如：“网络文学的父亲是网络，母亲是文学。”②“不论我们将网络与文学的哪一方当成父根(同时将另一方当成母根)，网络文学都不是简单地继承父母的基因，而是熔铸双方的影响，创造自身的特色”③。“网络与文学的联姻应该是‘父根’与‘母体’耦合后孕育的一种新的文学形态。它拥有文学基因，又依托技术载体，但绝不是两者的简单相加，而是涅槃中的生命化合”，因为“在网络文学中，技术‘去蔽’的不是工具理性的媒介操作，而是审美临照中被技术所遮蔽的审美澄明，是‘父根’对‘母体’的依恋或‘母体’对‘父根’的召唤。它们不应该是形而上学的二元对立或逻各斯中心的‘执本驭末’，而是‘双性同体’的神妙化工构筑出来的文学审美的艺术本然世界”④。

事实证明，这样的追问与思考并非多余，网络文学的创作实践确实存在“文学”与“技术”的博弈，抑或媒介对审美的遮蔽等诸多过去不曾碰到的问题。网文世界巨量的“文学”与稀缺的“文学性”让人们有理由质疑：“在它所凭附的高科技大树上，结出的究竟是人文审美的丰硕果实，还是会使人类的艺术传统和精神赓续在技术的狂飙突进中花果飘零？在炙手可热的科学势力的边缘，走进网络的文学是否仍秉承古老的传统与价值朝着人类审美精神的圣地驰骋，还是在科学技术的场域中让文学本体的精神取向经历一次技术理性的‘格式化’？”⑤伴随网络传媒的横空出世，网络文学的悄然“登场”并不是沿着文学

① 如2020年11月9日中国作协在杭州举行的“网络文学理论研讨会”上，仍然在讨论“什么是网络文学”问题。邵燕君在《文艺研究》2020年第10期发表的《以媒介变革为契机的“爱欲生产力”的解放——对中国网络文学发展动因的再认识》一文说：“尽管中国网络文学发展已经超过二十年，但对一些基本概念，尚缺乏有效讨论。一个经常被提及的问题是，到底什么是网络文学？对于这一概念的定义，学术界一直没有达成共识。”

② Sieg：《反螺旋立场》，《网络报·大众版》2000年2月21日。

③ 黄鸣奋：《超文本诗学》，厦门：厦门大学出版社，2001年版，第318页。

④ 欧阳友权：《网络文学本体论纲》，《文学评论》2004年第6期。

⑤ 欧阳友权：《网络文学本体论纲》，《文学评论》2004年第6期。

史既定的轨迹前行,而是尽显变异与叛逆,悄然成为新技术传媒介入人类精神生活的文化“副产品”。当事关价值创生的人文审美和文学性构建尚未纳入创作者的视野时,消费社会便席卷而来,网文创作旋即被商业化大潮裹挟,“产业化”利刃开始对网络创作实施全方位“手术”,让本该在场的“文学性”,成了技术传媒与产业经营合谋的牺牲品。可见,一种新型文学的审美价值确证并不取决于它的载体,而取决于它能否走进人类审美的殿堂,建立起自己的人文价值体系,而这种内质的涵养一直都是网络文学的“短板”和努力方向。

于是,网络文学“是不是文学”、网络上“有没有文学”便成了争议的焦点。知乎上曾发起过“网络文学是不是文学”的讨论,有肯定者说:

> 网络是一种信息载体,是一种传播路径。网络上发布的文学作品,当然也是文学作品,本质上与传统书籍、杂志、报刊上发表的文学作品并无属性之差别。所以,网络文学当然也是文学。只不过,因为网络降低了创作的准入门槛,导致作品大量膨胀,所以现阶段其平均质量大幅度下降,大量的作品都是劣质作品,仅此而已。①

否定者则认为“网络上没人知道你是一条狗,大狗小狗都可以叫上一通”;“网络就像马路边的一块木板,谁都可以在上面信手涂鸦”;网络文学“污染了纯正的文学气氛”,“在取悦大众的同时,磨掉了创作者本身应该坚持的唯美和价值”等。网友一勺猴魁说:

> 如果网络文学拒绝文学价值(拒绝内涵、拒绝文学性、拒绝审美、拒绝通顺的行文、拒绝合理的逻辑、拒绝探索文学手法)、不尊重文学创作的基本原则(以水字数、复制粘贴、抄袭融梗为必要的创作手段),那它就不是文学。②

也有网友持比较公允的看法,如一位叫火星古尔丹的网友就此提出了几条标准:

> (1)网络文学是不是文学看的不是平台而是作品。

---

① 知乎网友:https://www.zhihu.com/question/25404324。

② 知乎链接:https://www.zhihu.com/question/25404324/answer/235984108。

(2)网络文学跟传统文学并不对立,文学的阵地从不因读者少而消失,也从不因为读者多而廉价。网络文学读者和作者应该足够自信,不用去拿传统文学来寻找认同感,正视自己最重要。

(3)大部分网络文学是通俗文学,精品率比较少,但不是没有。

(4)是不是文学,有没有文学价值,看的是作品(重复第一条),网络提供了新的渠道这是好事,现在虽然网络小说因为大面积的低质量造成网络小说/文学=低劣的大众印象,在未来时代发展和新世代文学作家的崛起,个人认为这种现象会逐渐改变。①

有传统批评家也就此发言,其中北京大学陈平原的观点有一定代表性:

其实没有网络文学,有的是"网络时代的文学",每个时代的生活方式、文章发表途径不同,也许文学表达会受到影响,但最终的衡量标准依旧具有某种恒定性,作品好坏并不在于"在网上写还是纸上写"。②

类似的争议、追问或反思还将继续,这是一种新文学的成长必须付出的代价,也是关注网络文学发展的人应该有的立场,网络文学评价就是基于这样的对象并在这样的背景下展开的。

之所以出现这样的分歧,是因为网络文学本身确实有着与传统文学不同的特质,最明显的除了其技术特性外,便是它的通俗性和娱乐性。李敬泽就曾明确地说,网络文学就是通俗文学,认为网络文学继承了中外通俗文学传统,也受到了世界青年亚文化的深刻影响。他说:"如果我们确认,网络文学不是天上掉下来的,它就是通俗文学,那么,它的标准和评价体系就不必从零建起。""既然网络文学是面向大众的俗文学,那么读者喜不喜欢,当然是一个重要的评价标准,实际上这也是市场标准。"③事实正是如此,网络文学降低了创作门槛,并且是为满足大众休闲娱乐的需要而发展起来的,因而我们面对的评价对象主要是富含"爽感"的娱乐性、大众化作品,如果在评价时仍旧沿袭传统精英文学的评价标准和批评范式,则很有可能与评价对象形成隔膜甚至游离。

① 火星古尔丹的话见网络链接:https://www.zhihu.com/question/25404324/answer/225781246。
② 陈平原:《网络文学是误解》,腾讯文化:https://cul.qq.com/a/20150616/012881.htm。
③ 李敬泽:《网络文学肩负巨大使命》,《人民日报》2014年7月29日。

于是,基于网络文学本体追问,需要采取更切合网络文学实际的评价思路和方法,给予对象以“区隔性”分层评价。

二、网络文学的分层评价

鉴于网络文学发展现状,评价网络文学不能先入为主地简单肯定,或站在“精英”立场笼统否定,而需要从网络文学创作实际和作品品貌实际出发,对之做出实事求是的区分和判断。于是,我们尝试对网络文学评价对象做出两类区隔,即资格性评价和选择性评价。

(一)网络文学的资格性评价

资格性评价是一种文学入门评价、大众文化评价和娱乐性消费的合格资质评价。这种评价立场有两大特征:

一是广泛的包容性,即只要是不违背政策法规,不违拗公序良俗,且能为社会所包容和接纳、为广大读者所喜爱的文学作品,都可以纳入资格性评价的范畴,都可以获得“网络文学”资格。设定这样普适性的准入门槛,可以把网络原创作品中的绝大多数视为评价对象,不仅符合自由、开放、包容、共享的互联网精神,也体现了文学为绝大多数人服务的现代意识,是网络文学“回归民间”的新尝试和新形态。

二是文学功用上更注重快感效应——资格性评价不是不讲求美感,而是首选快感或爽感,以“娱乐”为基,以“好看”为要,把悦情悦兴的愉悦性作为首要前提和基本尺度,在此基础上再谈悦心悦意、悦志悦神。这是网络文学的通俗性、大众性所决定的。大众创作(非职业性)、大众阅读(非专业性),若无快乐惬意,何来万千受众!文学网站注册写手以千万计,文学网民用户数以亿计,他们是网络文学生产一消费的“基本盘”,确认他们的“资格”也就是肯定他们之于网络文学的基本权利;肯定他们的“资格”,就是赋予他们之于网络文学的历史合法性与文化有效性。王祥在《网络文学创作原理》中说过,网络文学的基本立足点就在于“为读者提供情感体验与快感补偿功能”,他说:“人们需要在文艺作品中寻求、汲取快感与美感体验,是因为特别渴望而现实生活中又无法达成，或者要付出昂贵代价才能达成的欲求，在虚拟的'生活'中，在故事情境中，可以通过各种欲求得逞的情感体验获得快感，补偿失衡的生命情感形态，以重新安置精神秩序。"于是，"网络文学兴旺发达的秘密，不在于作者们具有深邃的思想、高超的艺术水准，而在于聪慧的作者们提供各种独特的成功想象的快乐，令追随的读者迷醉。"①资格性评价对象的存在意义，就在于经由快感体验而达成现实生活中无法达成的情感欲求，从而让接受者得到快乐。

那么，怎样的网文作品才有"文学"资格而成为文学评价的对象呢？我们以叙事性的网络小说为例来说明之。

一般而言，用资格性评价去评判一部网络小说，大抵要使用这样几条标准：

(1)有基本的叙事能力并讲述一个完整的故事；
(2)冲突和桥段有一定吸引力；
(3)人设合理，性格和言行有喜感；
(4)情节、人物、环境相互协调，无违和感；
(5)语言表达文从字顺，通俗易懂或俏皮搞笑；
(6)当然需有刚性约束：没有价值观硬伤。

以这个标准衡量，时下绝大多数网络小说，尤其是那些被称为"爽文""小白文""套路文"的类型小说，都具有"文学"的资格，都有自己存在的价值，应该给予公正的评价和必要的尊重。从早期罗森的《风姿物语》、痞子蔡《第一次的亲密接触》，到唐家三少《斗罗大陆》、天蚕土豆《斗破苍穹》，直至 2020 年爆款之作《万族之劫》(老鹰吃小鸡)、《第一序列》(会说话的肘子)、《大奉打更人》(卖报小郎君)等大受欢迎的小说，就是它们中的佼佼者。特别是带有喜剧色彩的那些"爽文"，如《赵赶驴电梯奇遇记》(赵赶驴)、《史上第一混乱》(张小花)就更是圈粉无数。2006 年网传的《赵赶驴电梯奇遇记》曾创下年度点击过亿的新高。小说写的是男主赵赶驴一次加班晚归，与心仪的漂亮女同事被困在电梯里，从而因意外而相爱的喜剧故事，充满喜感的人设和故事架构让无数网友

① 王祥：《网络文学创作原理》，北京：中国人民大学出版社，2015 年版，第 12～13 页。

乐不可支,被评价为“网络上最火爆的长篇爱情小说”。赵赶驴在回答提问时说:“我觉得我的东西好看是因为它真实,富有娱乐精神,里面的人物情节都是每个人在生活中可能遇到的。”网民评价这部小说有着“放松、真实和彻底的娱乐精神”。

同样,张小花的《史上第一混乱》也是以搞笑的娱乐因子来撩发网友狂欢。小说讲述一个叫小强(萧强)的当铺老板和历史上一些有名的人物如秦始皇、荆轲、项羽、刘邦、李师师、武松、林冲、鲁智深、岳家军、朱元璋、吴三桂等产生了交集,让他们一起穿越到现代都市,来到小强家里生活,由此发生一个个令人啼笑皆非的故事。显然,这样的恶搞故事不是让人信以为真,小说本就不是要写真实的历史,只要开心一乐,哪管“史上混乱”!作者的目的不在真实和深刻,而在以荒诞剧情演绎人情世态,撒播娱乐因子,开心解颐以打发闲暇,如此而已。类似的作品有出人意料的故事桥段,有轻松幽默的表达方式,内容无营养也无硬伤,有人看,有人乐,给平凡人的生活添加一些笑料有什么不好!网络上适合这种资格性评价的作品占了绝大部分,其核心的市场竞争力是快感机制,功能形态是让魅力或止于眼前,或动于心底而产生共鸣。它们正是资格性评价的基本对象。

(二)网络文学的选择性评价

如果说资格性评价是一种入门评价、大众评价、文化评价,选择性评价则是人文审美评价、艺术创新评价、精品力作评价。资格性评价的核心是快感机制,而选择性评价的核心则是美感机制。作为“草根崛起”的网络文学不是有“资格”即满足,不能一直停留在评价资格阶段,它需要朝前走、往上走,赢得文学的尊重和社会的认可,于是就不能没有选择性地择优评价。

做出选择性评价区隔并非仅仅为网络文学做出一个等级划分,而是这一文学发展的必然。

首先,选择性评价能为网络文学高质量发展形成“驱动效应”。网络文学在中国的高速增长已经造就了世界上独一无二的文学景观——短短 30 年时间就有逾千万写手生产出数千万部作品(截至 2020 年仅网络小说就达 2590 万部),网文读者超 5 亿人(2021 年底达 5.02 亿),并有作品“出海”到世界许多国家，成为中国文化“走出去”的一支民间力量。与此同时，网络文学有“高原”之境，少“高峰”之作，“量大质不优”的问题却十分突出，实现网络文学的高质量发展不仅是社会共识，也成为“业界焦虑”，而解决这一问题的途径之一，便是为它树立标杆，推优立范，设立排行榜，对浩瀚的网络文学择其优者实施选择性评价。无论是作家、读者还是批评家，面对网络上如此庞大的文学“巨存在”，难免会有“老虎吃天，无从下口”的焦虑与惶恐，选择性评价的推举与评骘，能起到“网海觅珠”“沙里淘金”的功效。此时，作为普通的网文读者，可以根据选择性推举找到自己心仪的作品，缩短寻觅可读之物的时间；而对于网络文学创作者来说，择优推举的榜单不啻为他们树立了一面文学的旗帜，有了学习的目标和追求的榜样，这对于网络文学行业致力推进高质量发展目标是大有裨益的。从 2015 年开始，中国作协开始举办网络小说排行榜活动，由季榜、半年榜到年榜，日渐形成规范化的榜单评审程序，在网络文学界产生了广泛的影响。国家新闻出版广电总局也从这一年起举办优秀网络文学原创作品推介活动，对网文行业的导向有着无形的规制作用。这两个国家级榜单的发布，对于网络文学的精品化创作产生了风向标和引领者的“驱动效应”，网络现实题材创作的“整体性崛起”就是从那个时候起步的。继中国作协和国家新闻出版广电总局两个榜单之后，各类网络文学排行榜或文学奖项纷纷出现①，它们对网文作品的一次次筛选，让优秀之作脱颖而出，对网络文学提升品质、引领走向产生了不可小觑的影响力。

其次，选择性评价是网络文学“趋主流化”的必然要求。今日的网络文学

① 近年来我国有代表性的网络文学榜单有：浙江省作协的“网络文学双年奖”，成都市互联网文化协会的“金熊猫”网络文学奖，北京市“网络文学＋”大会优秀网络小说榜，上海市作协的网络文学“天马文学奖”，江苏省作协的“扬子江网络文学作品大赛”榜单，江苏省网络作协泛华文网络文学“金键盘”奖。另外，有几种网文社团组织和媒体的榜单也有一定影响，如中国版权协会最具版权价值年度网络文学排行榜，中国小说学会从 2020 年开始的网络小说排行榜，《羊城晚报》年度“花地文学榜・网络文学榜”，橙瓜网举办的“橙瓜见证・网络文学二十年”榜单，北京大学“网络文学研究论坛”推出的“中国网络文学 20 年・典文集/好文集”榜单等。还有针对网络作家的榜单，如中华文学基金会举办的“茅盾文学新人奖・网络文学新人奖”，湖南省作协评选的年度“十大网络作家”，辽宁省作协的网络作家“金桅杆”奖，艾媒咨询发布的“中国网络文学作家影响力”榜单，阅文集团每年末推出的风云盛典“网络文学十二天王”，起点网推出的年度“网络白金作家・大神作家”名单等。

在体量、读者群和影响力上已经是文学的主流,其创作上的多样性、故事的丰沛性、传播半径的辐射性,以及产品的衍生性等,都是传统文学所不可比拟的。但就其品相成色而言,还不能说已进入主流,还未成为一个独立的文学节点承接伟大的文学传统并与传统文学相媲美。比如,在现实性上,网络文学过度虚拟、超脱、悬浮于天马行空的异世界面,少了些人间烟火、蒸腾地气,与普通人的世道人生、芸芸众生的生老病死和爱恨情仇相距较远,这也成为它"不主流""不接地气"的槽点。在人文审美的艺术性方面,网络文学更是有很长的路要走。本文做出"资格性"与"选择性"区隔的原因正在于此。故而,网络文学需要向主流文化传统、主流文学审美、主流价值观念靠拢,这是"趋主流化"的历史逻辑,也是选择性评价的内容约束。

谈到"趋主流化"需要辨析两个基本观念:一方面,不能用新媒介"量"的主流替代文学"质"的主流,让网络文学的"媒介意识形态"带偏了文学的节奏和发展路向。网文创作不应该也不可能斩断传统而另起炉灶,打造文学之外的什么"主流",如邵燕君所言:"我们的经典能不能继续传承?能不能在当今的网络人群中自然地生长?这些都需要对文学传统有了解的人,把文学的传统引渡到新的媒介中去,而不是任由媒介革命带来文化、文明的中断。"[①]另一方面,又不能用主流化去简单地"剪裁"网络文学的丰富业态,粗暴地干预网络作家个性化的创作,宰制网络文学的草长莺飞的繁荣局面,把网络文学赶进促狭的"主流化"甚或"伪主流化"槽模,使其失去生机与活力。应该看到,政治和社会公共领域的"主流化"观念与网络文学的"趋主流化"走向之间不仅有时空上的延异性,还有内涵上的非同一性,网络文学的"趋主流化"有人文、审美、艺术方面的前置性限定,还有技术传媒、存在方式、功能特质等方面的差异,不得用一成不变的"精英"立场和政治语境中的"主流"模式去"化"(教化、驯化甚至矮化)丰富多彩的网络文学。

再次,选择性评价是催生网络文学迈向经典化的"成人礼"。选择性评价

① 参见沈燕妮:《北大网络文学课学生写87万字小说点击才1.7万》,《成都商报》2015年4月16日。

既然是一种择优评价，就需要有一个何以为优的评价尺度，而这个尺度是从哪儿来的呢？是历史积淀下来的，也是网络时代创生的，是人们依据传统经典文学的标准又切近网络文学实际来设定的。在这个意义上说，“选择”就是为传统“站台”、为网络经典“选文”。如果一个网络作品经过一次次选择屡屡得到好评，形成口碑，并代代相传，即“立得住、传得开、留得下”，久而久之，它就成了经典，《诗经》《楚辞》、唐诗宋词、四大名著等文学经典，就是这么形成的。网络文学要出现经典，也绕不开这个过程，而要完成这一过程，就离不开选择性评价。可以说，选择性评价是引渡网络文学迈入经典的桥梁，也是网络创作由精品至经典的“催生婆”或“成人礼”。但经典是追求，不是强求；靠口碑相传，不靠权力赋魅；靠后世评价，不是现世指认。因而，创造网络文学经典需假以时日，着眼未来，将文学经典设定为长期目标。在这个过程中，批评家和粉丝的选择性评价能起到嗅探、聚焦、调适、引领和催生作用。

文学经典化是一个漫长的历史过程，是众多力量共同介入的结果，选择性评价就是其中一支最具干预性的力量。选择性评价的干预，并不必然让一篇网文成为经典，但大凡走向经典的征途都会有选择性文学评价的助力。事实上，“网络文学的经典化是一个多方有意无意参与因而必然是缓慢甚至是歧路丛生的过程，而不可能是一个必然的结果，其中写作者、评论者、平台还有读者都将发挥作用，事实上经典化是一个和时间在一起的故事。一种文学形式从它诞生起就在进入经典化，网络文学自然也是如此”①。

三、评价对象分层的理论逻辑

我们把网络文学的评价对象区分为资格性评价和选择性评价，一方面是基于我国网络文学的客观现实，另一方面也有必然的理论逻辑。

就资格性评价而言，我们判断网络文学的理论根据有二：一是文学的娱乐

① 评论家李伟长的观点，参见舒晋瑜：《出海、免费、主流化、精品化：专家梳理2021年网络文学关键词》，《中华读书报》2021年1月27日。

本性,二是我国悠久的通俗文学传统。文学本身就具有娱乐性和大众性,它首先是能带给人以愉悦和快乐,让人获得精神享受和情感满足。比如我国最早的诗歌就是一种劳动号子,即鲁迅所说"杭育杭育"派诗人之作,狩猎时期的"断竹,续竹,飞土,逐肉",歌、乐、舞"三位一体",后来《诗经》中的"坎坎伐檀兮,置之河之干兮"无不是文学(诗)来自民间娱乐的佐证。传统文学,包括精英的"纯文学"如果没有娱乐因子,也是很难被人接受、传承后世的。因而网络文学重视娱乐、偏爱爽感、让人开心是符合文学本性的。反过来,我们以"娱乐""爽感""大众"为标准的资格性评价,正符合文学的这一标准,切中了网络文学的这一天然本性。再说,通俗文学是人类文学源远流长的一大传统,我国的文学是从劳动实践中的口头说唱文学发展起来的,"民间性"是文学的"根",从古代神话到"国风"吟唱,从南北朝民歌到唐代变文,从宋代说书人的话本到《水浒传》的源头《大宋宣和铁事》讲唱故事,一直到"鸳鸯蝴蝶派"的张恨水,以及后来的琼瑶、三毛和新武侠四大宗师(金庸、古龙、梁羽生、温瑞安),构成了一条浩荡奔腾的通俗文学长河,它们与精英性的纯文学一道,共同书写了中华民族千年文学春秋大史,网络文学正好是中国通俗文学传统在网络时代的一次"伟大的对接"和"壮丽的弘扬",让网络文学以资格性评价进入"文学"的评价体制,显然有着坚实的理论基础。

秉持资格性评价尺度,并不意味着低估网络文学的价值,也不是着意降低网络创作的门槛,而是适应数字化媒体时代网络文学的"大众性"底色,并认同文学始源的快乐本根,"文学"从人类的精神生产中独立出来并成长为"纯文学",文学创作之脱离劳动实践、游离于物质生存而衍生为精英阶层的专门技能,完全是社会分工的产物,它既是文学的成熟与成功,也是一种文学的"作秀"与"异化"。现在好了,以网络为标志的数字化媒体让文学"快乐本根"又回来了,本来就有的文学"资格"终而回归了"文学"资格,它不光让网络文学找到了应有的历史合法性,也是文学本身的幸运——在一定意义上说,正是网络文学的出现,又一次使文学成了文学,让大众原本就有的文学话语权又回到了他们手中。

选择性评价的理论逻辑同样是文学传统的"范式赓续"。选文以评说,或持以某种标准选择文典，是中国古代文论批评的一大传统，刘勰在《文心雕龙》“通变”篇说：“楚之骚文，矩式周人；汉之赋颂，影写楚世；魏之策制，顾慕汉风；晋之辞章，瞻望魏采”，而“矩式”“影写”“顾慕”“瞻望”就是选择性继承与仿拟。在《知音》一篇中，刘勰要求批评家“无私于轻重，不偏于憎爱”，提出了“六观”[①]的批评标准和方法，为文学选文树立了规范。其后，钟嵘的《诗品》仿汉代“九品论人，七略裁士”之制，开启以等级评骘诗人之先河，共品评了两汉至梁代122个诗人(其中上品11人，中品39人，下品72人)，他所使用的正是个人化的选择性评价标准，对后世的择诗标准和诗歌批评有很大的影响，唐司空图，宋严羽，明胡应麟，清王士祯、袁枚、洪亮吉等人论诗，在观点、方法及词句形式上，都不同程度受到《诗品》的启发和影响。在作品遴选上，古代亦有代代传承的选择范式。如《诗经》采自民间，其采诗的标准显然蕴含着选择性评价。现存编选最早的诗文总集萧统的《文选》，选录先秦至南朝梁代100多个作者的700余篇不同体裁的文学作品，其选择标准是“事出于沉思，义归乎翰藻”，讲求情义与辞采内外并茂，其意义不仅在于把文学作品同经、史、子书及疏奏应用之文区别开来，还在于为文学之选设定了原初的范式，即讲究辞藻华美、声律和谐以及对偶、用事切当这样的艺术形式，体现了文学的自觉，也规制了文学之为文学的选择标准。此后层出不穷的诗文选、流派集、断代文选、个人作品辑录等，从《楚辞章句》到《西昆酬唱集》，直至清代纳兰性德的《饮水词》等，无不是基于文学的选择性评价而择优结集并传之后世的，我国古代绵延不绝的文学传统便由此构建而成。可见，在数字化媒介时代，对网络文学进行选择性评价不仅是这一文学掬优汰劣、褒奖精品的必要举措，也是文学传统的一种“范式赓续”。网络文学作品如恒河沙数，有网友戏称为“晋江三千小吊带，起点十万种马文”，如果没有科学的遴选机制，“人人自谓握灵蛇之珠，家家自谓抱荆山之玉”[②]，如何能判别浩瀚作品中事实上存在的差异？掬水月在手，滤沙

① 刘勰在《文心雕龙·知音》中提出的文学评价“六观”是：一观位体，看其内容与风格是否一致；二观置辞，看其文辞在表达情理上是否确切；三观通变，看其有否继承与变化；四观奇正，看其布局是否严谨妥当；五观事义，看其用典是否贴切；六观宫商，看其音韵声律是否完美。

② 曹植：《与杨德祖书》。

明珠在,选择性评价的意义正在于此。2020 年 8 月 31 日,阅文集团的百部网络文学佳作首次入藏国家图书馆,成为国家图书馆首批典藏的网络文学作品,这种择优馆藏的国家行为,在网络文学发展史上具有里程碑意义,是网络文学选择性评价的标杆之举。

资格性评价与选择性评价有对象区隔,却无截然界线。它们之间会有品相质量的差异,而从总体上看,两者的差异只是一种公约数,具体到某一作品来说,或许存在边界模糊、取舍两难的情形,却不必做非此即彼的选边站队。对象区隔的意义,在于让富含"爽感"、拥有市场体量的网文作品获得历史合法性,同时也让充满"美感"的精品力作得以高标凸显,引领网文行业的高质量发展。这样来看,让恺撒的物归恺撒,上帝的物归上帝,世俗与精英各循其道,并行不悖,相互补充,无论是网文作者还是网民受众,均可心安理得做自己想做、能做的事,用充满差异化的丰富性来养护网络文学园地的花草芬芳,这一文学才是充满生机的。因为毕竟,仅有牡丹、玫瑰或荷花、月季,无论怎么鲜艳都不是春天,允许差异并尊重差异,让"苔花如米小,也学牡丹开",网络文学才有健康生态,网文园地才会草长莺飞,春意盎然。知乎在讨论"什么是网络文学"时,就有网友提出:"网络文学和传统文学不是一回事,所以在现阶段用同一标准进行衡量是不公平的,但两者也无法完全割裂开来。"①另有网友说:"金庸、古龙、梁羽生的小说在初面世时,也都被质疑过是不是文学。人们对新兴的文学形式的兴起,都有一个接受的过程。""在我看来,网文和别的平台的作品没有区别,任何平台创作的作品,都有优劣之别,我在这里讨论的,就是在有优劣之别的网文里,哪部分可以被称为文学。"②从区隔中看到对象间的联系,用实事求是的、发展的眼光看待和考辨新兴的网络文学,给它们以自由成长的空间,才是评价者应该秉持的立场。

---

① 知乎话题:"什么是网络文学",知乎链接:https://www.zhihu.com/question/25404324/answer/223214322。

② 知乎话题:"什么是网络文学",知乎链接:https://www.zhihu.com/question/25404324。

解析中国网络文学的大众文化基因

姚婷婷*

〔摘　要〕 中国网络文学不仅仅是文学，还是新时代的大众文化。作为市场机制下大众文化的代表，中国网络文学不仅表现出“生产者式文本”“粉丝经济”“消费性与艺术性”等大众文化属性，在具体的内容创作方面，也积极融合世界大众文化现象的诸多流行元素，具有典型的大众文化基因。同时，中国网络文学作为一种大众文化，用通俗故事来表现社会主流的思维和观念，具有鲜明的时代意义。

〔关键词〕 大众文化；网络文学；时代精神

从早期网络论坛(BBS)时代的“精英试验”到全渠道时代的商品生产，从通俗化类型小说成为网络文学的主流，到网络小说与影视、游戏、动漫等领域开启多维联动，中国网络文学已经成为当今机制下大众文化的代表样式之一。它将传统文学中蕴含的价值观念，借助于现代流行文化的式样进行表达，在当今以娱乐消费为最大特征的市场氛围下，给读者以积极的价值引导和精神引领。流行文化不仅仅是中国网络文学单纯的外在表现形式，在题材选择、情节设置、人物塑造以及文本气质等方面，流行文化也影响着网络文学创作的内在肌理。因此，本文选择从大众文化的角度对中国网络文学进行研究，以好莱坞电影、日本动漫以及韩国影视剧为参照，分析世界大众文化现象在中国网络小说中的呈现、建构与传播。

---

* 作者简介：姚婷婷，山东师范大学文学院2018级中国现当代文学专业博士，主要研究方向为中国当代文学批评、网络文学研究。

一、中国网络文学的大众文化属性

大多数的网络文学作家和编辑对中国网络文学的前世今生有着部分共识:中国网络文学是通俗文学,基本形态是类型化小说,武侠、言情、玄幻、仙侠等类型直接脱胎于通俗文学中的武侠、言情、传奇等。事实上,晚清的通俗文学已经拥有了现代大众文化的诸多特征,例如作家市场意识的确立,文学的商业性日趋明显,追求休闲娱乐等。中国网络文学是通俗文学的流脉,通俗文学的大众文化属性也在网络小说的继承中现代化了。再者,中国网络文学产生的时代背景也决定了自身的大众文化属性。大众文化的兴起是改革开放,尤其是 20 世纪 90 年代以来当代中国一种引人注目的文化现象。随着市场经济的进一步发展,城市化水平的不断提升,人们对于大众文化的需求不断上升。在这种时代契机下,欧美电影、日本动漫、韩国电视剧以及流行音乐等大众文化现象频出,迅速改变了国内大众的文化消费结构。文学领域也尝试审时度势,因"网"制宜,中国网络文学继而成为 90 年代以来大众文化勃兴的重要标志。

中国网络文学作为一种大众文化,其发展过程是一个市场与资本要素不断深入,商业化、市场化水平不断推进的过程,具备了商品形式和特性。中国网络文学面向大众、面向世俗生活,去神圣化,以"草根文学"的姿态打破与主流文学、精英文学的界限,具有世俗化的价值倾向。中国网络文学利用传播媒介的变革,能够在短时间内迅速、大批量地生产、复制,复制性、模式化也是其突出的大众文化属性。除了商品化、世俗化、模式化等大众文化的共通属性之外,中国网络文学在当代社会生活中的广泛辐射性也使其特点变得更为复杂。

(一)作为一种"生产者式文本"

约翰·费斯克在《理解大众文化》中针对大众文本研究,创造性地提出"生产者式文本"的概念,并指出"大众文本应该是'生产者式文本的'(producely)"[①]。所谓"生产者式文本",既不像"读者式文本"那样封闭、规训、被动,忽略读者自身能动性,也不像"作者式文本"那样将文本本身的建构法则强加于读者身上;而强调它要像"读者式文本"一样易于理解,轻松阅读,同时还具有"作者式文本"的开放性,它内部存在的一些裂隙大到足以从中创造出新的文本。"生产者式文本"蕴含着一种由内部或是底层生发,而不是上方所赋予的文本特质,是对读者言论自由和话语平等权利的尊重。中国网络文学的"生产者式文本"特质,具体表现为读者在文化经济中表现出来的创造力。

中国网络文学作为一种"生产者式文本",强调读者在文化经济中表现出来的创造力,即大众生产力。中国网络文学续更的生产模式以及网络作家与读者间的无障碍交流通道,为每位读者都能成为网络文学的参与者提供了途径。尽管大多数的评论留言仅仅停留在直观印象层面,但是依然会有铁杆粉丝的"专业意见"被推至榜首,进入网络作家的视野。除此之外,网络作家的"粉丝交流群"也是他们获取直接阅读反馈意见的重要方式。网络作家减肥专家表示,网文在很大程度上就是读者和作者一同创作。在写《幽冥仙途》《问镜》时,他也受到读者很大的影响,有一段时间会被读者"牵着鼻子走"。这种有效的双向互动使得网络文学发展充满活力,读者的话语权力和话语平等得到了极大的体现。

对于大众文化"迷"而言,他们对文本的投入是愈加主动的、狂热的、参与式的。最初的文本作为原始的材料和资源,从中可以生产出无数的新文本或者其他形式的大众文化产品。"前者的结构可能会限制或决定新文本的范围,但是永远不可能限制使用它的'迷'的创造力和'生产者的特性'。"[②]唐七公子的长篇仙侠爱情小说《三生三世枕上书》讲述了东华帝君与青丘女君白凤九经历三生三世的情牵痴缠,俘获了大批女性读者的心,让她们在爱情起伏中感受

---

① 约翰·费斯克:《理解大众文化》,王晓珏、宋伟杰译,北京:中央编译出版社,2001年版,第127页。

② 约翰·费斯克:《理解大众文化》,王晓珏、宋伟杰译,北京:中央编译出版社,2001年版,第175页。

甜美与破碎。网友“神祈祝祷”在“三生三世枕上书吧(百度贴吧)”中的续写引发读者的讨论和追更。他(她)以极其细腻的笔触续写东华帝君与白凤九甜蜜的婚后生活,人设、文风与原著非常吻合,弥补了读者对于小说结局的“意难平”。而网友“菩提半盏”则从故事的后半部分“阿兰若之梦”的崩塌开始改写,填补了原著中很多“坑”,写得恰到好处而又具有画面感,在不改变故事主角命运走向的同时赋予了配角更多的情节,得到了书迷的认可和支持。作者“菩提半盏”表示,“原著的后半部分剧情太虐心,改写是为了满足自己的一个心愿”。[①] 有时候,大众文化“迷”的生产力会产生更大的作用或扩展至更大的范围,生产出来的文本足以与原始文本相媲美,有时能够超越原始文本,甚至达到重写的效果。大众文化“迷”以这种方式填补了文本的缝隙,对文本中省略或者掩埋的细节进行说明,扩展了解释的空间,提供了另一种区别于原著的洞见。

当代的文化理论大多认为,“所有的文本都是不完整的,只能在互文关系和接受模式中加以研究”。[②] 虽然如此,传统意义上的“美学”文本和学院实践依然认为,“美学”文本是完整的、自足的,而大众文本是不完整的、破裂的,充满着矛盾和不足,正是美学批评中所认为的“失败”。这种“失败”使得大众文本能够邀请“生产者式”读者对其进行“生产者式文本”的创造和解读,在裂隙和不足间填入他们的社会体验,从而建立起文本与体验者的联系,这也是大众文本的强度所在。对于拥有庞大读者群体的中国网络文学而言,充满着可供读者解读的裂隙和空间。这些裂隙和空间,一方面是源于部分网络小说文本本身的贫乏性,另一方面也是源于它的重复性与短暂性。“文化商品的频繁再生产,不仅仅是文化工业的要求,也是大众文化的力量使然。”[③]大众文化所产生的意义和快感也在不断变化中生成。

---

① 网友“菩提半盏”:《三生三世十里桃花番外》,引自 https://tieba.baidu.com/p/6580756371。

② 约翰·费斯克:《理解大众文化》,王晓珏、宋伟杰译,北京:中央编译出版社,2001 年版,第 149 页。

③ 约翰·费斯克:《理解大众文化》,王晓珏、宋伟杰译,北京:中央编译出版社,2001 年版,第 152 页。

(二)大众文化特质背后的“粉丝经济”

在大众文化领域,“粉丝”是最流行的称谓,也是各种流行文化的追随者。作为一种“生产者式文本”,中国网络文学重视粉丝群体在文本创作、阅读传播、改编潮流中的参与性和生产性,由此衍生出一系列的粉丝行为。例如,粉丝之间会强烈“安利”好看的网络文学作品,将自己深爱的作品“安利”给更多的人是粉丝的责任。粉丝群体也成为百度贴吧、豆瓣、龙的天空、天涯社区等网络论坛的主力军,参与作品的续写以及相关话题的讨论。对于中国网络文学而言,粉丝群体不仅仅是单纯的消费者,同时也是推动生产力转化的重要力量,促使“粉丝经济”这一精神文化消费方式的产生。中国网络文学是典型的“粉丝经济”,最直接的体现是文学网站打赏、月票以及 VIP 阅读付费制度。这种新的盈利方式,是文学网站在现行经济环境下的自然选择,顺应大众文化发展的必然趋势。在网络文学发展早期,以榕树下为代表的文学网站运营的主要目的是连载文学作品,为读者和作者提供交流的平台,并非出于商业目的。但是,这些文学网站无法维持长期的运营成本,逐渐衰落。为了寻找出路,文学网站开始了商业化运营模式。从线上连载,到线下出版,到网络小说与游戏、影视、动漫等领域的知识产权开发,“粉丝经济”成功地推动了网络文学的全产业链运营。

“粉丝经济”使得中国网络文学兼具经济价值、文学价值和文化价值。在经济价值方面,网络文学凭借着作品文本中的虚拟形象,在现实生活中创造出经济价值。偶像是虚拟的,但“打 call”是真实的。网络游戏小说《全职高手》中的人物角色叶修、黄少天等虚拟形象,他们拥有自己的粉丝群,甚至可以用虚拟形象为商品做代言,粉丝市场蕴含着巨大的经济潜力。网络玄幻小说《斗破苍穹》IP 版权运营跨越多个领域,其版权在出版、影视、游戏、动漫及其周边产品同步运营,在各大平台实现联动,形成强势的文学生态合力,为中国网络文学实现 IP 开发的系统化、品牌化提供了绝佳的案例。在文学价值方面,中国网络文学发展的 20 余年间,除了早期的创作源于自发兴趣,后来的创作导向一直围绕着读者的审美需求扩展。网络文学以市场需求和读者阅读喜好作为创作导向,改变了一直以来传统文学中的“作家本位”,将读者放在中心位置,凸显出“以读者为中心”“受众至上”的创作理念。作为全民性的文化消费方式,中国网络文学面向的是大众读者,倡导“受众至上”的创作理念为其寻找大众读者价值契合的方向提供了便利,从而为阐释文本意义也提供了多种可能性。在文化价值方面,“粉丝经济”代表着时下最流行文化的风向标,代表着当下社会的文化价值取向。网络文学作家唐家三少,通过反复书写“少年成名”的主人公故事,给读者以积极向上的精神鼓舞,引发了无数奋斗者的精神共鸣。盛大文学也以此为契机,成立了首个网络作家工作室——“唐 studio”,举办国内首个网络作家周年庆典,同时向读者粉丝发放一些周边纪念品,这种形式成为盛大运营版权的一个新亮点。“粉丝经济”最大限度地激发了中国网络文学平民化、大众化的文化价值,在粉丝的参与和生产中,产业利益得到最大化,也发挥了文化价值的最大潜力。

中国网络文学作为一种大众文化的表现形式,它面向的不是特定的某一群体,而是面向大众。作家和作品的成功与否虽然仍以读者能否接受来衡量,但是已经逐渐量化为商品的点击率或发行量了。这种与市场共谋的生产机制,只有在普通大众接受并认可的情况下,“粉丝经济”才能最大限度地实现经济价值、文学价值和文化价值。当下,网络文学自身也正在通过贴吧、论坛、微博文字营销以及在线听书、音视频等多种表达方式不断培育、扩大粉丝群体,提高网络文学的用户黏度,以此来吸引更多粉丝受众的注意力。

(三)兼具消费性与艺术性的文化产品

当下的中国网络文学类型化作品丰富,文学网站的日更新数目繁多,用户数量已经达到5.02亿。体量巨大的创作群体和读者群体围绕着核心内容,为网络文学创造出庞大的市场容量和发展潜力。同时,网络文学努力实现与其他领域的多维联动,在影视剧、游戏、动漫、角色扮演等方面衍生出多种文化产品,成为文学和文化发展领域的一道独特风景。中国网络文学在文化产业上表现出来的巨大潜力,进一步使其成为文化产业的优质资源库,成为更具有明确意义的消费品。中国网络文学是“粉丝经济”下平民化的文化消费。虽然近年来免费阅读软件在一定程度上冲击着付费阅读机制,但是爆红的网络小说文本自然而然能够引起资本的青睐,网络文学 IP 全版权的成功运营促使其迅速形成一种商业利益开发模式。优质网络文学原创作品—付费阅读—版权转让—影视剧改编—有声读物—游戏动漫改编—海外版权转让等,在这种商业开发模式下的网络文学能够实现商业利益最大化,也成为产业链上的大众文化产品。在这种生产、消费一体化过程中,网络文学消费也不再是单纯的个人式消费,而是一种具有普遍性、平民化、大众化的文化消费,如同观看一部电影、一部动漫、一集影视剧,成为一种日常生活方式。读者群体既是"过度的消费者",又是积极意义的生产者。

新媒介时代的文化产品,除了极具消费性,往往还被赋予了艺术性。尤其是近年来,中国网络文学在探索产业化道路上正努力塑造着自身的艺术性。较为典型者,如正午阳光制作团队及《琅琊榜》《伪装者》《欢乐颂》等影视剧作品。正午阳光的制作团队素来以制作精良、重视细节被称为"业内良心",它们制作的影视剧也被众口称赞。其中,热播剧《琅琊榜》改编自网络作家海宴2015年在起点女生网连载的同名小说《琅琊榜》,在经历了剧组三年筹备,剧本无数次打磨之后,才开始投入拍摄。电视剧《琅琊榜》不仅在卫视同步播出时段引发追捧,在视频网站也成为观众"三刷""四刷"的首选之作,网播量高达164亿人次。电视剧《琅琊榜》节奏感较强、跌宕起伏的剧情和极其考究的拍摄细节,造就了这部IP剧的惊艳之作,成为古装权谋题材的又一高峰。在原著小说中,梅长苏的苏宅"以高矮搭配的植被景观为主,水景山石为辅","荷塘中建了九曲桥和小景凉亭,院落中移植进数十颗大型古树",制作团队将"苏宅"设在象山寂静清幽的"庄姬府",整个府院布置得细腻优雅。剧中梅长苏的出场飘逸梦幻,乘着小舟逸行湖边,周围如梦似幻的山水缥缈美景取自浙江中雁荡山风景区,十分贴合原著中"江左梅郎""遥映人间冰雪样,暗香幽浮曲临江"的人物设定。对于选景地点,制作团队采用"讲究不将就"的原则,在拍摄期间多处选景,在多个影视基地中来回布景,力求最大限度地还原小说场景。从小说文本到影视剧作,从原著作者到制作团队,都没有简单地把它当作一本书,他们在经济资本逐渐占据上风的市场环境下,力图打造一种兼具文学性和艺术性的文化产品,最终呈现出《琅琊榜》这部堪称近年来古装权谋题材经典之作的影视剧。

网络时代的文学作品,已经不再是纯粹意义上的单一作品。它们借助于互联网平台和媒介,与多个领域互相联动,形成了越来越灵活、有效的发展模式。中国网络文学作为一种大众文化,拥有大众文化的共同属性。这些文化属性有助于加深对中国网络文学的语境式理解,在文学解读之外生长出无限延展的可能性。

二、中国网络文学中的大众文化元素

法国符号学家、女权主义批评家朱丽娅·克里斯蒂娃提出"互文性"的概念,"任何作品的文本都是像许多引文的镶嵌品那样构成的,任何文本都是对其他文本的吸收和转化"[①]。每一个文本都是其他文本的镜子,每一个文本都是对其他文本的吸收与转化,它们相互参照,彼此牵连,形成一个潜力无限的开放网络,以此构成文本过去、现在、将来的巨大开放体系和文学符号学的演变过程。中国网络小说与好莱坞电影、日本动漫、韩国影视剧之间存在着"互文性"。这种符号的转换,是大众文化存在的媒介符号系统的转换,是突破了图、文、音、画之间的界限,在互文性理论的统筹下,形成了一个综合性的超文本系统。这种文化符号的"互文性""互介性""跨文性"等特征,早已不动声色地改变了文字表意的符号系统。因此,在中国网络文学与好莱坞电影、日本动漫、韩国影视剧的互动中,符号与符号之间的交叠、延宕、换位,成为互文性最直接的表现方式。

好莱坞电影是依托西方文化背景,融合现代电影媒介而产生的大众文化形态。多年以来,它凭借着自身的经验和优势,形成了经典的好莱坞风格。受西方奇幻文学的影响,虚构和幻想一直是好莱坞电影的主题。进入 21 世纪,主流好莱坞电影开始对自身进行调整,以此来应对个人电脑、互联网和新的休闲娱乐竞争。造梦工厂开始进入数字化时代,数字化技术为电影创作者提供

---

① 转引自陈定家:《文之舞:网络文学与互文性研究》,北京:社会科学文献出版社,2014 年版,第 64 页。

了充分发挥想象力的机会,《星球大战》《黑客帝国》《指环王》《我,机器人》等电影把观众带入一个超时空的奇幻世界。电影中出现的人类基地、脉冲武器等奇幻元素,使一切非同寻常的、超自然的、不可思议的事情都有可能发生。好莱坞电影中的奇幻元素,为玄幻、仙侠类型的网络小说注入了新的文化元素,使其在文化符号的本土性之外,呈现出异质化的特征。血红的《巫颂》对“巫”进行了考辨和形象化的说明。该小说将东方文明中的“巫”与亚特兰蒂斯的传说结合在一起,在中西文明的体系中展现个人命运。巫教、道教两大势力属于东方,该小说讲述了夏朝大巫、神话中的元始天尊、天神等人的传说,这些属于民族传统文化,而亚特兰蒂斯则涉及高科技机械、核武器、战斗堡垒——月亮,还有西方的神话海神、地域七君主、堕天使以及传说中的狼人和吸血鬼,带有西方奇幻文化的基因。网络作家辰东的玄幻小说《圣墟》则为主角设定不同等级的修炼划分体系,从“觉醒境”出发,经历了十八层境界才能成为“终极进化者”。辰东作品中的虚幻世界每次都设定得波谲云诡,他以中国神话、传统文化和现代科学三大基石勾勒宏大世界。作为《遮天》系列的三部曲之一的《圣墟》,它最大的突破点就是把“神”引入“进化”的轨道,将“修炼”转变为“肌体进化”,将星空异域与机甲文明结合,让古老的国度接触到进化液体基因的改造。

中国网络文学产生于20世纪90年代的网络“自由空间”,大量的网络作家和铁杆“粉丝”多年来深受英美日韩剧、ACG(动画、漫画和游戏三个英文单词的缩写)文化的影响。加之,网络文学的版权运营沿着网络小说、网络游戏、网络漫画、网络剧以及衍生周边产品的模式发展,形成了一种年轻群体的消费文化。日本ACG文化是融合进网络文学发展肌理的重要元素,与网络文学有着紧密的联系。以校园恋爱、都市青春为内容的青春言情小说,受到日本少女漫画的影响,其中唯美、单纯的爱情故事,偶像、美男子的形象,成为网络言情小说中主要的情感表现方式。以异世界的浪漫冒险、银河中的宇宙战争、现实中的侦探推理为主题,充满了热血、信念、勇敢的“硬性”少男动漫成为80后、90后接受的科幻、武侠、侦探、历史等题材的来源。除了这些传统类型的网文,耽美、同人、女尊、末世等偏小众的、新类型的网络小小说,大多与日本动漫、游戏背后的二次元文化有着直接或者间接的关系。二次元文化对于网络小说有着深远的影响,甚至直接影响了网络小说类型的变化。网络武侠与网络游戏联系日益密切,出现了像国王陛下的《从前有座灵剑山》、八月飞鹰的《史上第一祖师爷》等电子游戏元素与玄幻小说相融合的新一代玄幻小说。此外,在中国本土的网络奇幻小说中,世界设定、故事类型和语言风格,大多受到来自欧美奇幻文学的影响,《龙与地下城》的经典奇幻描写在很长一段时间内占据着中国网络奇幻小说中奇幻设定的主流,这种正统的西式奇幻成为早期网络文学中最重要的小说类型。最早流行的一批网络小说几乎都是西式奇幻,比如蓝晶的《魔法学徒》、老猪的《紫川》和说不得大师的《佣兵天下》。然而,近年来,以西式奇幻为背景的网络奇幻小说已经沉沦,人们更加喜欢仙侠、玄幻和修仙类型的网络小说。呈现这种发展趋势的根源在于东西方文化的差异。日本动漫与好莱坞电影相比,漫画中世界观的设置更加具有东方文化的亲和力。日本动漫大师宫崎骏的作品《千与千寻》《魔女宅急便》《龙猫》兼具东方人的含蓄和西方人的率真,传达出人与自然和谐相处的主题意蕴。岸本齐史的《火影忍者》是日本现代派忍者题材的代表作,其中的忍术强调"天人合一"的心法,在很大程度上类似于中华的武侠文化。日本动漫中的奇幻元素,例如妖魔精灵直接或者间接的化身,灵界、魔界的界域设置,古代与现代的穿越,与中国网络小说在时空转换、世界观设定等方面颇具相似性。

对于韩国电视剧的印象,"唯美"是观众不约而同谈起的特征。和很多影视剧相比,韩国电视剧的拍摄手法相对跳出现实主义的范畴,非常重视画面的美感,这也是给观众留下深刻印象的原因。在场景选择上,在不违背剧情逻辑的前提下,画面构图的美感成为创作者表现的重点。在背景音乐的选择上,韩国电视剧中的插曲都是制作公司根据故事情节和主人公的心理情绪来制作的,通过歌手的演绎,这些歌曲带着观众的思绪更能够使观众与剧情产生情感共鸣。纵观近年来中国网络小说的影视改编剧,运用视听符号,趋向精致的制作手法和效果,与韩国电视剧追求细节考究具有相似性。例如,网络作家Fresh 的仙侠题材小说《仙侠奇缘之花千骨》及其改编剧《花千骨》,全剧给人一种清新淡雅、如同仙境之感。比如剧中人物的演员造型,在设计时植入了相对应的色相、纯度,一方面营造了淡雅清新、形神兼备的缥缈感,另一方面又惟妙惟肖地表现出《花千骨》中典雅脱俗、浪漫唯美的精神世界。很多观众认为这部仙侠剧超越以往剧作的原因在于人物造型唯美，语言台词也非常唯美。花千骨的台词：“白子画，黄泉路上，忘川河中，三生石旁，奈河桥头，我可有见过你?”杀阡陌营救花千骨时的霸气宣言：“白子画，你若敢为你门中弟子伤她一分，我便屠你满门，你若敢为天下人损她一毫，我便杀尽天下人!”加上偶像演员本身的演绎，《年轮》《地老天荒》《不可说》等主题曲与插曲的煽动人心，增强了电视剧的渲染效果，成就了这一现象级电视剧。

好莱坞电影借助于互联网平台和传播媒介，无论是在粉丝群体、观众接受度还是品牌效力等方面都获得了巨大的成功；日本的动漫产业通过融合图书、游戏、杂志、影视等衍生品，发展成为文化领域的重要标识；韩国电视剧在亚洲流行文化舞台上成为地域文化传播的又一范本。作为世界范围内流行的大众文化，中国网络文学的 IP 开发历程较短，产品的质量参差不齐，与美国、日本、韩国成熟的大众文化现象相比，仍然处于初级发展阶段。中国网络文学与它们之间互动交流，不仅体现着大众文化在全球视野下的共通性与流行性，也体现出网络文学的多元化娱乐价值。

三、中国网络文学作为大众文化的时代意义

大众文化对时代精神中各种细微的思潮变化都极其敏感，不仅能够紧密贴合时代的各项潮流，体现出时代的历史特征，更重要的是能够迎合不同时期的社会规则调整，翔实而又深刻地记录下社会时代精神。好莱坞电影中的007、罗宾汉、超人、蝙蝠侠等主角形象，都带有美国文化的基因，在宏大的电影背景下，纷纷化身解决困难、拯救世界的超能力英雄，体现出强烈的英雄主义和理想主义，这是好莱坞电影的主要创作导向，也是美国文化的主旋律。日本动漫作品充满着浓郁的少年情怀，崇尚坚毅、勇敢的武士道精神，注重拼搏、奋进、热血、团队精神。韩国电视剧重视爱情、亲情、友情，坚持真善美，推崇礼智信，信守忠孝仁。这些文化精神透过大众文化的载体，或直接或间接地传递出来，符合主流价值观念。中国网络文学作为一种大众文化，用通俗故事来表现

社会主流的思维和观念,满足社会大众的想象和期待,也是新时代文学创作的主要方向。

中国网络小说本质上是一种通俗小说,传统大众文化观念在网络小说中有着通俗化的表达。基本的社会道德规范,如温良恭俭让,仁义礼智信,善有善报,舍生取义,杀身成仁等传统文化观念通过网络小说的故事、人物形象有了新的传承和发展。例如,《天道图书馆》以师道传承的故事,弘扬中国传统文化中尊师重道的优良传统;《黄金瞳》中庄睿不忘初心,与邪恶势力斗智斗勇,永不放弃。大众喜欢网络文学,喜欢动漫、电影,是因为这些艺术形式、文学样态足够真实、通俗、平等。网络作家、网络文学作品经历了从边缘到中心、从草根到主流、从写手到作家的转变,具有平等、通俗、生活化的文化基因。文学作品中最打动人心的恰恰是深埋于心的天理良心,乃至侠肝义胆、浪漫情怀。文化有大传统和小传统之分。在以往的有关中国文化传统的论述中,多从儒释道经典的大传统角度入手。而对中国大众产生影响的,并不是精英的理念,而是日常生活中影响大众安身立命、教会他们为人处世的原则的中国文化形态。许纪霖给许倬云的专著《中国文化的精神》写序言,称:"从开天辟地以致江湖豪侠,从男女私情到精怪现象,涵盖的范围看上去似乎凌乱,却也代表了中国一般老百姓的喜恶和褒贬。一般老百姓,很少会在谈话时引用四书五经、二十四史,他们的历史观,就是这些故事串联在一起的一套评价体系。"[①]中国网络文学所传递的通俗文化精神,并没有随着时代的变迁而褪色,反而成为大众根深蒂固的价值观念,成为社会秩序的思想基础。

中国网络文学的时代意义,还表现在以正向叙事打造具有精神性、导向性的主流价值观念。网络小说中的人物形象充满着鲜明的理想主义气质和理想主义情怀,主要讲述主角经过坚持不懈的努力,最终实现自己理想,成为"有为"青年的励志故事。例如,仙侠题材小说《凡人修仙传》是一部"升级流"作品,讲述资质平庸的凡人韩立出身贫寒,为了光大门楣而参加七玄门的考核。因为身具灵根,能够修炼长春功而被七玄门神秘的墨大夫收为弟子,从而经历

① 许倬云:《中国文化的精神》,北京:九州出版社,2018年版,第2页。

上境界、中境界、下境界，最终飞升成仙的故事。《欢乐颂》《大国重工》《明月度关山》《大江大河》等现实题材网络小说，洋溢着时代和生活的气息，反映出更多的网络作家开始关注生活，贴近群众日常生活，成为时代使命和时代情感宣泄的出口。任何一种文化，其价值不仅在于展现人类历史过程中的生存状态，还在于始终引导人生的选择。无论某些大众文化制造者怎样标榜其作品的“纯娱乐”性，事实上，它都在向大众心灵或隐或显地渗透某种伦理情感、灌输一定的思想倾向和人生态度。“假如文化商品或文本不包含人们可以从中创造出关于其社会关系和社会认同的它们自己意义的资源的话，它们就会被拒绝，从而在市场上失败。它们也就不会被广为接受。一个文本只有进入社会和文化关系中，其意义潜能才能被激活。而文本只有进入读者的日常生活而被阅读时才能产生社会关系。”[①]大众文化在社会交往中起着一种“社会黏合剂”的作用，使人们能够根据自身的现实生活进行调节，这是大众文化的潜在功能。通俗音乐为人们提供了脱离“机械化劳动”之艰辛的放松和暂时的喘息；好莱坞电影为观众提供了英雄主义式梦想和情怀；日本动漫作品以童话式、幻觉式的虚拟体验来达到“减压”的效果。文化生产者总是有意或者无意地把各种意义灌输到文化产品中，大众也在不知不觉中以相对多样的和独立的方式进行解码或解释，并且与社会的主导意识保持一致，从而形成了对时代精神的塑造。

经过二十余年的发展，中国网络文学已经不仅仅是文学形式，还是一种大众文化，与好莱坞电影、日本动漫以及韩国电视剧共同完善了世界大众文化现象谱系。对于这三种外来文化现象来说，它们的大众化水平要远高于中国网络文学的大众化水平。在好莱坞电影、日本动漫以及韩国电视剧等外显性极强的文化产品的重重包围下，中国网络文学经历外来文化的影响与杂糅，逐渐脱去本土特征，至复归为当下最具生命力的自主文化，这个过程的每个阶段都呈现出对于文化本源的重新认识。这种文化整合和文化思辨使得中国网络文学随着发展环境的改变而显示出浓厚的时代特征。如今，中国网络文学在守

① 菲斯克：《解读大众文化》，杨全强译，南京：南京大学出版社，2001 年版，第 30 页。

住本土市场的前提下,开始向世界大环境拓展。中国网络小说也随着网络文化产业的衍生进行多方面的分化,如 IP 改编剧、IP 游戏等都已自成体系。这其实是中国网络文学随着社会文化的发展而进行自适应、自调整的积极探索。可以说,中国网络文学面对世界大众文化,依然在不断优化、不断完善之中。

类型探析

从审美的僭越到语言的僭越

——论网络文学“新文类”的“文学性”变迁

韩模永*

〔摘　要〕 从“文学性”中细绎出审美和语言两个维度来检视其变迁，我们可以发现，有三种文学性：第一种为审美和语言的并存，这是一种较为纯粹的文学性，在诗歌中体现得最为明显；第二种是审美的僭越，这是传统文学的普遍存在状态，文学中总能或多或少地找到“非文学成分”的痕迹；第三种为语言的僭越，这主要出现在网络文学新文类之中，它在文学性变迁的逻辑框架之内，实现了文学性又一次重大的变迁，即从审美的僭越到语言的僭越。

〔关键词〕 网络文学；新文类；文学性；第二种意义

当下，国内网络文学的发展和研究都异常火爆，尤其是网络文学的商业化转换和运作引人注目，但其学理定位一直存在着诸多争议，命名方式亦多种多样。本文所要探讨的网络文学“新文类”指的是包含“非平面印刷”成分、只可在数字化环境下存在的文学，包括超文本小说、互动文本、文字动画诗、多媒体作品、生成艺术、编码作品、接龙体、文字游戏作品等。新文类之“新”不在于出现时间的先后，而是相对于传统文学，其发生了诸多特异性的嬗变。新文类不同于传统文学的最大差别在于(数字)媒介参与了创作之中，媒介和文字一样发挥着本体的作用，这在具体的新文类作品中有着鲜明的体现。由于媒介的参与和本体作用，新文类实现了不同于传统文学的变迁和转换，引起了一系列文学属性甚至是本性的变化，也就是说，在新文类中，文学性发生了不同于传统的变化。那么，新文类还是传统意义上的文学吗？它又更改了文学的哪些

* 作者简介：韩模永，男，安徽六安人，文学博士，南京林业大学人文社会科学学院教授，主要研究方向为新媒介文论、网络文学等。

常规？文学又该如何再定义？诸如此类的疑问都是文学范式转换之后必然要面对的问题，我们先从文学性变迁谈起。

一、文学性：文学本性与文学属性

“文学性”是一个难以界定的概念，一方面在于其自身界限、内涵的不确定；一方面表现在它的变动性，“文学性”是一个不断变化的概念。可以说，我们认可了什么样的文学，就会产生相应的文学性。“文学性”与“文学”甚至是一个循环论证、可以相互滋生的概念。因此，在文论史上，对文学性的探讨热闹非凡，观点层出不穷。史忠义教授在《问题与观点：20世纪文学理论综论》的译序中对“文学性”的定义进行了较为细致的思考，他认为可将其分为五大类[①]：第一种为形式主义的定义。罗曼·雅各布森1921年首次提出的“文学性”便是从这个意义上来说的，“文学科学的对象不是文学，而是‘文学性’，也就是说使一部作品成为文学作品的东西”[②]。即从文学的形式要素来区分文学与非文学，尤其是语言性，注重文学的修辞、表现手段、“陌生化”手法等，这是一种纯粹的文学性，之后的俄国形式主义、英美新批评延续的都是这条道路。作为文学性的源头，这种类别影响甚大，是任何关于文学性探讨都无法绕开的理论前提。第二种可以叫作功用主义的定义。“文学手法并不是表达信息的手段，而是文学言语的主人公和主题。文学文本中的遣词造句和谋篇，可算是为文学而语言，为语言而语言”[③]，文学变成了一种用法和用途。第三种是结构主义的定义。这一定义与形式主义有着广泛的联系，不同之处在于，结构主义不再从语言、修辞的细部着手来分析文学性，而是把语言、修辞作为一个整体结构来看待，建立一个统一的、功能性的相互依存的系统关系。这种定义本质

① 参见史忠义等译：《问题与观点：20世纪文学理论综论》，天津：百花文艺出版社，2000年版，第1～5页。

② 托多洛夫编：《俄苏形式主义文论选》，蔡鸿滨译，北京：中国社会科学出版社，1989年版，第24页。

③ 史忠义等译：《问题与观点：20世纪文学理论综论》，天津：百花文艺出版社，2000年版，第3页。

上与形式主义是一脉相承的，区别在于分析方法的差异。第四种是关于文学本体论的定义。文学参照的不是历史的真实，而是幻想中的人和事，也就是说，文学是虚构的。最后一种定义涉及文学叙述的文化环境，即文学性受到一系列文化环境的影响，如出版、文学批评、读者态度等，文学性走向一种更为广泛的文化。这些定义各有其独特之处，但在史教授看来也各有其弱点，并认为"文学性"的绝对定义和绝对标准是不存在的，他用一个宏观的、开放的态度，从而提出他的"普遍升华说"："文学性存在于话语从表达、叙述、描写、意象、象征、结构、功能以及审美处理等方面的普遍升华之中，存在于形象思维之中。形象思维和文学幻想、多义性和暧昧性是文学性最基本的特征。文学性的定义与语言环境以及文化背景有着密切的联系。在'文学性'的定义中，接受者的角色是主动的，而非被动的。"[①]综观这些定义，稍加分析可以看出，其实"文学性"的概念很多时候都不在同一个层面上使用，它可能包括两种细微的区别，第一，"文学性"指的是文学本性，即文学之所以成为文学的本体特征，即为"文学性"的原意、"本体论文学性"。雅各布森所确立的形式主义定义便是用此义，也就是文学区分于非文学的独特性，当然，结构主义的、本体论的定义也属于这一范畴。非文学就不具备这种文学本性，其指向的是明确的文学。第二，"文学性"指的是文学属性，即文学所具有的性质，如文学有功用的一面、有文化的一面等，但这种文学性并不是区分文学与非文学的标准，非文学通常也带有一定的文学属性，但这并不意味着它就是文学。比照文学本性的文学性，这种文学性被称为"文学性成分"可能更恰当。显然，这种文学性便多了一种研究指向，即非文学中的文学性，这当然指的是文学属性，而非文学本性。

应该说，对这两种"文学性"的概念界定对厘清文论史中相关问题的探讨是有益的，很多时候，我们根本就不在同一个层面和平台上来探讨文学性。简单说来，以形式主义为代表的"文学性"指的是文学本性，这是其基本的原意；而在后现代，尤其是解构主义那里的"文学性"则主要指文学属性。这在乔纳

① 史忠义等译：《问题与观点：20 世纪文学理论综论》，天津：百花文艺出版社，2000 年版，第 6 页。

森·卡勒的理论话语中有明显的体现,卡勒在"文学是什么"的探讨中,对文学的本质进行了五种阐发:1. 文学是语言的"突出";2. 文学是语言的综合;3. 文学是虚构;4. 文学是审美对象;5. 文学是互文性的或者自反性的建构。他还明确指出,这五种视角并不是互相排斥的,"可以从一种视角开始,但最终还要为另一视角留出余地"①。显然,卡勒在这里探讨的是文学的本质,即文学区分于非文学的标准、文学的定义问题。但卡勒在这里并没有使用"文学性"这一概念,可见,卡勒的"文学性"可能不属于本体论的"文学性",应该还另有所指。果不其然,在"文学是什么"探讨的开始,他便提出了"文学之外的文学性",他认为文学作品与非文学作品区别已显得不十分重要的原因是"在非文学现象中找到了'文学性'——可以用这个最简洁的字眼称呼它。人们通常认为属于文学的特性其实在非文学的话语和实践中也是必不可少的了"。② 作为解构主义的代表,卡勒的"文学性"显然指的是一种文学属性,其指向侧重于非文学,他给"文学性"赋予了别样的内涵,这在后现代、解构主义那里几乎成了一个普遍的理论诉求。"解构主义学者关心的已不是文学文本中的语言形式,而是非文学文本中的'文学性'了,诸如哲学、历史、政论、法律文书、新闻写作中的叙事、描述、想象、虚构、修辞等。乔纳森·卡勒在这方面可谓得风气之先,他较早发现了这一事实:'文学性'在非文学文本中的存在,如今已是一种极为普遍的现象。"③从时间上来看,美国后现代理论家大卫·辛普森是首次提出这种观点的,他在1995年出版的《学术后现代与文学统治》一书中提出了后现代"文学统治"的问题,认为文学已渗透在各个学科之中并取得了支配地位,"后现代是文学性成分高奏凯歌的别名"④。应该说,辛普森看到了在其他学科中"文学性成分"的普遍存在,但他误把"文学性成分"看成了文学本性,从而得出后现代"文学统治"的结论。这种结论无疑是在其他学科中对文学功能的夸大,自

① 乔纳森·卡勒:《文学理论入门》,李平译,南京:译林出版社,2008年版,第30~36页。

② 乔纳森·卡勒:《文学理论入门》,李平译,南京:译林出版社,2008年版,第19~20页。

③ 姚文放:《"文学性"问题与文学本质再认识:以两种"文学性"为例》,《中国社会科学》2006年第5期。

④ 余虹等主编:《问题》第一辑,北京:中央编译出版社,2003年版,第128页。

古以来,“文学性成分”就存在于其他的学科当中,何以独在后现代？后现代又何以被文学统治了？作为一种成分,“文学性”在其他学科当中仅仅是“非文学性”的一种补充,占统治地位的仍然是“非文学”,不能因为“文学性成分”的渗入,就抹杀了基本的学科界限,文学仅是非文学中的一种修辞策略,而非本性。相比之下,卡勒的说法就比较谨慎,他在《理论的文学性成分》一文中明确地用“文学性成分”代替了辛普森的“文学统治”。在卡勒那里,“文学性”实指“文学性成分”,而非文学本质。针对“后现代文学性统治”的提法,王岳川也持批判态度,他通过梳理德里达、利奥塔、哈桑等后现代理论家的理论话语,得出一个相反的结论:后现代文学性并没有实现统治,反而是消散了。王岳川清醒地指出:“‘文学性’是文学之文学的内在规定性和本质属性。辛普森所说的后现代强调了‘文学性’的说法在貌似新颖的外表下问题不少,甚至有可能掩盖了事情本身的真实性,这在西方并没有获得学术界的共识。其实,文学性有多种,不仅有虚构、想象、象征、叙事等语言修辞手法,更有文学之为文学的本体性存在。在后现代传媒时代中文学性已经逃逸到文化中,仅仅成为大众文化的形象符码。”[①]可见,王岳川对“文学性”的认识也是非常全面的,“文学性”包含着“文学性成分”,即他所说的“虚构、想象、象征、叙事等语言修辞手法”,而更重要的是“文学之为文学的本体性存在”,而辛普森的错误正在于他用“文学性成分”代替了“文学性”,从而推导出“文学统治”的假象。

二、新文类的文学性变迁:从审美的僭越到语言的僭越

通过对“文学性”概念的厘清,我们主张恢复“文学性”的原初意义,即“文学性”所指的是文学本性,而用“文学性成分”代指文学属性的“文学性”。显然,在文学中,对“本体论文学性”的探讨是至关重要的,它关系到文学命名、存在的可能性和合法性。网络文学新文类遭遇了一系列新变,实现了根本性的范式转换,那么,其文学性发生了哪些变迁？它还是文学吗？这是我们必须面

① 王岳川:《“文学性”消解的后现代症候》,《浙江学刊》2004年第3期。

对的本质问题。关于对文学定义、本质的界定向来是困难重重的,上述卡勒的五种本质观给了我们有益的启示,在他的五个命题当中,可总结出四个关键词,即语言、虚构、审美、互文性或自反性。现在看来,其中"文学是虚构"这一说法逐渐失去了它特有的意义,首先,虚构是一种语言行为的结果,本质上它是属于语言的,可与语言合二为一;其次,在今天的数字时代,尤其在新文类中,虚构更多地走向了一种虚拟,用虚构并不精确。因此,作为文学的本质,虚构似乎可以弃而不用。而"文学是互文性的或者自反性的建构"这一说法则属于文学状态的描述,即文学是一种不断反思自己的建构过程,互文性就是其中的一种反思结果,互文性不仅存在于文学当中,而且存在于所有的文化当中,所以,这一宽泛的概念似乎也并非文学的本质所在。如此,卡勒的本质观只剩下两个关键词,即语言和审美,在笔者看来,这正是文学之所以成为文学的本质所在,当然,这种观点也是有自反性的,但这种文学性与目前的文学现状是正相一致的。文学是语言艺术,这是区分文学与其他艺术样式的标准;文学是审美,这是区分文学与其他科学的标准。这正是使文学成为文学的本质所在。而文学是"意识形态",这强调的是文学的文化属性,它并非文学所特有的,它只是文学的属性而已。英国学者彼得·威德森在谈及"文学"定义的时候,引用了《牛津英国语言指南》对"文学"的解释:"'文学'这个词通常用于对某种作品的认可,这种作品被认为具有艺术的品质,对这种作品的评价可能依据社会的、语言的以及审美的因素。"[①]可见,这种解释同样突出了对语言和审美的重视,而社会则与意识形态相当,是一个大的文化概念。因此,我们有理由把语言和审美这两个维度作为"文学性"质的规定性,在此基础上,我们再来进一步思考新文类的文学性变迁。

在文学中,"文学性"一般表现为语言与审美的并存,用语言去表达自不待言,审美要素也充斥在整个文学当中。但很多时候,我们发现,在实际的文学文本中,也存在着"文学中非文学性成分"的扩张,正与"非文学中文学性成分"

---

① 彼得·威德森:《现代西方文学观念简史》,钱竞等译,北京:北京大学出版社,2006年版,第12页。

的扩张相同，但占统治地位的仍然是“文学”，正如后者是“非文学”一样。此时的问题在于，“非文学性成分”成为文学的要素，在“文学性”的本质中，它仍然是语言文字的，但不再是审美的，这便形成了审美的僭越，也就是非审美的“非文学性成分”僭越了文学的界限而进入文学当中，这在诸多文学作品中都有体现。如《红楼梦》中的药方和账单、《史记》中的历史记录、小说中新闻报道的插入等，文类交叉的写作形式通常会出现这种审美的僭越，但这种僭越并没有在文学中取得统治地位，反而会时时遭遇审美的“同化”。因此，没有人否认它们仍然是实实在在的文学。审美的僭越仅仅是文学性变迁的一种方式，但在整个文学中占据统治地位的仍然是文学性，部分文学的创新史也正是不断地审美僭越但始终被文学性压制的历史。这种实际的、普遍的审美僭越的文学史存在给我们一个有益的启示，既然“文学性”的审美质素可以被僭越，那么，另一个质素即语言是不是同样有被僭越的可能呢？网络文学新文类的文学性正使这种语言僭越可能性得以实现。传统意义上的文学都是以纯粹的语言文字为表现媒介的文学，因此，语言性是文学性的另一重要因素，与审美性深广的内涵不同，语言是一个可以被直接把握的、可见的标准。在新文类中，占主导地位的仍然是语言文字的表达，但同时融入了图像、声音、动画、程序等非语言成分，不同媒介之间的界限在新文类中开始泯灭，这与整个时代语境是恰好相吻合的，正如米勒所言：“视觉形象、听觉组合（比如音乐），以及文字都不同地受到了 0 到 1 这一序列的数码化改变。像电视和电影、连接或配有音箱的电脑监视器不可避免地混合了视觉、听觉形象，还兼有文字解读的能力。新的电信时代无可挽回地成了多媒体的综合应用。”[①]在数字时代，这种多媒体符码在新文类中轻而易举地实现了对传统语言文字的僭越，在新文类作品中，我们很难看到单纯的文字文学，这种僭越是普遍的、必然的，但新文类仍然没有失去其作为文学的本性所在，因为各种媒介符码并没有取得统治地位，多媒体只是一种补充和丰富，而占统治地位的仍然是语言文字本身，这与“非文学成分”对审

① J. 希利斯·米勒：《全球化时代文学研究还会继续存在吗?》，国荣译，《文学评论》2001 年第 1 期。

美的僭越有着逻辑上的一致性。同时,无论是审美的僭越还是语言的僭越,其共同的指向都是审美,也就是说,“非文学成分”和多媒体符码在进入文学之中时,都不可避免地受到文学的“同化”,从而携带一定的“文学性成分”。要言之,从“文学性”中细绎出审美和语言两个维度来检视其变迁,我们可以发现,有三种文学性。第一种为审美和语言的并存,这是一种较为纯粹的文学性,在诗歌中体现得最为明显,但在篇幅较长的作品中则难觅身影,在这个意义上说,诗歌可能是文学中最“纯洁”的艺术;第二种是审美的僭越,这是传统文学的普遍存在状态,文学中总能或多或少地找到“非文学成分”的痕迹;第三种为语言的僭越,这主要出现在网络文学新文类之中,它让人耳目一新,但又在文学性变迁的逻辑框架之内,实现了文学性又一次重大的变迁,即从审美的僭越到语言的僭越。

三、“第二种意义上的文学”

这种文学性的重大变迁,必然会导致文学观念的一系列变化,单一的文学观念不断地被打破,正如彼得·威德森所言:“事到如今,即使是最彻底的文学批评家也不会轻易接受那种单一的‘文学’观念了。”[①]他在《牛津英国语言指南》的词条中也找到了文学的两种意义:“在《牛津英国语言指南》中的词条确认了这个词语的两个通行的意义,这也就是我们已经碰到过的这两条:‘(1)通过语言的艺术创造及其产品:法语文学,英语中的文学等等;(2)某一主题或组群的文本:科技文学,计算机上的新近文学’——这里又标明说后者‘是眼下流行的次要意义,而前者才是这个术语的具有历史优先性的意义’。”[②]新文类显然属于后者,它虽不是文学的主导,却是当下较为流行的一种新的文学样式。米勒的说法更为贴切和准确,他说文学有两种含义:“第一种意义上的文学,作

① 彼得·威德森:《现代西方文学观念简史》,钱竞等译,北京:北京大学出版社,2006年版,第10页。

② 彼得·威德森:《现代西方文学观念简史》,钱竞等译,北京:北京大学出版社,2006年版,第11页。

为一种西方文化机制，是特殊的，它是第二种意义上的文学的历史性的特定的形式。在第二种意义上，文学是一种使词语或其他符号成为文学性的东西的一般倾向。”[①]米勒虽然并未提及新文类，但他所言的“第二种意义上的文学”正是对新文类的生动说明，新文类正是一种使词语和电子符号变成具有文学性的艺术。他在接受《文艺报》的一次采访中说得更为明确，并称之为“新形态的文学”：“新形态的文学越来越成为混合体。这个混合体是由一系列的媒介发挥作用的，我说的这些媒介除了语言之外，还包括电视、电影、网络、电脑游戏……诸如此类的东西，它们可以说是与语言不同的另一类媒介。然后，传统的‘文学’和其他的这些形式，它们通过数字化进行互动，形成了一种新形态的‘文学’，我这里要用的词，不是‘literature’（文学），而是‘literari－ty’（文学性），也就是说，除了传统的文字形成的文学之外，还有使用词语和各种不同符号而形成的一种具有文学性的东西。”[②]当然，米勒在这里所提及的“文学性”概念更侧重于宽泛的文学属性，并不专指文学本身，但新文类与他所言的“新形态的文学”是正相一致的，新文类正是一种“混合体”，它既有传统的一面，又有新型的、后现代的一面，那种简单地视新文类为后现代文学的观点是机械的、片面的，“后现代”一词也难以囊括新文类的复杂实际。那么，作为一种“混合体”和“第二种意义上的文学”，新文类又发生了哪些不同于传统的变化？文学又该如何再定义？

首先，文学还仅仅是时间艺术吗？莱辛在《拉奥孔》中认为诗善于表现时间中承续的事物。自莱辛的发现之后，文学是一种时间艺术几乎成了文学的普遍公理，但这一公理在面对新文类时，却失去了“放之四海而皆准”的效应，新文类因其他媒介符号的融入而相应地被空间化了。一方面，作为空间的绘画、图像、影像的融入打破了单纯的文字时间性表达，新文类自然带有了空间的成分；另一方面，非线性链接的结构突破了文字的线性次序，而形成一种空间的并置，它不再需要遵循传统文学的阅读顺序，而在空间的跳跃中漫游。因

① 转引自肖锦龙：《米勒视野中的传播媒介和文学》，《文艺理论研究》2007年第1期。

② J. 希利斯·米勒：《“我对文学的未来是有安全感的”》，《文艺报》2004年6月24日第2版。

此新文类已不仅仅是单纯的时间艺术，由于空间要素的融入，它更像一种艺术化了的作品，从而走向一种综合艺术。

其次，文学还一定有意义吗？我们传统的批评理论最后一般会导向对文学意义的追寻，在后现代话语中，这种对意义的追寻有时被颠覆，很多作品也表现出对意义的极端抗拒，从而沦落为一种形式的体验。诸多新文类作品正是在这样一条消解意义的逻辑上发展延续，它在艺术化之外，也多了一种游戏化的倾向，在游戏式链接的设计当中，这种游戏色彩最为明显。在跳跃性的多向小说中，其中的游戏成分也清晰可见。当然，传统文学也有游戏的一面，但相对于新文类而言，后者的游戏程度更强、作品更多，甚至产生了类似电玩一样的纯粹游戏。应该说，传统文学的游戏在游戏之后还总是试图追求某种诗性和意义，正如昆德拉所言："这一组织小说的奇特方式可能会被看作只是一种简单的形式游戏。但是，它不是游戏，每一部作品，总要对一个问题做出回答，人的存在是什么，诗性何在。"①但部分新文类作品，尤其是随意链接的作品则停留在"只是一种简单的形式游戏"的层面上，仅仅为游戏和愉悦而存在。因而，艾布拉姆斯的"实用说"似乎也失去了普遍效应，"游戏说"在文学中得到了广泛的显现，不可忽略。

最后，文学还一定有结局吗？在传统的文学作品中，我们通常会发现文本结构的完整性，正如亚里士多德对作品完整性的要求一样："悲剧是对一个完整划一，且具一定长度的行动的摹仿，因为有的事物虽然可能完整，却没有足够的长度。一个完整的事物由起始、中段和结尾组成。"②应该说，自亚里士多德开始便树立了这样一个普遍的文学传统，作品必须有头、有身、有尾，否则便难以为读者所接受。即便出现一些"未完成"的作品，通常也并非作家的本意使然，而是由于一些外界因素而被迫中断。但在新文类作品中，出现了不少真正的无结局的"未完成"作品，如《西雅图漂流》文字的无限漂移、《谜》中文字的无限运动、诸多诗歌作品的无限循环、多向小说链接的无限终止等，因此，试图

① 米兰·昆德拉：《小说的艺术》，董强译，上海：上海译文出版社，2004年版，第202页。

② 亚里士多德：《诗学》，陈中梅译注，北京：商务印书馆，1996年版，第74页。

找到作品结构的结局之处，将变得极其困难。这对文学产生了复杂的影响，如果说传统文学还有一个相对静止的存在，大体还有一个明确或模糊的指向，那么，在这些“未完成”的新文类作品中，动态变化，指向消失，它提供给读者更多的是开放的建构和想象，当然，同样也面临着意义的消解和读者的迷失。

从本质上说，文学所发生的这些变化与数字媒介符号的参与都是密不可分的，如果我们用“文学性”中两个最本质的要素（即语言和审美）来定义文学，那么似乎可以一致认为文学是一种具有审美性的语言艺术，但这仅仅适用于以语言为媒介的传统文学。如要给包括网络文学新文类在内的整个文学作一个全面界定，或许更为准确的定义即文学是一种以语言为主导、兼具其他媒介符号的审美性艺术。这种语言的僭越给文学带来的不仅仅是多了一些媒介符号的表达，更重要的是，它将变革文学的诸多成规。

作为浪漫主义新形式的网络历史穿越小说

王泽庆*

〔摘　要〕 网络历史穿越小说是浪漫主义在当代衍生的文学新形式。网络历史穿越小说突破时空界限，塑造了不少个性鲜明的人物形象，开创了游戏浪漫主义的新类型。除了主要人物的时空穿越之外，其故事又遵循一定的历史真实性，甚至做到细节的真实，把历史情境与现代意识结合起来，严肃地对待穿越游戏。网络历史穿越小说艺术呈现了历史可以重来的想象，重构了“有我”的历史。它不仅是网络文学类型研究的重要内容，也是传统文学理论与当下文艺现象的碰撞点。走向情感与理性的交融，是浪漫主义文学的发展趋势与意义所在。

〔关键词〕 网络历史穿越小说；游戏浪漫主义；情感；理性

在文学发展进程中，继承与创新是其中两个相辅相成的环节。网络穿越小说是最能体现网络文学特色的艺术类型之一，但它并不是纯粹的新事物。研究网络穿越小说需要与传统文学关联，只有置身文学史的视域，才能看清它的来龙去脉。[①] 笔者曾与顾祖钊教授一起讨论网络文学。顾先生积极关注文学新现象，充分肯定网络文学的存在价值。他有一个论断：网络穿越小说是浪漫主义发展的一个新阶段。他虽未对此观点展开论述，但给网络文学研究诸多启发。没有传统文学作基础，单纯靠超链接、互动和商业运作等手段，网络文学不可能有今天的成就。当下的网络文学研究，不仅要引领网络文学的创作与阅读，而且要对传统文学的爱好者和研究者有启示作用，积极影响他们对

---

* 作者简介：王泽庆，男，安徽枞阳人，南京大学文学博士，安徽大学文学院教授，研究方向为传媒时代的“语—图”关系、诠释学和中国近现代文艺思潮。

① 王泽庆：《网络文学评论与传统文学的关联》，《中国社会科学报》2021年11月29日。

网络文学的认知。不少学者从艺术手法和题材等角度，探讨网络文学对传统文学的继承，取得一定的研究成果。除此之外，还可从艺术类型与艺术风格等角度，分析网络文学与传统文学的异同点。

网络穿越小说比较有代表性的作品，有《新宋》《梦回大清》《寻找前世之旅》《极品家丁》等。一般认为，网络穿越小说要追溯到20世纪90年代黄易的《寻秦记》和席娟的《穿越时空的爱恋》。穿越小说实际上并不是现代社会独有的现象，它在中国古代就出现了。例如，唐代传奇中的《秦梦记》就是一部典型的穿越文学作品，主人公沈亚之寄宿在橐泉驿的客舍中，此地是秦穆公的墓葬所在。沈亚之做梦穿越到秦国，得到秦君重用，并获得战功。秦君因此把公主嫁给他，后因公主早逝，沈亚之返回故里而梦醒。明末清初董说的《西游补》写孙悟空离开火焰山后跌落到“万镜楼台”，先后穿越到秦代和宋代。晚清吴趼人的《新石头记》写贾宝玉穿越到上海、北京等大城市，甚至到海外游历，接触到电灯、火车和轮船等新事物，为西方现代科技文明所震撼。晚清陈冷的《新西游记》写唐僧师徒四人穿越到上海，在现代文明面前屡屡“受挫”。一般说来，穿越小说可以分为穿越历史、穿越未来和异界穿越等类型，如《斗罗大陆》就属于异界穿越，主角唐三由唐门穿越到斗罗大陆的异世界。本文将以网络历史穿越小说为研究对象，探讨它与浪漫主义的关系。

一、重构“有我”的历史：
网络历史穿越小说为何是浪漫主义

无论是传统的穿越小说，还是现在的网络穿越小说，它们都立足于现实世界，同时又超越现实，凭借丰富的想象力，表达作者对理想世界的向往与追求，如《西游补》作者描绘孙悟空进入鲭鱼精的幻梦世界所发生的一系列奇幻事件，旨在“讥弹明季世风”(鲁迅语)。当然，中国古代浪漫主义的产生，是与《离骚》传统和道家思想有很大的关系，不属于因反对理性主义而产生的西方浪漫主义谱系。德国哲学家恩斯特·特洛伊奇认为，浪漫主义革命旨在“反对在西欧盛行的算术化、机械化的科学精神，反对混淆功利与道德的自然法，反对将

人性过度抽象为普世与平等”;[①]而中国古代浪漫主义文学的产生,则与楚地的地域文化和屈原个人的政治遭遇等方面原因相关。虽然如此,西方浪漫主义仍是中国浪漫主义探讨的重要参照,中国浪漫主义是运用西方理论视角研究的结果,两者在创作方法上有一定的共通性,即需要脱离现实的固化和桎梏,并凭借情感、梦幻和想象等方式解决现实的问题。西方浪漫主义所反对的现实,就是依靠“理性的胜利”建立起来的社会,他们“把理性当做一切现存事物的唯一的裁判者”,同时主张“应当无情地铲除一切同永恒理性相矛盾的东西”。实际上,启蒙主义者标榜的永恒理性,在恩格斯看来不过是“这个永恒的理性实际上不过是恰好那时正在发展成为资产者的中等市民的理想化的知性而已”。[②] 我国古代《西游补》的创作年代是在明代崇祯年间,其中的虚幻情节设计也是有现实指向的,孙行者一连 16 个问天——天的真假、新旧、老嫩、厚薄、红白、雄雌等,“实则隐喻了对崇祯皇帝如何支撑和振作明王朝的质疑与担忧”。[③]

黑格尔把浪漫主义定义为绝对的向内性,注重从主观精神层面超越现实,中国古代浪漫主义和网络历史穿越小说也是如此,如穿越到过去,试图解决现实世界难以满足的需求。在浪漫主义者看来,启蒙主义运动从外部接触历史,把当代的标准和目的强加给过去,而他们则推崇歌德的“个性艺术”,认为如果有“来自内心深处和谐、独立的情感,来自因为自身而独特的、忽视一切外物的感情”,“那么产生的艺术将会是完整而鲜活的”。[④] 网络穿越小说中的历史也具有向内性,是带有“我”主观色彩的历史,而不是纯粹客观的历史,其阅读感受是不同于普通的史学著作。网络历史穿越小说的表意模式是“我—历史—现实”,历史是作者表达现实需求的中介或语境。这显然不能等同于现实主

① 蒂莫西·C. W. 布莱宁:《浪漫主义革命:缔造现代世界的人文运动》,袁子奇译,北京:中信出版社,2017 年版,导论第 16 页。

② 恩格斯:《反杜林论》,载中共中央马克思恩格斯列宁斯大林著作编译局:《马克思恩格斯选集》第 3 卷,北京:人民出版社,2012 年版,第 643 页。

③ 丁国强:《董说“问天”与屈原“天问”》,《安徽大学学报》2002 年第 5 期。

④ 蒂莫西·C. W. 布莱宁:《浪漫主义革命:缔造现代世界的人文运动》,袁子奇译,北京:中信出版社,2017 年版,第 147 页。

义，即按照亚里士多德《诗学》中所说的“按照人本来的样子描写”，追求细节描写的逼真性，现象的真实还必须与生活的逻辑相统一。像穿越到古代的这一情节，显然不是“按照人本来的样子描写”。一个历史系大学生石越，莫名其妙地从2004年的中国穿越到北宋。随遇而安的性格让他接受了这个事实，自己也已打听到此时正是北宋的熙宁二年。他非常清楚历史的发展进程，轰轰烈烈的王安石变法，最终免不了失败的结局。他利用已有的知识积累，在北宋王朝大胆改革：开辟海外贸易，兴办大学和技术学校，研究物理、化学和地理，传授能工巧匠的技艺……同时也不可避免地卷入了王安石与司马光、苏东坡等人的激烈争斗中，受到新党攻击，为辽国与西夏等边境事务而烦神……尽管小说有一定的细节真实，但不同于一般的历史小说，穿越小说里的主要人物石越是不存在的，与他相关的人物和事情是艺术虚构与历史真实情景相结合的产物。因此，局部的细节真实，不影响网络历史穿越小说从整体上看是浪漫主义的判断。

浪漫主义作品充满主观情感，作者叙述忠于自己的内心世界，带有理想主义的色彩。网络历史穿越小说的出现，正是满足年轻女性的内里灵魂的关切，让她们暂时抛开现实的局限与无奈，自由地梦想属于自己的浪漫爱情。《梦回大清》的作者金子认为理想的穿越小说，跟其他类型的小说一样，内容一定要有积极向上的东西，做梦也要做美梦，这里的美梦其实就是满足内里灵魂的需要。当然，美梦并不是完全不切实际，它的存在有一定的逻辑性和合理性，作品蕴含的历史观和对世界的描述不能因为穿越而改变。她认为穿越题材会一直延续下去，因为年轻女性的心理需求在那里，穿越小说能超越普通上班族身陷财务报表等方面的现实局限性，让故事的历史情境发生变化，故事情节自然会出人意料。[①]

除了年轻人的身份特点之外，中国穿越小说的产生有其独特的历史背景。它不像西方是对理性启蒙的反思，而是顺应强国梦的个人奋斗之艺术呈现，如

① 《独家对话〈梦回大清〉作者金子：穿越大有可为》，http://ent.sina.com.cn/v/m/2010-01-15/09292844865.shtml。

渴望成功和爱情,追求发家致富,等等。黎杨全认为,欧美的"穿越"题材作品是去未来,而我们则是回古代,其原因在于:西方优势在于对新世界的人文思考,而中国网络穿越小说则是为 YY(意淫)服务的虚幻白日梦,如果穿越到未来,就成了乡下人进城,丧失能够 YY 的优势了。[①] 实际上,个中原因,还有中西方的社会心理侧重点不同。面向未来,更多的是对科技和人类发展历史进程的担忧,而面向古代,则是立足个体对功名或爱情的追求,后者浪漫主义色彩更为浓厚,更容易引起读者的代入感。如灰熊猫的《窃明》写的就是一个普通人的不平凡经历,除了个体的奋斗之外,还因为拥有了在现实中不可能有的机遇,即主人公黄石因为爆炸事件,穿越到明末万历四十六年,他凭借超越数百年的历史知识和智慧积累,发展自己的势力,完成保家卫国、扭转局势的历史使命。月关的穿越小说《回到明朝当王爷》和《锦衣夜行》,也是一场现代人做的治国平天下的白日梦,如《锦衣夜行》主角夏浔穿越到明朝,因为他的辅佐,才有朱棣开创的永乐盛世。而他本人也从一名普通的锦衣卫,奋斗成为大明王朝权倾天下的重臣。可以说,在穿越小说的作者眼里,历史不再是充满着书本上的不可改变的死知识,而是能实现自己梦想的战场和契机。

因聚焦个体对成功和幸福美满生活的追求,如粟斌所归纳的,历史穿越小说的内容也呈现相应的一些特点:表现物质生活的富足、生活方式的礼仪化、阶层的上升和传统的审美趣味等,注重对服饰、饮食、日常器物、交通工具等方面的摹写,呈现朝拜、宴会、歌舞等各式游乐的礼仪景观,热衷于书写主人公社会地位的上升,以及对从属奴仆、役众的拥有和对他们的控制,在宴游和山水之间吟风弄月、歌诗赋曲。[②] 在这些内容中,最核心的是描写主人公社会地位的上升,这是个体在古代成功的关键所在,如禹岩所著的《极品家丁》中名牌大学的毕业生林晚荣,因在泰山旅游时意外坠崖,穿越到前朝的大族萧家成为一名最低等的家丁。虽然他异常郁闷,但是毕竟受过高等教育,让机智过人的他不可能甘心如此平庸,于是他运用所掌握的现代知识,最终逆袭成为有地位的人。

---

① 黎杨全:《网络穿越小说:谱系、YY 与思想悖论》,《文艺研究》2013 年第 12 期。

② 粟斌:《"传统"的魅惑——兼议网络穿越小说出现的时代逻辑》,《青海社会科学》2013 年第 2 期。

二、游戏历史：网络历史穿越小说与传统浪漫主义文学的不同

网络穿越小说创作的时代背景显然不同于传统穿越小说，年轻人普遍受过高等教育，拥有古人缺乏的现代科技文化知识，并熟悉历史发展的走向，但在现实中因为各种原因导致“英雄无用武之地”，只好试图在历史穿越中实现人生抱负或得到幸福美满的爱情。小说主人公面对矛盾时，往往有一套先天具有并超越其他人的知识系统去应对。运用这套先天具有的知识系统去解决当时的历史问题，自然会让创作者有一种游戏的快感，也让读者产生阅读历史著作没有的惊奇感，因为这是一盘用新的规则下的大棋。整部小说可谓是一场让人置身于古代与现代、历史与现实、真实与梦幻之间的游戏，让读者看到一个现代人如何解决当时的社会矛盾，以实现自己的梦想。

俞兆平把西方浪漫主义在中国20世纪上半叶的传播和接受，归纳为四种类型：一是尼采式的哲学浪漫主义，以早期鲁迅为代表。鲁迅对神话、宗教、“迷信”等形而上精神活动的肯定，源自尼采对原始生命力的崇奉，对唯科学主义思潮的反拨。二是卢梭式的美学浪漫主义。浪漫主义运动之父卢梭对城市文明和工业文化很反感，崇尚个性、想象和幻想，主张回归自然，沈从文是其在中国的代表作家。三是高尔基式的政治学浪漫主义，郭沫若是其代表。四是克罗齐式的心理学浪漫主义，主要表现作家的个性，抒写性灵，林语堂是这一派的代表。①

如同其他浪漫主义，对传统的迷恋，也是网络历史穿越小说的创作倾向。启蒙运动敌视历史，而浪漫主义者“永远更喜欢自然传续的而非人为生造的东西，只有过去才能为未来指明方向”，弗里德里希·施莱格尔就说“世界不是体

① 俞兆平：《浪漫主义在中国的四种范式：鲁迅、沈从文、郭沫若、林语堂》，桂林：广西师范大学出版社，2011年版。

系,而是历史”。[①] 但网络历史穿越小说中的历史,并不是尼采和鲁迅观念意义上的神话,而是故事发生的具体历史背景,也不是回到卢梭说的自然,相反是在具体的社会历史情景,主人公能实现人生的价值。很显然,网络历史穿越小说不属于哲学浪漫主义和美学浪漫主义。

至于政治学浪漫主义和心理学浪漫主义,网络历史穿越小说与它们也有根本不同之处。高尔基把浪漫主义分为积极的浪漫主义和消极的浪漫主义(个人的浪漫主义),后者是“对现实的极端不满”,“宁肯弃现实而取幻想与梦想”,把个人提高在社会之上,“赋予个人以神奇的力量”。[②] 但网络历史穿越小说主人公虽拥有因穿越到过去的智慧优势,但并没有把个人凌驾在社会之上,而是仍然遵循古代社会的历史规则。网络历史穿越小说不属于消极的浪漫主义,但也不属于积极的浪漫主义(社会性的浪漫主义),如为阶级斗争服务的革命浪漫主义或者说政治学的浪漫主义,以唤起读者对现实和现实一切压迫的反抗。网络历史穿越小说显然不是为阶级性的政治斗争服务,只是叙述一场实现个人奋斗的白日梦。至于表现个人性灵的心理学浪漫主义,其代表作家林语堂继承白璧德的观点,把道家思想作为中国浪漫主义的源头,追求自然、放逸、清高或遁世[③],这也不是描写积极入世的网络历史穿越小说的风格。

综上所述,网络历史穿越小说是在中国当代出现的比较特殊的浪漫主义类型,即游戏浪漫主义,在文学发展史上有一定的艺术创新性。当代人创作网络历史穿越小说,一方面是因为满足网民阅读爽文的需要,一方面也是通过进入这场史无前例的历史游戏,以体现自己的存在感,正如伽达默尔所说,“自我表现乃是自然的普遍的存在状态”,“游戏者仿佛通过他游戏某物即表现某物而达到他自己特有的自我表现”。[④] 在他看来,游戏的本质是要预先规定游戏的规则和秩序,以确保游戏活动空间的有效存在,像神圣区域的界定一样,游

① 蒂莫西·C. W. 布莱宁:《浪漫主义革命:缔造现代世界的人文运动》,袁子奇译,北京:中信出版社,2017 年版,第 150 页。

② 高尔基:《俄国文学史》,缪灵珠译,上海:上海译文出版社,1979 年版,第 71 页。

③ 林语堂:《林语堂批评文集》,沈永宝编,珠海:珠海出版社,1998 年版,第 114 页。

④ 伽达默尔:《诠释学 I:真理与方法》,洪汉鼎译,北京:商务印书馆,2010 年版,第 159 页。

戏世界与目的世界是对立的。对于网络历史穿越小说来说，其主要人物是处在一定的历史情境里，需要去解决当时的社会矛盾。遵循具体的历史真实，这是游戏的基本规则。如果越过这个界限，让主人公呼风唤雨，转眼间就解决了社会矛盾，就失去游戏的存在意义。

作为最早的穿越小说《新宋》，作者阿越一直按照"实验小说"的模式，把它当成一个"历史推演游戏"[①]，尽可能地还原北宋熙宁、元丰年间的历史真实，即游戏的活动空间。在阿越看来，大部分的历史穿越小说都不够严谨，不论是穿越到汉唐，还是明清，都仿佛是同一个朝代，对历史的文学描写没有区分度。遵循当时的历史真实，就是游戏本身基本的规则，但对于创作者来说，却是非常大的考验，因为这需要超常规的知识储备。为了做到历史的真实性，阿越狠心删除已经写好的 10 万字内容，彻底重写。从官制到礼仪，从庙堂到勾栏，甚至是开封城巷子名称与位置的这些细节，他都竭力做到具有真实性。遵循历史真实的要求，才能体现穿越游戏自身的严肃性。游戏活动不仅仅有娱乐性，它还具有一种独特的甚而是神圣的严肃性。让一个现代人回到历史潮流的运行中，这个严肃的实验性动机和做法本身，保证了穿越游戏的有效进行，正如伽达默尔所说的，"使得游戏完全成为游戏的，不是从游戏中生发出来的与严肃的关联，而只是在游戏时的严肃。谁不严肃地对待游戏，谁就是游戏的破坏者"。[②] 当然，穿越毕竟不是真实的事件，参与游戏自然同时具有严肃性和娱乐性。

不同于常人对待历史的思维方式，作者还引进一个变量，即一个穿越过来的主人公。在常人眼中，世上没有后悔药，历史是不可以重来，但是穿越可以让人冲破这些限制，让历史重演一次。这些不符合历史常识的人为艺术设置，穿越者身上带来的现代知识与现代人体验，以及穿越到的朝代的历史真实，共同构成了游戏的规则。也就是说，小说主人公在历史真实和现代真实的两套规则里进行推演，看它能发展成什么样子。无论是熟悉历史的读者，还是当代

---

① 《作家阿越写〈新宋〉的 15 年》，https://baijiahao.baidu.com/s?id=1669123737818152270&wfr=spider&for=pc。

② 伽达默尔：《诠释学 I：真理与方法》，洪汉鼎译，北京：商务印书馆，2010 年版，第 150 页。

的读者,对游戏的结果都很难一眼看穿,这是网络穿越小说吸引人的地方。金子也说,一个现代人回到古代,肯定有很多不适应,产生时代差异的东西很吸引人。通过一个现代人回到古代的奋斗史,来探讨一下某段历史究竟是在哪个地方出了差错,来演示一下历史的另一种可能,运用现代人拥有的能力,能否把历史扭转过来,这些无疑是读者感兴趣的话题。

三、走向情感与理性的交融:文学艺术的发展趋势

布莱宁梳理浪漫主义革命的历史进程后,得出一个结论:情感与理性、浪漫主义与启蒙主义都是辩证发展的,浪漫主义那条核心原则——"绝对的内在性"——的历史角色没有完结,浪漫主义革命仍没有完结。[①] 实际上,不仅浪漫主义没有完结,启蒙主义也没有结束。浪漫主义与启蒙主义,浪漫主义与现实主义,浪漫主义与古典主义,都是相互补充、相辅相成,不同的文学流派或文学思潮都有其历史使命,都在现代社会有某种程度的演变与延续。

正如林语堂在《说浪漫》一文中指出,古典主义及浪漫主义乃人性之正反两面,为自然现象,不限之于任何民族。[②] 古典主义和浪漫主义的存在,以及融合了理性和情感的文学类型,都符合人自身的需求。也很难说古典主义里没有情感,浪漫主义里没有理性,只不过有所侧重而已。19世纪的西方现实主义不仅被称为新古典主义,也被称为浪漫写实主义,其代表作家司汤达和巴尔扎克身上,既有浪漫主义的痕迹,又有不同于一般浪漫主义作家的地方。[③] 韦勒克也指出,各种西方浪漫主义"都看出了想象、象征、神话和有机的自然观隐含着的实质。并将它视为克服主观和客观、自我和世界、意识与无意识之间分裂的巨大努力的一部分。这就是英国、德国和法国浪漫主义大诗人的最重要的

① 蒂莫西·C. W. 布莱宁:《浪漫主义革命:缔造现代世界的人文运动》,袁子奇译,北京:中信出版社,2017年版,第215页。

② 林语堂:《林语堂批评文集》,沈永宝编,珠海:珠海出版社,1998年版,第114页。

③ 蒋承勇:《"说不尽"的"现实主义"——19世纪现实主义研究的十大问题》,《社会科学战线》2021年第10期。

信条。这是一个前后严密一贯的思想和感情的主体部分”。[①] 可以看出，如同情感与理性，主观和客观，自我和世界，意识与无意识，不仅是不同历史时期的普遍需要，也是文学和审美的内在需求，每一种文学类型都需要做到两者的统一。浪漫主义反对的，是对个体、自我和自由的忽视，而不是单纯地针对理性，只是针对理性的中心化。在卢梭看来，启蒙之光虽然给人光明，却不给人温暖，虽然驱走黑暗，却不能照彻人心。为了达到理性的去中心目的，浪漫主义的观点往往比较偏激，狂热的想象和过度夸张等又造成了情感中心化的嫌疑。如卢梭就宣称：“我许诺要讲述的是我灵魂的历史。这样的写作不需要其他的回忆；我只需要进入我自己的内心，这就足够了。”[②]

而西班牙画家戈雅说的话，则是比较中肯，他认为：“被理性遗弃的想象力会带来意想不到的怪物；如果与理性结合，她是所有的艺术之母，是所有奇迹的源头。”[③]想象力是艺术创造力的重要体现，但它不能单独发挥作用，需要理性的帮忙。柏拉图认为，没有诗神的迷狂，谁也敲不开诗歌之门。迷狂虽重要，但是柏拉图并没有否定理性在文艺创作中的作用。由于反对理性的中心化倾向，对情感的强调又容易走向另一个极端。经典作品中的情感与理性，虽然有所偏重，但两者是统一的。歌德笔下的维特，出生于中产阶级家庭，在公使馆当办事员，他多愁善感，热爱自然和文艺。维特爱上了法官的女儿绿蒂，而绿蒂却是有未婚夫之人。虽然这是有悖于道德与理性，但是他内心不下千百次地想拥抱绿蒂，情感与道德理性的冲突实在不能相容，他最终走向了不归路。与他命运相似的农夫，曾大胆地向女主人表示了爱情，但是女主人的弟弟怕他抢走了姐姐的财产而解雇了他，农夫最终因爱恋绿蒂而丢了工作并发疯。不少学者把《少年维特之烦恼》作为浪漫主义作品的代表作，但是恩格斯却赞扬了它的批判现实主义精神，卢卡契认为它是 19 世纪伟大的现实主义问题文

---

① 韦勒克：《批评的诸种概念》，丁泓等译，成都：四川文艺出版社，1988 年版，第 212 页。

② 蒂莫西・C. W. 布莱宁：《浪漫主义革命：缔造现代世界的人文运动》，袁子奇译，北京：中信出版社，2017 年版，第 15～17 页。

③ 蒂莫西・C. W. 布莱宁：《浪漫主义革命：缔造现代世界的人文运动》，袁子奇译，北京：中信出版社，2017 年版，第 86 页。

学作品,巴尔扎克和司汤达的作品是对它直接的继承。从这些评价可以看出,《少年维特之烦恼》虽然塑造了一个追求个性解放和情感自由的少年形象,但是歌德清楚地认识到传统道德和世俗的巨大阻力。在肯定个性解放和情感自由价值的同时,也没有否认绿蒂冷静理智的合理性,说明了歌德并没有忽视理性在现实中的制约作用,并没有不顾理性地异想天开,他塑造的人物形象因此才具有一定的真实性和时代价值。

当然,古典主义容易走向忽略情感的偏执,浪漫主义容易走向忽略理性的极端,所以浪漫主义中的理性如同古典主义中的情感,都很重要。浪漫主义在推崇个性的同时,不能完全忽略普遍性的要求;而古典主义追求普遍性的同时,不能没有个体正常情感的艺术呈现。况且理性的合法性未必不能证伪,它是否真是所有人的普遍要求。在穿越小说中,不仅需要天马行空的大胆想象,同时也需要对历史的理性思考,要考虑到历史发展的规律,严肃对待这一场创作的游戏。阿越曾介绍过自己的创作动机。在读过汤因比的《历史研究》后,他觉得王安石变法的时代是中国历史发展与挑战并存的一个节点,但不少人至今对王安石变法的认识仍有偏颇之处。重新认识王安石变法,对今天的改革开放不无启迪意义。水火不相容的新旧党争,其实他们只是改革的策略与方向不同,却因此导致了北宋的灭亡,其教训不可不谓极其深刻。[①] 为了达到这个创作目的,作者阅读了四千多万字的史料以及研究专著、论文,力求做到历史的真实,对宋朝进行大百科全书式的艺术呈现,让故事发生有一定的历史依据和逻辑性,在某种程度上体现了现代科学的实验理性和实证精神。

游戏浪漫主义讲究情感与理性共存,还体现在积极描绘穿越世界的社会矛盾。唐代传奇《秦梦记》对社会矛盾呈现与解决是一带而过,秦穆公想国家富强,沈亚之告知以昆吾、大彭以及齐桓公的事迹,秦穆公听后很满意,便派他帮助西乞领军讨伐河西,结果攻下敌方五座城池,回来报告战绩。还有《桃花源记》,捕鱼为业的武陵人突然发现了桃花林,此地不仅自然美:夹岸数百步,

① 《作家阿越写〈新宋〉的15年》,https://baijiahao.baidu.com/s?id=1669123737818152270&wfr=spider&for=pc。

中无杂树，芳草鲜美，落英缤纷，而且还有社会美：其中往来种作，男女衣着，悉如外人，黄发垂髫，并怡然自乐。这里没有任何矛盾的社会性存在，实际上是不可能的。不真实呈现社会矛盾存在的形象塑造，无疑是纯粹的乌托邦。窦娥的冤情得以昭雪，靠的是她给父亲托梦，而不是现实可能存在的因素。当然，穿越小说的矛盾问题解决，与一般纯粹的客观描写不同，它会设置一些前提条件，这个设置可能是非常浪漫的，比如主人公对时空的穿越等。如果让《窦娥冤》的故事更具备理性色彩，可以在开始塑造人物形象时就告知读者，她具备这种托梦能力或可能。如果没有这个前提，窦娥托梦就缺乏一定的逻辑性。当然，这并不影响作品的现实批判性。

总之，网络历史穿越小说的出现，从艺术层面上看，它根植于谙熟网络游戏年轻人群体的审美需求，注重娱乐性与现实性的结合，丰富浪漫主义文学的类型，体现文学艺术的延续性与创新性，对文学的未来发展有一定的启示意义，但是也不能过于夸大，它不能取代科幻小说和现实主义文学等；从文化层面上看，网络历史穿越小说是文学艺术与互联网技术携手并进的产物。其感情与理性的结合，不仅是人性的正常需求，而且是来源于文学情感性特点与互联网时代批判性特点的结合。优秀的网络历史穿越小说提升了大众的主体性与成就感，它打破了历史不能重来的现实限制以及现实生活的平庸，满足了普通人也能修身齐家治国平天下的梦想，也能做历史主人的想象。网络历史穿越小说是文化研究不可忽视的重要对象。

网络职场小说论*

苏晓芳**

〔摘　要〕 现实题材小说成为网络文学新的增长点，职场小说是其中值得关注的一种类型。网络职场小说中影响最大的作品因其现实功利性、写实性而被读者称为“职场教科书”。大多数职场小说都有一个励志的主题，讲述主人公从单纯、幼稚的职场新人成长为业界精英，其中以女性为主人公的作品数量更多，且在人物形象塑造上形成了特有的模式；网络职场小说以大都市的消费文化景观为背景，而背景中物的展现、堆积及对物的不加掩饰的欲望在某种程度上也成为小说中人物奋斗的内驱力。此外，近年逐渐兴起的包括工业文、医疗文、商战文等在内的行业小说可视为职场小说的专业化细分，技术流是其发展趋势。

〔关键词〕 网络文学；职场小说；现实题材

近几年，由于文艺主管部门和各大文学网站的鼓励与倡导，现实题材作品成为网络文学发展新的增长点，更多的现实题材网络小说类型受到关注，职场小说就是其中一种。从文学史发展的角度来考察，我们所说的职场小说在中国现代小说史上未曾出现过，我们很难找到一部专门描写职场中的各种关系或一个行业的发展运作的小说，茅盾的社会剖析小说《子夜》虽有较多的笔墨描写民族工商业的发展，但其意在表现中国社会错综复杂的阶级关系，而不是讨论所谓商战技巧、职场规则。传统的中国现当代文学史中虽有所谓农村题材、工业题材、军事题材等提法，但与我们将要讨论的作为类型的职场小说亦

---

* 基金项目：本文系国家社科基金重大项目“中国网络文学评价体系建构研究”(18ZDA283)子课题“中国网络文学类型写作研究”的阶段性成果。

** 作者简介：苏晓芳，厦门理工学院文化产业与旅游学院、文化产业研究中心教授，硕士生导师，主要研究领域为中国现当代文学、网络文学。

相去甚远,彼处的农村、工业、军事等更多只是提示作品主人公的身份或生活场域,而非讲述相应行业的生存、发展、运作规律。

如果非要在网络文学兴起之前的文学史脉络中找寻职场小说的踪迹,则向外可以追溯至 20 世纪 50 年代的欧美文学,加拿大作家阿瑟·黑利被称为“职场小说之王”,他的《钱商》《航空港》《大饭店》《晚间新闻》《汽车城》等作品分别以银行、航空、酒店、新闻媒体、汽车制造等不同的行业为故事背景,小说的主人公也多是职业经理人、医生、银行家等职场人士,其作品最大的特色是在故事情节中对行业细节进行极度逼真的描述。阿瑟·黑利的职场小说曾出现在《纽约时报》畅销榜上,还入选了 MBA 教材,部分小说被改编成影视作品后,更风靡一时。向内溯源,在中国当代文学史上则有 20 世纪 90 年代香港作家梁凤仪创作的一系列“财经小说”,这些作品多以都市商界为背景,将现代职场商战与言情故事融为一体,创造了一种新的通俗小说类型,可被视为中国当代文学中较早出现的职场小说。梁凤仪的作品多达百部,她本人也当之无愧地成为华语财经小说的开创者。

在今天的网络文学中,职场小说虽然是一个比较重要的类型,但网络职场小说作为一个概念则出现比较晚,出版于 2013 年的《网络文学词典》(欧阳友权主编,世界图书出版公司出版)中收入了 31 个文类术语,职场小说并不在其中。这一方面是因为在网络文学发展的前期,小说类型较为集中于幻想类的作品,而原本在数量上、影响上并不占优势的现实题材小说在类型上又多聚焦于都市、校园言情书写,较少关注职场空间、行业发展等,前者属于私人生活领域,而后者聚焦公共生活空间。网络职场小说出现的大背景是现代职场这一新的生存场域的快速发展、都市白领阶层达到一定规模。职场是新兴白领阶层的生存空间,作为一个社会阶层,新兴白领在职场的生存境遇、心路历程及他们独特的价值观和审美趣味,都需要在精神上以文学的形式有所体现,由此,职场小说应运而生。近年来,随着网络文学题材领域的不断拓展,一些以职场生存为主要书写对象和更为具体地反映商界、IT 业、制造业、医疗业等行业发展的作品从海量的网络小说中脱颖而出,成长为一个值得关注与期待的新的小说类型。

一、那些被称作"职场教科书"的网络小说

网络职场小说以表现都市白领的求职、竞争、升职、加薪等为叙事对象,重在反映现代职场的生存状态和人际关系,具有较强的实用性和认知价值。最具轰动效应的网络职场小说往往都有所谓"职场教科书"之称,如被称为职场小说"开山鼻祖"的王强的《圈子圈套》被称作"职场教科书"或"职场生存《圣经》";李可的《杜拉拉升职记》[①]被誉为"中国白领必读的职场修炼小说";蓝88的作品甚至直接以《职场教科书》作为书名。

对于这些作品,无论是作者还是读者,首先看重的是文学诸多功能中的认知功能。作者意在以小说的形式将自己多年来在职场上领悟与积累的生存哲学、处事经验和实用策略分享给读者。《浮沉》是作家崔曼莉以网名京城洛神发表在"天涯论坛"上的小说,讲述了女主人公乔莉惊心动魄的职场拼搏,围绕对一个七亿元大单的争夺,外企职场各色人等之间的矛盾纠葛、办公室政治、商界博弈等都得到了真实展现。作品还对外企人员结构、工作模式、薪酬体系、经营策略及外企在中国的地位等都做了全面而可信的介绍。

在《杜拉拉升职记》中,作者总结出"下属无性别""上级的性别只关乎授权的程度""WHY比WHAT更重要"等职场规则。小说还以大量篇幅介绍HR(人力资源经理)专业知识,如SMART目标设定原则、SWOT分析、SOP定义、360度绩效评估等,作者如同写作教科书一般不厌其烦、娓娓道来,比如在谈到SMART目标设定原则时,小说写道:

> 先解释一下SMART原则:该原则是在工作目标设定中,被普遍运用的法则。
>
> S就是specific:意思是设定绩效考核目标时,一定要具体——也就是目标不可以是抽象模糊的。
>
> M就是measurable:就是目标要可衡量,要量化。

---

① 严格地说,《杜拉拉升职记》是一部来源于网络的小说,经过出版社挖掘、策划、打磨,最后才成型为现在人们读到的版本,在最初的网络版中女主角甚至不叫杜拉拉,而叫杜朝阳。

A 就是 attainable：即设定的目标要高，有挑战性，但是，一定要是可达成的。

R 就是 relevant：设定的目标要和该岗位的工作职责相关联。

T 就是 time-bounding：对设定的目标，要规定什么时间内达成。[①]

作者把她多年职场积累的心得体会如数家珍、倾囊相授，大到如何对待工作及与上司、同事的相处，小到着装细节。从读者接受的角度来说，这是一部特别适合职场新人阅读的作品，很多读者就是通过阅读这部作品对 HR（人力资源经理）这一职业有了全新的理解。初涉职场的年轻读者希望能从中学习职场生存法则，复制杜拉拉的成功，因此，称这部作品为“职场教科书”实不为过。对于小说实用性的倚重使网络职场小说的创作与接受带上了浓重的功利色彩。

职场小说的出现除了与特定读者群对职场知识的强烈需求有关外，还与作者的倾诉、分享欲望有关。网络职场小说的作者大多不是专业作家或写手，而是拼搏在职场多年的精英人士，写作只是他们的副业或者兴之所至、偶尔为之的一种爱好。他们的第一职业身份大多与自身作品中人物相关，他们所塑造的人物原型，多为他们自己或熟悉的朋友、同事，所写的事件常常也是他们亲身经历过的，因此，网络职场小说带有作者自叙传的色彩。

《圈子圈套》的作者王强是一位工科背景的职业经理人，他 1993 年毕业于清华大学精密仪器和机械学系，获工学硕士学位，随后走入职场，先后担任过联想集团高级销售、西门子中国区负责人、希柏系统软件有限公司中国区总经理、SAS 中国区总经理等职务。王强写《圈子圈套》就是以自己在外企工作的经历作为蓝本，塑造了一位出身底层的销售人员洪钧的形象，讲述了他从人生的低谷，经历种种波折，最终一路过关斩将，升任维尔西中国区总经理的经历。王强后来又写了《圈子圈套 2：迷局篇》和《圈子圈套 3：终局篇》，完成了他的“中国现代商道三部曲”，这是他十多年商海经历和职场体悟的产物。王强在接受媒体采访时曾坦言小说中的主人公、故事情节都是根据自身的经历编排的，并

① 李可：《杜拉拉升职记》，西安：陕西师范大学出版社，2008 年版，第 155 页。

且主人公洪钧融入了他以及他的上司等人的形象[①],事实上,除了洪钧,在俞威、邓汶、小薛等人物的身上也都有王强自己的影子。

《杜拉拉升职记》的作者李可也是名校毕业,长期在外企做职业经理人,从事过销售和人力资源工作,《杜拉拉升职记》横空出世,引起巨大反响,随后李可继续讲述杜拉拉的职场故事,推出了《杜拉拉 2:华年似水》《杜拉拉 3:我在这战斗的一年里》和《杜拉拉大结局:与理想有关》,构成了由四部小说组成的"杜拉拉系列"。说起写作"杜拉拉系列"的初衷,李可认为是"提供实际、可运用的常识、知识与经验,供职场中人参考,至少引起其有益的思考,包括职业规划、理财和个人生活经营"[②]。"杜拉拉系列"的走红使她在网文界声名鹊起,但她并没有转型做职业写手,而是在分享完自己的职场经验之后,仍然继续担任企业高管,同时也保持着低调的生活姿态,"杜拉拉系列"之后她没有再出新作。《沉浮》的作者崔曼莉,毕业于南京大学,做过电视节目主持人、策划人,有过国企、知名外企从业经历。她于 2001 年开始自由写作,但她主要从事纯文学创作,职场小说《浮沉》是她唯一的网络小说,也是一部与读者分享了诸多全新商业概念的作品,如"卖软件与卖冰棍的区别","商业转型时期,每个人都需要有一个正确的态度去理解真正的商业,提高核心竞争力,使得机会最大化"等。《格子间女人》的作者下午茶(本名舒仪),曾就读于北京大学光华管理学院,毕业后进入了世界五百强知名企业做职业经理人,跟上述创作一样,《格子间女人》凝聚了作者十年外企商业生涯的所见所闻及感悟。

正是这种自叙传色彩,使网络职场小说更为真实可信,我们读"杜拉拉系列"甚至会认为那个从行政部小职员一路打拼,成长为企业高管的都市白领杜拉拉就是李可本人。写作者把个人成长经历和丰富的职场经验投射在网络职场小说中,这就使作品的人物塑造、情节构成非常接近生活真实。然而,这种对生活真实的高度还原使作品显现出鲜明的写实主义倾向,却不一定是现实主义精神,"因为所谓现实主义,并不仅在于如实地描摹现实,也在于凭借明确

① 参见新浪读书:《圈子圈套》作者王强聊天实录,2006 年 8 月 17 日 16:30,http://book.sina.com.cn/author/subject/2006-08-17/1630203857.shtml。

② 喜平:《职场小说的功能》,《中国科学报》2017 年 12 月 1 日第 6 版。

的价值理念有目的地结构现实并赋予文本化的现实以内在远景，使现实成为可理解的与可介入的”[①]。而写实主义显然更注重再现生活的真实性，当一位企业高管、职场精英借助于小说的形式如实地讲述他（她）多年的所见、所闻、所感时，对于生活真实的忠实甚至执着显然是占据上风的。

此外，职场经验的传达迎合了读者的现实功利需求，无数人渴望成功，并且将走向成功看作可以操作的技术活，成功学由此应运而生。从某种意义上说，有些作为“职场教科书”的职场小说就是文学版本的成功学。对于成功的渴望原本无可厚非，但对于文学作品，我们需要警惕的是，如果不能将正确的价值观放在首位，而一味强调获得成功的手段与谋略，教人做事，而忽略教人做人，就有走向厚黑学的危险。

二、励志·成长·女性：网络职场小说的要素

网络职场小说大多拥有一个励志主题，这也是这种类型小说广受读者尤其是年轻读者欢迎的重要原因。小说的主人公多为从底层职员做起的都市白领，他们凭着坚韧的毅力与智慧顽强打拼，在竞争激烈的职场一步一步艰难前行，在这个过程中，他们会面临各种考验，如杜拉拉一进外企 DB 公司就遇到上司玫瑰的恶意排挤，要她处理两个棘手的公司大整修项目；也会如《圈子圈套》的书名所提示的那样，会误落他人设置的“圈套”“陷阱”，遭遇各种挫折甚至背叛，但他们在充斥着阴谋诡计、明争暗斗的职场环境中学习各种生存技能，领悟职场经验，却始终坚守正道，不违良知，这也对年轻的读者做出了正面的示范与激励；他们通过历练，逐渐由职场新人成长为成功的职业精英，最终实现自己的人生价值和梦想，杜拉拉们、洪钧们的成功，为尚处于事业起步阶段、仍在曲折中艰难前行的年轻人提供了继续奋斗的动力。

网络职场小说也大多是成长小说，按照巴赫金的说法，“成长小说”的“主

---

① 石岸书：《小桥老树小说〈侯卫东官场笔记〉：网络文学的现实主义欲求》，《文艺报》2014 年 8 月 18 日第 2 版。

人公的性格不是静态的统一体，而是动态的统一体”①。每一个初入职场的小白都带着几分青涩与幼稚，《圈子圈套》中的洪钧出场就在一个项目中落入昔日好友俞威设计的圈套，被老板开除、女友抛弃，人生陷入低谷。《浮沉》中的女主人公乔莉刚从一名小前台转做销售时，就遇到了一个价值七亿元的大单，她缺乏对困难的正确估计，仅凭一腔孤勇，很快就遭遇了挫败。随着情节的推进，他们能在失败中学习，在与对手的较量中成长，性格也会发生一些微妙的变化，逐渐变得成熟、睿智。洪钧进入维尔西中国公司担任北京地区销售经理，继续与昔日宿敌俞威较量并取得胜利，被升任为维尔西中国区总经理，同时也收获了爱情。乔莉在遭遇挫败之后，重整旗鼓，屡败屡战，最终反败为胜。每一次失败、每一次挑战都并非一次简单的“打怪升级”，而是能让她(他)得到锻炼和成长，人物形象始终在动态中发展。在传统的纯文学书写中，并不缺少这样的年轻人的身影，从王蒙的《组织部新来的青年人》到刘震云的《一地鸡毛》《单位》，直至阎真的《沧浪之水》、邵丽的《我的生活质量》等，主人公都曾是职场中人。就每一部网络职场小说而言，它的主人公在作品中都经历了一个成长的过程，其性格、能力随着故事的推进都有所变化；但就网络职场小说的整体状况而言，这些主人公的塑造仍是模式化的，体现着通俗文学的特征。这个特征在以女性为主人公的作品中尤为突出。

女性职场书写在网络职场小说中独树一帜。《杜拉拉升职记》可谓职场菜鸟杜拉拉的成长史，《浮沉》中的乔莉从外企前台到秘书、销售员，演绎的是一部底层职场人的奋斗史，而秦与希的《米娅，快跑》、白饭如霜的《傲骨》、舒仪的《格子间女人》、丁郗的《杨小羊求职记》、金津的《加油！格子间女人》、凌语嫣的《争锋》等讲述的无不是女主人公从单纯幼稚的职场新人成长为胸有城府的职业精英的故事。这些小说开辟了女性社会生活书写的新领域，这种题材的崛起与新形势下女性生存的现状密切相关。近些年，虽然女性的就业率大大提升，但女性职场生存环境依然严峻，都市职业女性如何突破传统与现实的束

① 巴赫金:《教育小说及其在现实主义历史中的意义》，见《小说理论》，石家庄:河北教育出版社，1998年版，第230页。

缚，实现自身价值，仍是一个值得思考的现实问题。这对于年轻的女性读者来说也是她们必须面对的问题。

网络女性职场小说中最为常见的职场“灰姑娘”形象设定正是抓住了读者的心理需求，为现实中普通年轻女性读者的生活境遇提供了一种可能性的答案。无论是《杜拉拉升职记》中的杜拉拉、《浮沉》中的乔莉，还是《米娅，快跑》中的米娅、《格子间女人》中的谭斌，都可谓是职场“灰姑娘”，她们共同的特征是：不是所谓“白富美”，没有显赫的家世背景，没有倾国倾城的美貌，也不是靠小鸟依人般的柔弱唤起男性保护欲的弱女子或“傻白甜”，她们出身、容貌皆平凡，在芸芸众生中是最平凡的女孩。这样一种人物设定的意义在于，它为读者提供了一个更为真实可信的女性形象，也是一个对于普通人来说具有可比性、够得着的形象。

这些职场“灰姑娘”聪明好学，意志坚定，乐观自信，有进取心、责任心，在激烈的竞争与严峻的挑战中，她们凭借着对理想的执着和个人的不懈努力，积累经验，不断成长，最终成功蜕变为一个更为独立自信的职场精英。正像李可对杜拉拉的概括：

> 杜拉拉是个普通人，姿色中上一点罢了，但凡看着顺眼的人都够得上这个姿色等级，她的聪明程度也谈不上出类拔萃，在高等教育普及得不错的年代，拿个大学文凭也很应该。她能做得到的事情，一般人就有可能做得到。当然，她是个努力的人，大家也要通过努力才能有那样层级的收获。①

这种“灰姑娘”形象及其成长过程的塑造极具典型意义，她概括了新时代自强自立女性的基本特征，也给阅读小说的芸芸众生树立一个成功追梦的励志榜样，激发她们奋斗的信心与勇气。同时，也通过“灰姑娘”形象及其际遇真实地反映了普通职场女性的酸甜苦辣，她所遇到的困境也正是普通读者在工作中可能遭遇的，而她所获得的成功当然也应是普通读者有可能复制的。

作为网络类型小说，职场小说不可能回避言情书写，几乎每一部网络职场

① 李可：《杜拉拉升职记》，西安：陕西师范大学出版社，2008 年版，第 4 页。

小说中都有一条言情的线索,因而大多数的女性职场小说是职场、爱情双线并存的。但作为合格的职场小说,尤其是那些有"职场教科书"之称的作品,言情的内容绝不会压倒职场内容,这不单单表现在篇幅上,更体现在主人公对于事业与爱情的态度上,作为职业女性,她们既追求美好的爱情,又表现得相对理性。在这类小说中,几乎看不到女主人公为了爱情而牺牲自己事业的桥段。

三、都市消费文化景观:网络职场小说的背景

网络职场小说常常将主人公活动的舞台设置在外资企业,且动辄是世界五百强的跨国企业,这些企业的所在地又大多是在北京、上海、深圳这样的繁华大都市的中央商务区。这就决定了故事的空间位置坐落在中国都市化程度最高的地区,也是我国率先步入消费社会的区域。

消费社会是一个物质极度丰盛的社会,用鲍德里亚的话来说,是"富裕的人们不再像过去那样受到人的包围,而是受到了物的包围"[①]。极度丰盛的物以及物的堆积激发人们消费的欲望,但人们更多的不是在消费物的使用价值,而是消费物的象征意义和符号价值,更加注重的是物品背后所蕴含的身份、地位、权利等因素。

网络职场小说的消费主义倾向首先通过对符号化的物和物的堆积空间的书写来实现。最具代表性的符号化的物是都市白领的时尚衣着和使用的各种高档物品,这些物品凸显的不是其使用价值,而是其背后的符号价值,即对使用者身份的标识意义,而这种标识也形成与其他人身份的一种区隔。这类小说中常常会出现大量带有消费符号的文字来描写职场男女的穿着打扮、消费观念,从服装到包、饰品、香水、护肤品等品牌,宛如一本时尚杂志的广告软文。

最具有象征意义的物的堆积空间则是都市中的高档酒店、购物中心以及吻合中产阶级身份的咖啡馆、酒吧、度假村等,这些地方也正是网络职场小说的主人公常常出现的场所,它们构成网络职场小说的物质化背景,奢靡、繁华,

① 让·鲍德里亚:《消费社会》,南京:南京大学出版社,2000年版,第1页。

令人眼花缭乱，也刺激着读者的物欲。中国现当代文学中都市题材创作并不繁盛，在现代文学中尚有以上海书写为中心的海派小说的文脉流传，由这条脉络向上可追溯至20世纪初的鸳鸯蝴蝶派，再经新感觉派，一路绵延至张爱玲的沪港传奇；但在当代文学史上，都市题材则萎缩为零星出现的少量作品，甚至直到今天，在纯文学创作领域，最具影响力的作家们仍大多拥有“农裔城籍”的身份，他们最擅长的仍是乡村书写。真正具有较为纯粹的都市体验的作家是更为年轻的70后、80后、90后，他们也正是网络文学的主力。年轻一代对都市生活具有一种天然的认同感，而不像年长一辈的“农裔城籍”作家那样始终难以摆脱城乡二元对立的眼光，在这种眼光的烛照下，都市生活方式、都市文明以及都市中人总是被置于批判、审视的位置，成为乡村及乡村文化的对立面。

正是基于对都市生活的认同感，网络职场小说描写都市化景观时完全没有批判的眼光，有时甚至表现出对物质欲望的津津乐道，流露出鲜明的消费主义倾向。《杜拉拉升职记》中说，DB是全球通信行业的领头企业，也是杜拉拉所经历过的最好公司，那么评价好的标准是什么？答案简洁明了：“所谓好，一是收入，二是环境，三是未来。”[①]杜拉拉一进入DB，就清楚地认识到公司员工是以职位、经济收入的高低来划分阶层的：经理以下级别的叫“小资”，就是穷人，一般利用公共交通工具上下班，不然就会影响房贷；经理级别算中产阶级，他们买第一套房子不需要靠贷款，一线经理开宝来，二线经理开帕萨特；总监级别是高产阶层，不止有一处房产，或者是好地段的优质房，或者是别墅，和车相关的费用完全由公司负担；总裁、副总裁就是富人，不仅有管家门房，还有公司配的专用司机，出差坐头等舱。为了不当穷人，杜拉拉决定不能一直做销售助理，有了清晰的目标之后，她开始了由销售助理成长为HR经理（人力资源经理）的升职历程。《沉浮》中的乔莉之所以由小前台转行做销售员，就是奔着赚钱的梦想而去的。在这些作品中，主人公对金钱、物质的追求显得理所当然、理直气壮。这类小说还常常将对物质欲望的追求与享受渲染为一种外企

① 李可：《杜拉拉升职记》，西安：陕西师范大学出版社，2008年版，第25页。

文化,比如DB的墙上贴着大大的标语“Work Life Balance”,而作为这句标语的形象表达就是这些外企精英们精致的衣着品味和消费方式,以及健身、瑜伽、高级会所水疗等休闲方式。

有人认为以《杜拉拉升职记》为代表的职场小说“是一种典型的中产阶级(或‘中等收入者’)的文学想象和趣味”[①],姑且不论这种“文学想象和趣味”是否合理,我们不能忽视的是它对读者的影响力,对于刚刚步入职场的年轻人来说,“中产阶级”的生活正是他们的理想,而这类小说中形象展现的消费文化景观既给处于辛苦打拼中的读者描述了成功的愿景,许诺了奋斗之后的美好未来,也让读者在阅读中得到替代性的满足,身处庸常生活的读者借由作品中那些纸醉金迷、衣香鬓影的上流社会生活获得一种“白日梦”般的神奇体验。

四、技术流:走向行业细分的职场小说

在讨论职场小说时,我们还会提到另一个使用频率较低的概念:行业小说,它与职场小说有联系又略有区别,各大网文平台的分类、著名写手的推广标签上较少使用这个概念,而大多冠以更为细分的工业文、医疗文、商战文等标签。跟职场小说一样,行业小说也以特定行业的职场人士为主要人物,书写人物之间在职场中的竞争、合作等关系,但与普通职场小说不同的是,行业小说更关注特定行业的发展、职业特征及行业文化,表现出专业性特征。这种专业性特征在某些行业文中甚至发展为一种技术流倾向。

关于职场书写与行业书写的区分,《圈子圈套》的作者王强曾有过明确的认知与辨析,他说他的小说“商场和职场交织在一起的,职场应该是主线,商场不断在里面有反应”[②]。这里的职场、商场之分,实际上就是职场与行业之分,职场书写关注的是人物在职场中所遇到的具有普遍性的上下级关系、同事关

① 张颐武、徐刚、徐勇:《职场文化与都市白领的文学想象——关于职场小说的笔谈》,《艺术评论》2010年第1期。

② 《圈子圈套》作者王强聊天实录,新浪读书,http://book.sina.com.cn/author/subject/2006-08-17/1630203857.shtml。

系、个人的升职、加薪等问题；而行业书写则是指《圈子圈套》系列作品中主要人物洪钧、俞威等人所从事的销售行业的做生意、拿项目、打单等日常工作，以及所遇到的其他问题。《圈子圈套》以职场为主线，因此，属于较为典型的职场小说，但其中涉及一些商战的情节，因而也兼有某些行业小说中所谓“商战文”的特点。

基于行业小说与职场小说之间的紧密联系，不必将二者视为完全不同的小说类型进行严格区分，而可将行业小说视为职场小说的专业化细分，对特定行业的职业特点、发展态势及行业文化的专业性书写是这类小说的重心。因此，作家大多有相关行业的知识基础或工作经历，如写作《艰难的制造》的阿耐，曾是浙江某著名制造业的高管，她在小说中所讲述的知识产权得不到有效保护、山寨和模仿横行、质量认证体系和环保工程里的猫腻等都是她亲身经历过的现实情况，她在作品中以文学的形式还原了中国民营制造业艰难转型的历史，她的创作初衷如她所说：“我只想还原这一行躲在犄角旮旯的，极端啰里啰嗦的真相。我只想用小说的形式说真相，如此而已。”[①]工业文《中国铁路人》的作者恒传录（本名武玉传）投身铁路建设 20 余年，曾先后参建京郑线、郑徐线、郑焦线、厦门地铁 1 号线等多条电气化铁路的施工，他作品中展现的我国电气化铁路的发展历程来自他的亲身经历。

作者的专业身份为专业化书写提供了可信性保障，而将这种专业性推向更高水平的是走向技术流的医疗文，在这类作品中，作家往往以大量文字描写疾病的医治原理、手术细节，文中充斥大量专业术语与医学知识，而这些术语、知识的讲述既经得起有医学专业背景的读者的检验，对于普通读者而言，也能起到普及医学常识的作用。在当代文学中也曾出现过一些以医院为背景、以医生为主人公的作品，如谌容的中篇小说《人到中年》，讲述眼科女医生陆文婷不堪工作、家庭的双重负荷，濒临死亡的故事，但这部小说通常被定位为知识分子题材小说，而非医疗行业小说，尽管小说中有医院工作背景、女主人公陆

① 阿耐的博客：《我的人品非常糟——〈艰难的制造〉的出版问题》，2009 年 11 月 16 日，http://blog.sina.com.cn/s/blog_48dbc5c40100fyaf.html。

文婷的眼科大夫身份,作品中也一再提到各种疾病及手术治疗等情节,但这些都是为了真实地表现人物的生活状态,从而展现一代知识分子的艰难人生和生存困境。六六创作的医疗剧《心术》广受关注,尽管剧中有大量病例、手术等真实的技术性细节,但这部电视剧以医患矛盾这一社会敏感话题作为聚焦点,所谓"心术",乃是倡导仁心仁术,而非医治疾病的技术,因此,这类作品并没有技术流倾向。

技术流医疗文主要有两种形态:一种是完全基于客观真实的现实写作,如冯济业的《情瘦医生》,主要描写了医生马亮的成长史和感情生活,书中医生的手术和患者的故事都来自冯济业自己真实的日常工作,主人公马亮身上也多少有作者自己的影子。另一种则是带有一些幻想性元素的写法,即所谓硬核医学技术+二次元叙事的模式,如真熊初墨的《手术直播间》讲述一个外科的小医生郑仁,意外得到了一个超级系统,妙手回春,拯救了无数生命。类似的作品比较多,如志鸟村(本名高晨茗)的《大医凌然》、二毛君的《全科医生》、臧福生的《医路坦途》等都属于此类。尽管有金手指加持,但作品中仍有大量真实可信的专业知识,如《大医凌然》中急诊科实习医生凌然学习缝合技术,书中将"对接缝合法""间断垂直褥式缝合""徒手止血"以及"Tang法缝合"等专业技术一一呈现出来,让读者既了解到凌然高超的医疗技术,也理解医生这一职业的艰辛。这一类技术流医疗文以专业性吸引读者,为走向行业细分的职场小说探索了一条新路。

当然,由于医疗文的专业书写门槛更高,大量医疗文的作者都是医生或有医学院教育背景的作家,如《八四医院》的作者王鹏骄(本名王强)、《手术直播间》的作者真熊初墨、《情瘦医生》的作者冯济业都是从医多年的医生,《ICU48小时》的作者笙离(本名盛美蕾)毕业于南方医科大学。至于《大医凌然》的作者志鸟村(本名高晨茗)虽然不是医生,但为了写医疗文,在资料准备阶段,志鸟村搜集了诊断学、外科学等专业书籍认真研读,甚至还花了几个月的时间去体验生活、观摩手术;在写作中,他还会有意识地参考医生写的手术报告,咨询专业医生的意见,这样就使他的行业书写具有了令人信服的专业性。

从网络文学发展的大趋势来看,作者的低龄化倾向十分明显,但网络职场小说却是一个例外，不管是普通职场小说，还是走向行业细分的职场小说，在职场经验和行业知识方面都有较高的要求，这让缺乏社会生活经验和相关工作经历的低龄化作者无法驾驭。从创作与现实的距离来看，职场小说也是网络文学中的一个异数，它不像大多数网络文学类型小说那样重幻想、轻现实，反而无限地贴近生活的真实、直面人生。这个例外与异数为网络文学的发展带来了新的可能性，我们期待更多有社会生活积累和专业知识准备的作者加入网络文学写作，创作出更多的贴近现实的文学精品。

网络"主旋律"小说的宏大叙事*

徐亮红**

〔**摘　要**〕 网络"主旋律"小说是现实题材的一个分支,其宏大叙事的模式遭遇了叙事的尴尬,一类侧重"现实性"的读者认为其"严肃性太低而网络性太强",而另一类追求"网络性"的读者却认为缺乏"爽"感。因此,在后现代的文化语境中,网络"主旋律"小说调整了叙事策略,在宏大叙事中融合了世俗人情化的"小叙事",让读者和作者形成良好的互动,促使"元叙事"和小叙事并行不悖地兼容于网络"主旋律"小说当中。所以,网络"主旋律"小说的写作要警惕"伪宏大叙事"倾向,着力探究"新的世界"和"新的人物",寻找合适的网络形式,紧密结合"现实性"和"网络性"这两个维度,达到理想的创作效果。

〔**关键词**〕 网络"主旋律"小说;宏大叙事;新的世界;新的人物

自党的十九大以来,网络小说现实题材的创作成为国家倡导的创作方向。以主旋律为基调,网络小说开始出现"重点主题、基层写实和重大题材"蓝海领域创作和生产引导机制。由此,网络"主旋律"小说作为现实题材的一个分支,糅合了传统"主旋律"小说的叙事特性和网络技术化的特点,开启了宏大叙事的写作旅程。

"主旋律"是一个音乐概念,其本义指在多声部演唱或演奏的音乐中,奠定乐曲主要基调的旋律,而其他声部只起润色、丰富、烘托、补充的作用。1987 年 3 月,在全国电影工作会议上,面对外国进口大片对中国市场的冲击,时任电影

---

* 基金项目:本文系国家社科基金重大项目"中国网络文学评价体系建构研究"(18ZDA283)的阶段性成果。

** 作者简介:徐亮红,女,安徽大学文学院博士研究生,研究方向:中国现当代文学。

局局长的滕进贤提出了“突出主旋律，坚持多样化”的口号；1996 年，江泽民总书记的《在中国文联第六次全国代表大会中国作协第五次全国代表大会上的讲话》正式提出了“弘扬主旋律，提倡多样性”的文艺方针，将“主旋律”运用在中国的文化格局中，显然，“主旋律”就是代表官方意识形态的主导文化。

何谓宏大叙事？这个概念的来源和后现代文化理论特别是利奥塔的反“宏大叙事”界定有关。从本源上来讲，宏大叙事往往强调总体性、宏观性、普遍性，与个体性、解构性、差异性相对立，它不仅是一种充满历史理性主义的整体性叙事，而且是一种强势的意识形态叙事，它关注人的社会性，描绘国家、民族的重大历史、现实场景，刻画伟岸、阳刚的人生形式，张扬和追求理想、道德、崇高等精神价值。我国传统文化倡导“文以载道”，在中国现代文学史上，思想启蒙、民族解放、国家建构等宏大叙事都取得了突出的成就，如《子夜》《红旗谱》《创业史》《白鹿原》《平凡的世界》等一系列作品，因有壮阔的社会生活、艰苦的革命历程、高大的英雄形象、光辉的理想主义而成为大众的精神坐标。可见，在具体作品中，宏大叙事往往与国家的重大政治方针、时代主题以及意识形态关系密切，主旋律小说选择宏大叙事，不仅是一种合适的叙事方式，还是一种叙事立场和审美形式。

但主旋律和宏大叙事并不是一个固定的概念，随着时代的变化，其主题也随之改变。1942 年，毛泽东发表了《在延安文艺座谈会上的讲话》以后，赵树理的作品被树立为“赵树理方向”，党的文学理论家陈荒煤兴奋地表示，主旋律文学就应该向“赵树理方向迈进”；1949 年中华人民共和国成立以后，红色小说“三红一创，青山保林”的主题是歌颂新中国、歌颂党、歌颂战争英雄；改革开放以后，“伤痕小说”“反思小说”“改革文学”表达了对左倾路线的批判，对改革开放的呼唤。到了 1990 年以后，表现农村生活、战争英雄、官场反腐等题材的主旋律小说在叙事风格上呈现出多样化的趋势，宏大叙事趋向世俗化和人情化，用“日常”叙事来塑造英雄。如军事题材中的《激情燃烧的岁月》《亮剑》《士兵突击》等作品，英雄人物形象不再是“高、大、全”，出现了如石光荣、李云龙和许三多这样具有普通人特点的英雄。而今，网络“主旋律”小说不仅承接了传统“主旋律”小说宏大叙事的特性，而且作者、读者和传播媒介也发生了变化，因此，网络“主旋律”小说，主要指在网络上连载，作者与读者产生双向互动，反映国家当下重大政治方针，坚持党的基本路线和社会主义核心价值观，弘扬主旋律，传播“向上”正能量的类型化小说，小说总体风格豪迈正气，反映了中国人的精神面貌。

基于此，网络“主旋律”小说的题材主要表现为几个方面：第一，表现改革开放以来获得巨大成功的作品，如《浩荡》(何常在)、《大江东去》(阿耐)、《大国重工》(齐橙)、《复兴之路》(wanglong)、《奔腾年代——向南向北》(眉师娘)等；第二，表现抗疫的作品，讴歌医护防疫人员、快递员、记者等各行各业的人在抗疫中的英勇表现，如《国家战疫》(李开云)、《踏月归来》(古兰月)、《你好普通人》(包子二爷)、《一诺必达》(梦风)等；第三，表现普通人的家庭生活，聚焦现实痛点和热点的作品，如《全职妈妈向前冲》(清扬婉兮)、《二胎之战》(人参胖娃娃)、《老妈有喜》(蒋离子)、《二胎囧爸》(李开云)等；第四，描写基层英雄的作品，如表现支教题材的《明月度关山》(舞清影)，表现脱贫致富题材的《特别的归乡者》(夜神翼)、《故园的呼唤》(仇若涵)，表现城市紧急救援和医疗题材的《荣耀之上》《生命之巅》(麦苏)，表现社区民警的《朝阳警事》(卓牧闲)等。这些作品都无一例外地表现了当下的时代精神和国家的政治主题，具有鲜明的主导文化倾向，不仅兼顾了网络小说的商业性和娱乐性，而且在叙述生活表象之外，挖掘了时代的内在精神，闪耀着现实主义的光芒。在网络上连载时，均获得了很高的点击率，得到了大量读者的反馈和讨论。

但由于网络小说的生产具有前所未有的开放性和互动性，作者和读者可以进行良好的互动，“爽”感关乎读者喜好，因此，为了吸引读者，网络“主旋律”小说在宏大叙事中融进了大量的小叙事，即世俗化和人情化的“日常”叙事，以保持阅读的娱乐性和趣味性。同时，网络小说以长篇连载为主，篇幅较长，动辄上百万字，高度强调故事的逻辑性和完整性，所以，如何统筹宏大叙事和小说“爽”感，促使故事情节和小说主题得到有效统一，警惕叙述中的“伪宏大叙事”，是关系到网络“主旋律”小说艺术性和商业性的关键所在。

一、网络“主旋律”小说的“伪宏大叙事”

对于小说而言,“小说的分析批评通常把小说区分出三个构成部分,即情节、人物塑造和背景。最后一个因素即背景很容易具有象征性,在一些现代理论中,它变成了气氛或情调。不用说,这三个构成因素是互相决定的”[①]。情节一般指小说的叙述性结构;人物塑造指的是人物形象的问题,既有静态型的,也有动态型或者发展型的;而背景在小说中有多种说法,本文姑且以环境论之。小说的主题与情节、人物、环境具有极其密切的关系:主题是通过情节的推演来表现的,人物是在情节推演中完成性格塑造的,情节和人物都需要服务于主题;环境为情节发展提供依据,通过侧面渲染和烘托来表现主题。

网络“主旋律”小说是国家意识形态的主导文化,主题是弘扬主旋律,传达真善美和正能量。该类小说带有主题先行的特点。对主题的把握是主旋律小说和其他类型小说的重要区别。因此,网络“主旋律”小说的“伪宏大叙事”,主要指的是主题与情节、环境、人物塑造脱节的表达倾向。

(一)主题呈现与情节叙述是“两张皮”

“两张皮”指的是同一种事物存在着两种表象或表现。网络“主旋律”小说的主题表达是建立在当下重大政治题材和社会热点问题上的,作品必须站在树立国家意识形态的高度,总体上以积极进取、克服困难、重塑精神的角度进行故事的构思和叙述。虽然有的主旋律作品只是揭露了社会发展中出现的一些问题,但必须以故事情节为依据实施有问有答的回馈,在精神的高度上进行深思,提出妥善解决的方案,也是符合“主旋律”小说的主题要求的。

2015 年以来,阅文集团启动“网络文学现实主义征文大赛”,出现了一大批优秀的作品,如《复兴之路》《大国重工》《何日请长缨》等。到 2018 年,越来越多的网站设立“现实题材”栏目,现实题材的创作呈现出整体性的崛起。中国作协、国家新闻出版广电总局、中宣部等官方部门对现实题材的助力和推广,

---

① 韦勒克:《文学理论》,杭州:浙江人民出版社,2017 年版,第 211 页。

更引发了大量的网络作家参与现实题材的创作,而对主旋律题材的书写,更成为一种潮流。然而,在大浪奔涌的大环境下,“主旋律”小说的创作鱼龙混杂,质量参差不齐,“两张皮”的现象较为普遍。

近三年来,面对新冠肺炎疫情,大量的网络“主旋律”小说以此为题材,歌颂在疫情中涌现出的平凡英雄,如《踏月归来》《国家战疫》《你好普通人》《一诺必达》等。在《踏月归来》中,作者以新冠肺炎疫情的爆发为背景,书写了在浙江金华发生的抗疫故事:男主人公赵帅是留学美国的医学生,成绩优异,对新冠病毒的传染性先知先觉,其女友文馨是一名记者,因为新冠病毒在武汉爆发,赵帅和他的中国同学被歧视,国家包机让留学生回国。按此故事的前奏,赵帅回国后,应该会用自己的专长为抗击疫情贡献力量,没料到小说却笔锋一转:赵帅回国后不仅不理解女友文馨的工作,还和文馨的闺蜜苏蕊蕊产生了暧昧之情,搞三角恋;同时,女主人公文馨和其母亲因为受父亲的连累,被高利贷追债,父亲的私生子文晓龙偷拍文馨裸照以此索要钱财,文馨母亲在和父亲离婚后,和钱老师相恋。各种离奇事件在文馨的生活中陆续发生。抗击疫情在叙事中占着无足轻重的分量,只作为叙事时间和背景而存在。

不仅如此,小说还讲述了文晓龙母亲为了钱财而接受嫖客的变态要求,邻居莫大娘的儿子伟琦因为同性恋不被母亲接受而跳楼,这些情节对于故事的推进并没有起到必要的作用,甚至,莫大娘的出现与叙事毫无瓜葛,伟琦跳楼的情节完全多余。小说叙述的重心集中在三角恋、职场冲突、社会猎奇上,为了吸引读者眼球而叙述与主题无关的事件,导致情节与主题脱离。

而表现大学生支教的《明月度关山》也存在同样的问题。明月身世坎坷,父母过早离婚,她大学毕业以后被派到红山镇高岗小学支教,小说讲述了明月支教以后发生的系列事件:闺蜜宋瑾瑜使用诡计留在县城执教,并勾引了明月的男朋友同居,明月和男友分手后与通信兵关山相恋。明月偶然遇到了母亲的前男友慕延川。在慕延川的帮助下,当地百姓修路架桥,新盖了校舍,改善了办学条件。小说用大量的笔墨写明月的个人感情生活和家庭生活,虽然也描述了高岗小学艰苦的办学条件和秦巴大山深处农民的生活状况,但小说笔触并没有往深处延伸,对人物的精神世界和乡村教育现状的叙述都停留在浮泛的表象，一味用明月甜蜜的婚恋来弥补无力改变现状的无奈，回避了大学生支教和乡村振兴的痛点，用田园牧歌般的情调来印证奉献一辈子的崇高。这般情节的描述是难以有说服力和现实主义深度的。

"说到所有的情节时，通常都认为其中包含有冲突：人与自然之间，人与人之间或人与自己之间的冲突"①，冲突具有戏剧性，其本身是由更小的叙述结构或者事件构成，俄国的形式主义者和德国的形式分析家提出"母题"的概念来表示最基本的情节因素。《踏月归来》和《明月度关山》的"母题"为家庭生活＋个人情感＋重大主题，故事主题与情节"母题"显然发生了脱节，是典型的"伪宏大叙事"。

(二)"新人"形象塑造与"爽"感的失衡

"新人"的概念最初来自车尔尼雪夫斯基《怎么办?》的副标题"新人的故事"。1942年，毛泽东的《在延安文艺座谈会上的讲话》提出"新的世界，新的人物"；1979年，邓小平的《在中国文学艺术工作者第四次代表大会上的祝词》呼吁塑造"社会主义新人"；20世纪80年代，学者赵园将"新人"这个概念用于中国现代文学的研究，认为"新人"是集中体现时代精神和时代前进方向的人，且与时代有互动的关系，具有一定的寓言性。

网络"主旋律"小说塑造了一大批"新人"，不仅有被称为"国之重器"的专业人才，还有改革开放的弄潮儿、普通的平民英雄、基层的工作人员等。这些新人形象塑造得是否成功，有没有很好地把握时代跳动的脉搏，传达时代的正能量，是关乎小说创作是否成功的关键。和传统小说一样，人物的塑造有静态的描写和动态的描写，动态的描写塑造"圆形的人物"，人物性格较为复杂，性格特点有生成和变化的过程，而"扁平人物的塑造方式，即某种静态的塑造人物的方式，只表现一个单一的性格特征，也就是只表现为视为人物身上占支配地位的或在社交中表现出的最明显的特征，这种方法可能导致人物的漫画化或抽象的理想化"②。

① 韦勒克：《文学理论》，杭州：浙江人民出版社，2017年版，第212页。
② 韦勒克：《文学理论》，杭州：浙江人民出版社，2017年版，第215页。

网络小说在兴起之初,最受读者欢迎的是"非现实性"的虚拟题材,如"修仙""灵异""二次元""玄幻"等,这些题材的受欢迎决定了网络小说叙事的"爽"感特征。在此背景下兴起的网络"主旋律"小说塑造的"新人",必然有别于传统"主旋律"小说中的人物。"新人"不但要纳入宏大叙事的模式,肩负着传达时代主题的重任,还要满足读者的要求,具备个人叙事的"爽"感。因此,"新人"形象塑造出现了两种创作倾向:夸大"爽"感和人物逻辑不自洽。

以麦苏的《生命之巅》和《荣耀之上》为例。《生命之巅》讲述了救护车司机钟景洲原本是技术高超的外科大夫,因父母的意外死亡受到刺激而再也不愿意上手术台,三年来一直在医院开救护车。当钟景洲得知跟车的医生夏沫是父母生前救助的小夏天以后,一点点地恢复了生活的勇气和信心,终于重返手术台救死扶伤。小说"爽"点鲜明,首先,钟景洲"扮猪吃老虎",他是一个形象邋遢的救护车司机,不知道他底细的后勤队长轻慢他,跟车的夏医生和张护士也不把他放在眼里,但钟景洲在夏医生无计可施的情况下,轻松地就把病人救活了;其次,钟景洲在开救护车救人的同时,不但极力疏通拥挤的交通以赢得时间抢救病人,还和病人的邻居协商沟通电梯使用问题,虽然这些超出了钟景洲的工作范畴,但对钟景洲超凡能力的描绘却是十足的"爽"点;再次,钟景洲所在医院的领导和同事,以及病人都纷纷要求钟景洲重返手术台,对于高难度手术,声称"非他不可"。欲扬先抑,钟景洲形象具有网络小说一贯的"爽"感,但在他前后转变的动因中,外部描绘过多,人物内在心灵的复杂性、冲突性却很少涉及,具有"扁平化"的特点,明显"爽"感太强,艺术性不足。

同样,《荣耀之上》中的向薇,城市救援队的美女队长,她品行高尚,作风严谨,工作能力非常出色。她救了很多人,处理了很多紧急事件,不管遇到多难的救援事件,她都能举重若轻,完全胜任。向薇家庭条件优越,和男朋友志同道合,感情深厚,也深受同事的信任和爱戴,是一个几乎挑不出毛病的具备"爽"感特质的"新人"。

可见,如钟景洲、向薇这样的"新人",他们在时代的成长之路逐渐演变成了"打怪""升级"的爽感,人物在复杂现实生活中的多样性和艰难性被"爽"感所替代,虽然对读者是一种娱乐性的补偿,但对于"主旋律"小说的艺术性是一种损伤。审美意义让位于社会意义，迫使“新人”的形象趋向扁平化，宏大叙事趋向单一化。

除此以外，“新人”形象的逻辑自洽性不足。如《国家战疫》中的王大强，带着3万只抵工资的口罩回老家过年，父亲病危，买棺材的钱都没有，有人愿以8万元钱买王大强的口罩，但他却把口罩全部无偿捐出去了，小说后续再也没提王大强的父亲是否病死，可有钱买棺材的事情，网友评论说“可以卖掉一点救父亲，剩下的捐了”[①]。显然，王大强的人物逻辑性不够自洽，过于拔高普通小人物的崇高性，忽略小人物在现实生活中遭遇的实际难题以及内心的思考和顾虑，使得人物不具备真实可感性，扁平化发展，沦为时代精神的传声筒。马克思在《致斐迪南·拉萨尔》里提出“我认为你的最大过错在于采取了席勒方式，把一些个别人物转化为时代精神的单纯的传声筒”[②]。所谓“席勒式”就是从观念出发，以观念的演绎来代替对客观现实的真实描写，为了凸显重大主题，抽空人物的主体性，导致人物逻辑不够自洽，把个人变成时代精神的传声筒，必然造成对小说艺术性的损害。

在现实主义的创作中，“恩格斯总是把典型环境中的典型人物放在一起来说，没有典型环境，就没有典型人物，促使剧中人物采取具体行动的就是典型环境”[③]。网络“主旋律”小说中的“新人”所处的“典型环境”已经发生了变化，不仅要考虑当下的时代，还要考虑虚拟的网络环境。“新人”的塑造要防止“席勒式”的创作倾向，要借鉴“莎士比亚式”的写作方法，不仅真实呈现社会时代，也要平衡人物的“金手指”“开挂”和“玛丽苏”，使“新人”具备人的主体性，展现时代的精神风貌，凝聚一代人的理想、追求和思考，使之成为多向度的人，而避免成为“时代精神的传声筒”。

---

① 起点中文网，《国家战役》网友评论。

② 朱光潜：《西方美学史》，北京：人民文学出版社，1998年版，第717页。

③ 朱光潜：《西方美学史》，北京：人民文学出版社，1998年版，第718页。

二、后现代文化语境下网络“主旋律”小说的宏大叙事

20世纪80年代,后现代理论涌入中国,对中国的思想界和文化界产生了深远的影响。到了90年代,随着中国经济的快速发展,文学也开始了对宏大叙事的反叛:先锋文学用一种形式化的革命,解构了历史和现实之间的关系;新写实小说讲究零度情感写作,写生活中的一地鸡毛,不谈爱情和远方;私人化小说则将视角落在女性私密的封闭空间,写隐秘的欲望和伤痛;新生代的作家则以非道德化的立场,大谈身体和堕落。显然,宏大叙事在纯文学的文本中逐渐陨落,小叙事逐渐兴起。

而在这种后现代的语境中,网络文学的宏大叙事却如火如荼。无论是玄幻修仙类小说,如《斗罗大陆》《凡人修仙传》等,还是历史类小说,如《回到明朝当王爷》《宰执天下》等,人物的成长升级总是包裹着浓厚的家国情怀。而在现实题材的创作领域里,自从《大江东去》《大国重工》《浩荡》《复兴之路》等一大批优秀的主旋律小说诞生以来,网络文学接过了宏大叙事的接力棒,众多宏大叙事作品纷纷大放异彩,或写改革开放的开天辟地,或写中国各项建设取得的巨大成就,或写当下时代的弄潮儿,塑造了一大批典型的时代“新人”,传达了正能量。

(一)宏大叙事和后现代文化并存不悖

法国思想家列奥塔在《后现代状况——关于知识的报告》一书中提出,“在传统的‘知识’活动中,讲述者总是处于‘知者’或‘行家’的地位,听者则处于受动的接受地位。前者以其权威性的陈述使后者承认他的话语是唯一能揭示真理的‘元话语’或‘元叙事’。但随着现代科学的发展,这种‘宏大叙事’的合法性则开始受到人们的质疑,讲述者与听者之间的地位和关系已随着游戏规则的变化而发生着变化,那种以单一的标准去裁定所有差异,进而统一所有话语的‘元叙事’已经瓦解,自由解放和追求真理这两大合法性神话或两套宏大叙

事已经消逝"[①]。也就是说,在后现代的文化语境里,一切以真理自居的'元话语'或'元叙事'皆被瓦解。与此相反的是,"宏大叙事是一种逻各斯中心的总体性叙事,昭示着这个世界有一个'总的故事',这个故事有开头,有发展,有高潮,有结局,是线性演进的,有终极目的的,有乌托邦指向的,这正是长篇小说,尤其是现实主义小说的叙述模式"[②]。可见,后现代文化语境与宏大叙事构成了悖论,这两者相互作用,产生了怎样的文学态势,需要放置到中国的文化语境中去看。

后现代主义在20世纪80年代引入中国后,的确对中国文化产生了深刻的影响。但1982年,在中国共产党第十二次全国代表大会上,邓小平提出"建设有中国特色的社会主义"的命题,大会还制定了全面开创社会主义现代化建设新局面的纲领。作为一种宏大叙事,这个命题的提出显现了中国主体政治层面的现代性气质。所以,即使后现代文化在中国影响巨大,但从国家政治的建构层面来说,依然处于现代性的叙事当中,而网络"主旋律"小说的宏大叙事兼具了两者的气质,即现代性叙事和后现代文化并行不悖,前者体现在文本主题上,后者则体现在叙事策略的调整上。

在文本主题上,网络"主旋律"小说在阐释国家重大政治方针题材的时候依旧为"元话语"和"元叙事",不仅政治和方向正确,且积极传达正能量,讴歌真善美,表现大国崛起的激情以及中国人的气度和风貌。如《大江东去》塑造了中国改革发展历程中各种经济形态的弄潮儿;《大国重工》描述了中国工业的振兴;《明月度关山》表达了党中央改变乡村教育、解决农村问题的决心;《国家战疫》描述了中国人民团结一心、共同抗疫的感人画面等。在中国的文化场域中,"主旋律"小说的主题方向是与中国的发展进程紧密相关的,中国文化才是主导文化。

但后现代文化对中国文化的影响又是必然的。西方学者哈桑认为,后现代的根本特征为"不确定性",即对一切秩序和结构的消解;而与不确定性相联

---

① 张志伟:《西方哲学智慧》,北京:中国人民大学出版社,2009年版,第253页。

② 邵燕君:《网络文学的"断代史"与"传统网文"的经典化》,《中国现代文学研究丛刊》2019年第2期。

系的第二个特征是“内在性”,“这意味着后现代主义不再具有超越性,不再对精神、价值、终极关怀、真、善、美之类的东西感兴趣,相反,后现代主义作为一种艺术、哲学和社会现象,它趋于多元开放、玩世不恭、沉溺于欲念和眼前,追求不确定性、离散性,热衷于反讽和断片的话语、匮乏和破碎的苍白意识形态”[①]。事实上,在链接现实题材时,宏大叙事确实显得苍白和力不从心,需要小叙事来进行勾连和转译。在以“读者”为中心的网络文学商业机制中,“主旋律”小说如果不给读者阅读的快感或补偿,也就和网络小说的生产机制背道而驰了。

所以,后现代文化对网络“主旋律”小说的影响主要体现在宏大叙事策略的调整上:在文本主题坚如磐石的前提下,小叙事进入了宏大叙事的框架之内,自由发挥各种吸引读者的叙事手段。如《大国重工》的冯啸臣是从后世穿越而来;《朝阳警事》中的韩朝阳是个学音乐的大帅哥,他运气非常好,常常“捡漏”立功;《老妈有喜》紧扣当下二胎题材,女主是个典型的当代精英女性,家庭和职场都在她的掌控之中,“爽”感十足。除此以外,世俗人情、八卦新闻、男女情事都以浓墨重彩的方式进入了网络“主旋律”小说的宏大叙事,后现代文化的拼贴、戏仿、解构、段子、复制等特征在小叙事中一览无余,很好地抓住了读者的眼球,迎合了市场。

(二)作者和读者的双向互动

新时期以来,传统的“主旋律”小说出现了很多精品,如《苍天在上》《抉择》《大雪无痕》这类揭露社会丑恶现象,直面社会矛盾的作品,不仅贴近现实生活,传达群众心声,而且产生了巨大的心灵震撼和社会效应。相比较而言,网络“主旋律”小说的缺憾正在于此,对现实的描述浮光掠影,不注重开掘小说的艺术表现力,导致“主旋律”文学被评价为“粗糙”或“非文学”。

据《2021年网络文学研究报告》,2021年,阅文集团新增作家中95后占比超80%。网络作家群体普遍较为年轻,由于年龄和阅历的限制,他们对于国家重大政治题材的把握和理解是较为片面和肤浅的,对当下社会热点问题的追

① 张志伟:《西方哲学智慧》,北京:中国人民大学出版社,2009年版,第253页。

踪也不免流于表面。他们用自己有限的个人经验来阐释主旋律题材，结果必然是剑走偏锋，从宏大叙事偏向了小叙事，倒向了他们熟悉的生活领域，不外乎职场争斗、私人情感、家庭伦理以及网络上铺天盖地的各种碎片化的信息。

以抗疫题材为例，2009 年阅文集团"我们的力量"抗疫主题征文上线，很快就有 12000 名作者报名参加。三年来，关于抗疫题材的小说层出不穷，站在时代的大变局下书写个人的精神和命运是衡量优秀抗疫作品的重要前提，但事实上，有的故事是扩展了某一个新闻报道，有的是采用段子式的书写，如"中国给留学生包机回国，印度……哭着求带"，有的是采用政论体，一味地歌功颂德。事实上，网络文学也是文学，网络"主旋律"小说也是小说，它们依旧是文学，不完全是宣传的工具，也不是打着正能量的噱头挂羊头卖狗肉，所以，沉浸于对现实生活的描绘，注重艺术表现力的挖掘，对于网络作家来说，任重而道远。

读者对于优秀主旋律作品的接受度非常高，如在《大江东去》《大国重工》《糖婚》等小说的书友圈，读者热烈地参与了讨论；对于主旋律影视作品，有的读者甚至在视频网站发布自己剪辑的小视频，自发展开讨论，比如有网友问："《觉醒年代》有后续吗？"有人答："你现在的幸福生活就是后续。"[①]可见，读者对于主旋律作品并不反感，而且有自己的感悟和思考，只是读者有他们的审美偏向和接受方式，他们有的偏重于讨论小说中的人物命运走向和细节安排，有的偏向于把人物的"升级"势能引向自我的生活，有的截取片段在小红书、抖音等网站分享。

德国文学理论家姚斯认为，"一部文学作品的历史生命如果没有接受者的积极参与是不可思议的，因为只有通过读者的传递过程，作品才进入一种连续性变化的经验视野"[②]。读者和作者进行友好互动，作者以读者受欢迎的叙事方式和话语表达来写主旋律小说，共同参与"主旋律"小说叙事的构建，不仅有利于提升作品的受欢迎度，而且可以达到双赢的效果。

---

① 见央视频《觉醒年代》弹幕。

② 朱志荣：《西方文论史》，北京：北京大学出版社，2017 年版，第 372 页。

三、在网络和现实中游走的网络“主旋律”小说

网络“主旋律”小说是伴随着现实题材的崛起而日益壮大的,作为现实题材中一个分支,网络“主旋律”小说所处的位置非常尴尬:一方面,对“现实性”有所期待的读者,认为它不是真正的“主旋律”小说,是“伪宏大叙事”,“严肃性太低而网络性太强”[①];另一方面,网络“主旋律”小说的市场收益和变现能力很弱,出现了“叫好不叫座”的局面,其网络性又不被读者接受,认为“爽”感不足,想象力较为贫乏。所以,网络“主旋律”小说该走向何方?该怎么兼容自身的网络性和现实性,实现宏大叙事的理想效果?

(一)探索“新的人物”和“新的世界”

1942年,毛泽东的《在延安文艺座谈会上的讲话》提出,有些从上海来的同志想为“大后方”写作,“大后方也是要变的,大后方的读者,不需要从革命根据地的作家听那些早已听厌了的老故事,他们希望革命根据地的作家告诉他们新的人物,新的世界”。“新的人物,新的世界”,这个说法放到网络文学中来,依旧具有指导性的意义。

何谓“新的人物”?典型环境中的典型人物,对时代具有阐释的可能性,还要有网络性。如《大江东去》中的宋运辉,他走的每一步都踩在中国改革开放的节拍上,事业和感情皆一路畅通。阿耐在塑造这个人物的时候,很显然是兼顾了网络文学的趣味,甚至在写宋运辉和梁思申的感情经历时,有类似“霸道总裁”的写法。宋运辉是中国改革开放中涌现出的“新人”典型,他出身寒门,靠着自己过硬的专业技术以及在官场上运筹帷幄的能力,而成为金字塔尖上的人。小说在塑造宋运辉这样的“新人”时,并没有忽略描述改革开放的复杂性和个人奋斗的艰难性,使得人物的“爽”感非常饱满,不至于沦落为扁平人物。同时,宋运辉这个“新人”的网络性还是显而易见的,由于现实题材的束

---

① 张亚琼:《宏大叙事与现实题材网文的“理想化”写作——以阿耐〈大江东去〉为中心》,《当代作家评论》2021年第5期。

缚，“金手指”有别于玄幻、仙侠类的超能力和超天赋，但可幻化成为各种优秀的品质、高于常人的天资和众多贵人的帮助和提拔，精英光环遮蔽了宋运辉作为普通人无能为力的一面，让他的际遇极其理想化。显然，赋予“新人”一种“理想化”的人生，小说呈现一种光明的结局，成为网络“主旋律”小说的一种叙事常态。

何谓“新的世界”？不仅指当下的现实生活世界，还包括虚拟的网络世界，以及如何在网络文学的生产机制中去表现它。如《朝阳警事》，主人公韩朝阳因为是学音乐出身而不被领导喜欢，作者采取“换地图”和“换背景”的方法让人物“升级”，“换地图”指安排韩朝阳去结对的边远省份派出所跟班学习，却意外地立了大功；“换背景”则体现在主角所在辖区的变化，刚开始是个“城中村”，集中了各种社会问题，拆迁以后，又变成了大工地，辖区变成了大大小小的上百支施工队伍，新的矛盾又产生了。在新的世界里，作者让韩朝阳“打怪”“升级”，既贴近了现实生活，又满足了读者的口味。同样，在《大国重工》中，用主角穿越回20世纪80年代的方式来写中国的改革开放，不仅描述了极其专业精细的工业技术以及80年代的工业场景，而且使作品呈现出“精密机器部件组合式”的风格。所以，“新的世界”，是在动态中变化和流动的世界，是“二次元世界”“5G时代”和会写诗的“人工智能”等。在网络文学的书写中，如何去表现这个世界尤为重要，不但要有对现实生活的描绘，还要把广阔的现实世界延伸到虚拟世界当中去，用批判、关切、深爱的写作态度去看待这个世界。

在当下的文化场域中，重提“新的世界”和“新的人物”是对当下世界自觉而深刻的“指认”，网络文学的“虚拟性”特征召唤着网络文学发展的“新质”，也预示着“新的世界”和“新的人物”诞生的可能。

(二)寻找合适的“网络形式”

合适的“网络形式”，是指小说该如何处理意识形态的宏大叙事和世俗人情小叙事之间的关系，如何兼顾小说的网络性和现实性。在中国当代文学史上，1949—1966年的主旋律小说基本都采取意识形态的宏大叙事和世俗人情小叙事结合的模式，如反映农业合作社的《艳阳天》，小说讲述了东山坞村的富农、中农因为自私自利而破坏农业合作社，村支书萧长春团结贫农和进步分子,如何一步步改造落后分子的故事。小说塑造了"弯弯绕""马大炮""把门虎""焦大脚"等农民形象,通过人物行动和对话描写了农民怎么吃饭过日子,菜园子里种什么菜,为了争夺粮食怎么要心眼,男女小青年如何谈恋爱,支书萧长春丧偶,他的父亲萧老大如何张罗着让他相亲等。世俗人情的小叙事增加了小说的趣味性,让人物具体可感,即使今天读来,很多观念已经陈旧,但仍然不乏艺术审美性。小说情节紧凑,小叙事在叙述中占据的比重较少,且服务于主题和情节的需要,故事始终围绕着农民办农业合作社的主题,叙述详略得当。

而1990年后出现的战争题材的主旋律小说,如《激情燃烧的岁月》《亮剑》《士兵突击》《高地》等也有很多的世俗人情描写,让石光荣、李云龙、许三多这些英雄人物具有普通人的特点,呈现出真实性,如石光荣的不拘小节,李云龙的嬉笑怒骂,许三多的笨拙憨厚等。真实性反映了人物的本质性和丰富性,通过人物的命运变迁和在日常生活中的遭遇,把时代的波澜壮阔、社会的历史变革全部展现了出来,表达了对现实人生的追问。意识形态的宏大叙事和世俗人情的小叙事水乳交融,达到了精神价值和世俗情怀的统一。

对比来看,网络"主旋律"小说的写作困境即源于此。之所以出现宏大叙事和小叙事的失衡,难以兼顾"现实性"和"网络性",一方面是因为主旋律小说宏大叙事的特性与网络小说的生产机制是冲突的,主旋律小说是国家意识形态的主导文化,宏大叙事是逻各斯中心的总体性叙事,网络小说的"个人叙事"和"升级体系"与其相悖,导致网络"主旋律"小说缺乏网络性;另一方面是因为在现实题材的书写中,要兼顾小说的"现实性"与"网络性",就是对作家的观察力、笔力、人生经验的重要考察,而普遍年轻化的网络作者难以驾驭和处理现实的复杂和苦难,因此,为了迎合读者的"爽"感,现实的复杂与苦难很轻松地被"金手指""异能""系统"所解决,导致网络"主旋律"小说缺乏"现实性"。

但是,《大江东去》《老妈有喜》《朝阳警事》《大国重工》等作品脱颖而出,不仅沿袭了传统主旋律小说"现实性"的特点,而且抓住了网络小说的"爽"感:第一,在宏大叙事中融合世俗人情和日常生活的描绘,但不喧宾夺主,叙事比重安排得当,谋篇布局合理,小叙事以服务于情节和主题为主旨,实现了两者之间的平衡和配合；第二，人物形象鲜活，“打怪”“升级”皆有深厚的现实基础，在描绘生活表象之外，挖掘生活的深度，容易引起读者的共鸣；第三，抓住时代的痛点和热点，以个人的命运来折射时代的变迁，不仅兼顾了网络小说的“爽”感，也让主旋律题材不再僵化，符合当下读者的话语表达方式和审美倾向。

随着国家政策的大力支持，为“国家和时代而歌”的宏大叙事成为很多网络作者的自觉叙事行为，因此，探讨如何创作出读者喜欢的优秀主旋律小说，是非常有意义的。总之，网络“主旋律”小说不仅要探讨“新的世界”和“新的人物”，也要调动作者的主体性，从主旋律的模式化思维中走出来，主旋律的题材也可以融入“金手指”“开挂”“玛丽苏”，只要表达的是“大我与小我”“时代与世界”“传统与变革”“理想与真实”“欲望与纯真”等基本的人类命题，那就是合适的网络表达形式。

“图像时代”下网络类型小说创作手法探微*

陈经纬**

〔摘　要〕 电视、电影、广告、动漫等图像化产品的普遍存在改变了人们以往获取信息的方式，传统的以文字为载体进行信息传递的方式被以图像为载体进行信息传递的方式所取代，而这个以图像为主的时代，为何以语言符号为载体的网络类型小说依然繁荣？这得益于网络类型小说不断地汲取电影、动漫、游戏等其他艺术形式的创作技巧。从电影中，网络类型小说借鉴了镜头的使用方法、色彩的搭配以及蒙太奇手法；从动漫中，网络类型小说借鉴了“动漫角色”的创作技巧；从游戏中，网络类型小说吸取了游戏要素，并加以“借鉴”与“挪用”。

〔关键词〕 图像时代；网络类型小说；创作技巧

网络类型小说虽是电子媒介作用下的产物，但仍以语言符号为基础进行创作。当下社会进入图像化的时代，电影、电视、广告、绘画、漫画等大量的图像产品充斥着人们的眼睛与大脑，人们无法摆脱图像带来的冲击波，由此一种新型的文化正在悄然地发展起来，那就是视觉文化，就如丹尼尔·贝尔所言，“当代文化正在变成一种视觉文化，而不是一种印刷文化”。[①] 此时人们会产生一个疑问，为什么以语言符号为载体的网络类型小说能在被图像充斥的环境中得以繁荣发展，而同样是以语言符号为载体的传统小说却受到了冷遇？主要原因是网络类型小说呈现出与电影、电视剧匹敌的特征，如简单、直接、不费

---

* 基金项目：本文系国家社科基金重大项目“中国网络文学评价体系建构研究”（18ZDA283）的阶段性成果。

** 作者简介：陈经纬，女，安徽大学博士研究生，主要研究中国当代文学，网络文学。

① 丹尼尔·贝尔：《资本主义文化矛盾》，赵一凡、蒲隆、任晓晋译，北京：生活·读书·新知三联书店，2003年版，第156页。

力，消解崇高，使读者愉悦，而传统小说却不具备。那网络类型小说为何会具备与电影、电视剧相匹敌的特征？除了自身保持的文学特性之外，最主要的还是因为网络类型小说善于不断地吸收、消化其他艺术形式的创作技巧，如游戏、电影、动漫，多元艺术手法的运用让网络类型小说发出耀眼的光芒。

一、电影技巧的运用：镜头语言与蒙太奇

在当下的图像时代，视觉文化的凸显让以语言为中心的文化受到了强有力的冲击，有些报纸、书刊等印刷品为了适应图像时代，在版面中加入了大量的图片，希望获得读者的目光。然而，网络类型小说没有像印刷品那样加大量的图片，而是以图像化的语言，辅以电影的艺术技巧，让小说自身呈现出强烈的画面感。

（一）镜头语言——借鉴电影的基本元素营造画面感

电影是一种声、音、像相结合的艺术。它的构成元素有镜头、构图、光线、色彩、声音等，电影中单独画面的呈现离不开这些要素。网络作家在小说中营造画面感时，对镜头的使用、色彩的搭配等方面借鉴比较明显。

首先，特写镜头的借用。特写指的是摄取人物脸部或者物体细部的电影画面，取景范围比较小，将人或者物体从周围的环境中凸显出来。在桐华的《曾许诺》中，作者对阿珩看太阳冉冉升起的画面给予特写，如：

> 东边的天空渐渐透出一线鱼肚白，太阳就要升起了。
>
> 厚厚的云积在天与地的交接处，太阳在努力挣扎着冲破一切阻碍，让光明照向大地，使万物得以生长。
>
> 阿珩坐了起来，专注地凝视着太阳，好似能感受到它的努力与挣扎，一点一点，一寸一寸，云海翻腾云涌，波澜壮阔，却无法再束缚光明。
>
> 太阳最后用力一跃，冲开了一切黑暗，整个天际光芒绽放。[①]

"一线鱼肚白""一点一点""一寸一寸""用力一跃"等短语将太阳升起的整

---

① 桐华：《曾许诺·殇》，北京：中国友谊出版公司，2019 年版，第 104 页。

个画面呈现出来,能映衬出阿珩情绪变化,凸显出她对当下及未来黑暗的生活依然寄予希望。“极大部分景都只是为了使观众看清楚、看明白故事才采用的。唯有特写的镜头(还有近景,从心理学看,两者是相同的)和全景,它们一般都具有一种明确的心理内容,而不仅仅是在起描写的作用。”[①]

其次,镜头下不同景别的转换与镜头的运动。所谓“景别”是“由于摄像机与被摄主体的距离不同,或者所用摄像镜头焦距不同而造成的被摄主体在电影画面中所呈现的范围大小的区别”[②]。大致分为远景、近景、全景、中景等。在网络类型小说中,情节的画面感是在不同的距离下完成的。如同样是《曾许诺》中:

阿珩沿着蜿蜒曲折的河水缓步而行,月夜下,河岸对面的竹林郁郁葱葱。微风袭来,竹枝摇曳,姿影婆娑,阿珩不禁想……

“在想什么?从我走进这个园子就看见你站在这里发呆。”少昊一身白衫,踏着月色而来,恰停在河岸边的青石旁。他身后是随风轻动的婆娑竹影,绿竹猗猗,层层如箦,衬得他风姿清雅,与那人十分相似。

…… ……

寂静的夜色中,流水潺潺,竹林簧簧,交织在一起,犹如一首乐曲。[③]

“阿珩沿着蜿蜒曲折的河水缓步而行”。(全景,跟镜头)

“月夜下,河岸对面的竹林郁郁葱葱。微风袭来,竹枝摇曳,姿影婆娑。”(远景)

“少昊一身白衫,踏着月色而来,恰停在河岸边的青石旁。”(推镜头)

“他身后是随风轻动的婆娑竹影,绿竹猗猗,层层如箦。”(远景)

镜头的运动与拍摄的距离加之声音与对话让人们产生强烈的画面感,有一种“在场”的感觉。

在有的小说中,作者以镜头的摇动来进行叙述。“摇镜头”主要是指摄像机的位置不变,镜头却可以上下左右摇动地拍摄。它的主要作用是为剧中人

① 马赛尔·马尔丹:《电影语言》,何振淦译,北京:中国电影出版社,2006年版,第20页。

② 陈晓云:《电影学导论》,北京:北京联合出版公司,2015年版,第84页。

③ 桐华:《曾许诺·殇》,北京:中国友谊出版公司,2019年版,第111页。

或者观众展现周围的环境。

明月已经脱了衣服走进洗浴间。里外两间屋,只有她一个人。旧房子改造的浴室,到处透着破败的景象。十几平方米的空间里,靠左是一个五米见方的泡澡池子。池水不冒一丝热气。挨着泡澡池子是一排五个连通的沐浴头。浴室的墙壁黑乎乎的,长着深绿色的青苔,地板是水泥的,但是很多地方被水冲刷起皮,走上去,发出东西破裂的声音。[①]

文本中的叙事视角相当于一个摄像机的镜头,镜头对整体的环境有描述,"残破",然后再将镜头朝向左边,将左边的环境进行描述,然后再将镜头不断运动,最终将镜头定位到地下。整个环境中,镜头是摇动的,为读者介绍环境,更加说明环境的残破与简陋。

最后,色彩画面的运用。色彩是电影中比较重要的元素,也是日常生活中比较直观的视觉元素,在网络类型小说中,作家也借助于色彩来构建画面。

绯红的桃花开满山坡,碧绿的竹楼在花丛中若隐若现,人还未走近,已经听到了风铃的叮叮当当声,时有时无,煞是悦耳……

竹楼四周打了竹篱笆,篱下种着蔷薇、石菊、牵牛、杜鹃……红的、黄的、白的、蓝的……形态各异,五颜六色的花开满了篱笆。[②]

诸多颜色出现在同一场景之内,色彩不仅表现自然物的自然属性,而且渲染欢乐开心的气氛,传达出人物的内心情绪,对塑造人物形象具有重要的作用。

(二)结构建构——电影蒙太奇手法的借鉴

《中国电影大辞典》认为,蒙太奇是"法文 montage 的译音,原为建筑学术语,意为构成、装配。电影创作的主要叙事手段和表现手段之一。电影将一系列在不同地点,从不同距离和角度,以不同方法拍摄的镜头排列组合起来,叙事情节,刻画人物"。[③]

---

① 舞轻影:《明月度关山》,上海:上海文艺出版社,2018 年版,第 76 页。

② 桐华:《曾许诺·殇》,北京:中国友谊出版公司,2019 年版,第 39 页。

③ 张骏祥、程季华主编:《中国电影大辞典》,上海:上海辞书出版社,1995 年版,第 668 页。

"所谓蒙太奇,就是依照情节的发展和观众注意力和关心的程度,把一个个镜头合乎逻辑地、有节奏地连接起来,使观众得到一个明确的印象和感觉,从而使他们正确地了解一件事情的发展的一种技法。"①

总之,蒙太奇是将不同的镜头进行组装,而不同的镜头组装方式让蒙太奇出现了不同的种类,《电影艺术词典》将蒙太奇分为叙事蒙太奇(连续性蒙太奇、平行蒙太奇、交叉蒙太奇、重复蒙太奇等)、表现蒙太奇(包括心理蒙太奇、隐喻蒙太奇、对比蒙太奇等)。②

蒙太奇虽然是电影的结构方式,但是在网络类型小说中得到了运用。以都市奇幻小说《司藤》为例,小说的叙述不是按照顺序的结构发展,而是将故事转换成一个个镜头画面,借用蒙太奇的方式架构小说,主要采用了交叉蒙太奇。

以小说的第一卷囊千、第二卷青成为例,第一卷第一章、第二章、第三章镜头讲述的是安曼与秦放到囊千去处理家事,在酒店遇到了赵金龙,安曼去赴赵金龙的约会,发生冲突,赵金龙中刀,安曼回到酒店带秦放逃离,在逃离的路上遇到两个男人的拦截,安曼被拖走,秦放被推下山崖后处于弥留之际。

第四章故事没有继续讲述安曼被绑之后的事情,也没提及秦放最后是否死去,而是将镜头转到另一个地点,川地青城山外,开始讲述颜福瑞、小徒弟瓦房与开发商之间的故事。这个故事讲完之后,镜头又转回去讲述秦放掉落山崖之后发生的故事,如秦放与司藤相遇之后一起回到酒店。接着秦放搭着老乡的车逃走,在路上发现自己的脸变成干瘪的头骨。到此为止,故事再没有继续讲下去,而是将镜头转回宾馆内的场景,描写司藤与络绒而甲的行动,秦放回到宾馆。接下来镜头再一转,接着讲述秦放发现自己的脸变成像骷髅的脸之后发生的事情。讲述完毕之后,镜头又回到宾馆讲述司藤与秦放之间的事情。接着镜头又转向描述颜福瑞、瓦房、王秦坤的相遇。

小说的画面是跳动的,第一卷的前三章是按照线性时间发展情节的,而第

① 夏衍:《写电影剧本的几个问题》,上海:复旦大学出版社,2004 年版,第 98 页。

② 许男明、富澜、崔君衍主编:《电影艺术词典(修订版)》,北京:中国电影出版社,第 153~155 页。

四章地点的转换，使得线性叙事被打断，提供了新的故事情节，即颜福瑞、瓦房、王秦坤的行动画面，与司藤、秦放的行动画面，两者本没交集，但最后在青城山相遇。人物聚焦是秦放、安曼→颜福瑞、小徒弟瓦房→秦放与司藤→颜福瑞、瓦房、王秦坤→司藤、秦放与王秦坤、瓦房、颜福瑞。

这是交叉蒙太奇的运用，交叉蒙太奇是随着情节的发展，两条叙事线索之间的空间距离越来越小，最后汇集到一起，成为一条线索，展开叙述。在交叉蒙太奇的叙事中，故事中的人物并不知道彼此之间发生的事情，而读者拥有了上帝视角可以观测到人物发生的一切，获得阅读的快乐。

二、动漫技巧：“动漫化”角色的化用

从许多网络作家的作品中可以看到日本动漫的身影。《铁臂阿童木》《哆啦A梦》《圣斗士星矢》《灌篮高手》《新世纪福音战士》等，这些动漫除了给年少时的网络作家带来欢乐之外，还对他们的创作产生重要的影响。沧月曾表示，动漫对自己的写作技法有一定的影响。天蚕土豆在采访时也曾表示自己在看动漫时，会将自己看到的一个点演变成小说中的一个情节。其实动漫对作家的影响并不仅仅局限在写作技法或者情节上，在角色塑造方面，动漫的影响也是不可忽视的。

动漫对角色塑造的技巧在网络类型小说中是普遍存在的，首先，从人物的角度进行说明。

1. 网络类型小说在对人物的外貌进行描写时，对角色服饰、发型及其色彩的运用十分讲究。

从《斗破苍穹》中作者对萧薰儿的描写就能看出：

> 一位身着紫色衣裙的少女，正淡雅的站立，平静的稚嫩俏脸，并未因为众人的注目而改变分毫。
>
> 少女清冷淡然的气质，犹如清莲初绽，小小年纪，却已初具脱俗气质，难以想象，日后若是长大，少女将会如何的倾国倾城……
>
> 莲步微移，名为萧薰儿的少女行到魔石碑之前，小手伸出，镶着黑金

丝的紫袖滑落而下,露出一截雪白娇嫩的皓腕,然后轻触着石碑……[①]

在“紫色的衣裙”“黑金丝的紫袖”“雪白娇嫩的皓腕”等描写中,作者运用了紫色、黑金丝、雪白等颜色,这些颜色给人们带来强有力的视觉冲击,最主要的是颜色本身所代表的象征意义,紫色代表尊贵,黑金色也代表高贵,白色代表纯洁,颜色的象征意义与萧薰儿尊贵的身份、脱俗的气质交相呼应。

2.对人物的肖像进行变形处理,突出个性。以《斗罗大陆》中作者对一个店主的描述为例:“这个人的脸长得很有特点,下巴有些向前突出,颧骨很宽,面部扁平,还有点鹰钩鼻。如果非要用一种东西来形容的话,那么,只能说他的脸有点像鞋底子。虽然是闭着眼睛,但看起来却有几分奸猾的感觉。”[②]作者将人的脸比作鞋底子的描写,让读者在不自觉中想起了中国动画片《大头儿子与小头爸爸》中小头爸爸的造型,他的脸型就像一只鞋底,小说与动画的梦幻联动,让读者在阅读的过程中,更加生动形象地领悟角色,并能更好地贴近角色。

3.在人物身上制造“不和谐”,呈现出幽默效果。以《斗罗大陆》中的奥斯卡为例,作者在奥斯卡身上制造的不和谐可以分为三个方面:一是奥斯卡的长相与行为之间的不和谐。“推车后面站着的那个人一身简单的灰衣,整齐的短发,满脸的络腮胡子,可却有一双大大的桃花眼,目光流转之间,专门看向考生队伍中的女孩子。小舞自然难逃他目光的扫描。很难相信,那种软绵绵的女声竟然会是从一个外貌如此粗豪的大汉嘴里发出的”[③],在这段对奥斯卡外貌的描写中,存在着长相与行为的不和谐,粗豪的大汉却能发出软绵绵的女声,这种强烈的反差感让幽默化的效果显著。二是长相与年龄之间的不和谐。在文本中,作者交代了奥斯卡的年龄只有 14 岁,而与其满脸络腮胡形成强烈的反差,又增加了“幽默”效果。三是奥斯卡的形象与所用咒语之间的不和谐。

① 天蚕土豆:《斗破苍穹》,起点中文网,https://read.qidian.com/chapter/2R9G_ziBVg41/MyEcwtk5i8Iex0RJOkJclQ2/,2022 年 3 月 2 日查询。

② 唐家三少:《斗罗大陆》,起点中文网,https://read.qidian.com/chapter/YvJ9Xu5KMv01/PP7_uu0lQvcex0RJOkJclQ2/,2022 年 3 月 2 日查询。

③ 唐家三少:《斗罗大陆》,起点中文网,https://read.qidian.com/chapter/YvJ9Xu5KMv01/6F2JOT4bwdYex0RJOkJclQ2/,2022 年 3 月 2 日查询。

奥斯卡的满脸络腮胡的粗豪形象却有一个比较“恶趣味”的咒语——“老子有根大香肠”，这让奥斯卡的形象又呈现出猥琐的特征。多样化的不和谐，为人物增添幽默化的效果。

4. 通过表情彰显人物的内心情绪。“表情是动漫工作者用于表达情绪的工具，有些表情是很复杂的。在描绘一个表情之前，不论它是微笑还是皱眉，你一定要抓住该表情所蕴含的微妙含义”。[①] 这在《斗破苍穹》中表现得更为细致，以纳兰嫣然与萧炎退婚时萧战与葛叶的表情变化为例，当纳兰嫣然与葛叶出现在萧战的面前时，萧战的表情经历了一系列变化，从微笑、满脸大喜、收敛笑容再到嘴角抽搐，“想到某种可能，萧战的嘴角忍不住的抽搐了几下”[②]，呈现出萧战的内心变化。除了对萧战的表情进行描述外，作者也对萧炎的表情进行描述，“面前的少年，身体猛的剧烈颤抖了起来，缓缓地抬起头来，那张清秀的稚嫩小脸，现在却是狰狞得有些可怖”[③]，面部狰狞的表情则表现出萧炎内心非常的生气。类似的表情在《花千骨》中也存在，如“花千骨看他神情扭曲可怖”[④]。

夸张的表情则是动漫中一种产生“幽默”的行为方式，既表现了人物当时的心情，也表现了人物的性格，又增加了幽默效果。网络类型小说除了注重捕捉表情表现人物的情绪，还借鉴了动漫中的“黑线”。黑线是用来表示人物在受到打击后的情绪低落，或者是对其他人的行为感到无法理解而无语。以《花千骨》为例：

> “糖宝，你是男的还是女的啊？不对，你是公的还是母的啊？公的的话不可以看我洗澡哦！我得找个带子把你眼睛蒙起来。”
>
> 糖宝一头黑线。[⑤]

---

① 天蚕土豆：《斗破苍穹》，起点中文网，https://read.qidian.com/chapter/Z1z7C2lqsjoJiWg6PYdjVg2/nECu4cK3srrwrjbX3WA1AA2/，2022 年 3 月 2 日查询。

② 吕璇、刘小超编著：《动漫设计》，天津：天津大学出版社，2011 年版，第 107 页。

③ 天蚕土豆：《斗破苍穹》，起点中文网，https://read.qidian.com/chapter/2R9G_ziBVg41/-fsJCvOin5Mex0RJOkJclQ2/，2022 年 3 月 2 日查询。

④ Fresh 果果.《花千骨》，晋江文学城，http://www.jjwxc.net/onebook.php?novelid=316358&chapterid=24，2022 年 3 月 2 日查询。

⑤ Fresh 果果.《花千骨》，晋江文学城，http://www.jjwxc.net/onebook.php?novelid=316358&chapterid=16，2022 年 3 月 2 日查询。

"一头黑线"四个字不仅将文字图像化,还表达出糖宝对花千骨无语的心态,一举两得,为网络类型小说的创作带来新鲜感,增加了"喜剧"效果。

其次,在对动物的塑造上,许多动漫中常用的方法也被广泛地运用到网络类型小说中,主要表现在两个方面:一是动物拟人化,这是在美国的动画电影或者日本的动漫中都普遍存在的现象,如美国动画电影《爱宠大机密》中的动物群像,狗狗麦克、杜老大、兔子、带有刺青的猪等;《疯狂动物城》中的兔子朱迪、狐狸狐尼克等;日本动漫《白熊咖啡厅》中的熊猫;《夏目友人帐》中的猫咪,它们都具备了人类的特性,会说话,有的甚至会直立行走。在网络类型小说中,动物也具有人类特性,如《星辰变》中的小黑,它本身是一只黑鹰,具有人类说话的本领,与主角能正常沟通;在《盘龙》中,影鼠贝贝虽然不能直接与人类交流,但可以通过"灵魂传音"进行交流,这种交流是将人类的说话本领以更为高明、更为新颖的方式表达出来,打破了常规的模式化创作。

二是网络类型小说将动漫中的"萌"元素在动物的塑造上发挥得淋漓尽致。"萌"来自日语萌え,在二次元宅文化中,"萌"是指二次元爱好者对 ACGN(动画、漫画、游戏、小说四个英文单词的缩写)中的角色或者其他事物的喜爱之情。相对于动物角色来说,它们的"萌"表现在外形一般是圆、饱满、毛茸茸。[①] 除了造型萌之外,动物角色还有一个重要的行为属性,那就是"卖萌",卖萌分为褒义与贬义,褒义则是刻意做出可爱的样子,如做可爱的表情与动作,说可爱的话语等;贬义则是"讽刺对方作秀到犯傻的地步",[②]即故意作秀。在动漫中,卖萌一般是褒义的,如罗三胖的深蓝色的眼睛眨呀眨,或者用它的头蹭大师的腿,这些都体现出罗三胖的可爱。当然,卖萌不局限在"动物"的塑造上,在人物的行为塑造上也存在"撒娇卖萌"的倾向,如"小舞不满地撅起嘴,也不说话,就那么拉着唐三的手臂,大眼睛中充满幽怨地盯着他。大有你不答应

① 杨慧雯:《"萌文化"的视觉语言力量与设计反思》,《科技资讯》2013 年第 28 期。

② 邵燕君主编:《破壁书:网络文化关键词》,北京:生活·读书·新知三联书店,2018 年版,第 31 页。

陪我出去,我就不松手的意思"[①]。

网络类型小说除了在人物外貌、行为上借鉴动漫之外,还借鉴了动漫中存在的类型化人物形象,而这些人物形象具有ACGN次文化中的"萌属性",即能够激发起"萌"的感觉的特征,而这种"萌属性"表现在性格与人设两个方面,前者的萌属性是类型化的人物特征,如腹黑。腹黑是ACGN中的用语,表面是善良温和,内心却比较阴暗,如《大王饶命》中的吕树就是这样的性格,他为了增加系统的收入,故意怼人,激起他人愤怒的情绪。后者则是根据动漫中固定的人设进行描写,如小正太。小正太是指年纪小,很可爱,没有胡子,皮肤好,帅气的小男孩。在《绾青丝》中,作者对冥焰的描写就符合"小正太"的人设,如"幽蓝的短发闪着冷调的光泽,顺帖地覆在头上;皮肤又白又嫩,光滑得像刚剥壳的鸡蛋;黑色的大眼睛上有一排浓密微翘的长睫毛,鼻子又挺直又小巧;又红又艳的小嘴像颗水灵灵的樱桃,让人恨不得一口吞下去"[②],一个立体的"动漫"形象立于人前。除了小正太,网络类型小说在借鉴动漫中的人物形象时出现了性别气质颠倒的现象,典型的是男性的女性化,即"伪娘"。"伪娘"是指通过人为的手段,如化妆、穿女装等,让别人误以为是女性的男性角色。在日本动漫中,伪娘的角色也有好多,如《少女爱上姐姐》中的宫小路瑞穗,他男扮女装进入女子学校学习,还有《火影忍者》中的白。在网络类型小说中,类似于动漫"伪娘"形象的是《花千骨》中的杀阡陌,"瀑布一般的满头紫发在空中曼舞飘飞,犹若在空中张开了一张紫色的巨大帘幕,衣袂飘飞,犹若幻梦。白皙的肌肤在阳光下近似透明,隐隐露出的漂亮锁骨划出优美的曲线。眉间一点殷红色的如花妖冶印记,血红的眸子亮得无邪而通透,就是漫天繁星也会黯然失色"[③]。在对人物的真实性别未进行揭秘时,花千骨直接将杀阡陌称呼为"姐姐"也不足为怪,而当作者在下文揭晓杀阡陌为男性时,性别的翻转在给读者

---

① 唐家三少:《斗罗大陆》起点中文网,https://read.qidian.com/chapter/YvJ9Xu5KMv01/tcVOZnihKGgex0RJOkJclQ2/,2022年3月2日查询。

② 波波:《绾青丝1》,南昌:百花文艺出版社,2015年版,第17页。

③ Fresh果果:《花千骨》,晋江文学城,http://www.jjwxc.net/onebook.php?novelid=316358&chapterid=24,2022年3月2日查询。

带来惊讶之余,还有惊喜。

动漫技巧的运用不仅让读者对角色有熟悉感,能在很短时间内进入故事中,而且让读者看到有别于传统角色塑造的方法,然而,事物往往具有两面性,读者在看到优点的同时,也要看到相应的缺点。动漫技巧的运用对网络类型小说具有一定的创新性,但是它很容易被模仿,网络作家不需要很深厚的文学功底,只要掌握相应的方法,就可以制造出一大批外貌相似、性格相似的角色,网络类型小说的人物形象将很难摆脱"扁平化"的标签。

三、网络游戏技巧:网络游戏要素的"借鉴"与"挪用"

网络游戏作为一种新兴的文化产业,在商业资本的推动下发展迅速,成为不可忽视的存在,据《2021年中国游戏产业报告》,2021年"中国游戏市场实际销售收入2965.13亿元,较去年增收178.26亿元,同比增长6.4%。国内游戏用户规模6.66亿,同比增长0.22%"[①]。网络游戏产业在受欢迎的同时,也对网络类型小说的发展产生重要的影响,因为网络类型小说成为游戏改编的"蓝本",《斗破苍穹》《斗罗大陆》《三生三世十里桃花》《择天记》等网络小说都被改编成相应的网络游戏。大量游戏的改编让网络作家在创作时开始有意识地向网络游戏靠拢,当然有些作家是无意识的,他们直接或间接地在作品中运用网络游戏的规则、设计的原理或者故事的讲述方式,让网络类型小说带有网络游戏的烙印,呈现出"游戏性"的表征。网络类型小说的网络游戏的表征具体表现在哪些方面?在探索这个问题之前,需要知道网络类型小说的游戏表征与角色扮演类的游戏有关系。

人生来就会模仿与扮演,换言之,在人类成长中,模仿与扮演是不可缺少的存在。儿童在游戏的过程中,通过模仿成人的社会生活与行为扮演不同的社会角色,如夫妻、警察、教师等。随着人类的成长,人们模仿与扮演的方式更

---

① 人民网-金报:《〈2021年中国游戏产业报告〉正式发布》,http://jinbao.people.com.cn/n1/2021/1216/c421674-32310114.html,2022年3月2日查询。

加多元化，如戏剧、电影、舞蹈等。而到了网络时代，网络游戏的诞生将人们角色模仿与扮演的欲望发挥到了极致，如角色扮演类游戏。角色扮演类游戏具有完整的故事情节，描述人物成长。在此类游戏中，玩家扮演其中的一个角色或者多个角色，在制作者架构的虚幻或者现实的时空中，尽情地冒险、游玩或者成长，虽然游戏的世界是虚拟的，但是它有自己的规则。

对角色扮演游戏有了基本的了解之后，读者会发现网络类型小说中有角色扮演类游戏的特质，这种特质表现在诸多方面：首先，玩家与角色之间存在的扮演关系。角色扮演游戏机制被网络类型小说所借鉴，网络类型小说是通过穿越与重生这两种方式实现玩家与角色之间的融合。如在《步步惊心》中，张晓遭遇车祸，灵魂穿越到清代官家小姐马尔泰·若曦的身上；在《回到明朝当王爷》中，乌龙的九世善人郑少鹏跨越时空附身到大明正德年间秀才杨凌身上；在《庆余年》中，现代人范慎在死亡之后穿越到庆国的婴儿范闲身上；在《扶摇皇后》中，现代考古人员孟扶摇穿越到异世大陆一个五岁孩子身上；在《君九龄》中，主人公君九龄前期是公主，但因为父报仇失败而死去，之后灵魂附身到一个落魄小姐君蓁蓁身上。穿越与重生将现实世界的人附身于虚构世界中另一个人，开始新的成长之旅，这不仅仅只是让读者体验游戏式的快感，更多的是对自己不完美人生的一次补偿，或者是缓解自身的紧张与焦虑。

对于前者，在网络类型小说中，作者通常让主人公在第一次人生中留下的遗憾，在第二次中都会得到最大限度的补偿。如《庆余年》中的范慎患上重症肌无力，他没有亲人的陪伴，这辈子也没做过什么有意义的事情，而当其穿越到庆国幼儿时期的范闲身上时，他不仅拥有健康的体魄，还拥有范建、五竹、范若若等亲人的陪伴。

对于后者，网络小说的阅读者以普通的青年人为主，他们大多是在校大学生，或者上班族，属于"蚁族"的一员。他们虽然大多接受过大专以上的教育，但是他们的收入水平比较低，且大多属于聚居状态的流动人口。"贫穷"让他们实现不了财富自由，因此他们的生活简单无聊，颓废又迷茫。如何调节自己失衡的心态？"穿越"与"重生"带来的转换人生的幻想让"蚁族"可以摆脱现实的困境，追随主角的行动，畅享自己未曾得到的美好生活，从而缓解自己的焦虑与紧张,进而得到片刻安慰。

其次,在角色的配置上,网络类型小说借鉴了游戏的人物配置。角色扮演类游戏的配置分为两种:一种是玩家可以控制的主角,即可玩角色;另一种是玩家不可以操控的角色,主要是以同盟者、敌对者、中间者的角色存在,即非玩家角色(NPC)。主角与NPC的配置在网络类型小说中得到有效运用,以《斗罗大陆》为例,唐三是故事的主角,小舞、奥斯卡、宁荣荣等成员皆是其同盟者;《斗破苍穹》中的萧炎是主角,而药老、萧薰儿是同盟者,敌对者是武魂殿。清晰的角色配置让网络游戏中的角色阵营得到再现。

再次,开外挂与金手指的游戏逻辑的运用。开外挂是指利用规则之外的规则来做事情。在网络类型小说中,开外挂不仅体现在人的身上,还体现在动物的身上。首先,从人物形象的角度来说,开外挂的现象主要呈现为人的死而复生或者重新选择的机会,就像电子游戏那样,不停地获得游戏机会,不停地体验人生,穿越与重生就是如此。动物的开外挂可以理解为超出它们原本生活习性的行为,简言之,具备人类的思想和行为,但是,在《回到过去变成猫》中,黑炭(猫)被赋予人的思想和行为,不仅会上网,还会凭自己的能力打击一系列违法行为,这些都超出了动物本来的生存规则和生活习性。

在网络类型小说中,没有遗憾终生,没有困难重重,有的只是一路畅通。而一路畅通的背后,是“金手指”的加持。“金手指”则是主角意外获得的法宝或奇遇。

在网络类型小说中,“金手指”的运用让事件变得如此简单,在玄幻小说中表现得尤为明显。在《司藤》中,秦放本来已经死去,但在司藤的助力下成功复活,重新开启自己崭新的生活。“金手指”让死而复生变得如此简单。

最后,还有游戏战斗力数值化、升级模式和游戏的“副本”在网络类型小说得到有效的运用。不再具体展开。

值得注意的是上述游戏要素被网络类型小说借鉴,以适合于小说的形式存在,但是还有一种情况是网络游戏直接被挪用到了网络类型小说的创作中,如《微微一笑很倾城》与《蜀山》。在《微微一笑很倾城》中,作者不仅书写了《梦游江湖》这款游戏中的游戏人物、游戏场景,而且还原了游戏中玩家之间的线上对话。《蜀山》则直接以玩家的视角书写网络游戏，比如开篇“我”进入游戏创建角色，接到他人组队的邀请，做任务等。

总之，网络游戏要素在网络类型小说中的变形与挪用，虽然使网络类型小说的叙事形式相较于传统小说发生了变化，呈现出新的特质，但也存在一定的弊端：一是部分读者会产生抵触心理。网络游戏是一种二次元文化的产物，而对它的规则及运行机制十分了解的只有那些资深的网络游戏迷，而对网络游戏不感兴趣的读者在阅读时会对一些事关游戏的内容不太理解，阅读起来比较困难，不能深入了解作者想要表达的意思，这样会产生抵触的心理。二是成功的“游戏”特质被模式化运用，这是网络类型小说的通病所在，无可避免，因为网络类型小说本来就是以满足读者需求为主的小说，符合读者口味就被大量生产，加之网络 IP 市场的火热，导致网络类型小说都在讲述相似的故事。网络类型小说如果想要解决这些问题，就要求作者走出舒适圈，积极发挥自己的主观能动性，寻找新的路径。

作家评论

论梅子黄时雨"霸道总裁"小说母题的构建

谭旭东　龚　然*

〔摘　要〕 网络言情作家梅子黄时雨在"霸道总裁"小说领域深耕十余年,她的作品风格统一,"只写爱、只为爱、只有爱",被冠有"唯爱言情天后"之称。在类型化人物设定上,梅子黄时雨的创作既遵循着"霸道总裁"与"傻白甜""麻雀变凤凰"的人物类型成规,又注入了中产阶级叙事的新活力;在世界观架构上,梅子黄时雨的创作囊括了都市言情的单一线性叙事、双线并行式叙事,以及以民国为背景的历史架空叙事,进行多样性探索;在核心冲突上,通过对门第观念、误会、家族仇恨等多角度书写,发挥网络言情小说的"虐文"属性,以经历之"虐",彰显情感之深。本文试图通过对梅子黄时雨不同时期作品进行对比分析,梳理中国当代"霸总文"的发展脉络,摸索作为"霸总文"奠基人物的梅子黄时雨对"霸道总裁"情节母题的探索路径,并对"霸总文"写作的流行进行大众文化反思。

〔关键词〕 霸道总裁;霸总文;言情小说;梅子黄时雨;网络文学

著名网络言情小说作家梅子黄时雨从 2006 年年底开始在晋江原创文学网上连载作品。她的所有作品风格统一,无论是现代都市言情,还是历史架空言情,梅子黄时雨笔下人物的行动都"只写爱、只为爱、只有爱"[①],因而她被冠有"唯爱言情天后"之称。2009 年,梅子黄时雨出版第一部小说《人生若只初相见》,作品文笔细腻清丽,以情动人,累计销量超 40 万册,使梅子黄时雨跻身当代言情小说畅销作家之列。她在"纯爱"言情小说领域深耕十余年,直至 2021

---

* 作者简介:谭旭东,湖南安仁人,上海大学中文系教授,创意写作学科博士生导师,安徽大学讲席教授。龚然,江苏南京人,上海大学中文系创意写作硕士生。

① 文化咖专访梅子黄时雨:《禁欲系男主,井柏然比较有感觉》,搜狐网,https://www.sohu.com/a/410436778_534418?_trans_=000014_bdss_dkgyxqsp3p:cp=,2020 年 7 月 29 日。

年，仍出版全新风格之作《整形科医生》。梅子黄时雨多年的创作不仅保持着“霸道总裁”式“纯爱”言情小说的特色，而且在类型化人物设定、世界观架构、核心冲突设置等方面对“霸总文”进行了多种尝试与探索。本文将从以上三个方面挖掘梅子黄时雨言情小说的“霸道总裁”情节母题构建方式，通过对梅子黄时雨不同时期作品中的人物类型、主题、叙述方式、核心冲突等进行对比分析，摸索出一条梅子黄时雨“霸道总裁”言情小说的发展路径，并对“霸总文”的流行进行文化思考。

一、类型化人物设定：“霸道总裁”的中产阶级想象

“霸道总裁”作为情节母题，“是指一位在普世意义下较为优秀的男性在经历种种事件之后，却较为令人惊讶地爱上了一个相比之下十分普通的女孩的故事”[①]。其主要人物设定以“霸道总裁”式男性形象与“灰姑娘”式女性形象为核心。在这一情节母题中，与“霸道总裁”的“霸道”特性相契合，爱情往往始于“霸道总裁”的一见钟情或“霸道总裁”与“灰姑娘”家庭的契约关系、血缘关系等命定因素。在爱情的展开过程中，“霸道总裁”通过与女主人公的相处而步步陷落，为了增加情节的戏剧性，加深爱情的深刻程度，作者往往增加“虐恋”的情节，为男女主人公的爱情发展增加家庭、阶级、社会等阻碍。最终男女主人公逐步坚定情感选择，克服重重困难，长相厮守，“霸道总裁”文以大团圆结局收束。

“霸道总裁”这一故事类型最早可以追溯到20世纪80年代风靡的台湾文学中琼瑶和席绢的言情小说。她们的作品往往会设置一个商业领袖类、英俊潇洒、温柔体贴的男主人公，与女主人公在经济地位上处于“男富女穷”的局面，但事业有成的男主人公的生活以爱情为主导，情感随爱情而波动，事业、家庭则处于生活的从属地位。女主人公或具有传统女性的柔弱，或彰显现代女性的坚强，但都天真善良、不谙世事，对爱情抱有浪漫主义幻想。他们的爱情

① 董胜：《“霸道总裁”情节母题的价值分析和展望》，《小说评论》2018年第2期。

遭受生离死别的考验,给读者带来“虐心”的阅读感受。琼瑶与席绢的小说奠定了“霸道总裁”文具有理想化色彩的男女主人公基本关系,以及以情感为中心,通过“虐点”推动故事走向的基本模式。但这时男主人公“霸道”的特征尚未被强调。

2001 年,改编自神尾叶子漫画《花样男子》的台湾青春偶像剧《流星花园》上映,平凡女子杉菜在贵族学校英德学院与四大家族继承人 F4 展开爱恨情仇的故事,杉菜虽然出身平凡,但敢爱敢恨的决断和不谄媚的独立态度,让道明寺逐渐为其倾心。道明寺对杉菜痴情与专情,并且为杉菜而吃醋,占有欲强,展现出“霸道总裁”之“霸道”一面。2009 年,《流星花园》在中国大陆翻拍为《一起来看流星雨》,2018 年再度于中国大陆翻拍,更有在韩国、日本和中国台湾以《流星花园》为剧本进行电视剧创作,“流星花园”模式已经自成 IP。《流星花园》的大热反映了观众群体对英俊、富有、有才华且专情的“霸道总裁”形象和“灰姑娘”形象以及“麻雀变凤凰”情节母题的积极接受。自《流星花园》之后,中国偶像剧中开始普遍出现商业集团继承人、行业年轻有为的领袖人物等年轻帅气多金的男主人公形象,例如:《王子变青蛙》(2005 年)中的单均昊、《放羊的星星》中的仲天骐(2007 年)、《命中注定我爱你》(2010 年)中的纪存希、《爱情睡醒了》(2011 年)中的项天骐等。

直到 2014 年,贴有“霸道总裁”标签的改编自网络小说《杉杉来吃》的电视剧《杉杉来了》在国内热播,再度掀起“霸道总裁”的热潮。风腾公司总裁封腾与普通职员薛杉杉这对男女主人公构成典型的“霸道总裁”与“傻白甜”的类型人物搭配,台词“我要让所有人知道,这个鱼塘被你承包了”的“霸道”风格更是一度成为现象级的网络热语。2015 年,改编自网络小说《何以笙箫默》的同名电视剧成为贴有“霸道总裁”标签的又一收视奇迹。可以说,从网络文学到网络文学的影视化,“霸道总裁”的情节母题都是获取点击量与收视率的中流砥柱,大众对“霸道总裁”类型的偏好长逾四十年而不灭,直至今日,网络文学和青春偶像剧中“霸道总裁”的原型仍依稀可见。作为在网络言情小说领域探索十余年的元老级作家,梅子黄时雨的创作始终围绕“霸道总裁”的男性形象与“灰姑娘”的女性形象展开,这些人物既汲取了民间故事和经典童话里的“灰姑娘"叙事模式的普遍认知性，又涵盖了类型化人物的特征，又为"霸道总裁"文的人物塑造开创了新的特色。

（一）类型化书写下"霸道总裁"的家庭回归

邵燕君将"霸道总裁"定义为："通常是企业、财团的领导人或高管，他们不仅英俊富有，还往往兼具腹黑、冷面、偏执、控制欲强等特点。"[①]一方面，梅子黄时雨言情小说的男主人公形象展现了"霸道总裁"人物类型的共同特征。"总裁"是人物社会地位、权力关系的指代。"总裁"型人物拥有着英俊的外表、高贵的出身、家境丰厚、学历高、社会地位高等属性，例如梅子黄时雨笔下《人生若只初相见》中的高干子弟江修仁、《最初的爱，最后的爱》中的家族银行继承人言柏尧、《江南恨》中的北地叱咤风云的军阀赫连靖风。"总裁"代表着在文本构建的资本运行世界中主流价值体系的话语权所有者，是作者对社会"上等阶层"的想象。伴随着这种人物设定而产生的潜在文本，则是金钱社会下，男主人公被赋予了被众人追捧、崇拜的意义，由此反衬出男主人公只专爱女主人公一人的深情。同时，尽管作者们试图将情感逻辑与金钱社会运行逻辑相剥离，虽然"爱情"的发生不掺杂"金钱"的要素，但是最终呈现的效果恰恰体现了男权主义社会中的"男性权力叙事"，"在对底层女性的追逐过程中，其利用经济资本、社会资本对情感的操纵，无意中又透出阶层优势为追逐异性所带来的便利"[②]。值得一提的是，"总裁"往往并不是一种现代社会特定职业的规定，而是具有英俊外表及成功事业的一类人物的社会身份的统称。对"霸道总裁"的概念进行泛化，按照时间维度的不同，"霸道总裁"可以划分为古代的帝王将相、近代的军阀、现代的"富二代"商业巨子与行业领袖。例如，《何以笙箫默》中男主人公何以琛的身份是一名律师，但因其英俊且事业有成仍被贴上"霸道总裁"的标签，由此看来，"霸道"一词展现的人物性格特质才是决定人物能否被划入"霸道总裁"类型的关键。

所谓"霸道"，其表现行为是外表缄默寡言，内心偏执，占有欲强，行为极

---

① 邵燕君，王玉王：《破壁书：网络文化关键词》，北京：生活·读书·新知三联书店，2018年版，第304页。

② 李超：《"霸道总裁"形象：当代大众文化中"上等阶层"的想象》，《天府新论》2017年第3期。

端,表现为一种侵犯女性自由与选择权的大男子主义。语言上,“霸道总裁”不善沟通表达。梅子黄时雨在书写“霸道总裁”式对白时多使用短促有力的祈使句,甚至是命令式的语气,惜字如金,这种简练的语言表现一种压迫性的权力关系,例如:《人生若只初相见》中赵子默与江修仁分手后,江修仁对赵子默非常思念,未事先告知赵子默便驱车来见她,“(江修仁)眼光却没有移开分毫:‘上车。’语气坚定且不容拒绝。他向来如此”。行为上,当女主人公深陷困境,“霸道总裁”会如骑士一般及时出现,救女主人公于水深火热之中。当二人遭遇爱情障碍时,“霸道总裁”会坚定地采取行动对障碍进行克服。例如:《人生若只初相见》中设置了一个经典的爱情障碍,在家世差距这个核心冲突之下“霸道总裁”的感情受到了父母的反对,并且“青梅竹马”角色的出现使男女主人公误解的加深,在此困境中,男主人公江修仁义无反顾地偏爱女主人公赵子默。当赵子默与江修仁的“青梅竹马”宋玲玲发生冲突时,江修仁成为赵子默的帮手,并且这种帮助常常是通过金钱来实现的。思想上,强调“霸道总裁”对爱情专一性的绝对追求,即使男主人公身边围绕着众多美丽、富裕、体贴的女性,在行动上男主人公会和这些女性进行交往,但他们的内心始终只被女主人公牵绊。在他们以自我为中心的意识中,即使二人分手,也将女主人公视为自己的所有物,非常排斥女主人公与其他男性的接触。例如:《人生若只初相见》中江修仁对赵子默与邢利锋约会的嫉妒,《最初的爱,最后的爱》中言柏尧因汪水茉与自己表弟于柏天互动密切而迁怒于于柏天,《江南恨》中赫连靖风为了江静薇与其挚友萧扬的一张合照而大发雷霆。由此可见,传统“霸道总裁”形象对“霸道”之追求是建立在女性恋爱自由和生活空间被男性权力肆意剥夺的基础上的,将女性片面地置于两性关系中的从属地位。

除了“霸道总裁”人物类型的基本特征,梅子黄时雨笔下的“霸道总裁”具有独特的男性形象双面性。他们和单纯善良的女主人公的关系,不完全是女主人公对“霸道总裁”的顺从和“霸道总裁”利用其权力地位肆意操纵女主人公的生活,而是女主人公面对“爱”与金钱而进行权衡时,不以金钱为导向,明知伴随“爱”而产生的障碍与后果后做出“纯爱”的坚定选择。这种女性形象的坚定,带来的是男性角色“霸道总裁”向女主人公的顺从。在梅子黄时雨的“霸总文”中，“家庭”这个符号往往与“霸道总裁”紧密联系。在商业场上具有高地位、高智商的巨子，可以轻易地将商业局势玩弄股掌，在面对女主人公时，却往往呈现出极度顾家、爱孩子并照顾孩子的样貌，展现了男性向家庭的回归。《人生若只初相见》中男主人公在家中下厨为赵子默做她最爱吃的家乡的鱼汤，构成了这部小说中一个反复出现的经典场景。梅子黄时雨也曾在采访中表示，这是她想要重点表现的带有她故乡记忆的温情[①]。此外，“孩子”这个纽带成为男主人公与女主人公赖以维系情感的载体。例如，《最初的爱，最后的爱》中言柏尧借争取与汪水茉的私生子小宝的抚养权的名义，来接送小宝上下学、到小宝家陪小宝玩、哄小宝睡觉，从而向汪水茉展示自己的可信任，博取女主人公的爱。在梅子黄时雨的“霸总文”中，“霸道总裁”的温情不仅指向男女主人公的恋爱关系，更反映了对于温馨、稳固的家庭关系的期待，承载了作者传统的家庭观。

（二）“灰姑娘”的自我意识觉醒

与回归家庭的“霸道总裁”相对应，梅子黄时雨笔下的女主人公则具有反抗男性权力控制、走向经济与精神独立的现代女性自我意识。一方面，梅子黄时雨塑造的女性人物迎合了传统“霸道总裁”小说中的“傻白甜”设定，她们天真善良，对爱情抱有理想主义的期待。虽然她们相较于男主人公在经济、社会地位上属于弱势，但她们淡泊名利、不喜社交、不爱卷入斗争之中，作为拜金、纵欲的对立面而出现，象征着对金钱社会的反抗。另一方面这些女性形象也在一定程度上体现出现代女性的独立精神和抉择上的果敢。

在梅子黄时雨的“纯爱”小说中，尽管金钱作为社会运行的参照物，但“爱”的前提只是“爱”。梅子黄时雨笔下塑造的女性，虽然往往在经济上不如男主人公富裕，但淡泊名利，不失坚韧。她们力图寻找的是在物质至上的社会中被掩埋的“纯爱”。例如，在《人生若只初相见》中作者将女主人公赵子默设置为男主人公江修仁身边的“莺莺燕燕”的对立面，她不讨好，不谄媚，原则性强。

① 文化咖专访梅子黄时雨：《禁欲系男主，井柏然比较有感觉》，搜狐网，https://www.sohu.com/a/410436778_534418?_trans_=000014_bdss_dkgyxqsp3p:cp=，2020年7月29日。

这种原则不以金钱为转移,不会因为男主人公能够为自己提供更好的物质条件、给予物质上的帮助而改变。当面对千疮百孔的爱情,女主人公具有当断则断的魄力。《最初的爱,最后的爱》中汪水茉宁愿一人在异国他乡将私生子带大,也没有放弃尊严而向曾给自己带来伤害的男主人公言柏尧寻求帮助。不通过私人关系获得利益。

"傻白甜"型女主人公形象在梅子黄时雨笔下进行了优化,"懵懂无知""屈从于男主人公的支配"的人物属性被"富于理性思考"的特征代替。梅子黄时雨在作品中常以通俗易懂的警句形式进行"爱"的探讨,例如,关于"爱"的永恒与短暂、平淡的"爱"与激情的"爱"的选择、"爱"的失去。"生命里有很多东西也许终其一生,我们都无法拥有,然而没有就没有,我们也不会觉得有任何的遗憾。有一些东西拥有过了,却最终失去,是会有遗憾的。但只要在失去以前,自己努力过了,奋斗过了,就算有遗憾,相信也会心甘如饴的。"女性在恋爱关系中开始发挥主动权。在人物行动上,涉及"爱情"与"事业"矛盾、家庭门第对爱情的阻碍时,梅子黄时雨言情小说的女性往往对矛盾双方都能够给予衡量,从而做出合理抉择。在满足网络言情小说娱乐性需要的同时,融入了梅子黄时雨对自己深耕的"纯爱"世界的理性思辨。

纵观梅子黄时雨长逾十年的纯爱小说创作,其对"霸总文"男女主人公的性别权力关系进行了多样性尝试,传统"霸道总裁"文中男强女弱的两极化设定逐渐被调和。从梅子黄时雨早期小说《人生若只初相见》的女主人公赵子默,其人物设定是少年丧父的普通都市白领,到《最初的爱,最后的爱》女主人公汪水茉,人物设定变为具有厚实家底但遭受了危机的富二代,再到以《江南恨》为代表的"民国三部曲",女主人公则是与北部势力赫连靖风家可以抗衡的江南江家的嫡出大小姐。在梅子黄时雨"霸总文"的中后期创作中,"霸总"的身份被保留,而女性的经济地位与社会地位得到提高,男女主人公达到了相对平等的程度。一方面,削弱金钱、社会地位悬殊带来的男女主人公关系的不纯洁性,为故事赋予更多"纯爱"色彩;另一方面,体现出"霸总文"创作理念由最初的为平凡女性圆一个"麻雀变凤凰"的美满爱情、婚姻梦,转变为对中产阶级的生活想象。在中产阶级叙事中,经济上有钱有势且门当户对的男女主人公同时在情感上拥有纯洁坚定、超凡脱俗的爱,单一、固定的人物形象与现实生活脱节,展现出作者对中产阶级爱情的理想化勾勒,一定程度上迎合了当今金钱、利益至上的精致利己主义取向,是充分迎合市场的产物。

二、世界观架构:现代都市与民国架空——中产阶级活动空间

梅子黄时雨的"霸总文"大多是基于现代都市背景的言情故事,职场、宴会、餐厅、派对、奢侈品商店等富丽堂皇的现代化场景既拉近了读者与故事的距离,同时又满足了读者对都市文化、时尚生活及中产阶级富足、奢靡的活动空间的想象。而梅子黄时雨中期作品"民国三部曲"(《江南恨》《青山湿遍》《从此,我爱的人都像你》)则构造了架空的民国世界,在虚拟中书写真情。民国空间的着眼点是意气风发、征战沙场的军阀,雍容华贵的府邸和精致华丽的日常起居共同塑造了游离于战场杀戮之外的上等阶级活动空间,是脱离历史而存在的想象。继民国架空叙事之后,梅子黄时雨 2014 年的作品《遇见,终不能幸免》的故事背景重新回到现代都市之中,此后继续沿都市言情的道路进行创作。2021 年,梅子黄时雨推出新作《整形科医生》,将世界观的视野放置于现代都市中的医院场景,医生是网络言情小说中的热门职业,也是中产阶级叙事的代表,但围绕整形科医生展开的故事却为数不多,体现了梅子黄时雨对不同题材的积极尝试。同时也说明,梅子黄时雨的作品世界观架构并不稳定,从现代都市到民国架空,再回到现代都市,梅子黄时雨一直进行着她的"霸总文"世界观摸索。

(一)都市生活的线性叙事

都市题材小说在网络女性言情小说中占据核心地位。不同的都市场景中小说的主人公也具有不同的身份,有的是尚在校园中青春洋溢的学生,有的是初入职场的新人与经历过商场鏖战的行业翘楚,有的是在家庭中面临着爱情

与婚姻考验的女性[①]……通过写这些都市女性的痛苦磨炼与心灵成长，为深陷于现实压力之中的读者提供精神上的发泄与弥补，都市背景下的网络言情小说更贴近阅读者的生活，在世界观架构上也相对简单。

《人生若只初相见》是梅子黄时雨早期代表作，在故事架构和叙事方式上表现较为稚嫩，是梅子黄时雨对“霸总文”类型的初探。《人生若只初相见》按照时间的线性顺序，讲述了情场浪子江修仁与都市白领赵子默在好友于娉婷组织的聚会上相识，赵子默的淡泊宁静对江修仁产生很大的吸引，二人的爱情发展在纠缠中逐渐升华，关系破裂又重归于好，历经波折最终达到大团圆结局。故事没有运用悬念设置、插叙、倒叙等手法，矛盾冲突均按照故事的线性时间逐一呈现，读者的阅读期待和阅读爽感会因此降低，但故事的完整度更高，有助于获得阅读沉浸度。同时，通过“番外”的补叙，对二人结婚后的故事进行了扩展，满足了读者的阅读需求。

(二)都市言情的悬念设置，双线并行

同样是都市言情，《最初的爱，最后的爱》在《人生若只初相见》的单一叙事场景基础上进行了优化。故事伊始，抛出谜团，为读者的阅读设置悬念：女主人公汪水茉曾被友人在美国机场目睹带着一个孩子，这个孩子是谁？汪水茉与男主人公言柏尧分手三个月后，言柏尧收到汪水茉与另一个男人在一起的照片，这个男人是谁？读者带着解开疑问的阅读期待，进入故事之中。

由此展开两条故事线。一为当下时间，若干年后，言柏尧在酒会上与汪水茉相遇，昔日最亲密的二人形同陌路。言柏尧眼见表弟于柏天对汪水茉展开追求，而自己也与岑洛璃订了婚。这些发生在当下时间，是故事的主体。二为过去时间，即四五年前，言柏尧与汪水茉在美国读大学时相恋，汪水茉曾流产过一个孩子，并且医生诊断其很难再次怀孕，二人后因争吵而分手。分手后，汪水茉发现自己怀了言柏尧的孩子，并决定生下来，自己将孩子带大。这发生在过去时间，是主体故事发生的前提，作者并不是平铺直叙展开，而是随着故事的发展徐徐揭示真相。一部分采用插叙手法，通过友人的追忆，对当年真相

---

① 宋玉霞:《网络女性小说研究》，兰州大学 2012 年硕士学位论文，第 24 页。

进行部分还原。更重要的是通过主人公在挽回汪水茉的爱情核心行动中逐渐寻找到昔日真相的线索。例如,言柏尧回到洛杉矶,从昔日房东处得知和汪水茉分手后,二人曾经租的房子一直被汪水茉原封不动地保留着,直到言柏尧和他人订婚。在叙事的留白中,承载了男女主人公之间无言的爱意。

(三)历史架空叙事

所谓"历史架空叙事",是指"叙事主体面对既定的历史发展轨迹和发展结果而有所不满,从而对历史撰述加以虚拟改变的一种小说叙事"[①]。历史架空叙事不是希求对真实历史的还原,而是以某一段历史为大背景,虚拟其中的元素如人物及他们之间的关系、人物经历等,从而服务于创作者的自我表达,或是对既定历史心存不满,通过历史架空来改变对某些历史人物、历史现象的看法,或是借历史背景升华作者想要传递的情感。区别于"架空小说",历史架空叙事无须颠覆现有世界体系重新构建一个并不存在的世界,"除了进入这个历史时空的时刻是超现实之外,它的一切都遵循现实原则,不存在奇幻或玄幻因素"[②]。

梅子黄时雨的"民国三部曲"是其历史架空叙事的代表,小说以民国年间军阀混战为故事发生的背景,《江南恨》书写了北地掌权者赫连靖风为了收复西部和南部,与江静薇建立政治联姻,却坠入爱河的故事。二人的误会建立在门阀春秋利益争夺之战的基础上,赫连靖风的手下赵秉谦私自逼死了江静薇的父亲,从而帮助赫连靖风收复南方,横亘在赫连靖风与江静薇之间的是家族的血海深仇,在历史架空叙事之下,"霸总文"的虐点更为厚重。《青山湿遍》接续《江南恨》,讲述的是赫连靖风的妹妹赫连靖琪与段旭磊的爱恨纠葛,体现出民国版罗密欧与朱丽叶的悲壮爱情。与前两部的军阀混战的世界观不同,《从此,我爱的人都像你》则将关注重点放在民国大家族的明争暗斗之上,讲述了曾连同与唐宁慧的婚恋历程。

作为"唯爱言情天后"的梅子黄时雨在其历史架空小说中仍然保持着对

① 许道军,张永禄:《论网络历史小说的架空叙事》,《当代文坛》2011年第1期。

② 许道军,张永禄:《论网络历史小说的架空叙事》,《当代文坛》2011年第1期,第77页。

“纯爱”的执着。尽管三部小说以民国为背景,但是小说的叙事核心是男女主人公的爱情,极少涉及具体的历史事实,人物的设定也完全由作者虚构而非对真实历史人物的改编,故事的发展仍遵循着“霸总文”一见钟情—坠入爱河—遭受挫折—误会加深—采取行动—有情人终成眷属的故事成规。这样的架空叙事一方面有助于读者排除既有历史事实带来的阅读限制,有助于代入主人公的所思所想,保留着探索故事走向的好奇心;另一方面,会使历史架空叙事过于浮于表面,历史背景完全成为空壳,其中心仍是“霸总文”的陈规俗套。

三、核心冲突设置:门第、误会与家族仇恨

“冲突”在故事理论中指的是“人类生活的状态”和“故事和人物角色的本质”及“在散文或戏剧中,人们试图去解决难题时所遇到的至少一个来自于社会、个人或环境的阻力”[①]。故事因“冲突”而产生,人物形象因“冲突”而丰满。“冲突”是一种人物产生的欲望与付出的行动遭受外部或内部阻碍后呈现的不平衡状态,而“核心冲突”则是故事主线人物采取核心行动时想要解决的问题。在梅子黄时雨的故事中“核心冲突”体现为“虐恋”之“虐”,即冲突打破了男女主人公爱情的平稳发展,但男女主人公心中仍深爱彼此,因而迫使男女主人公采取必要行动进行磨合,从而恢复生活的平衡,重获爱情的平静安宁。梅子黄时雨不同时期的作品体现了一种核心冲突复杂化的趋势。

(一)门第观念:《人生若只初相见》

“霸总文”的人物设置由于带有先天的“霸道总裁爱上底层少女”的社会地位、经济地位的差异,“门第观念”的冲突几乎是伴随着传统的“霸总文”而出现的。从外在因素来看,家庭为人物的爱情设置了阻碍。在《人生若只初相见》中,无论是男女主人公江修仁与赵子默的关系——江修仁的父亲对门第格外看重,并且江修仁有一个门当户对的青梅竹马,还是副线于娉婷与孙平华的关系——孙平华的母亲对于娉婷常常贬低侮辱,而孙平华也未给于娉婷一个笃

① 许道军:《故事工坊》,北京:中国人民大学出版社,2015 年第 1 期,第 77 页。

定的答复，门第观念致使二人的感情分崩离析，不同阶级的家庭背景都是横亘在男女主人公婚姻关系间一条难以逾越的鸿沟。

家庭背景差异导致的矛盾必然引起人物内心微妙的变化，构成引起冲突的内在因素。梅子黄时雨赋予女主人公们在感情中进行理性思考的独立精神，单亲家庭出生、作为普通都市白领的赵子默认为自己或许只是身为富二代的江修仁的情感上的玩物，因为家庭条件差异过大而对二人的爱情无法产生信任。家庭差异伴生的门第观念让主人公时常丧失对二人关系的希望，在两种抉择中摇摆不定。

（二）误会：《最初的爱，最后的爱》

误会可以细分为人物言语导致的误会与人物行为导致的误会。由于“霸道总裁”男性形象具有缄默寡言、偏执、冷酷的特征，其鲜明的语言表达方式具有两面性，在为“霸道总裁”人物创造神秘感的同时，导致了主人公间的暴力沟通，从而掩盖彼此的真实想法而产生误会。例如《最初的爱，最后的爱》中男女主人公将分手作为一种赌气行为。站在女主人公汪水茉的角度，她认为“她提的分手，也是造成现状的原因之一。若不是她赌气，或许现在就不是这个样子了。……当时她不是真的想分手的，只是想吓唬吓唬他而已，可是没想到他确实是真的想分手了的，所以才会如此的决然离去”。而言柏尧也并非真的想要分手，只是出于自尊无法挽回。对于汪水茉与言柏尧私生子的身份，汪水茉以假第三者的存在对言柏尧进行隐瞒，伤害了言柏尧的尊严与真心：“相信你看过资料也会知道，他是个早产儿，他跟你没有任何关系，他是我一个人的。”而言柏尧更是气急败坏地对汪水茉进行人格上的攻击。消除误会的方法只有男女主人公直面现实，真诚沟通。

言语上的误会出于人物的主观选择，而人物行动上由于时间错位导致的行动偏差，引起误会，则为故事笼罩命定的悲剧色彩。汪水茉看到言柏尧与岑洛璃订婚，才真正地感到过去的一切都已过去，将当初二人的情侣对戒赠与他人；言柏尧一直以为汪水茉对自己冷漠无情，直到与岑洛璃订婚后，才知道汪水茉一直保存着他们两人的戒指，然而彼时二人都已各有归宿，事情到了无法挽回的局面。男女主人公的行动及其产生的后果与其情感的节奏走向产生了极大的偏移,因而产生了诸多误会、错过的巧合,导致矛盾加深。

(三)家族仇恨:《江南恨》

家族仇恨作为核心冲突在许多经典文学作品中得以呈现。莎士比亚经典悲剧《罗密欧与朱丽叶》讲述了凯普莱特和蒙太古两大敌对家族的成员罗密欧与朱丽叶试图跨越父辈仇恨、勇敢追逐自由爱情的故事。家族仇恨作为一个带有宿命色彩的被先天赋予主人公的因素,其引起的冲突程度比门第观念与误会强烈得多。从化解冲突的方式上来看,跨越家族仇恨涉及的不仅是男女主人公两个个体的命运或两个家庭的发展,更牵涉到与血缘相牵连的所有人的尊严。从冲突造成的结果来看,无论主人公试图如何摆脱家族仇恨的影响,最终他们的爱情都将恰好受阻或毁灭于此,以卵击石的方式抗击命运,带有俄狄浦斯式的悲剧感。

如果说梅子黄时雨早期作品《人生若只初相见》《最初的爱,最后的爱》的核心冲突还是网络言情小说中的常见套路,那么到"民国三部曲"时,梅子黄时雨不仅在世界观架构上进行了新尝试,而且对核心冲突的设定进行了升华,先前的门第观念与言语、行为误会降为构成故事的元素,而家族仇恨则成为主人公生命中无法摆脱的阴霾。《江南恨》中男主人公赫连靖风作为北地最大军阀,为笼络南方,与江南江家嫡出大小姐江静薇政治联姻,他对江静薇一见钟情,并且在之后的相处中步步陷落。他面临着为一统天下而攻打南地与为至爱女子保护她的家人的两难选择,最终由赫连靖风的下属打破联姻同盟,害死了江静薇的父亲,由此造成了赫连靖风与江静薇关系间无法打破的隔阂,昔日温情一日之间变为梦幻泡影。江静薇对赫连靖风刻意避让,而赫连靖风也并不加以解释,肆意冷淡对待,展现出"霸道总裁"以自我为中心的形象特征。门第的差异与言语的误会依靠个体行为可以进行弥补,而家族仇恨却是男女主人公间永远无法抹去的一条伤疤,在架空历史的宏大叙事背景下,梅子黄时雨与之相匹配地进行了核心冲突的调整,体现了作家创作时的灵活变通。

余论

网络言情小说，尤其是“霸道总裁”文，由于一直致力为读者在现实主义的世界中构造理想化的婚恋关系，充满不切实际的幻想色彩，并且故事设置单一，仅靠男女主人公情感的分分合合来推动，一直是文学批评中争议较大的类型文之一。在人物形象的设置上，批评者认为，“‘霸道总裁’也卸下了个人奋斗的重担，一批批‘富二代’身份的‘霸道总裁’形象活跃于荧幕上。他们追求物质享受以及纯真的爱情，但从来不会思考这些优越的物质生活从何而来，更侈谈自我创造”[①]。为了迎合市场需求，满足经济需要而置审美需要于不顾。女性主义批评家认为，“霸总文”是以一种压迫的观念形式出现的文体，旨在使读者屈从于她们在社会及两性生活方面的从属地位。[②] 从社会影响上来看，展现资本权力的“霸总文”被社会广泛接受不利于青少年群体建立正确的价值观和婚恋观念，对社会主流价值取向产生错误引导。

然而，“霸总文”的模式流行数十年却热度仍在，为几代年轻人所钟爱，创造了一个又一个点击率与收视率神话，其中反映了现代人在利益至上、意义丧失的社会生活中潜藏的精神创伤，以及“霸总文”对现实创伤的弥补与疗愈功能，读者通过阅读“霸总文”获得了现实生活中难以体验的“爽感”。“爽感”是中国网络小说批评中的一个原创概念，指的是读者阅读快感获得的生理体验。作家通过作品让读者体验“白日梦”的生活，在“霸总文”的世界中，读者无须考虑现实因素，也不必为其虚拟行为负责，从而被压抑的欲望与痛苦得以释放。梅子黄时雨始终坚持唯爱主义“霸总文”，表现其对纯洁爱情世界的追求，为因误会而错过的爱情架构沟通的桥梁，如《最初的爱，最后的爱》中汪水茉与言柏尧仍爱着彼此却因彼此误解对方心意而分手，若干年后得以相遇；为受到爱情伤害的人设置了更为圆满的结局，如《人生若只初相见》于娉婷与孙平华相恋

① 李超：《“霸道总裁”形象：当代大众文化中“上等阶层”的想象》，《天府新论》2017 年第 3 期。
② 詹秀敏，杜小烨：《试论网络言情小说的美学特征》，《暨南学报》2010 年第 4 期。

十年,因家庭差距,孙平华的不负责态度让于娉婷深受伤害,最终二人分手,于娉婷梦幻般地又遇见了比孙平华更好的恋人;让困顿于爱情的人得到宣泄,让期盼着爱情的人拥有憧憬,让悲伤于爱情的人得到内心补偿。梅子黄时雨也曾在访谈中表示:"生活中我们每个人都会遇到各种不如意,所以我希望我的读者可以在我的小说中找到幸福圆满,让她们可以暂时忘却疲惫劳累,哪怕仅仅是一秒钟或者几秒钟。"①

综上所述,梅子黄时雨的"霸道总裁"小说在类型化人物设定上既体现了"霸道总裁"与"灰姑娘"人物类型成规,又对"霸道总裁"向家庭的复归、女性角色的独立精神与理智思考进行了深度刻画,男女主人公社会、经济地位差异的弥合反映了梅子黄时雨对现代男女关系的思索,同时架构了中产阶级叙事框架。从单一线性叙事到双线并行式叙事,为最初稚嫩的故事组织形式逐渐增添故事的悬念,民国架空历史叙事更是赋予了作品历史厚度以及阅读的新鲜体验。在门第观念、误会、家族仇恨等核心冲突的书写中,梅子黄时雨充分发挥网络言情小说的"虐文"属性,以经历之"虐",彰显情感之深。纵然当前读者的阅读喜好已开始从传统类型化的"霸总文"上偏离,但可以说,梅子黄时雨长逾十年的"霸总文"创作贯穿着这一类型文学在中国网络文学界的萌生、发展乃至衰落的全过程,为"霸总文"类型化贡献出不可或缺的力量。梅子黄时雨在其"唯爱主义"的网络言情书写中,传递出对真挚、纯洁爱情的期待和对女性自身价值的指认,投射着诸多"霸总文"读者的期待,让现代女性得到了一定精神上的治愈。

---

① 文化咖专访梅子黄时雨:《禁欲系男主,井柏然比较有感觉》,搜狐网,https://www.sohu.com/a/410436778_534418?_trans_=000014_bdss_dkgyxqsp3p:cp=,2020年7月29日。

作品解读

网络文学的英雄梦想与叙事策略

——以《遮天》为例

肖惊鸿*

〔摘　要〕 英雄主义是中华民族价值观的重要内容。中国网络文学带有英雄传奇的天然基因,英雄传奇是网络小说创作的重要母题。网络作者对中华古代神话体系以及一切中华优秀传统文化中的英雄故事情有独钟,英雄主义精神始终是玄幻、修真、仙侠、武侠类小说创作中的最鲜明特征。《遮天》作为一部优秀的网络小说,融合了网络流行文化的各种元素。对其叙事策略的梳理,实则是对中华传统文化的一次探索。

〔关键词〕 英雄;梦想;叙事策略

一、《遮天》的英雄梦想

中国网络文学带有英雄传奇的天然基因,英雄传奇是网络小说创作的重要母题。从《悟空传》起,网络作者对古代神话体系以及一切中华优秀传统文化中的英雄故事情有独钟,津津乐道。也可以说,正是因为如此,才使得网络小说的盛行起于同人小说。一时间,万千文学青年在网络上仿写、改写、续写那些从小耳濡目染、耳熟能详的英雄故事。从《后羿射日》《精卫填海》到《封神演义》《西游记》《水浒传》直至近现代英雄传奇,都是网络作者创作的灵感和素材源泉。而这也正是网络小说正能量的具体表现。这一写作母题在20多年的书写中完好地保留下来,特别是在玄幻、修真、仙侠、武侠类型的小说里成为常态。凡人总是有英雄情结。英雄主义是中华民族价值观的重要内容。

在网络小说中描写英雄、塑造英雄,笔者认为这也是每一个热血青年寄予

---

* 作者简介:中国作家协会网络文学中心研究员、中国作协网络文学研究院副院长。

写作的英雄梦。唯有如此,才能让英雄起到榜样作用,成为推动人类文明的重要力量,起到引领人类进步的领先作用。

在众多作者数量庞大的创作中,越来越多的英雄从天上降临人间。越来越多的作者清醒地意识到,真正需要书写的英雄来自民间。塑造国民英雄抑或平民英雄,在不知不觉中成为他们的写作理想。哪怕,他们笔下的英雄没有那么神通广大,没有那么气势如虹,他们也愿意,给凡间的英雄一次成长机会,让平凡的人成就一个英雄梦想。这难道不也是作者自己的人生梦想?

寄予在写作中的理想和梦想总是殊途同归的。且不讲其他类型的创作,英雄主义精神始终是玄幻、修真、仙侠、武侠类小说创作中的最鲜明特征。特别是,随着创作理念、写作手法的成熟,英雄书写成为这几类小说创作的常态。而更多的英雄和作者自己一样,来自民间,有着平凡人所拥有的一切。在生存变故中,他们的英雄顺应时势,壮大自己,通过自身的努力,拥有了从前所不能够拥有的超人力量、智慧和勇气,成为万人瞩目的耀眼星辰。在这一过程中,英雄得以成长,作者何尝不是经历又一次成长?在这一过程中,读者与作者一道,经历了小说中英雄成长的艰难险阻和酸甜苦辣。网络小说的读者黏性来自小说强烈的代入感,因为作者在创作中先有了更强烈的代入感。作者与读者在这一层面上相互认同,获得了内在的同一性。这才是一部弘扬英雄主义精神的网络小说吸引读者的根本原因。

辰东说,他在《遮天》里想写一群英雄的悲欢离合。

《遮天》表面看只有一个主人公,但其实是写历史的星空下曾有一群与他相近的人杰,最初追寻是否有仙,探索长生,只求自我的圆满,再到当大灾难来临、种族存亡之际,他们舍弃小我,别离红颜与亲故,放弃长生的机会,宁愿赴死去守护普通人,各自孤独地上路去征战,慷慨赴义。写这些英雄从弱小崛起,到一世辉煌,再到孤独地落幕,举世同寂。

这才是最干的干货。玄幻、修真、仙侠类小说有一个共性,始终讲的是英雄情怀。而辰东在作一种可贵的探索。从英雄个体到英雄群体,从自我到他人,从小我到族群,从地球到浩瀚星际,从辉煌到沉寂。辰东力求在他的《遮天》里理出一条轨迹,追索人的生存价值。虽然辰东不会是第一个这么做的人，但无疑他是成功的一个。

《遮天》的人物是众多的。辰东的人物设定颇具特色。在《遮天》里，延续了他独有的风格，以细腻的描写和人物的鲜明特点串起情节，完成整个故事。在《遮天》中，辰东有意把这个特点发扬光大，有意放大了这个英雄的群体。

（一）主人公叶凡的英雄之旅

故事开篇就是主人公叶凡出场。大学毕业三年后，同学们相约聚会。出场的叶凡是淡定的、冷静的，虽初获成功，却不事张扬，有着低调的成功人士的行事风格和特点。在饭局之上，与一干同学的彼此交往中，显示了叶凡的不卑不亢和不势利、不世故。不错，同学会就是一个名利场，一个小社会。现实社会中的一切在这里都原形毕露。各色同学都有不同表现。在此间，叶凡堪称实力派，在追名逐利的同学当中自成一体，不可小觑。看到这里，你可以毫不怀疑这就是一部现实题材小说，作者以冷静的笔触和犀利的眼光剖析现实生活当中的真善美与假恶丑。人性在这里袒露无遗。然而，聚会被延长了。场景转换到了泰山。这为接下来发生的重大变故埋下了伏笔。在众同学登临泰山之前，同学之间的远近亲疏、生旦净丑都有了一个清晰交代。登临泰山之巅，众同学在五色祭坛上被九龙拉棺带离地球，进入星空古道，途经荧惑古星，来到北斗星域。在生死之间，叶凡表现出超人的智慧和胆识。辰东的英雄观特别接地气。自古英雄多磨难，磨难当中见豪杰。叶凡不畏强暴，同情弱者，勇于除恶安良，具备了一个英雄的基本素质。在经历了铜棺当中的初次生与死之后，九龙拉棺降落北斗星域。在荒古禁地，他们再次经历生与死、青春与衰老的考验。神山中的神果为叶凡在新大陆赢得了第一次胜算的机会。然而得知自己是荒古圣体的叶凡，并没有向命运妥协，虽然在当时，所谓“荒古圣体”已是不可造就之废柴。他表现出了一个英雄所具有的最大特质：不信天不信地，改变命运靠自己。至此，叶凡的英雄雏形的第一步塑造已告完结。

叶凡与辰东之前塑造的英雄形象多有不同。叶凡多了一些冷静和坚忍。这一点从故事起始的同学聚会，直到泰山之巅的历险，再到荧惑古星的生死搏斗，再到北斗星域的漫长修炼都有体现。叶凡的冷静，让他化解一个又一个艰险；叶凡的坚忍，让他克服一个又一个困苦。在漫长的异域路途中，战胜自我，历练自我，强大自我，去拯救众生。

叶凡多了一些果敢和刚强。从在泰山之巅突然遭遇人生巨变开始，叶凡果断地带领同学们进入九龙拉棺，离开地球；在荧惑古星，也是叶凡带领大家一同战胜神鳄的袭击；初临北斗星域，还是叶凡果敢地处置了欲置他于死地的三位昔日的男女同学；在得知自己是荒古圣体无法修炼时，依然是叶凡，选择了果敢和刚强，不信天不信地，相信自己，和命运赌一回。

叶凡多了一些深情和厚谊。从地球到太过遥远的北斗星域，叶凡没有忘记地球上的亲故。他历尽万难重回地球，尽管已不可能再见到父母双亲，但是那份深情任谁看到都会唏嘘落泪。还有深藏于心的那份恋情，不能忘，不会忘。叶凡用自己的方式怀念、感念、感怀。对待好友，不失两肋插刀的义气，更多了一份惺惺相惜。对待弱者，尽力关心救助，端的是侠骨柔肠。

叶凡多了一些激情与豪情。这是辰东在《遮天》里表现最充分的地方。漫长旅途中，如果不是因为激情，有谁还能忍受住那份孤独？激情让叶凡穿越千万年的孤独，勇往直前守住执念；如果不是因为豪情，漫漫修仙路上又怎能放下小我只为众生？唯有豪情才有博大心胸，装得下宇宙万物，任内心承载爱恨情仇。

叶凡更多了一些智慧与远见。在突如其来的变故中，叶凡很快摆脱了最初的慌乱，于镇静中思考办法，快速采取行动。他在全然陌生的星域中，用智慧适应环境，用远见布局当下，不轻言放弃，不肯向困难低头。他坚信，通过他的努力，众生一定有更好的生存所在。那个理想国有他的奋斗作根基，这便是他自己的理想了。

然而，英雄走过黄金盛世，当回首过往，那份热血与抗争，辉煌与残酷，内心深处充满感伤。孤独，只有孤独，让英雄卓然而立，让帝者独自品尝。

正如辰东所讲：

> 这是一个让人疯狂而又黯然的年代，狂欢与悲歌一同上演，如那飞蛾扑火，是在长生的路上还是在聆听自己的葬歌？不可自拔，近乎癫狂，或许生命的意义也正是因此执着而美丽。

《遮天》的世界设定和英雄出世注定了这份孤独的执着。黄金盛世，群雄争帝。叶凡带着上天给予的桎梏，坚守内心，严守己道。书中无数次提到“道”，何谓“道”？是谓天道，是谓人道。上天没有法则，上天没有悲悯。叶凡生为凡人，天道限制修行，那么就用自身的道逆天而行。

当叶凡踏入仙域，成为叶天帝，曾经的辉煌都变作了过往，那些一同战斗的伙伴、至亲消逝在万古悲凉之中。那刻骨的孤独吞噬着坚强的心灵。这是作为天帝的悲壮，也是仙域的悲凉。然而，成仙成帝的初心不变。临高远望，众生景仰，贵为帝尊，永恒的是守护弱者的责任。

这就是英雄的情怀。所以说，英雄历来是生长在现实的土地上。现实的磨难催生了英雄，众生的痛苦让英雄成长。这样的国民英雄，无论在哪里，都是众生的希望和寄托。而英雄自己也背负着一个至高无上的理想。英雄是凡人，又不是凡人。他有超越凡人的情怀，也有超越凡人的意志。英雄如叶凡，如辰东所讲，习得源术，斗圣地世家，战太古生物，重组天庭。叶凡辗转四方得到许多际遇和挑战，功力激增，眼界也渐渐开阔，最后以力证道，更是以智慧取胜，获得各族认可，成为天帝，率领天庭举教成仙。成仙，更是实现了凡人的长生梦。叶凡作为一名英雄，由凡而仙不稀奇，带领众生一起登临仙境才是硬道理。

然而辰东在《遮天》里寄予的理想，绝不是塑造一个孤胆英雄，他是要通过对叶凡这一个绝世英雄的塑造，映衬英雄群像。因此，在故事架构中，辰东不仅要把叶凡置于英雄顶峰，同时要塑造如星辰璀璨的英雄群像，以英雄的浩然英气洗涤星辰仙域古道。

(二)叶凡与女性角色

不能不说，《遮天》之所以好看，是因为女性角色的高度介入起到了一定的作用。

首先要提的自然是狠人大帝。以之作为绝世女帝，可见辰东的设定极为用心。狠人大帝无疑是所有成道帝者中最令人同情、也最是血肉饱满的帝者。“不为成仙，只为在红尘中等你回来。”也只有狠人大帝道出了成仙背后的奥秘，也只有狠人大帝，让成为天帝的叶凡顶礼膜拜、心生景仰。

其次要提的是姬紫月。作为北斗星域的世家传承者，紫月小姐被赋予了很多金手指。虽被叶凡劫持,一同经历了青铜古殿之险,但她依靠自己的智慧借力解除了禁制,以其人之道还治其人之身,挟持叶凡一同进入太玄派寻找秘术。叶凡当然会逃离是非之地,而姬紫月在孔雀王之乱中被华云飞追杀,叶凡充当了护花使者。紫月对叶凡渐生好感。后经历一番磨难,结成神仙眷属。姬紫月古灵精怪,玲珑剔透。在几次大型战斗中,紫月不畏强暴,勇于拼搏,挑战权威,同情弱者。这些英雄的标签在紫月身上充分显现,与她个性的张扬和行事的果断结合在一起,不免让读者对她寄予更高的希望,希望她与叶凡比翼同心,共创仙境。而辰东给了读者一个满意的结局。

小说中最有女性魅力的人物无疑是安妙依,妙欲庵的当代传人,外表圣洁淡雅,拥有无尽魅力。其功夫可追溯到狠人大帝的传承。她与叶凡一见倾心。叶凡受伤时,她送佛家经文予他疗伤,后远走西漠修佛。她与叶凡约定,成仙后再续前缘。然而世事难料,安妙依冲击仙路以失败而死,就这样与叶凡天人两隔。

安妙依与叶凡更像不食人间烟火的一对神仙眷侣。他们为了各自的成仙之梦,相遇、相爱、相知,却不能相守。他们把深情藏在心底。特别是安妙依,当叶凡出现,而她却不能陪伴左右。辰东写出了那份情感的缱绻、旖旎、伤悲、唯美。特别是后来,在辰东笔下出现了一朵相似的花,写出了那份爱而不得的凄绝。

通常,男频特别是这一类文的作者不擅写情。然而,辰东在《遮天》里却写出了很多情意。友情、爱情、亲情,都有动人心弦的摹写。这是《遮天》技高一筹的最动情也最动人的地方。

另外,与叶凡关系不同寻常的女子还有三位,其一李小曼,作为叶凡大学时期的女友,毕业出国,三年未见,已成陌路。和叶凡一同来到北斗星域后,因其自私势利,与华云飞成为盟友,与叶凡为敌,后掉入荒古深渊成为荒奴,因鳄祖附体,对叶凡有未言之隐。李小曼究其人性,代表了一类自私绝情势利小人。这个人物作为配角出现在叶凡身边,增加了一份人性的丰富。但究其根本,与“英雄”二字无关。

秦瑶亦是如此。作为一名妖族女子,美丽惑人。因爱上叶凡,自紫微星回归后拼命修炼,不幸走火入魔而亡。秦瑶的可怜之处在于陷入了不对等的爱恋。妖族与人族的恋爱注定是一场悲剧。

另有一位女子值得一提,她就是姚曦,摇光圣地圣女。容貌美丽,甜美诱人,然而性格谨慎,心机多多。与叶凡的多次交锋,试图控制叶凡反被轻薄。这个情节的设置有争议。笔者认为,这是古代传统文化中的男尊女卑、男权至上思想的一种文学书写。尽管,这是叶凡在千年修炼过程中的偶一为之。而姚曦终是洗刷了污名,以自身的努力,于六千余年后加入天庭,成为一仙女。这也是要仙得仙的一种套路吧。换个角度说,姚曦代表了一类奋斗的女子。她们与男人相比,为成功付出了更多的代价。

(三)叶凡与男性角色

《遮天》作为一部修真仙侠小说,男频属性是显见的。辰东在这部小说中塑造了一群男性豪杰。首先说庞博,叶凡大学时最好的朋友。外形壮硕魁伟,性情直率义气。与叶凡一同到达北斗星域后,因在荒古禁地与叶凡一起服用了圣果,被修仙之地——灵墟洞天封为仙苗,意即最有潜力成仙的学员。在接下来的妖帝坟冢,被青帝十九代孙附体离去,在隐秘处修行,炼至四极境界。在后来的战役中,在叶凡与黑皇协力镇压老妖神识的助力下,庞博重新掌控了自己的身躯,取得妖帝古经和老妖本体祭炼成的青莲法宝,习得妖帝九斩和天妖八式。彼时的庞博几乎已是无妖可敌。待他出关后,与叶凡多次并肩战斗共历生死。然而如此剧终肯定不是辰东的风格。立志塑造英雄群像的辰东定然会给庞博更多的磨难。庞博在羽化王朝祖庙内因妖神血脉意外觉醒而腾空而去。后来被叶凡从妖皇墓中救出,得叶凡授予“者字秘”、一气化三清,与叶凡同闯试炼古路,一起建设天庭。最可圈可点之处在于,在妖神附体时,庞博无时无刻不在用自己强大的神识与妖搏斗,显示出不同寻常的意志力。在叶凡出现危险时,庞博拼尽全力保护叶凡,友情的力量战胜了一切邪恶,在星空彼岸开出了绚丽的花朵。

作为璀璨星辰中亮丽的一颗,庞博的配角身份是特别的。作为叶凡最好的同学、朋友,他有义气,有胆识,有担当,又不乏机智。在危难时刻奋不顾身、挺身而出,不惜一切代价捍卫正义,与叶凡出生入死,誓死共同闯出一条生路,完成了英雄的伟业,树立起另一块丰碑。

自古英雄多悲壮。《遮天》中让人最为感伤的配角应该是虚空大帝了。太平盛世时,人们总是容易忘记那些奠定鸿基伟业之人。当黑暗来临,众生再次忆起被遗忘的虚空大帝。上天赋予虚空大帝的使命就是为众生而生、为众生而死。虚空大帝注定要背负众生的希望浴血奋战。时间流逝,圣皇的传承和血脉已了无痕迹。可当黑暗动乱来临,为了众生,虚空大帝拼尽残留的战意,为他的人民洒下最后一滴血。

在英雄群像里,还有一颗耀眼的星辰是姜太虚,姜家的东荒神王。风华绝代,一世凄凉。作为叶凡的恩人和导师,他被叶凡从紫山救出,叶凡突破四极秘境时受到大道之伤,神王为救他洒下神灵血。这个人物的形象刻画非常精细。三个场景,一袭白衣。第一次,在树下奏响《神之序曲》,用自己生命的血花儿,助叶凡逆天;第二次,在人族受辱之际,他从远处走来,一袭白衣守护人族尊严;第三次,在黑暗动乱之时,人族绝望之中,他选择了最壮烈的方式,结束一己生命庇护众生。

姜神王名震天下,一世英名不辱。叶凡将其复活,成就不死神王,完成了一个旷世神话。

老疯子,悲情英雄的化身。他的出场绝对吸引读者的眼球。那快如旋风的天璇步法,名震天下。作为天璇圣地进攻荒古禁地唯一的幸存者,孤独一人活过了几千年的孤寂岁月。看似英雄末路,那个时代已告终结。然而英雄终归是英雄。老疯子的功力深不可测。他救叶凡于荒古禁地,又出现在极远之地魏国太玄派,后竟蜕化为年轻模样,与叶凡相见于天璇遗址。叶凡领其前往圣崖,取得"行字秘"秘法,功法大进。后来到紫微星域,得到太阴古皇传承,再次蜕变,大战来犯的太古生物并得以全身而退。老疯子一路开挂,在人族古路参与战乱,依然智勇无敌。后以英雄之躯化为天庭柱石,庇护众生。至此英雄落幕,英名永存。

再如涂飞,江洋大寇传人,个性鲜明,口无遮拦,以做贼为荣,立志偷一个圣女为妻。与叶凡结识后,一正一"邪",互补互助,在多次相互救助中惺惺相惜。涂飞的结局颇具喜感。他于不死山被黑皇误传至北原以北的雪域中,封于神源内。涂飞以其神勇智谋修炼寂灭天功，大成后成为准帝，与叶凡重逢，汇入天庭。英雄不问出处。辰东在这个人物身上寄托了一种平凡的理想。

最有意味的人物当属段德。一出场就以无良胖道士示人。然而这道士却太不一般，实是九大天尊之一，拥有太过惊人的功夫。他亲创渡劫天功、渡劫纹，做过冥皇、地府开创者，试图再造轮回。胖道士形象塑造得十分成功。虽形象猥琐，但功法了得。他不断地破而后立、立而后破，不断修炼，循环上升。他用阴阳天眼刺探古墓，盗墓成瘾，臭名昭著。他与叶凡太多交集，相互算计，相克相生，然而总是胜叶凡一筹，让叶凡防不胜防。但面临共同的敌人时，又秒变战友。段德的死生大法通过多世演练终至大成觉醒，与叶凡一同以精进的功法和无上的智谋与力量，破灭帝尊阴谋，开创了天庭新纪元。

在某种程度上说，修炼高深、身世诡异的段德和叶凡才是势均力敌的损友，实力派英雄。

还有黑皇。黑皇的身份是极为特殊的，他几乎是一个二次元的存在，一个永远充满了喜感、与“死胖子”段德相爱相杀、贪婪奸诈又有所担当的“黑皇”。

姬紫月的哥哥姬皓月也值得一提。他天生稀世神体，修成了海上生明月的轮海异象。在全书关于轮海异象的描绘中，海上生明月最为耀眼、最为神奇。姬皓月被姬家器重，被修仙各派忌惮，堪称一世英杰。然而姬皓月自视甚高，心高气傲。当他踏上人族古路后，被神族击败，之后娶妻生子，归于平淡。姬皓月作为一代英杰，极具英雄潜质。然而终究功亏一篑，英杰终未能成为英雄。

另外一个特殊人物是华云飞。这是作者施以浓墨重彩的人物。作为星峰之主的幼孙，狠人大帝吞天魔功传人，人生被赋予了多重色彩。外表恬淡飘逸，人畜无害，但心机深沉狠毒。姬紫月、姬皓月甚至叶凡都是他追杀的对象。后被人追杀多年，华云飞终于魔功大成，与叶凡大战而死。临死前，华云飞不无感伤，道出自己不过是狠人一脉弃子，吞天魔功传人只为成就不灭天功传人。他欲摆脱命运，终究失败，从反面成就了一世声名。然而这时峰回路转，其弟出生，与其极为相似，然而行事却大不同。华云飞总算有了转世的契机。辰东对其命运的安排，见出对华云飞这一角色的看重，显露出作者的悲悯情怀。

以上所举,只是《遮天》英雄群像的一部分。更有那登临巅峰的帝者,与叶凡都有或多或少的关联。“仙路尽头谁为峰,一见无始道成空”的无始大帝,还有那傲视群雄的恒宇大帝、万古不败的虚空大帝,以及太阳圣皇、太阴圣皇、青帝等,更有那些不曾问道但依旧敢与天命一搏的平凡修士。他们,构成了星辰璀璨的英雄群像。英雄远去,万民犹在。《遮天》英雄群像的塑造,让读者深切感受到英雄的壮烈情怀和感伤情绪。这是来自英雄历尽沧海桑田抬望眼天下无敌的孤独、空留万丈豪情与谁诉说的落寞,让人唏嘘不已。

辰东用几百万字的篇幅,着力打造的就是这样一群英雄,一群改写了历史的英雄,一群生活在星空彼岸,然而与我们的人类、我们的地球有着千丝万缕联系的英雄。是他们,创造了星域文明,并指向为人类所向往的长生仙境。当然,为了那个终极理想,战斗,殊死的战斗才是唯一的路径。英雄就是创造奇迹。英雄这个符号,他们值得拥有。

二、《遮天》的叙事策略

网络小说究其根本是一种在网络上生产、传播的以读者需求为主要目的并具有商业价值的大众化文学作品。如果要用一个已有的文学标准来衡量网络小说,那么,我认为,它离通俗文学更近。网络小说的这一特点,使其具有大众审美属性,最能体现一个国家、一个民族的人文精神。也可以这么说,大众审美才是网络小说的生命力,也是文学应该具有的正确方向。基于此,网络小说精品创作的意义更为重大。

(一)中华传统文化认同

《遮天》作为修真仙侠小说的优秀之作,它结合了网络流行文化的各种元素,并基于中国本土的道教文化,杂糅了古代游仙小说、仙侠小说、神魔志怪小说以及近代武侠小说的叙事策略。

单纯的修真小说比较注重修为境界的级别递进,依各家各派有不同的划分,虽各有不同,但终极追求有趋同性,都是讲述小说人物通过秘法修炼,或者在金手指的作用下,达到更高境界。

如此一来，这样的小说非常考验作者创作的能力，想象力和奇崛的世界观架构往往决定一部修真小说的成败。而仙侠小说通常可以理解为关于侠和仙的故事，可以是武侠加上修仙的设定。

《遮天》从内容设定来讲，修真和仙侠的元素都是显见的。通常而言，一部修真仙侠小说，架构世界观、铺展剧情一定要有一个合理的根基。这个根基，必定是文化传统。在辰东的小说里，体现为对中华传统文化的认同。

对中华传统文化的认同，最主要的是体现中华民族的人文精神。中华民族精神的精髓基本可用“自强不息”“厚德载物”来高度概括。首先，这种民族文化精神有它理性的一面，强调人与自然的统一和个体与社会的统一。然而在艺术想象空间，尽管自然界的上帝、救世主是不存在的，但相信彼岸世界的存在和对长生的追求成为植根于俗世的梦想。其次，民族文化精神的另一个重要内容是对自由的崇拜。通俗来讲，就是有压迫就有反抗。与天斗，与地斗，与人斗，并在这种战天斗地的斗争中，生成英雄主义精神。再次，中华民族文化推崇求实精神。正是因为如此，中华民族英雄伟绩历来源于吃苦耐劳、勇于拼搏并克服千难万险，哪怕是修真修仙，也要一炼千万年，百折不挠上下求索。在这几种精神支撑下，恪守仁、义、礼、智、信的道德准则。

（二）作者与读者的情感共鸣

对于网络小说的情感共鸣，更多的论述将其归结为代入感，笔者更愿意将其归结为情感共鸣。而设法做到情感共鸣是网络小说叙事策略中的重要一环。作者在小说中塑造的人物形象能否引起读者的认同，并感同身受，与作者产生强烈的情感共鸣，是一部网络小说阅读接受的关键。这是读者的个性要求与小说人物和内容的高度一致所导致的结果。读者、作者和作品三方产生了情感共鸣，显然在推动故事走向、精心塑造人物、增加读者黏性、强化作者创作动力方面具有极其重要的作用。

我们会跟随叶凡的足迹，穿越星空古道，来到北斗星域，与他一同经历生死危难，一同体验成功的快乐和失败的痛楚；我们跟随庞博经历了妖族附体的痛苦，和以一己神识痛苦挣扎的努力；我们和安妙依相同，感受着对叶凡爱的深沉和阻隔；我们和狠人大帝一样，经受了亲人永远离去的痛苦和哀伤；甚至，我们会痛恨胖道士的那副嘴脸,恨不能帮助叶凡提升功力;我们也宁愿助力辰东,享阅更精彩的情节、一同感受更深的情感互动……

一个作者是否成功,一是要看他是否成功地把握了读者的心理,把读者的认同当作自己的认同,为他们双方的书中人物开辟文学想象的路径。如果读者、作者与书中的人物相逢、相知,对书中人物的愿望与动机、情感与伦理倾向产生了认同感,一起体验酸甜苦辣,一起实现人生梦想,并在这个过程中发生了移情效应,体验到巨大的快乐和震撼,产生三位一体的情感共鸣,那么,这样的创作就是一种巨大的成功。

在这种情感共鸣的支撑下,书中人物进入下一个修炼等级。在这个过程中,读者与作者一样,体验到强烈的阅读 / 创作快感,对小说本身遂产生强烈的身心依赖。读者和作者之间就建立起这样一种情感共同体,再与小说人物一起,建立起命运共同体,进入阅读—快感实现—再阅读—快感再次实现这样一个循环往复过程中。经由此,这样一个扣人心弦、欲罢不能的故事的创作者,实现了情感共鸣这一叙事策略上贯穿始终的重要一环,就实现了第一步的自我成功。

在这一过程中,作者与读者相互之间的情感互动便显得尤为重要。作者受到了来自读者的鼓励,产生了更强烈的创作冲动;而读者从阅读中感受到更强烈的快感体验,增强了阅读黏性,对作者的激励更为持久。作者与读者的创作与阅读进入一个良性循环。所以在不否认读者对创作的积极作用的同时,更不能低估作者的主导作用。在相互的良性刺激下,读者希望故事永远不要完结,作者希望自己的笔力更加强劲。这就好比一枚硬币的两面。事实上,天下没有不散的宴席。再好的故事,也会完结,如同凡人,即便成了仙,无生无死何尝不是一种完结。假如不加节制,作品越写越长,回头看,笔力再好的作者,也会有“水”的时候。

(三)故事与主人公的同一性

《遮天》讲述了一群凡人在异域大陆历经生死终于建立天庭得以成仙的故事。所谓“遮天”,在文中取“一手遮天”的意思。是谁一手遮天?当然是主人公叶凡。这就见出叶凡和故事最直接的联系。这也是网络小说取得读者认同

的关键:塑造一个读者心目中的主人公。从这个意义出发,我们来考量叶凡与读者诸君的匹配度:

情感认同。叶凡作为地球人,有地球凡人的一切特征。大学毕业三年,事业小有起色,然而校园里的初恋女友远渡重洋,叶凡至今形单影只。同学聚会,莫名被黑。叶凡作为一个平凡人,不慕虚名,不炫耀物质,这么一个品行端正的凡人,开篇引起许多读者的认同。叶凡和他们一样,作为凡人,不那么耀眼,不那么有钱,甚至,也没有女朋友的陪伴。但是,就像太阳照样升起,每一个凡人也要快乐过好每一天。叶凡不是废柴,他没有那么不堪。叶凡具有我们每一个普通人都有的喜怒哀乐。这样的一个人物,却也遭受敌对,遭受白眼,遭受这个污浊世界的所有的不公正的待遇,必然会激起读者的强烈同情和认同。

道理认同。这样一个叶凡,莫名其妙地遭遇了命运巨变,被不可知的力量裹挟,来到异域大陆。在穿越星空古路的过程中,与阴险的同学斗,与无比凶暴的怪兽斗。虽身心俱疲,然而哪一个凡人没有过类似的体验?你一切皆好,却未必换得来好的回报。老子在《道德经》里讲,“天之道,损有余而补不足。人之道,则不然,损不足以奉有余。孰能有余以奉天下?唯有道者。”意思我们都明白,指自然的法则,用损减有余来补充不足;而人类社会却是损减贫穷不足来供奉富贵有余。而又有谁能让有余来供奉天下呢?只有有道之人。这个道理被辰东运用在《遮天》中,收获了众多读者的强烈认同。叶凡,就是在这个道理体系中完成了形象塑造。

现实认同。现实观照是辰东这部《遮天》的写作基础。开篇几章,与都市现实题材小说无二。在这样的铺垫下,人物关系是现实社会的人物关系,事物发展依据了现实关系而生成。在北斗星域,叶凡的“不足”被无限放大,放置于凡人与修仙、生与死的关头。然而,凡人的一大特点就是命运奈我何。我既已是凡人,争与不争无区别,与其换得个行尸走肉,不如将天捅破!“我命由我不由天!”叶凡喊出了天下凡人心底的共同誓言。由此与读者诸君达成思想上的高度一致。

理想认同。进入异域的叶凡,在生死关头,别无选择,只有用尽全身心的努力才能立足于这个陌生的大陆。在这妖魔人神混杂的世界，生存又谈何容易！没有一个远大的理想或梦想支撑，一个凡人是难以走得更远的。叶凡在异域的“现实”生活中很快就悟到，成仙，也只有成仙，才能拯救自己和人族。这个理想信念支撑他一路前行，不管遇到多大挫折，从不言败。作为与读者一样平凡的叶凡，坚定的信念和励精图治、百折不挠的精神，于潜移默化中影响了读者。成仙，作为中国古老文化之现世救赎，不但是叶凡生存下去的最大理由，对读者诸君又何尝不是彼岸的抚慰呢？万里独行。活下去就是真理，就是最大的理由。而活着，就不能不指向那最终的结局。于此，读者与叶凡达成现世理想的认同。

逆袭认同。叶凡作为一介草根，在那万人争相成仙的异域里太过渺小。那么多的苦痛，那么多的曲折，叶凡的遭遇引起读者的深深同情。想爱不能爱，想聚不能聚。甚至，活着都变得艰难无比。在这种命运的全力碾压之下，主角反扑的力量就变得格外强大。叶凡一直走在这条荆棘密布的路上。靠着自身的力量积聚，靠着顽强的意志力，叶凡做到了。他一步一步完成了修炼的全等级，在每一层级战胜看似无法战胜的困难，为众生，也为自己，走向那问鼎长天的升仙路。每个人心里都有一片芳草地，每个人心里都有一个美好的梦想。这个世界有太多的凡人，也有太多的星光闪耀的梦想。叶凡在那里，用自身的逆袭，引领了一个辉煌的幸福结局。

(四)故事与大众审美的趋同

网络小说重在大众审美。如果没有作者与读者的审美同一，没有读者与主人公的审美同一，这样的小说肯定是无法赢得读者的。这样的小说要么走了严肃文学的路线，要么成了扑街作品。而辰东的《遮天》，之所以获得众多拥趸，是因为大众审美趋同起了重要作用。网络小说的审美属性在于它的大众性。网络小说大众审美有这样几个特征：

一是审美的真实性。审美的真实性要求，作者和读者作为社会人在小说中代入的审美观点和阅读角度首先是真实的。这是审美真实的出发点，也是落脚点。《遮天》的故事架构，完美契合了这一审美特征。故事从现实社会开始，真实的人物关系、真实的环境表达，甚至，在故事发生逆转之时，也是有诸多真实的元素支持。在读者阅读接受中，真实性审美发挥了重要作用。

二是审美的自主性。尽管网络文学发展已有 20 余年历史，但是在历史长河中，这无疑是短短一瞬间。作者创作和读者接受从大的方面看，尽管目前网络小说创作带有很强的商业属性，但从创作本身看，创作审美的自主性依然保留下来。从读者接受层面看，非功利性占据了主导地位。这为网络小说审美的自主性预留了富足的空间。随着创作的成熟，这种审美的自主性保留下来并得以强化。

三是审美的通俗化。网络小说作为通俗文学传承，在类型化方向实现了创新。通俗审美特性被保留下来并日益平民化。网络小说受众已有几亿人，大多为年轻人。作者有可能是专职写作，读者却鲜见专业读者。在一天的紧张工作之余，所需要的不是严肃文学的心灵滋养，而是网络小说带来的身心愉悦。这种审美的通俗化的内核，在于小说内容的通俗化。以故事为原点，大开大合的情节设置，大开脑洞的想象，主人公出人意料的逆袭，都具有鲜明的白日梦色彩和作用，产生了强烈的精神愉悦和快感体验，因此吸引更多读者。

四是审美的社会化。网络小说大众审美的趋同还表现在社会化层面。故事的发生与发展，情节设定，都是一个民族人文精神的体现，带有一个时代、一个民族的精神烙印，带有社会的不足和进步，因此是社会化的产物。一个时期的社会热点和社会问题，在快速生产的网络小说中总会有各种各样的呈现，尽管对某些类型来说，比如修真修仙，看似离现实社会很远，但离不开现实社会的人文观照和文化心理养成。

五是审美的交互性。这是网络小说脱离传统文学最大的亮点。虽然网络小说接续了通俗文学的传统，但因为生产机制的改变和进步，作者与读者不再是作品发表之后的隔空书信式的交流，而是作者与读者几乎同步的互动，在科技基础上建立了文学交流的创新模式。作者与读者的交互跟帖、在线阅读与即时评论等动态模式，打破了传统阅读方式，改变了文学接受的传统。作者在线解说，读者随时参与，甚至参与故事创作，这种交互式的审美特征促进了网络小说的快速发展并达到新的阅读自由。自然，这样的自由也会出现负面的作用，基于商业杠杆作用，读者的作用过大，有可能拉低小说审美价值。

列宁曾说过:艺术是属于人民的,它必须在广大劳动群众的底层有其最深厚的根基;它必须为这些群众所了解和爱好;它必须结合群众的感情、思想和意志,并提高他们。列宁那么睿智地一针见血地指出了读者与创作的关系。作家阎连科在谈到创作与读者的关系时曾讲,读者喜欢你的小说有三个原因:一是写我,二是吸引我,三是思我所思。但是,如果只是在书斋里向着自己的内心写作,你的读者只能是臆想出来的。只有网络写作,才让读者与作者前所未有地零距离交流。这个有效沟通,才能促进审美的交互。

六是审美的娱乐化。由于网络小说审美的大众趋同,写作门槛低,大多作者的非专业化写作及读者普遍性的非专业阅读,导致审美趋向娱乐化成为必然。这样的网络小说,多表层叙事,少历史厚重;多轻松愉悦,少深刻严肃。思想匮乏的大众娱乐占据上风。读者追求阅读快感,作者在交互作用下,文字注水甚至"三俗"现象时有出现。对于网络文学精品化而言,这已是南辕北辙了。

(五)主人公的绝对主导地位

在网络小说书写中,对故事主人公的设定具有规定性。

主人公一定是最为强大的。为完成这一设定,必然要下拉人物的设定起点。所谓废柴逆袭就是这一设定的体现。在《遮天》里,尽管辰东表示要写出一个英雄群体,然而,主人公叶凡的光环依然无人能敌。其他人物总是围绕主人公的需要而设定。只能是众星拱月,不可能是日月同辉。主人公可以短时间不强大,甚至在环境的烘托下显得弱小,但他一定有上升的路径,一定是在一场接着一场的升级中,自我提升加上他人相助,逐渐成为最为强大的人,直至矗立巅峰。也就是说,在这样的故事人物关系谱系中,主人公占据绝对主导地位,具有主导一切的力量。主人公的愿望决定了故事的发展走向,主人公的意志决定了故事的复杂丰富。主人公永远处于坏运气刚到、好运气就等着来驱赶的状态。其他人物按照主人公的需要而出现。

比如叶凡。他在北斗星域,得知自己是荒古圣体,不适合修炼,更无法成仙。这是给叶凡这个主人公成长设置的最大障碍,也是埋下的最大的坑。然而,主人公必须是要风得风要雨得雨的存在。他可以曲折,但必须前行;他可以受挫,但必须获胜。其他人物的设定都是为主人公服务。有庞博,来验证主人公的同学情谊；有父母，来成就主人公重返地球的孝心；有姬紫月，赋予主人公不离不弃的幸福伴侣；有“相见不如怀念”的安妙依，让主人公收获挚爱红颜；有白衣神王，给主人公尘世求仙的榜样；有“不为成仙，只为在红尘中等你回来”的狠人大帝，使主人公顿悟成仙的意义；还有那众多人物，各自发挥了强大的作用，如姬皓月、李若愚、张文昌、张子陵、涂飞、李黑水、东方野、厉天、燕一夕等，更有龙马、黑皇、王枢、雷勃、姬成道、小雀儿、夏九幽等，征战仙路，助叶凡红尘中成仙。

正如书中所言：

只有长生，只有打破永恒，才能洞晓一切，不然终是这宇宙中的一朵花，绽放了又凋零。

即便是大帝，也只是最艳丽的一朵花而已。一座破碎的仙关矗立在前方，早已被打碎。

（六）反派对主人公的烘托作用

网络小说中的主人公一定有非常强大的反派，来烘托主人公，为主人公奠基，凸显主人公的绝对主导地位。比如《遮天》中，烘托叶凡的反派人物有若干。同学中的刘云志等人，用他们的阴险、狡诈来烘托叶凡，让叶凡在与他们的对决中凸显正义阳光，用黑皇、段德等人物的无良、算计，来烘托叶凡的正直和怜悯之心；用小囡囡等孩童的天真可怜来烘托叶凡的善良慈爱等，不一而足。

在这些周围人物的烘托下，主人公逐步战胜自我和他人，最终迎来大圆满的结局。在主人公的绝对主导地位支配下，周围人物的设定就容易出现偏差。人物容易走向扁平，性格塑造不易丰满，行为逻辑容易出错。好在，辰东的《遮天》在人物关系设定和逻辑推演上是很少违和的。即便如此，不能否认，《遮天》确也存在主人公光环之下，周围人物塑造简单化的现象。

叶凡作为主人公，周围人物的行动虽围绕他而发生，但总是有逻辑可循。比如，庞博，作为叶凡最好的同学，小说开篇时，笔者曾以为他是男二号，事实上他也应该成为男二号。按照通常逻辑推理，在读者的心目中，可能会希望他在更多的情节中出现。但是为了烘托主人公叶凡，庞博在小说开场没多久，仙苗的身份刚确定,修行的功夫还没有取得多少成绩的情形下,为配合叶凡得到来自妖帝坟冢的人族至宝——废铜片,难以走出这片荒古废墟,误入妖族宝地,而将庞博设定在那里。他表情举止怪异,只是对妖族说了一句"放走他",再无其他的话。这种表现如果从逻辑上来看,可理解为妖族附体后的审时度势身不由己。后来庞博的出现,也总是和妖族关联。然而这个人物最终配合了叶凡的尘世成仙。尽管在笔者看来,庞博本应该有更多的戏码,但是为了主人公叶凡的绝对主导地位,把庞博的叙事需求放在了次要位置。在这一类小说中,这个问题是最容易被诟病的。许多周围人物有不合逻辑的性格呈现。作者为了主人公叙事的第一需要,而忽略了周围人物的刻画。

再如姬紫月,笔者曾认为她是女一号,本可以有更亮眼的表现。刚出场时的姬紫月,很有些《射雕英雄传》中黄蓉的性格特点,刁钻顽皮古灵精怪。然而随着故事情节深入拓展,姬紫月的表现如同少女变身妇人,长大了成熟了好多,不再那么光华耀眼,她的光环让位于叶凡的一路成仙。

写到这里,不得不说,作为一名专业读者,笔者的眼光可能过于挑剔。客观地讲,作为网络小说的《遮天》,对周围人物和主人公的关系处理相对来说是顺畅合理的,而且,周围人物不乏亮点。很多周围人物的表现符合人物自身的规定性,从而给众多读者留下深刻印象。特别是在周围人物和主人公的伦理认知方面,见出作者的审慎用心。

(七)"主人公视角"规定故事走向

网络小说的主人公是如此重要,正如同创世神话一样,单一的故事主人公就是一个完整的世界,他的需求就是整个故事的需求,他的愿望实现就是故事展开的过程,而结局一定是主人公收获了故事中最重要的成果及战绩,达到故事设定的巅峰。

网络小说的娱乐化审美倾向决定了主人公通常不会像传统文学作品中那样有个悲壮的结局。网络小说的叙事是要给读者一个灰姑娘的幸福大结局,是日常单调生活的精神补药、"白日梦偏方"。

在这样的策略导向下,为捍卫主人公的绝对主导地位,主人公的技能培养和能力加持便格外重要。修炼升级和金手指策略随之诞生。主人公从平凡如你我开始，在社会地位、修炼等级上不断开挂，直至无上巅峰。这种叙事策略，严重左右了故事发展的情节设定和故事人物关系设定。说白了，主人公才是一部网络小说的金手指，也只有他，才能决定这个故事的走向和总体格局。

在这一过程中，主人公不断遭遇敌手，不断修炼升级，不断取得胜利，那么就意味着不断有敌手战败死去。在这一设定中，相当多的作者会陷入“丛林法则”，为了主人公的胜利，甚至不惜牺牲无辜、滥杀无辜。在这里，价值观让位于主人公定律，故事走向偏离理性轨迹。甚至到后来，作者自己也无法控制故事的未来，只能一味地杀戮，一味地用牺牲换取主人公的一次又一次胜利。这样的作品显然走入了一个误区，流于肤浅化、表面化，走向背离文学意义的纯粹的娱乐。

（八）叙事的商业策略

网络小说生于市场。市场需求是网络小说存活的根本。通常，作者会根据自己的写作特长来选择创作类型，在不断更新、与读者的交互中调适方向，并据此选定读者群体，并不断地努力增强黏性，培养目标读者，满足他们的特定需求。

网络小说的类型化特征决定了读者群体的偏好。在笔者看来，通常修真修仙小说的目标读者群，是那些喜欢快意人生、激情奋斗、梦想无限、挑战现实的理想主义者。在《遮天》的读者群里，那些言论大多是激情澎湃的，心怀理想和梦想，被主人公叶凡折服，并仰慕作者辰东。在这个叙事体系中体验到不同程度的阅读快感，得到精神愉悦，于是作品有了一批拥趸。

网络小说的读者群体依据男女性别，有不同类型的小说与之对应。这本身也是商业策略的一种。如玄幻科幻、修真修仙、武侠仙侠、军事历史等小说，男性读者居多；青春校园、家庭婚恋等小说，以女性读者为主。真正实现阅读分级的，其实是以小说主人公为主导的人物叙事策略。

那么要想在如此众多的网络小说中脱颖而出，成为众多类型化创作中的佼佼者，就必然要在上述写作策略的基础上追求差异化叙事。

比如，《遮天》的叙事在同类作品中是获得好评的。那么《遮天》使用了哪些方法取得了成功？首先就是商业策略的成功。网络小说读者中的青年男性,偏爱类型化中的玄幻修真修仙小说,而修真修仙小说中,辰东在把握基本叙事原则的基础上,依据商业策略作了差异化调适。前文讲过,这一类小说通常是以主人公占据绝对主导地位为叙事核心,而辰东的《遮天》在人物塑造上付出了努力,不仅成功塑造了主人公叶凡,还让周围人物成功抵达为他们设定的终点。让读者不仅为叶凡心动,也为一干周围人物的命运唏嘘。成仙是这一类小说的终极目标,而辰东,在这个终极目标中稍做偏离,塑造了一个在红尘中成仙的天帝。主人公一路奋斗的价值观体系,与现实生活的基本原则趋同,与读者的现世价值观没有违和。这些都是辰东的《遮天》所追求的差异性策略的成功之处。

跨界研究

互动、对话：剧本游戏中的文学性还原

——以《死穿白》《马戏团事件》和《脑梦》为例

吴长青*

〔摘　要〕 从现象学出发，剧本游戏通过时间轴将虚构文本中的游戏参与者（玩家）构造在同一个视域中并建立起欲望生产链。文学性在玩家与角色、玩家与玩家之间以及玩家与组织者（DM）的互动中得以还原；同时还在玩家与组织者、玩家与玩家，以及在与副文本之间所进行的对话也实现了文学性的还原。这对我们重新理解剧本游戏的文学性以及重视剧本游戏作为一种综合艺术并不以牺牲文学性为前提而获得乐趣具有重要作用。相反，文学性是隐藏在文本内部以及在玩家的活动过程中显现出来的，在这过程中还形成了社会交往功能，这可视为新的视域对文学性的一种超越。

〔关键词〕 时间轴；互动；对话；文学性；还原

剧本游戏是一种由组织者指导游戏玩家分摊不同角色进行表演的封闭性互动艺术。其主要构成有组织者手册、玩家剧本、线索卡、游戏规则和剧情公示五个部分。其中组织者（简称DM）类似虚构小说中全知全能叙述者，而玩家只是内视角，既有主人公也有参与者（见证人），他们与事件的主要人物都有关系。无论是哪种类型的剧本游戏都可看作一个完整的叙事，但细化到个人，每个人只是参与其中的一部分，对于个体之外的推测需要外在的线索提示来决定自己下一步所要采取的行为，以及自己对事件最终趋向的判断，因此，线索卡就非常重要。

为了增强游戏的刺激性和新鲜感，对于一个完整的叙事而言，玩家只知道自己所在时空的信息，为了保证剧情能够进行下去，为了限定玩家在游戏过程中的越界，因而需要制定游戏规则。最后，组织者要告知每一位游戏参与者知

* 作者简介：吴长青，男，文学博士，安徽大学网络文学研究中心研究员。

道完整的叙事过程,让玩家知悉整个故事的总体基调与格局。

因此,剧本游戏作为一个完整的体系,是文学空间叙事和角色表演相融合的一种综合性的艺术形态。文学性通过游戏过程中的互动、对话机制得以充分展示,两者互为显现。其中,时间和空间的转换为文学性的还原提供了可能。

一、剧本游戏中的时间轴为游戏参与者提供了“共在”的同一性

现象学认为,文学想象中虚构人物的形象虽不是明见的,但是它所具有的当下化的现象意义却是明见的。它可被视为一种认识现象和思维现象中的被给予性。所谓“被给予性”指对象是在认识中构造自身,它有多种形态需要区分。因此需要在认识中根据对象所有的基本形态来研究并把握其本质。而认识行为就是一种思维行为,它们也不是无联系的个别性,并非毫无联系地在意识流中来来去去,在本质上它们相互联系,显示出目的论的共属性。客观科学的对象首先是实在的时空现实性的对象才构造其自身,这种构造不是一蹴而就的,而是在上升过程中进行的。[①] 剧本游戏作为一种文学的现实构造在显现它自身的属性。

1. 时间性的存在使得与心理系统类型有关的本质得到把握。现象学认为,回忆、想象、推理、感知等这些心理材料首先也是被给予的,它在时间里可被视为“记忆的保存”[②]。剧本游戏中的所有时间都是明晰的,它作为一种客观科学是现实的、明见的,所有的想象和推理等思维活动都被时间构造出来。比如像《脑梦》这样的穿越性科幻游戏将故事背景设定为10年前,是一个游戏中

① 胡塞尔:《现象学的观念》,北京:商务印书馆,2016年版。

② 伽达默尔认为,借助于自然美我们再次被提醒,我们在一件艺术作品中认识到的东西,根本不是艺术语言所要表现的。这正是参照系的不确定性,借助于这种不确定性,我们对现代艺术产生了兴趣,它使我们充满着对呈现在我们眼前事物的含义意识、特殊含义的意识。这种功能被称为“记忆的保存”。参见[德]H.-G.伽达默尔:《美的现实性——艺术作为游戏、象征和节庆》,郑湧译,北京:人民出版社,2018年版,第31页。

镶嵌着另外一个游戏的双层故事圈。真实时间具体安排在两天内完成游戏测试。其中第一日从8点到夜晚的22点半;第二日从8点20分到15点30分。具体为:

第一日

8:00"薇拉"附身且适应汉娜身体,整理汉娜家中的物品,防止惹人生疑。

…… ……

22:30 雪莉用便携电脑对高频磁管的控制系统进行了重新编译。

第二日

8:20 在汉娜的道歉下,薇拉令其在10点她途经礼服店前做好准备。

…… ……

15:30"脑梦"测试室,汉娜、雪莉、杰克先后醒来,得知杰克陷入昏厥,安德鲁彻底脑死亡。

尽管故事背景是10年前,但是让人并不觉得非实在,尽管文本采用虚构的时间,但这样的时间不是依赖传统的意识构建起来的,而是通过计算机软件技术制造出来的,玩家作为一种技术测试进入时间轴。因此,在两个时间中穿梭也就有了一种实存的可能。因此,玩家的推理就建立在这样一种真实感知的基础上,而不再是传统意义上的虚构或想象中。它与声音或者色彩的回忆等"滞留"所显示出的时间性不一样的是,技术所再造的时间性更具有现象的意义。

譬如,在剧本游戏《死穿白》中有大量人物回忆性的时间。这些回忆时间都分配在每个玩家那里,有隐蔽的,也有公开的,那些隐蔽的时间都是玩家自我的历史,这些时间都没有消失,它们在玩家的行动中都得到了再现。这些再现的时间都被玩家感知,在隐性的故事线索中构成了一条新的逻辑线。卡特作为警察卧底医院调查人体器官案,盖尔对于汉斯双胞胎兄弟德雷克的畸恋,护士长斯科塔暗地里贩卖人体器官,伯克利院长对德雷克科研成果的觊觎等,这些都是隐藏的暗线。类似于图1中的曲线图,横坐标可以看作时间,纵坐标看作状态,在不同的时间点状态是不一样的,如果把30视为真相,那么0～30

则可看作隐蔽的状态，需要玩家在互动中摸索、研究。因此，这样的回忆时间不仅仅是玩家每个人的，也是可以通过互动、对话获得相近、相邻者的信息，通过判断事态的发展以获得对事件真相的还原。

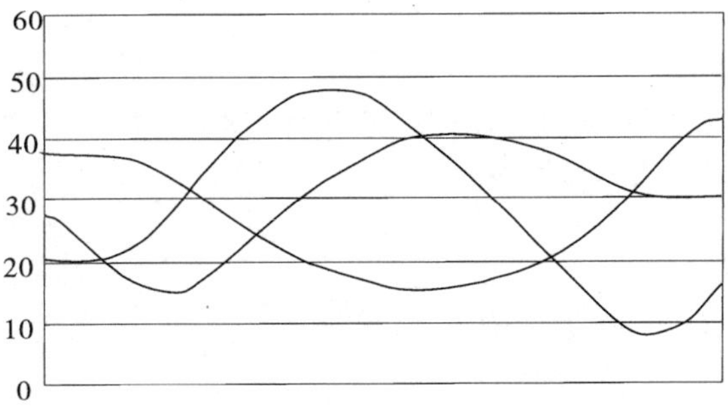

图1　玩家信息知悉隐蔽图

在《马戏团事件》中，同样也是时间性将谋杀博格马戏团著名的逃脱大师和飞刀师希德一案有关的几组人物都牵扯到一起，婉达作为希德的最后一任助理，被希德潜规则而致孕，于是想利用希德表演的时候用“亚马逊吸盘鱼”趁机吓唬他；而帮助婉达实施行为的康达其实是马戏团里男扮女装的胡子女士和舞蛇者，同时也是灯光师，希德知道这个内情，一直敲诈他；而真正的谋杀者来莎的双胞胎姐姐贝塔在一次飞刀表演中死亡，而希德在表演前一晚一直在喝酒，而贝塔生前跟来莎说一直担心这一点。因此来莎对希德非常记恨，认为是希德蓄意杀害了他姐姐。如图 2 所示，如果把希德的人性上限看作最上面的虚线，那么线下的波浪线可以看作他与马戏团成员之间的种种隐藏的交往轨迹。

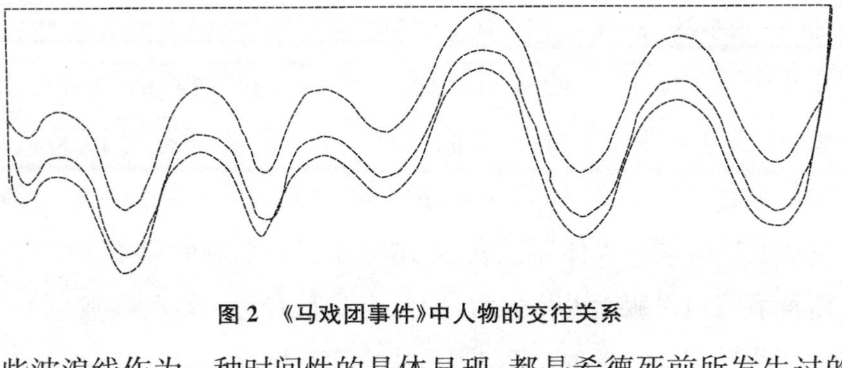

图2　《马戏团事件》中人物的交往关系

这些波浪线作为一种时间性的具体显现，都是希德死前所发生过的，尽管这些都是与希德有关的人以回忆的方式显现出来的。

2.时间性的不同设置取决于故事内容与类型,反之,时间性的不同设置造成了类型的差异。剧本游戏最原始的类型是硬核推理,像日本著名推理大师东野圭吾的作品就是经典例子,其中他的最好看的十本小说(如图3)几乎成为粉丝的必读作品。而由《虚无十字架》改编的剧本游戏,目前已经卖出了五百盒。另外还有作家雷米的《心理罪》系列等。本文所取的《死穿白》《马戏团事件》和《脑梦》都属于硬核推理作品。

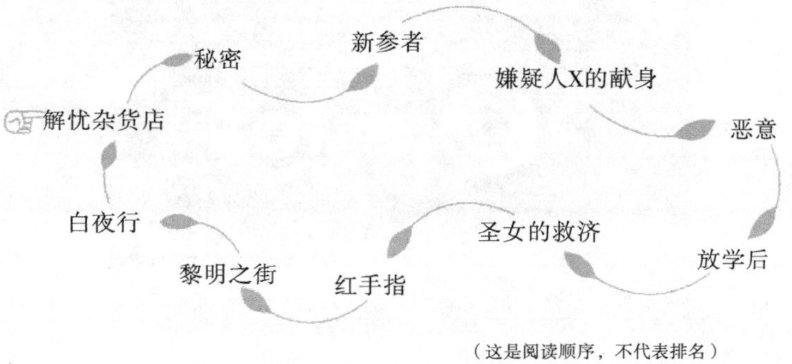

图3　东野圭吾最好看的十本推理小说

还有情感沉浸本(避免玩家相互猜忌怀疑谁是凶手而将就玩家之间的情感交互和共鸣),选择与竞技类的机制、阵营本以及主题氛围本。相对来说,硬核推理比较常见。硬核推理大多采用的是密室诡计的写法,而所谓事件的巧合其实还是以时间的转换作为一种参考的基点。

譬如,《死穿白》中汉斯的被杀时间与劫匪劫持人质的时间点是巧合的。《马戏团事件》中希德在玻璃缸中的时间与停电时间、婉达投放"亚马逊吸盘鱼"的时间巧合。《脑梦》中的丹尼尔化身安德鲁,丹尼尔已经死去的妻子薇拉在仆人的帮助下将大脑CPU储存下来,侵占汉娜的身体得以生存。丹尼尔迫害了拥有一项VR技术的奥本家族的代表奥本,留下了遗孤雪莉,雪莉利用家族遗留下来的神秘代码与安德鲁一起研发了"脑梦"。在他们一起进行测试时,在新的软件中,雪莉发现了真相,最后通过引诱汉娜与安德鲁同处一室而引发爆炸,最后安德鲁脑死亡,薇拉灵魂消失,汉娜回到了正常。《脑梦》中的前后时间虽然长达15年,但是,两个镶嵌故事的连接点还是依赖于谋杀故事的前时间与VR软件测试故事后时间的衔接,在这两个时间的节点上诞生出第三时空，这才有了在第三时空中继续上演前时间里的恩怨仇杀的故事。以图4为例，其中左侧图例为前故事，右侧图中的左圆可被视为新的设定，在交集的地方单独生成了第三空间的新故事，因此左图那个圆圈的切口非常重要，这是新的故事设定进入的时间点，也因此才有了新故事将旧故事中的人物命运继续演绎下去。

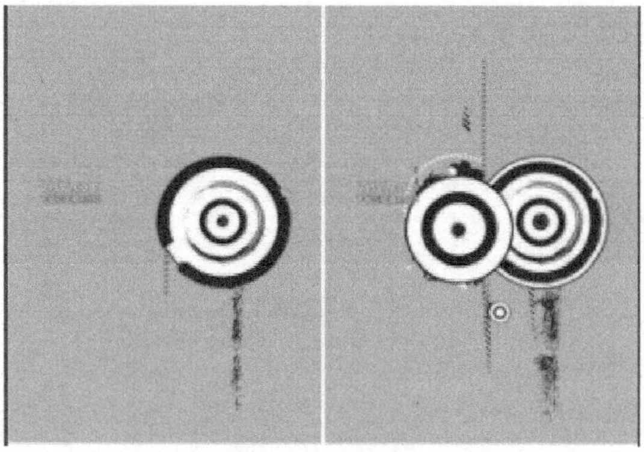

图4　前后故事连接图

3. 剧本游戏的时间结构决定了故事发生的原时以及玩家(或观赏者)逗留的时长。很多剧本游戏编剧对线索卡、游戏规则、DM手册的字数都有相应的限制。其实，这只是从外在写作要求上所作的硬性规定。真正的游戏时间与字数其实关系不大，仅仅作为一种参考，考量游戏时间需要玩家返回到故事现场，从故事发生的原时开始考量剧本的内在时间结构。传统艺术作品的情节陡变往往来自两个方面，一是人物性格在环境中的突变，另外一个则是来自不同角色之间的矛盾冲突，而传统剧情模式在剧本游戏中是根本不适用的。

剧本游戏的设定基本按照故事的逻辑，由游戏玩家根据线索卡提供的线索以及与DM或者其他玩家在有限的互动中获得补充信息来推动剧情的前进。因此，故事时间的原时和情节发展的时间结构成为剧情起伏的主要推手。哪怕剧情反转，都是正常的，它绝不会像演员在舞台上的演出，演员虽然不能接受观众的直接互动，但是演员时刻会受到来自观赏者的情绪反馈(掌声或者吹口哨)。剧本游戏基本上属于自己沉浸在角色里来打发自己的自由时间。

剧本游戏出于对时间的敏感，为了突出时间在剧情演进中的推力(类似软件程序设计的前置条件），编剧在每个点位上都设置了证据链条节点（反之，也有迷惑点），这样来为玩家提供确证、互证的线索。

以《死穿白》的时间结构为例（图 5）：在时间原点的 6 点 30 分（这也是多场景的公开时间），不同人在不同的地点（空间）行事。玩家总体上可分为四组人物（群），其中干扰项（迷惑点）的设定就在这个同步时间上，时间的重叠本质上为真正的元凶提供了开脱的借口。

时间	地点	人物
6:30	1 楼急诊室	帕洛斯基、卡特、汉斯、德雷克、斯科塔、汤姆
6:30	6 楼中心实验室	弗兰克、托尼
6:30	实验室	盖尔
6:30	停车场	盖尔
6:45	停车场	伯克利
6:50	餐厅	帕洛斯基、卡特、汉斯、德雷克、斯科塔、汤姆
6:55	急诊室走廊	弗兰克、托尼
6:55	实验室	所有人
7:00	实验室	所有人
7:15	实验室	所有人
8:30	实验室	所有人
10:30	实验室	所有人
11:30	实验室	所有人
结束		

图 5　剧本游戏《死穿白》的时间结构图

在《马戏团事件》中也是这样。当狡猾的希德穿上束缚衣被绑住脚腕全身潜入水箱的时候（请记住这个时间），突然停电，婉达刚好向玻璃缸中投放了“亚马逊吸盘鱼”。围绕着希德的死要找到真正的凶手难在干扰项，停电使得升降机不能工作，直接导致希德的溺毙？婉达的这个小动作是不是造成希德死亡的原因？其实，真相就是因为时间的重叠被掩盖了。

在《脑梦》中更为明显。物理时间重叠点被现代技术取代，比如 VR 原型机、窃听器、电子通信设备、高频磁管的控制系统、微型定位器等现代技术装备，它们经异地同步遥控、往今时空转换、声音滞留等功能的运用，技术时间最终代替物理时间的置换,形成了新故事的视域表征。所谓新故事的生成在本质上还是通过时间的置换,实现多点场景的衔接,达成情节的推进。

借用贝塔函数图(图 6),我们将细实线、粗实线、细虚线和粗虚线分别代表四组(群)人物,在不同的时间内看最大的交集点,这个最密集的点则是距离事件真相最近的证据点,玩家可以通过诸多线索交集点的溯源来寻找真相。曲线的起伏度可被看作剧情的刺激程度,起伏度越大,交集点越多,越能引起玩家的兴趣,当然过了度,游戏也有可能进行不下去,这时候需要组织者及时调整和提示玩家,帮助玩家补充信息,将游戏进行到底。

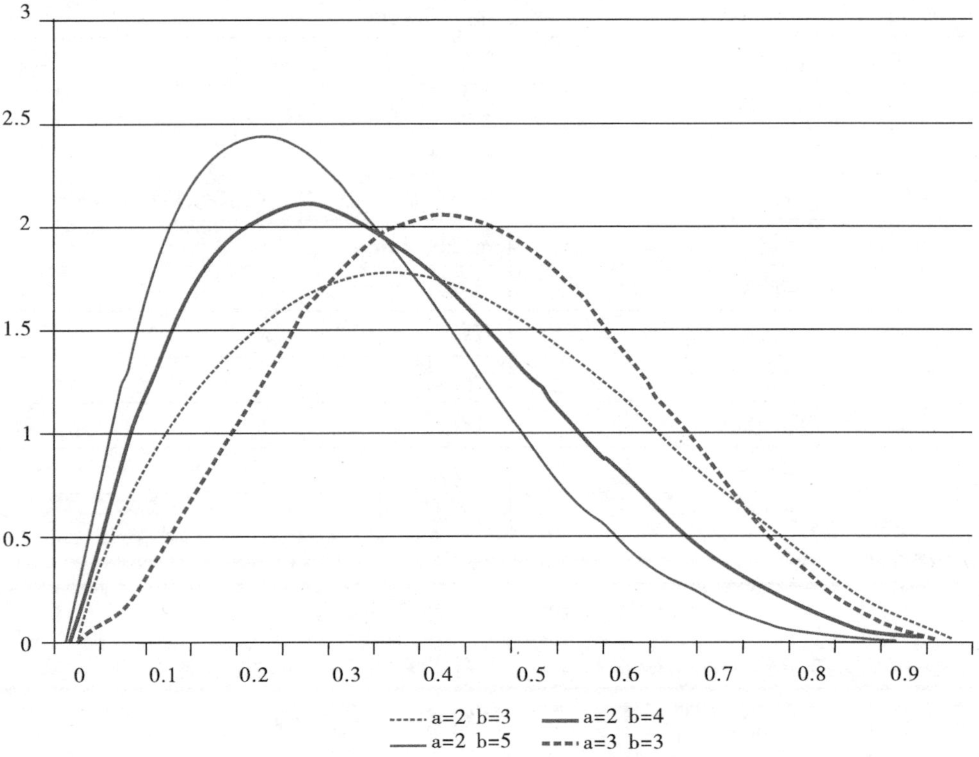

图 6　事件真相溯源时间点

通过对时间的可给予性的揭示,将时间看作现象意义上明见之物,这也使得时间彻底摆脱了虚构性。可以说,时间性的不同设置是剧本游戏类型的重要参考,尤其是在硬核推理类上更为明显;同时,时间结构也决定了剧本游戏剧情的变化和玩家逗留的时长,总之,时间性的把控直接反映了剧本游戏中故事强度以及故事性与现实联系的紧密度。

现象学认为，艺术作品的真正存在不能与它的表现相脱离，并且正是在表现中才出现构成物的统一性和同一性。[①] 通过时间轴和时间结构的设定，艺术品本质对自我表现的依赖性，剧本游戏中的诸要素的表现同样会出现改变和变形，因此需要复现出来。

作为剧本游戏的主体，玩家不仅是积极的参与者也是观赏者，他们将两种身份集于一身。共在性强调的是外在于自身存在的性质，构成观赏者的本质；共时性构成共在的本质。[②] 这也就造成了游戏玩家会在这两个身份中间游离，组织者需要及时提醒玩家要回到角色中去，否则游戏就无法进行下去。但是作为观赏者的另外一种身份却可以在时间中复现文学性。

二、互动还原文学性

关于文学性的描述特别多，一般认为，使文学成为文学的那种东西就是文学性。中西方对文学性的理解不太一样，对传统文学与通俗文学的理解也不一样。在剧本游戏中哪些可以称得上文学性呢？

在整个剧本游戏中，玩家既是游戏的积极推动者，也是游戏的共同参加者，是游戏的一部分。因此，需要从玩家的视角进行文学性的考察。

1. 玩家与角色的互动。玩家作为游戏的一部分需要对游戏中的所选角色熟悉，需要对人物剧本进行深度阅读，尽管编剧对人物剧本字数有一定的约束，一部作品的剧本的优劣，可以通过人物剧本中的文字描述体现出来。好的人物剧本本身就是一篇引人入胜的文学作品。

玩家通过对人物剧本的阅读，很快能够进入角色，可以从角色外在的衣着装扮、表情和内心活动进行整体性的体悟，即使组织者不说戏也能对剧情大

① ［德］汉斯-格奥尔格·伽达默尔：《诠释学 I：真理与方法》，洪汉鼎译，北京：商务印书馆，2009 年版，第 180 页。

② ［德］汉斯-格奥尔格·伽达默尔：《诠释学 I：真理与方法》，洪汉鼎译，北京：商务印书馆，2009 年版，第 185～187 页。

意、人物的内心活动,乃至情感世界均有所把握,这样可以很快入戏。

粗劣的人物剧本,只是对故事进行描述,对人物的个性缺乏深入的刻画,导致人物形象扁平,个性不鲜明,甚至有些人物缺少典型性,这会影响玩家对角色的深刻把握,甚至将自己的日常生活混同于角色的戏剧生活。有些人物剧本因为有字数的限制,文字表述无法做到细致的文学化,这就需要通过玩家对角色的揣摩,对人物内心世界的想象达到情感的共鸣,实现形象的复现(这与演员的二度创作不是一回事)。

在《死穿白》中,律师盖尔、卧底警察卡特和护士长科斯塔三位女性写得都非常成功,远远超过对另外几位男性的描述。盖尔遇到的是双胞胎兄弟,她嫁给了哥哥,偏偏爱上弟弟;卡特明明是个警察却以医学实习生的身份进入底特律的布莱顿医院卧底调查人体器官贩卖案,而科斯塔的人生更为传奇,作为护士长的她业务精湛并不能代替人性另一面中的荒诞和沦丧,她制造、实施多起盗卖人体器官案却一直逍遥法外。离奇的是盖尔为科斯塔做过刑诉的辩护,卡特和盖尔的丈夫、情人以及科斯塔都在一个医院工作。所以,扮演这三位女性角色的玩家要入戏,确实需要对人物剧本中角色的内心欲望进行揣摩和玩味。

同样在《马戏团事件》和《脑梦》中都有人物内心世界的描写细节,婉达对狡猾希德的复杂情感;莱莎因为姐姐被希德的飞刀杀害伺机复仇,他将电接入玻璃缸的水中电死希德;以及协助婉达教训希德的康达,他们都带着各自的隐私曾参与主角的生活。《脑梦》中的雪莉和丹尼尔是一对仇人,但是丹尼尔藏匿之后以安德鲁的身份与雪莉合作了 VR 技术,并一起参与《脑梦》软件的测试,最后还是盖瑞意外认出安德鲁的真实身份。这些人物身上都带着各自的身份特征,因此,游戏玩家需要对剧本中的人物进行文学化的识读,这样更容易将自己与人物的身份特点、心理动机和情感欲望进行知性融合,以更好地进入角色。这可以被看作一种静态的互动。

2. 玩家与玩家的互动。在剧本游戏中,玩家除了与人物进行静态的互动,还要与玩家进行动态的互动。尽管玩家之间的互动受规则的约束,但是约束不等于禁止,相反,说明了玩家与玩家互动可能会更容易使真相提前暴露导致游戏无法进行下去，因此，需要按照游戏规则谨慎、有限度地与其他玩家互动。

在《马戏团事件》中的《组织者手册中》明确要求："《人物剧本》分为几个部分，斜体字和括号标注的内容可能是使你受到大家怀疑的敏感事实！当别人问你关于敏感事实的问题时，你可以尝试模糊、逃避式回答，但你绝对不能就你的《人物剧本》中载明的事实说谎！显然，凶手自己《人物剧本》中提供的信息不可能是绝对真实的！我们从相互介绍自己扮演的角色开始，同时了解一点'阴暗真相'，在平静的表面下充斥着谎言。"整个案件的谋杀真相调查由艾佛·诺森督察和休斯·达尼特警官两人负责引导。

其中在剧目 1 中要求："现在大家请使用《人物剧本》里的信息向其他玩家介绍你自己。介绍结束往下阅读'阴暗事实'一章，但是从现在开始尽量对自己阅读的内容保密，不要让其他玩家知道。"这是保密性条款。

而在开场后开启剧目 2 则要求："在讨论和质问时请运用《人物剧本》中给出的内容，并注意使用自己所扮演角色的语气来交谈，没有什么比生硬的阅读剧本更能减少游戏的乐趣了。当然，你们不用完全按照剧本的表述来交谈，可以在消化理解了剧本中的内容后，自己提炼出重点来说。但注意不要遗漏剧本中给出的信息，你必须在这一轮中把剧本给出的所有信息透露给其他玩家。"这是一次难得的交流机会，玩家要利用这样的机会进行互动。

同时还要充分利用线索卡上提供的线索，很多硬核推理剧本需要搜索证据，有时需要与其他玩家相互对质证据。在《死穿白》中就有这样的规则："一位玩家一次只能搜索一个区域，并只能按顺序得到其中一条线索。玩家不能搜索自己的物品，以防销毁证据。例外的是德雷克，他可以搜索德雷克的衣帽柜。任何玩家最多只能搜索同一个区域两次。这是为了让大家多交流、分享信息。"

《组织者手册》还明确写出了关于查询医疗档案的要求："如果有玩家要调查医疗档案，他必须向医护人员（卡特就算了，她只能读懂一堆乱码）求助，而你只能将档案内容告诉给医护人员，然后从寻求帮助的玩家手里拿走 1AP。"也就是说，玩家在游戏过程中不要放弃每一次允许的互动机会，这样不仅保持游戏进行的统一性，同时也能在互动中获取你想要的信息，当然信息的互换和交流一定要在遵守规则的前提下达成，这也是文学内在结构关系的显现。

3. 玩家与 DM 的互动。在整个游戏过程中,DM 有时也会充当某一个角色,但是整体上他是整个游戏的组织者,如果离开了 DM,那么就像一场音乐会或者运动会,缺少了一个指挥中心,DM 是整个游戏活动的中枢大脑。因此,玩家一方面要接受 DM 的指挥和安排,但也要发挥自己的主观能动性,在遵守游戏规则的前提下能够积极与 DM 互动,当然 DM 对玩家的干预度是有限的,否则就称不上完整的游戏。比如在图 7 中,波浪线类似于玩家假设的活动频率,而整个坐标系中的情况其实都在 DM 的掌控之中,反过来说,如果一个 DM 做不到这些,那么也就不能成为一个合格的 DM。

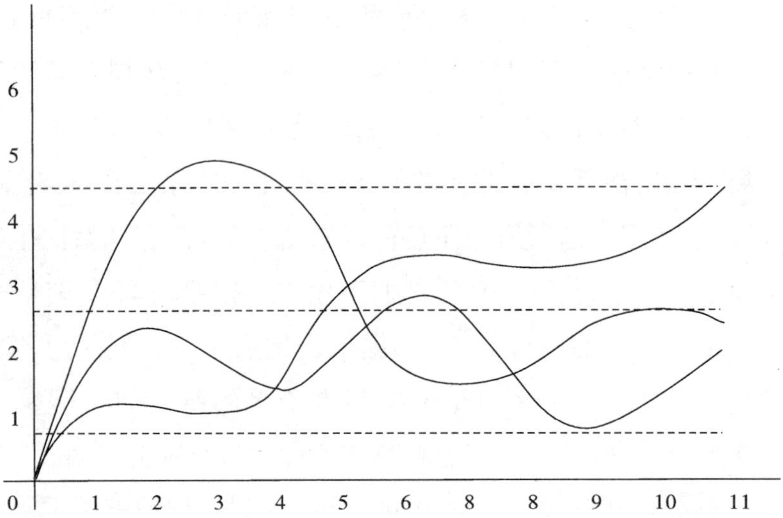

图 7 DM 活动图

在《死穿白》的《组织者手册》中明确要求 DM:"当其他角色来找你要求使用 AP 调查线索时,请别让其他玩家看见(既指不让看见线索内容,也指别让人发现他来找过你,因此你可能需要一个额外的房间)。你负责管理好线索以及给其他玩家调查结果。"这也意味着,在实际的游戏过程中,玩家向 DM 索要线索卡是正常的工作程序,有时还需要 DM 的协助,当然求助要有度,否则就背离了游戏的真正目的。

总之,玩家的互动,除了与剧本人物(角色)互动外,还要与玩家、DM 互动。前者是文字的,文学性蕴含在其中,在互动中可以使得文学性能够更好地还原;而后者是游戏本身形态、特征的具体体现。在动态互动中,玩家与玩家之间或玩家与DM之间所链接起来的人与人之间的信任、默契,以及动作、表情乃至对剧情的共同理解,它们对人物情感的排异、认同都是文学性在生活中的具体显现,它们没有脱离文学本身,相反,使静态的文学性通过活动得以复苏与展示。这也是一般活动所缺乏的,或者说这也是一般非艺术作品无法达到的功能。

三、对话还原文学性

"对话理论"曾经是文论家巴赫金用来反对语言作为权威的一把利器,反对单一的声音,他还发现了民众"搞笑文化"的意象体系,也就是所谓荒诞现实主义。[①] 在大江健三郎看来,文学语言作为具备形式的语言,在根本结构上具有多重语义,拥有双重价值,具备了面向包含死亡的生存以及活跃的生产性特点。文学语言真正发挥想象力是在我们从固定的状态中解放出来,投入流动的、变化的状况中去的时候。在剧本游戏中,玩家的对话其实不像舞台上话剧演员或电影演员的对白那么工整,显然很多都是生活化、日常化的语言,尤其在硬核推理类型剧中很多对话都是围绕寻找真相的逻辑求证的"动机"展开的。因此,一般会出现三种场景化的语言。

1. DM对玩家引导、蛊惑性的语言。编剧作为整个游戏的设计者需要通过DM把创意在游戏过程中实施,也就是说编剧要像程序工程师一样设计一款类似某宝一样的搜索功能,开启玩家对剧本中热点事件的好奇心,"为其推送热点相关的关键词,让玩家们一起生产信息,改变他们从相对无言到主动交流的现状,用简洁的方式调动、取用他们的隐性需求,实现一个带有社交属性的可以进行角色扮演、强制对话、交换信息的即时互动场景"[②]。一个好的DM不仅要在玩家认定角色之后认真地宣读《组织者手册》中的相关说明,还要把玩法说明(游戏规则)和剧情公示认真地告知玩家。

---

① 参见大江健三郎:《荒诞现实主义的意象体系》,见《小说的方法》,北京:金城出版社,2012年版,第168~188页。

② 王曦,杜红军:《剧本游戏写作入门》,北京:中国人民大学出版社,2022年版,第8~9页。

当玩家在执行DM的指令过程中有可能出现“反转”时,DM要能够灵活、机动地帮助玩家按照游戏的逻辑顺利地将游戏进行下去,包括当有玩家退出时,也要能够使得其他玩家把游戏剩余部分执行下去。

在《死穿白》中的DM除了承担组织者之外,还要扮演劫匪之一的大哥弗兰克角色,因此DM的语言不仅有工作语言还有角色语言,玩家需要能够分辨出语言的不同功能,需要在这两种语言中及时转换。对于玩家而言,通过与DM的互动、交流不仅能够获得信息,还能学到许多游戏方面的专业知识。

在《马戏团事件》中,DM直接承担着警察的角色,所有的讯问环节都是由艾佛·诺森督察和休斯·达尼特警官负责引导。所有玩家在他们的引导下进行陈述。以剧目5为例:

“好吧好吧,休斯,看来我们已经收集到了足够的线索了。在给他们指证的机会之前,让我们先总结一下动机。之后他们就可以自己解决这起案件,并告诉我们是谁干了这起肮脏的案子。”(艾佛)

“是的,长官。额,让我看看,额,罗杰团长可能会杀人,因为他陷入了财务危机。最近政府立法禁止马戏团使用动物进行表演,这让马戏团遇到了很大的困难。与此同时,希德又在偷马戏团的演出费,他还想接管整个马戏团,他的一个夺权举措就是印制了只宣传自己的海报。现在,婉达妒忌希德移情别恋喜欢上了莱莎。婉达一直是希德的情人,她很迷恋希德,并怀上了希德的孩子。但当她告诉希德这个好消息的时候,希德竟然让她不要再来纠缠他!哦,这太伤人了。额,安娜有非常大的动机。希德发现这个自称‘胡子女士’的人其实是个男人,并威胁他要告发他。如果希德这么做了他将失去自己赖以为生的手段。现在,很强烈的动机在斯温和班尼身上,他们非常好赌,并欠了希德很多钱。希德催债催得很紧,他们很难凑齐钱还给希德。莱莎,额,调查显示她有一位孪生姐姐之前在博格马戏团做希德的助理。她在希德的一次飞刀表演中意外身故,尽管没有证据能证实是希德的责任,但莱莎貌似认为都是希德的错。最后,轮到格特了。他沉迷于服用禁药类固醇来帮助健身,希德是他的供货人。他为了买药花了很多钱并欠了希德一屁股债。希德最近在管他要钱,并不肯再供货给他。”(休斯)

“非常好,非常好,小子。我自己绝不可能总结得这么完美。”(艾佛)

显然，以上这段文字只是从周围人与被害人希德的利害关系出发分析各人作案动机的可能性，虽然大家都摊上事，但是真正的凶手只有一个，而且就在他们当中。警官休斯在陈述中分析了每个人都有可能是凶手，他说这番话的目的是想通过利害关系的揭示激发玩家急欲辩白的陈词，在他们的辩白陈词中寻找证据链的缝接点，通过这种方式再缩小排查真凶的范围，排除无辜者。因此，这段语言既要有证据上的确凿性，又要有鼓动性，同时还要有震慑性，不能模棱两可，更不能拖沓、无力，既要让无辜者自证清白，又要让凶手在心理上彻底崩溃，丧失抵赖和侥幸的动机。

2.玩家与玩家对戏中的综合语言。与戏剧演员和电影演员不一样的是，剧本游戏角色的扮演者不是面对现场观众，也不是面对摄影机镜头。但在密闭的空间或半开放的空间中扮演，就生成了复合功能。一是面对自我的功能。玩家源于角色的全新装扮与密室的设计，需要与空间布局相协调，需要对自我的心理进行适度的调适以获得对新环境与角色的认同，这也是很多研究者通常所认为的“沉浸式”体验。

在《脑梦》的《玩家指南》中对玩家都有相关要求：“严格遵守专业人员的指导，在饮用特制钡溶液，穿着特制服后，以正确姿势进入游戏舱，并密闭游戏舱。游戏舱有独立的空气调节系统，保证玩家时刻享受最舒适的‘脑梦’体验。”“目前脑梦游戏世界的物理空间设定与真实世界无异，幻想自己能做到‘瞬步’‘子弹时间’等的玩家请小心行事。”“为了保证玩家的身心健康，在监控到玩家有生命危险或其他突发危机时，‘脑梦’设备会自动将玩家弹出游戏。因处在测试阶段，结束脑梦游戏的玩家可能会感到耳鸣、眩晕和轻微内分泌紊乱，此为正常现象，请保持放松，症状即可缓解。”这些说明暗示玩家要进入状态，如导演在给演员说戏，也暗示玩家已经进入封闭的环境须调整自己的状态。

二是玩家之间“对戏”的文学功能。本雅明曾经对舞台演员和电影演员作过比较，他说：“对电影来说，其特征并不在于演员在观众面前扮演他人，更在于他在摄影机面前所作的自我表演。典型的电影演员只扮演自己本身。他与扮演某个角色的典型是不同的。这种状况限制了演员在舞台上的适用范围，而在电影中则极大地拓展了这种适用性。”[①]剧本游戏中的角色虽然不像电影摄影机那样机械复制，以拷贝的方式传播发行，但是其功能性展示与电影演员有一定的相似性。因此，游戏玩家的语言不仅仅是文字的，还有动作的、表情的等综合性的功能展示。

玩家扮演角色类似电影演员在摄影机前的功能，玩家与玩家的对话其实类似演员与演员之间的“对戏”，这个过程同样可以体现玩家个人的修养和综合素质。

在《脑梦》的《玩家指南》中明确规定：“在脑梦游戏世界里可以正常饮食，每人有10000元的初始资金，可以通过打工和商业活动增长资金，不建议进行抢劫、偷窃等非法行为。游戏舱的饲食系统会定时给玩家补充营养液。”通过读空间的技术化设置，目的是强化其戏剧化的功能，对玩家的入戏起到暗示和规定性说明的作用。

3. 重视副文本及其他辅助性的说明语言。严格说来，剧本游戏中的所有辅助性文字材料的语言都是说明性的。线索卡要求简洁，对证据链起到串联的作用；人物剧本语言要求通俗、晓畅，容易让玩家记住细节；组织者手册全面、周到且不啰嗦；玩法说明逻辑性、条理性强；剧情公示完整，语言具有回味性，激发玩家投入的欲望。

很多作品都附事件发生图，图片语言也指向游戏剧本，是文字剧本的副文本，平面图或者电子图像作为语言的补充，同样需要简洁、明了，既要做到信息的不遗漏，也要注意冗余信息对玩家的干扰，增之一分太长，减之一分则太短，要做到恰到好处。下图为《死穿白》(图8)和《马戏团事件》(图9)的场景图，玩家看到场景图自然就有一种被带入感，同时对掌握剧本中的故事流程有了直观的感受，无论是对入戏还是对戏都起到积极的引导作用；同时对DM介绍剧

① 瓦尔特·本雅明：《摄影小史：机械复制时代的艺术作品》，南京：江苏人民出版社，2006年版，第79页。

情也起到辅助性的推介作用。

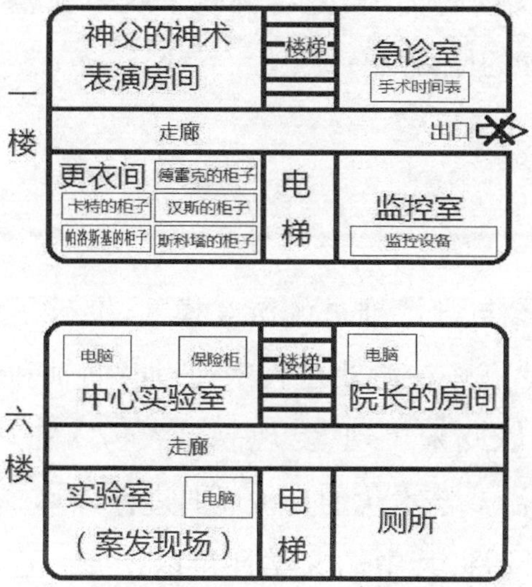

图 8　剧本游戏《死穿白》场景图

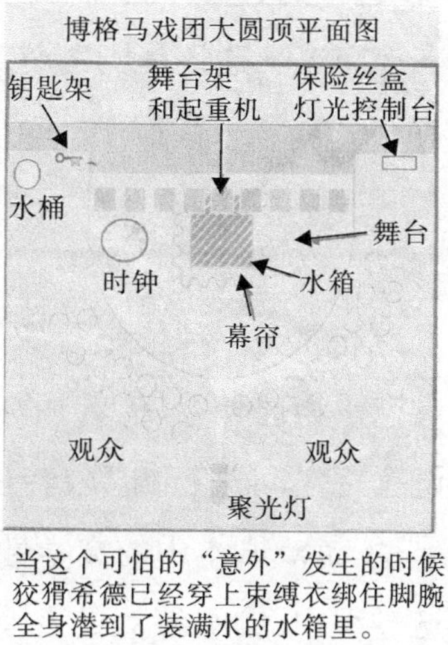

图 9　剧本游戏《马戏团事件》场景图

除此之外,游戏剧本的盒子和外包装同样也需要精心设计,富有创意,设计语言要新颖、别致。以东野圭吾的《虚无十字架》为例(图 10、图 11),盒子外观设计类似电影海报,信息量充足,对产品的传播和销售无疑会起到积极的推动作用。

图 10　剧本游戏《虚无十字架》海报

图 11　剧本游戏《虚无十字架》宣传海报

从某种意义上说,在剧本游戏中,这些内在的和外在的语言,都是日常性的语言,在这样的过程中形成了一种“交往行为”①,这样体现了玩家在整个过程中的平等交流。这也是剧本游戏风靡的原因之一。

四、结　语

剧本游戏作为一种依赖玩家表演参与剧情推进的游戏模式,突破了传统游戏中玩家作为局外人(他者)的参与形态。在游戏过程中通过时间轴和时间结构的设置将空间进行挪移、转换,并以此来再现、复现故事人物内在动机。从根本上说,游戏剧本中的文学性是将游戏艺术化的一种反向过程。

在这过程中,剧本游戏的互动和对话将其中的文学性得以还原。这里的互动并不是传统意义上使得游戏成为游戏的前提,而是游戏内自带的互动性功能使得文学性能够还原;同理,剧本游戏的语言不仅仅是玩家表演性的台词,还是包含在整个游戏系统内的所有带有语言中介特征的文本语言、口头交流语言和副文本语言,它们富有暗示性和创意性,这些都为剧本游戏的文学性还原起到了提示和转换的作用。

总之,作为一种综合性的文艺样式,游戏剧本也不再仅仅以满足个人沉浸功能作为唯一性的审美需求,同时还具有交往行为的社会化功能,这从另一个视角解释了优质游戏剧本在当代的意义已经远远超越了文学的初始功能。

---

① 哈贝马斯指出,它“是这样构局的:种种理解行为把不同参与者的行为计划联接起来。……理解过程以一种意见一致为目标,这种一致依赖于以合理推动的对一种意见内容表示同意。意见一致不能强加于另一方,不能通过处置加于对方;明白可见地通过外在干预产生的东西,不能算作达于意见一致。意见一致是基于共同的信念。这些信念的产生可以按照对一种建言表态的模式来分析。只有当对方接受其中包含的提议,一个人的语言行为才达到成功”。参见曹卫东:《交往理性与权力批判》,上海:上海人民出版社,2016 年版,第 128～129 页。

阅读评价

网络文学读者批评的话语特征与审美旨趣

周兴杰　康雯沁*

〔摘　要〕 有必要从宽泛的“网络文学批评”中离析出专门的“网络文学读者批评”,并对之予以特别的重视。读者批评是有生产力的,它再生产阅读兴趣。网络文学读者批评的新特征主要表现在它是一“触”即发式的表达,而且表达方式更加网络化。由此,它在品评态度、话语的形象化和趣味化等方面形成了自己的审美旨趣。

〔关键词〕 网络文学批评;网络文学读者批评;话语特征;审美旨趣

“边读边评”已成为网络文学阅读实践的常态。读者不仅“供养”着网络文学,而且贡献着他们对网络文学的理解、认识和热情。由于网络交流的便利性,网络文学读者的批评已经对网络文学生产产生直接而巨大的影响,因而需要予以特别关注。

一、“网络文学读者批评”概念的提出

由于网络的交互性,网络文学创作与网络文学批评是相伴而生的。因此,网络文学批评也较早受到了人们的关注。从分量更为厚重的论著看,笔者目力所及,谭德晶教授的《网络文学批评论》应该是这方面最早的成果。

不过,谭教授的著作虽名为“网络文学批评”,实际囊括几乎所有网络批评,是发表在网络上的对网络文学、传统文学、其他文艺创作以及诸多社会文

* 作者简介:周兴杰(1973—),男,湖南辰溪人,博士,贵州财经大学文学院教授,研究方向为文艺理论。康雯沁(1999—),女,湖南衡山人,贵州财经大学在读硕士研究生,研究方向为文艺理论。

化现象的评论,因此更准确地说,是“网络批评”而不仅是“网络文学批评”。尽管如此,谭教授的许多论断对于网络文学批评仍然是有益的。整体看来,他对网络批评的判断是基于他对网络这一媒体特质认识基础之上的。在他看来,网络时代,媒体已经进入了“自由时代”。他甚至乐观地认为,互联网时代,媒体已经消灭了“阶级”,率先进入了“共产主义”时代。[①] 媒体自由实质是话语权力的下沉,它使能够上网的普通人获得言说的权力。因此,包括网络文学批评在内的网络批评进入了“平民”时代,批评成为“赛博广场”上的众声喧哗。这“自由”不仅改变了“谁可以说”的局面,还使“说什么”和“怎么说”也发生了改变。[②] 基于这些认识,他也就不难得出网络批评具有后现代性特征的结论。具体到网络文学批评,这种后现代性又突出地表现在两个方面:其一是“权威的崩溃”。这一点已经能从“冒犯”性体现出来,无须重复。其二是“消费主义、感官享乐主义和趣味主义风的盛行”[③]。它根源于科技推动的市场经济大环境,又突出地表现在网民们乐于欣赏图像和以“女性主义”为名的肉体欲望表达中。

必须指出的是,谭教授关注的网络批评或者网络文学批评,是在付费阅读制度建立之前的事物,刚刚在网络世界诞生不久的网络文学与网络批评都显得既喧嚣、骚动,又充满朝气。时至今日,网络批评的平民性、民间性没有改变,其后现代性特征也不容忽视。正如谭教授敏锐指出的,网络批评是对“日常批评活动的一种回归”[④],也就是简单而直接地说出你对事物体验后的感受,这一特质在网络文学读者的批评中也一直没有改变。

但是本文所言的网络文学读者批评,已经与谭教授所论析的“网络文学批评”有了两点明显的差别。其一,如果说此前的“网络文学批评”是无门槛的,是网络媒体本身所赋权的,那么,当前网络文学读者的话语权则部分地是用金钱重新购买回来的。例如,“本章说”功能只向付费读者开放。同样,网络文学

① 谭德晶:《网络文学批评论》,北京:中国文联出版社,2004年版,第44页。
② 谭德晶:《网络文学批评论》,北京:中国文联出版社,2004年版,第50页。
③ 谭德晶:《网络文学批评论》,北京:中国文联出版社,2004年版,第25~30页。
④ 谭德晶:《网络文学批评论》,北京:中国文联出版社,2004年版,第81页。

网站构建的虚拟社区也只向付费读者开放，给了钱，你才能获得相应的交流功能。其二，“网络文学批评”的批评对象指向读者感兴趣的一切文学作品或文艺现象，例如金庸、古龙、黄易，乃至张国荣等。但本文所言的网络文学读者批评的文本对象仅仅指向在线阅读的网络文学作品。第二点的存在揭示了“网络文学批评”概念本身的歧义性，即在谭教授那里，“网络文学批评”既指对网络文学的批评，更指发表于网络的文学批评。而“网络文学读者批评”概念指向的，主要是在线读者对以商业化、类型化的网络小说为主要对象的网络文学作品的批评，其批评主体与批评对象都具有在线性，而前者仅批评主体具有确定的在线性。而第一点差别的出现则表明，网络时代还远未进入所谓“共产主义”时代，资本的力量仍不容小觑。实际上，整个互联网的建设和发展就是建立在资本大量投入的基础之上，付费制度推动的网络文学发展以及免费阅读带动的网络文学产业变局，都说明了资本对网络文学格局形成产生的巨大影响。当然，我们并不会以此否定网络文学读者批评的平民性、民间性。因为尽管网络文学生产整体受到资本的影响，甚至毋庸讳言是为资本服务的，但是网络文学读者批评整体上没有这样的功利指向，而是读者各自趣味喜好的直接体现。尽管资本想把网络文学读者变成过度消费的粉丝，但整体上他们仍坚持自身的文化权利，处于不断与资本博弈的过程之中。因此，二者在话语形态上仍基本保持一致，具有明显的承继关系。当然，网络文学读者批评不再那么热衷于去“冒犯”权威，而更多是躲避式的自娱自乐。

《网络文学批评论》出版之后，又出现了一些研究网络文学批评的论著，如吴作奎等著《新文学批评文体研究》（武汉大学出版社 2015 年版）、唐迎欣著《网络文学及其批评研究》（人民日报出版社 2016 年版）等，从不同角度对网络文学批评问题继续进行了研究，但是这些研究对“网络文学批评”概念的理解和运用基本都跟《网络文学批评论》一样，并未注意上述差异。

上述差异其实已不可忽视，并且读者在网络文学实践中的作用至关重要。因此，我们认为有必要从宽泛的“网络文学批评”中离析出专门的“网络文学读者批评”，并对之予以特别的重视。网络文学读者批评应该包含如下要素：首先，批评主体是普通网络文学读者。他们对于网络文学的兴趣是自发性的，是基于自身休闲的需要或的确是基于自身兴趣而去阅读网络文学作品。他们的批评不需要专业的学术训练和较高的文学素养,具有非专业性。其次,批评话语习惯于使用网络用语。这突出地表现在两个方面:一是使用在网络文学读者批评中自发形成的一些术语、概念;二是话语表达方式网络化,经常使用流行的网络用语句式等。再次,批评的对象包括三个方面:一是网络文学作品。这是利用网络媒体赋予的话语权直接针对网络文学作品而发的评论。二是网络文学创作主体。读者批评与网络文学创作存在直接而密切的互动,甚至能参与或改变网络文学创作。三是其他网络文学读者批评话语。网络媒体的交互性提供了网络读者直接交流阅读体验的机会,网络文学读者批评话语可以是对其他读者批评话语的再批评。因此,网络文学读者批评是从主体、话语到对象的全在线性批评。它最贴近网络文学、真实反映网络文学读者对作品的态度,因而对于网络文学而言具有重要的价值。

二、网络文学读者批评话语的样貌与作用

得益于网络媒介的交流便利,也得益于网络空间的民主氛围,网络文学自诞生之日起,读者的评论话语就与之相伴。这些"书评"散落在文学网站、贴吧、微博等各种新媒体交流工具中,形态不拘一格,嬉笑怒骂率性而出,二十余年来已经构成了一套独树一帜的批评话语体系。

对于不喜欢或者不关注网络文学的人来说,网络文学或是荒诞不经地胡编乱造,或是无休无止地"升级打怪换地图",甚至不乏低俗因素。他们对嗜读网文的读者就更不愿一顾了。但是看看网络文学读者的批评吧,你一定能从恒河星沙般浩渺无尽的话语中发现灿若星辰的精妙点评,从而彻底改变对网络文学的刻板印象。在好评中,你能看到读者对作者的花式赞美,看到如饱餐一顿般的心满意足,看到色授魂与的迷恋与不舍。在差评中,你能看到言辞犀利的抨击,看到切中肯綮的剖析,看到阴阳怪气的吐槽。虽然更多的还是如话家长里短般的闲言碎语,但其中也不乏插科打诨的调侃、与作者心有灵犀的剧讨、仿佛看穿一切的剧透以及自得其乐的"买股"站队……此时你会发现,一旦

获得话语权和言说平台，哪怕只喜欢读“小白文”的大众也不是什么“沙发土豆”，其中不乏颇为挑剔的“老饕”和优秀的“段子手”。大浪淘沙，为了能在海量批评话语中露个脸、博出位，网络文学读者们在组织自己的评论言辞时其实是很拼的。难怪有人会说：网络文学读者的评论比小说还精彩，透过那些妙趣横生的评论，你能看到千千万万个有趣的“灵魂”。读网络文学读者评论，就如推开读者心灵之窗，洞察他们的所思所想、他们的喜好厌恶。换言之，读网络文学读者的评论，就是了解他们的思想观念、阅读兴趣和阅读水平的最好方式。由此，可以对网络文学的接受效应做出更为准确的判断。

书评即口碑，也是把握网络文学作品优劣的最佳方式。毫不夸张地说，读者书评的质量总是与网络文学作品的质量成正比。通过读者批评，你能发现哪里是大呼过瘾的爽点，哪里是热血沸腾的燃点，哪里是心痛欲绝的虐点，哪里是催人泪下的泪点，哪里是“笑出八块腹肌”的笑点……当然，也知道哪章是寡淡无味的“水更”，哪些结局是江郎才尽的“烂尾”，哪部作品又是让人跳脚的“太监”，再加上花样百出的“玩梗”和欢乐不断的“吐槽”，读者批评常常会给你意想不到的收获。如果说阅读网络文学本身就是一件快乐的事情，那么加上那些不断“秀”出新高度的批评，则会直接让这快乐翻倍。甚至，有些人抵挡不住读者批评的诱惑，从盗版阅读转至正版阅读，这也算是“弃暗投明”了吧。书评的力量，由此可见一斑。

诚然，读者内部也是有分歧的。忽略那些无脑的谩骂，读者们较起真来的讨论也是十分令人钦佩的。他们能发掘出作品中草蛇灰线的伏笔，找出书里书外的“证据”，脑补各种情节，探讨各种设定，相互争鸣，论战不休。更有甚者，将作品论证发展为技术甚至学术研讨。这些讨论，其中虽然不乏让人莞尔一笑的玩笑话、气话，但总有些评论，会让你发出“我怎么没想到！”的惊叹，产生“应作如是观”的明悟。当然，也绝对少不了“究竟谁对谁错？”的思考与推测。然后，你会愈发认真地阅读，会对作品有更多的回味与思考，乃至产生也评点两句或写点什么的冲动。因此，读者批评是有生产力的，它再生产阅读兴趣。

读者批评的重要性和力量还在于，它们是一张张晴雨表，反映着读者群体这个“老天爷”对一部作品的好与恶,甚至能具体到哪一章、哪一段、哪句话、哪个词。网络文学读者批评,不仅能借此做到“精准打击”,还能做到及时推送。由于发表在网络,书评不仅在读者间流转,而且能及时把意见传递给作者和编辑。这不像传统纸媒上的评论,总是在作品完成以后才发声,尽管这些评论更专业、更严密、更深刻,但它们能影响的,也只能是作者今后的创作了。进行时的读者书评却直接影响着进行时的网络文学创作。作者能根据书评把握读者的口味喜好,及时发现作品存在的问题,调整自己的叙事方向,甚至找到灵感。因此,聪明的作者不仅会汲取批评意见,甚至会邀约读者参与创作。这是之前的媒体环境难以想象的文学生产方式。总之,读者批评是网络文学接受效应最直观的、也是最充分的体现,它对网络文学生产已经产生着巨大的影响,值得特别关注。

当然,批评权力下移滋生的“读者中心主义”和“读者话语霸权”也是值得警惕的。无须否认,网络文学是直接服务于读者需求的文学,需要创作与接受的密切互动,但归根结底,网络文学创作仍然是一个有故事的作者,在寻找愿意欣赏他/她的观众。我们应该给予这样的有故事的人以足够的尊重,因为这快乐首先是由他/她创造的。我们没有理由让这样的人为我们贡献了聪明才智之后,还要受到精神和身体的伤害。为让读者批评发挥正面力量,抵制读者话语暴力,更需要我们认真对待和研究网络文学读者的批评话语。

三、网络文学读者批评话语的特征

那么,网络文学读者批评究竟是什么样的呢?大体上,网络文学读者批评包括如下三种话语形态:一是以“本章说”为代表的随文而生的短评。二是以百度贴吧的帖子为代表的读者长评。三是利用音视频方式进行的批评。因第三种话语形态要求较高,而且经常与同人创作难以区分,故而在这里不作重点讨论。我们对网络文学读者批评话语特征的分析主要基于第一、第二种话语形态。即使如此,我们也必须承认,网络文学读者批评浩如烟海,我们所作的分析难免挂一漏万。尽管如此,我们仍然希望我们的分析能够为认识网络文学读者批评提供一些有价值的见解。

关于包括读者批评在内的网络文学批评，可以从多个方面进行研究。例如，有研究者就从不同角度探析了网络文学批评的特征。他们认为，从批评活动的角度看，网络文学批评具有“交互式活动特征”，具体表现为“空间转换性特征”“活动资源再生性特征”和“交互式再生产特征”；①从批评主体角度看，网络文学批评具有“复合性特征”，具体表现为“身份的复合性”“审美取向的去中心化”“价值取向的多元化”；②从批评文本角度看，网络文学批评具有“多样化特征”，具体表现为“文本构成的多样性”和“表达方式的多样化”。③ 应该承认，上述对网络文学批评特征的分析都是言之有据的。在我们关注的网络文学读者批评中，也不难发现这些特征。不过我们同样注意到，在分析网络文学批评时，他们所选用的主要批评文本材料仍然与十多年前的《网络文学批评论》没有太大差别，而对当前最为活跃的网络文学门户网站用户的批评话语关注不够。实际上，尽管作为用户的网络文学读者批评与唐迎欣等所论析的网络文学批评有明显的承继关系，但是如前所述，由于这些用户的批评活动是全然在线性的，不像网络文学兴起之初那样：批评主体是由现实世界转向虚拟空间的，因而从言说方式到认识观念都具有某种过渡性。由于网络文学门户网站对虚拟社区功能的开发，像“本章说”这类弹幕式的评说方式的出现，也增强了网络文学叙事与读者书评话语之间的联系。故而，当下的网络文学读者批评已经与多年前的网络文学批评之间存在不容忽视的差异。且由于批评呈现的最直观形式是批评话语，故而我们拟主要聚焦于话语层面来探析网络文学读者批评的新特征。主要表现在以下两个方面：

其一，网络文学读者批评话语不仅是随意率性的表达，而且是一“触”即发式的表达。网络空间相对于现实秩序而言的自由度，一开始就赋予了网络文学批评话语随意率性的特点，这些批评话语几乎是想说啥就说啥、想怎么说就怎么说。研究者们一再确认这一点，故不在此赘述。而借助于网络文学虚拟

---

① 唐迎欣等：《网络文学及其批评研究》，北京：人民日报出版社，2016 年版，第 93～103 页。
② 唐迎欣等：《网络文学及其批评研究》，北京：人民日报出版社，2016 年版，第 106～116 页。
③ 唐迎欣等：《网络文学及其批评研究》，北京：人民日报出版社，2016 年版，第 123～126 页。

社区弹幕功能的开发,网络文学读者的批评话语不仅随意率性,而且真正做到了一"触"即发。首先,在内容上,读者对网络文学叙事中的只言片语只要有了感受、触动,就能将之发表;其次,在操作上,"本章说"这样的弹幕功能使读者评论的发表更加便捷、简单,只要简单编写语句,轻轻一触键盘或手机屏幕就能发表。例如现象级网络小说《诡秘之主》第一章开头就一个字"痛!",结果这里的"本章说"超过140页,其中读者"一句"留言"第一?"获赞8645次(2022年5月19日数据),其他留言内容多是"二刷""三刷"之类,意即"读第二遍""读第三遍"之类。这些话看似与内容无关,但是实际上饱含了读者对作品的不舍之情,所以才会一读再读。这充分体现了读者们重新点开小说,看到第一个字那一刻的心理感受。这种一"触"即发的表达,更为充分地体现了向"日常批评活动回归"的特性,因为人们在日常生活中也是这样,总是脱口而出地表达对当时所经验到的事物的看法。这样的批评话语虽然难见深度,却真切可感,是读者阅读心理或当下心态的直接表露,自有其价值。

其二,网络文学读者批评话语的表达方式更加网络化,越来越热衷于玩"梗",形成自身文化信息密度。网络文学读者是与网络有着亲密接触的人群,他们在创造网络文化的同时也深受其影响,特别是所谓"Z世代"即网生代成为网络文学读者主流之后,其言行的网络化痕迹更加明显,这同样影响到他们的网络文学批评话语的表达方式。在这些批评话语中,网络流行语、网络流行句式随处可见。例如,在阅读《修真聊天群》的"完本感言"时,读者"律梦暗冰"写道:"咸鱼了O_o啊!"读者"幻仑"则写道:"贤者模式。"以上都是典型的网络用语,"咸鱼"一词来源于周星驰电影《少林足球》的台词,很多时候指不思进取的人生态度,这里大概是指可以休息了;"贤者模式"在网络语中则指完成某事后身心空虚的状态。而且"律梦暗冰"的"文字+符号"的评语类型更是典型的网络化表达方式。表达方式的网络化程度越来越高,不仅使网络文学读者批评与传统文学批评有着明显的形式差异(其实不止形式,也存在内涵差异),而且其与早期的网络文学批评也拉开了距离。

网络文学读者批评话语表达方式网络化的最新表现就是:越来越热衷于玩"梗"。《2020年度中国网络文学发展报告》分析指出:"在年轻创作者的带动下，'网文梗'成为网络文学反映文化趋势和引领传播潮流最显性的内容表达。年轻的作者不仅可以灵活化用甚至发扬网络上已有的'梗文化'，更能够成为网络流行语的源头，使得网络文学成为一种独特的话语场，深刻影响读者的语言习惯和用词表达。相较于视频等其他内容形式来说，创作周期更短，信息密度更大，描述上更不受限制，因此可以更快地反映前沿文化趋势和流行内容元素，引领网络文化的传播潮流。"①原本，网络文学是典型的快餐文化、浅阅读对象，但是，网络用语、"网文梗"的大量出现，使网络文学话语和网络文学读者批评话语部分地变成了"行话""暗语"，非圈内人往往不明所指，同道中人读到这些却会产生某种"暗戳戳"的快感。由此可见，网络文学圈乃至网络文化圈的信息密度正在加大，正在形成某种文化格栅，以区分出圈内和圈外人。而使用网络用语、"网文梗"，其内在的文化心理则是强化圈内人的文化认同感。

当然，我们还可以说，弹幕等功能的出现使得网络文学读者批评的对话性更强，与网络文学文本的联系更加紧密。正如我们在对网络文学"更"之体的分析中所提到的，它已经成为网络文学新文体的一部分，形成互文共生的联系。这进一步强化了网络文学读者批评话语的影响力。因为现在你读网络文学作品，很难不随手点开"本章说"式的弹幕读一读，甚至跟着发表一些评论，如此形成有趣的"批评的循环"，让读者从中获得更强的参与感。

四、网络文学读者批评的审美旨趣

网络文学虽然自诞生之日起就以其"草根性"而著称，但是细读早期声名鹊起的网络文学作品，如痞子蔡、安妮宝贝等的小说，不难发现它们更投合的其实是"白领"阶层的趣味。这并不奇怪。从网络文学出身来看，它起源于北美的留学生群体，其后逐渐在中国不断扩散、壮大，因此网络空间虽然"自由"，但是在网络文学最初发展的十余年里，能够接触计算机并有情致上网发表作

---

① 作家网：《2020年度中国网络文学发展报告》，2021年3月18日，http://www.zuojiawang.com/xinwenkuaibao/45448.html，2021年3月20日查询。

品的人,多半都具有一定的经济实力和文化素养。他们在现实世界的文学秩序中或许没有位置,但是其社会地位绝对高于草根的普罗大众。的确,彼时的网络文学创作并非为钱,而是为了交流的需要和自我满足,因此它内含审美旨趣,只是这旨趣属于小资情调的白领群体,而有别于经典审美标准。

网络文学付费制度建立起来之后,网络文学创作更为明确地指向了市场,也就是指向了愿意为之付费的能上网的大众,用充满想象力的类型化叙事去满足在现实中欲求不满的大众的“YY”。此时网络文学的“草根性”才更明确地覆盖到了社会地位低于白领或小资的大众群体。本文所言的网络文学读者批评,其批评主体正是他们。在探析这一批评的话语特征时,我们已经意识到,这种批评尽管发表于网络,但绝大多数内容非常接近于日常生活中人们讨论事物时的闲言碎语。因此,这样的批评到底要秉持什么样的标准呢?是否有审美旨趣内含其中呢?这就变成了人们不得不面对却又不敢轻易断言的问题。

实际上,《网络文学批评论》已经对这一问题有所探讨。谭教授认为,网络批评的美学特征主要表现在三个方面:首先,它是“批评的狂欢”。因为网络的“比特广场”与现实的“狂欢广场”实为“异质同构”,在此,人们还原为“原始的本真的自我”,所有道德的、政治的、身份地位的束缚被一并抛开,因而可以自由喊叫、自由言说、尽情宣泄。网络批评就是这样的众声喧哗的批评狂欢。其次,它是“主观精神的盛宴”。因为网络批评者只是为了谈谈自己的体会和感想,不需要专家批评的“冷静、客观或所谓科学的态度”,所以,他们将“浓厚的个人经历和个人情感在批评中直接融入”,并且会将“与作品接触、认识、喜爱的过程娓娓道来”,是“抒情与批评的融合”。再次,它是“神韵批评的复活”。因为它欣然自得的即兴式的评点注重感悟与印象,甚至具有“诗性智慧和诗意语言”。[①] 我们认为,谭教授对网络批评美学特征的概括,实际上就是对当时的网络文学及其批评的审美取向的一种揭示。从其所列举的网络批评文本形态来看,它也的确体现了当时小资群体的审美趣味。应该承认,当下的网络文学读者批评一定程度上继承了上述审美取向,但因为批评主体的变化和网络媒

---

① 谭德晶:《网络文学批评论》,北京:中国文联出版社,2004年版,第112~183页。

介技术的发展，当下的网络文学读者批评也有着自己的审美追求。

在阐述当下网络文学读者批评的审美旨趣之前，有必要澄清的是，这浩如烟海的批评话语很难说都秉持了一定的审美旨趣，很多只是为了消磨时光的闲言碎语。因此，探讨网络文学读者批评的审美旨趣，应与网络文学（或直言网络小说）的审美品质联系在一起，也就是说后者的审美品质实际上构成了前者审美旨趣的基础。当然，网络文学的审美品质本身就是一个非常重大的研究课题，我们在这里显然无法详细讨论。在此，只能初步表明我们的基本看法，那就是网络文学的审美品质在于：通过读者代入式的阅读体验，网络文学使读者烦琐的日常生活增添趣味，并在趣味体验之上推动了他们对生活的意义建构。网络文学读者批评的审美旨趣是对这一审美品质的把握与表达。

首先，作为一"触"即发的表达，网络文学读者的品评态度是坦诚率真的。如前辈学者所指出的，因为批评发表于网络这个类似于"狂欢广场"的空间，它可以摆脱诸多束缚，即兴评点，尽情宣泄。在探讨网络文学读者批评的话语特征时，我们也指明它很多时候是一"触"即发的表达，因而它"短"（简单而直接）、"平"（不追求深度）、"快"（迅捷发布）。正因为如此，有审美旨趣的网络文学读者批评是真性情的批评。还需说明的是，尽管大多数网络文学作品是幻想叙事，尽管网络文学读者对此也有清楚的认识，但由于他们习惯于代入式阅读，故而他们对这些虚构故事的感受却类似于对待日常生活中的"事件"。不仅因为网络空间给予了他们不加掩饰的机会，还因为继承了街头巷尾评说家常的方式，所以他们能直接而鲜明地亮出自己的看法，这突出地表现在他们爱憎分明的批评态度上。不能否认，网络文学读者中存在简单盲从的"脑残粉"和为黑而黑的"喷子"，甚至不乏被雇佣的"水军"混迹其中，但仍然可以说，真正的网络文学读者会毫不掩饰地说出他们对具体作品的好恶。对于喜欢的作品章节、段落，他们会积极留言发表感想，形成热烈讨论，甚至跪求更新，当然也会正话反说要"寄刀片"。对于不喜欢的作品章节、段落，他们也会直言"水"或"短小无力"，甚至表示会弃书而去。

其次，利用网络表达的便利，网络文学读者批评在批评话语的形象化方面又推进了一步。应该承认，从网络文学批评诞生一直到现在，大部分的网络文学批评都类似于“读后感”。限于篇幅,本文不在此举例,大家可以去贴吧等虚拟社区自行浏览书评帖子,不难得出相同结论。人们说网络文学批评是“抒情与批评的融合”,注重感悟与印象,喜欢将接受过程娓娓道来,都是在说明这种批评不是在以理服人,而是在以形象感人,进而求得情感共鸣。本来,人们在网络上发表批评的目的就不在于说服他人接受自己的观点,而在于展露自己的阅读感受。就此而言,网络文学批评其实是很自我的。但是,网络空间的特性又客观增强了交流的密度,这又使批评主体在潜意识中渴望“秀”出自己,获得交流中的认可。为此,当下网络文学读者在继承前人长于抒情、诗化言说的基础上,推进了批评的形象化。其突出表现,一是如前所述,突破纯文字的表达,而采用“文字+符号”的表意方式,以此传达更丰富的情绪。例如前文所举的例子“咸鱼了 O_o 啊”,其中的“O_o”就是一个笑脸图,给这条批评增添了笑而不语的意味。这种方式是直接以图像代替文字,让“语评”变成“图评”。二是根据自己的臆想,抽取网络文学文本中的只言片语,直接演绎同人故事,表达自己的喜好。我们曾在评析《大国重工》的读者反应时举过这方面的例子[①],类似的例子在网络文学读者批评中还有很多,故不在此重复。

再次,为适应网络交流环境,网络文学读者批评更加趣味化。网络文学读者批评趣味化的原因已如前所述,既是为了“秀”自己,也是为了获得交流中的认可。网络文学网站虚拟社区相关功能的开发,进一步放大了批评趣味化的需求。而像《修真聊天群》这样带有明显的网络化生活痕迹的作品的书评区,更是这种趣味化批评的聚集地,书评区里几乎每天都有欢声笑语。从全网的情势看,这种批评趣味化的趋势也是非常明显的。2019 年,起点中文网在年终盘点时特意列出了众多让读者点赞、追捧的“妙评”。的确,如其所言,通过这些“神妙”的评论,你能看到读者那万里挑一的有趣“灵魂”[②]。

---

① 周兴杰:《现实题材网络文学的读者反应——以〈大国重工〉的书友圈交流为例》,《中国文学批评》2020 年第 4 期。

② 起点中文网:《年终盘点特辑》,https://activity.qidian.com/noah/201912162,2019 年 12 月 31 日查询。

结　语

从批评主体的角度看，在所有的网络文学批评中，网络文学读者批评是最具在线性的批评，它既深受网络空间特性影响，也受大众生活方式的影响，因而也是最“带感”的批评。尽管像我们曾经提出的，“网民读者的在线评论……由于是随感而发，难免失之偏颇，甚至因为虚拟空间的匿名性和便捷性，会导致评论的情绪化、极端化，进而形成众声喧哗、混乱无序的非理性状态”[①]。但是，因为它与网络文学贴得最近，最能反映读者阅读趣味的发展变化，所以有其不可替代的价值，值得深入研究。

① 欧阳友权：《中国网络文学年鉴 2019》，北京：新华出版社，2020 年版，第 143 页。

中学生网络文学阅读情况调查

——以江苏省南京市第十三中学为样本

李　玮　朱俊洁*

〔摘　要〕 00后的学生是网络文学阅读的主要群体之一？网络文学到底给中学生阅读带来怎样的影响？带着这些问题，本文以江苏省南京市第十三中学为调查对象，通过问卷调查和个案访谈的方式，对中学生阅读网络文学的基本状况，包括接受方式、阅读偏好和对网络文学评价等方面展开调查研究。研究表明网络文学影响当下中学生阅读的覆盖面和差异性，中学生对于网络文学的接受和评价较为理性，具有主体性。研究为更好地引导网络文学发展提供了重要参考。

〔关键词〕 网络文学；中学生；问卷调查

当下，网络文学已经成为一种不容忽视的文学现象和文化产业，网络文学逐渐被中国大众熟知并接受。据《掌阅2020年度数字阅读报告》显示，网络文学读者年龄结构更趋年轻化，00后用户占比从2018年的28%提升至47.68%，正式成为第一大阅读群体。截至目前，绝大多数00后的身份标签依然是“学生”，这些“学生”真的是第一大阅读群体吗？他们阅读网络文学的真实情况到底如何？除了中学生网络文学阅读的基本情况，中学生对当代网络文学有何看法与期待？他们喜爱的网络作品有哪些，为什么喜爱？其中又体现了中学生怎样的价值观念或情感诉求？

带着这些问题，我们选择江苏省南京市第十三中学作为调查对象。该中学是省级四星高中，享有较好的教学声誉，生源好，升学率高。本调查考虑到当下中学生的升学压力和阅读网络文学的矛盾，特意选择一所校风好、生源好、重学业的高级中学，来考察网络文学在中学生中的接受情况，以回答升学

* 作者简介：李玮，南京师范大学文学院教授，博士生导师。朱俊洁，南京师范大学文学院硕士研究生。

压力下的学生是否阅读网络文学的问题。调查采用纸质问卷和个别访谈两种形式，围绕中学生网络文学阅读基本情况、中学生对网络文学及其衍生品的态度与评价、中学生喜闻乐见的网络作家和作品等方面展开。共发放调查问卷693份，收回有效问卷560份，有效回收率约80.8%。问卷有两套试题可供选择，对读过或不读网络文学的学生，皆能够了解其原因。问卷答案录入"问卷星"平台进行统计、交叉分析数据，结果以表格、饼状图、条形图等方式呈现。除问卷调查法外，我们同时通过个别访谈对相关问题作更深入的探讨。

一、中学生阅读网络文学的总体状况

本次接受问卷的同学总计560人，男生301人，占比53.75%；女生259人，占比46.25%。阅读过网络文学的学生数约占67.32%，而在选择"不阅读网络文学"的183位学生中，又有88位同学的情况是"曾经尝试读过"，意味着大约有83%的中学生不同程度地接触过网络文学。可见，网络文学作为一种新兴文学样式对中学生有较大的吸引力，已经大面积地渗透进中学生的日常学习生活中。

表1　中学生网络文学阅读基本情况

选项	人数	性别	
		男	女
阅读	377	174	203
不阅读	183	127	56
阅读人数占总人数比	67.32%	57.81%	78.38%

表2　"不阅读网络文学"学生具体情况

具体情况	人数	占比
从未读过	95	51.91%
曾经尝试读过	88	48.09%

由表1可见，性别对是否阅读网络文学有一定影响。通过对"性别"和"是否阅读网络文学"的交叉分析，发现男生阅读网络文学人数占比不到60%，而女生阅读网络文学人数占比则接近80%。此外，性别与网络文学阅读的时间、频率、数量则无明显的关联。

由图 1 可以看出，43.5%的学生自小学就已开始阅读网络文学，其中又以小学四、五年级居多，彼时恰逢 4G 网络快速普及之际。在与 2015 级高中生和 2021 级高中生的交流中，可以发现传统文学作品不同内容的受众有较明显的年龄划分，如低龄儿童偏爱郑渊洁、曹文轩、沈石溪、黑柳砌子等作家，高年级学生则更多阅读鲁迅、刘慈欣、东野圭吾、阿西莫夫、马尔克斯等作家的作品；网络文学的接受范围受读者世界观、人生观、文学艺术素养的限制较小，能同时火爆于小学、初中、高中各年级段。

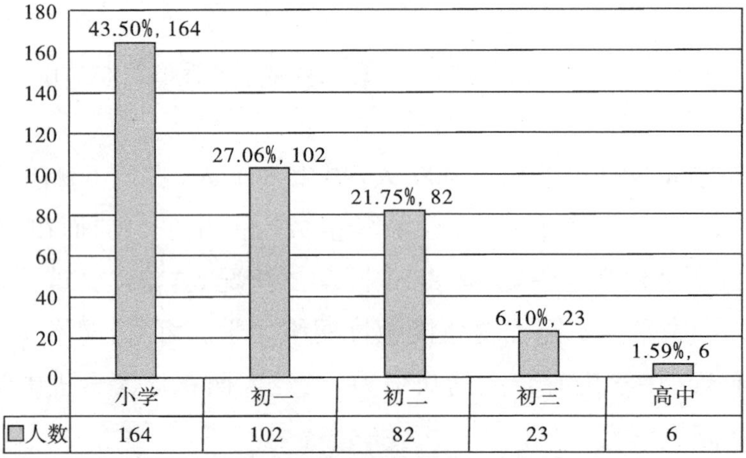

图 1　开始接触网络文学时间

在深入访谈中，2021 级方同学说，自己从六年级开始接触网络文学，最初是在书店买已经出版的《撒野》和《无羁》(《魔道祖师》第一册)，“但等了一年还没出版第二册，我不想等了，就上网去找了……后来就慢慢接触了，用电子产品看网站上推荐的一些书”。《撒野》和《魔道祖师》2015－2017 年连载于晋江文学城，2015 级高中生、现已大学四年级的蓉同学回忆道：“它更新的时候我已经上高中了，那时候我们都不睡觉熬夜追……买周边……还有很多同人文。”这些作品在连载之际同时在小学、初中、高中流行开来，由此可见，网络文学的辐射范围更多取决于其自身的文本质量和作家口碑，通俗而不低级的作品往往具有更加广泛、持久的影响力。

从图 2 可以看到，“周末”“偶尔空闲时”“寒暑假”是中学生阅读网络文学的主要时间段，只有 8.38%的同学能够每天阅读网络文学；根据图 3，接近 55%的学生每周阅读网络文学的时间在一小时以下，每周阅读时间能在四小时以上的学生数量占比不到10%。毋庸置疑，网络文学受到了很多青少年的追捧和喜爱，但是，面对愈演愈烈的朋辈竞争和升学压力，学习课内知识与提高考试分数被看作中学生的第一要务，加之扮演监督者与管理者角色的家长和教师对网络文学的认知仍固化在“闲书”“杂书”甚至是“坏书”上，中学生能够光明正大地阅读网络文学的时间几近于零。

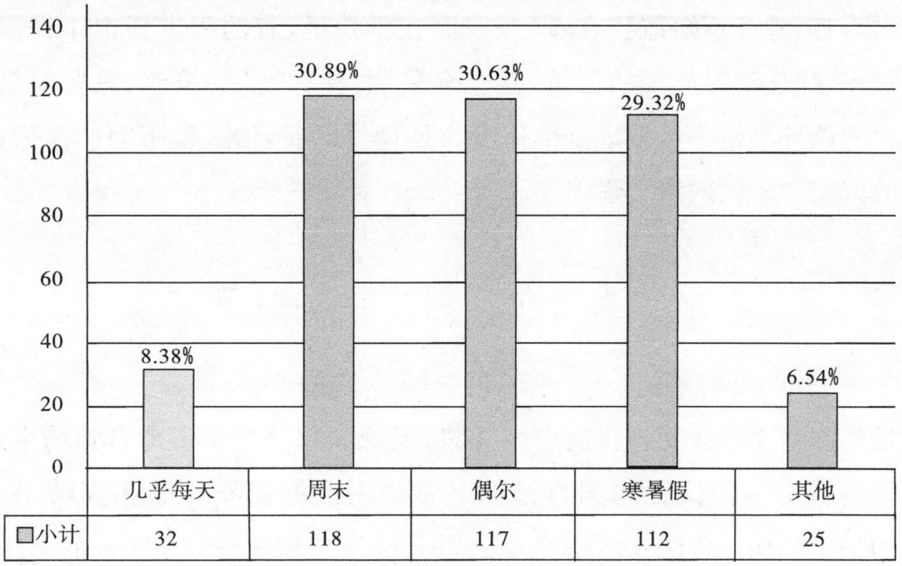

图2　中学生阅读网络文学的频率

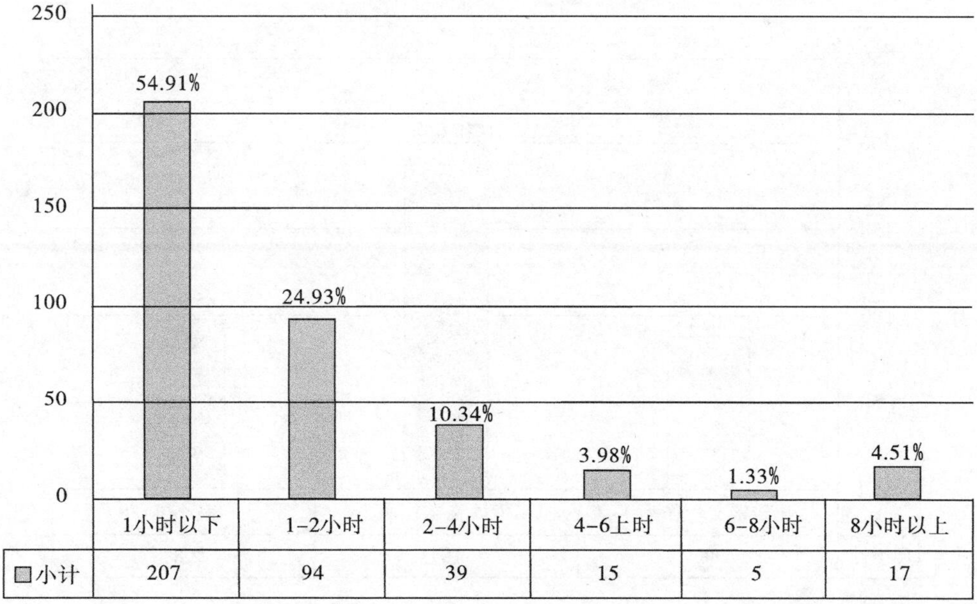

图3　平均每周阅读时间

访谈还显示出，大部分学生接触网络文学还处于隐秘的“地下阅读”状态，在家长的严格监管下挤压阅读时间，“初中时候我每天有五分钟逛淘宝时间，我偷偷用来看文”，“我和我妈说这是跟校园有关的，有助于我学习的，素材可以用进作文里”，“我之前都把浏览器隐藏了，可惜还是被她找到浏览记录了”，“她不知道我看过这么多，我经常写作业时候看被她发现”，“看网络文学时候没什么声音，她都不知道我在看”……而在学校里，有的班主任出于提高班级管理效率、强化学习风气的考量，甚至会采取“一刀切”的策略，只要与学习考试无关的课外书籍一经发现全部作没收处理，毋庸说给人留下粗制滥造、不务正业的刻板印象的网络文学了。

二、中学生对于网络文学的接受方式

虽然网络文学备受当代高中生青睐，但绝大部分中学生能自觉约束自己，没有让网络文学阅读影响到自己的日常学习。根据图 4 的调查结果，大约 50％的学生平均每月阅读网络文学的数量少于传统文学，约 26％的学生表示阅读二者的数量差不多，只有约 23％的学生每月阅读网络文学的数量超过传

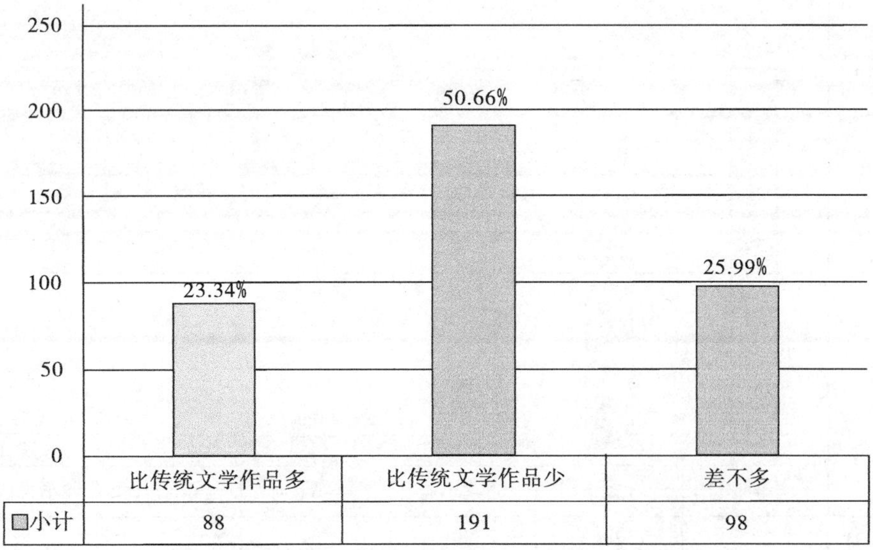

图 4　每月阅读网络文学数量与传统文学相比情况

统文学。中学生并没有像老师、家长们所担心的那样,花费过多时间在无意义、无营养的低劣小说上而耽误学习。在时间紧张的情况下,学生优先选择课内阅读任务,比如吴同学表示:“我现在每天回家抽时间看一点《红楼梦》,因为是必读书目,会抽时间看,其他书没时间看了。”方同学也表示,虽然平时家长对手机管理不严,工作日也有机会看网文,但自己学习比较忙,还是希望能早睡,只会在周末写完作业后找一些轻松的文看。中学生虽处于人生观、世界观逐步建构的未成熟时期,但他们对形形色色、质量参差的网络文学并非盲目跟风、全盘收下,而是有自己的评判标准。面对庸俗作品,中学生们往往抱以戏谑嘲讽的态度,如“霸道总裁爱上我”之流的玛丽苏小说,有同学评价其“剧情很烂俗,特别离谱,离谱到像段子一样搞笑”。

中学生网络文学阅读途径如图 5 所示,使用频率最高的网站分别是“晋江文学城”“各种途径找资源”“购买纸质版本”“起点中文网”,并与其他小说网站拉开了断层式的差距。而以“性别”为筛选条件进行分类统计,则发现男高中生使用频率最高的网站是“起点中文网”,占 41.83%,排行第二、第三的是“各

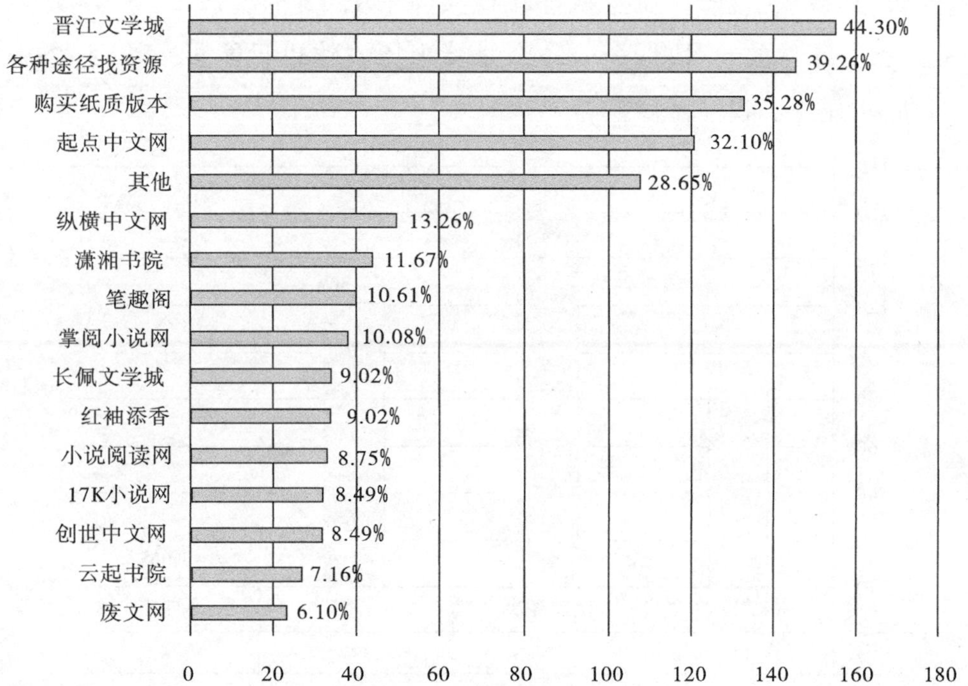

图 5　网络文学阅读网站使用情况

种途径找资源"37.93%与"购买纸质版本"25.86%；女高中生使用频率最高的是"晋江文学城"，占61.08%，排行第二、第三的是"购买纸质版本"43.35%与"各种途径找资源"40.39%。

在"平均每月网络文学的阅读花费"这一问题上，有70.8%的学生月消费为0元，约3.71%的学生月消费在0～10元，约9%的学生月消费在20～30元，约7.42%的学生的月消费在50～100元。高中生的零花钱较少，且消费行为常常受到监护人的管控，购买网络文学的出版书籍也不似买教辅书、习题册那样得到家长支持，因而中学生们大多采用"各种途径找资源"的方式——学生们戏称之为"白嫖"。当然，购买网络文学的纸质版本也是中学生们比较乐于接受的阅读形式，它符合学生们的传统阅读习惯，又方便带进校园中。但是书籍种类受到很大限制，网络文学作品浩如烟海、不计其数，纸质出版的小说凤毛麟角，仅有一些超人气作家作品，如《明朝那些事儿》《默读》《斗罗大陆》等等，但也存在出版更新滞后现象。一些作家选择自费出版，导致图书的价格偏高，普通中学生难以负担。接受采访的一个同学说："我是因为没法碰手机，所以买实体书，我攒了好久，压岁钱都花在实体书上了，都没钱了。一本好多钱呢，就这么一小本要50块钱……一个月算上压岁钱也只能买一两套，盗版的《全球高考》还花了我一百多。"

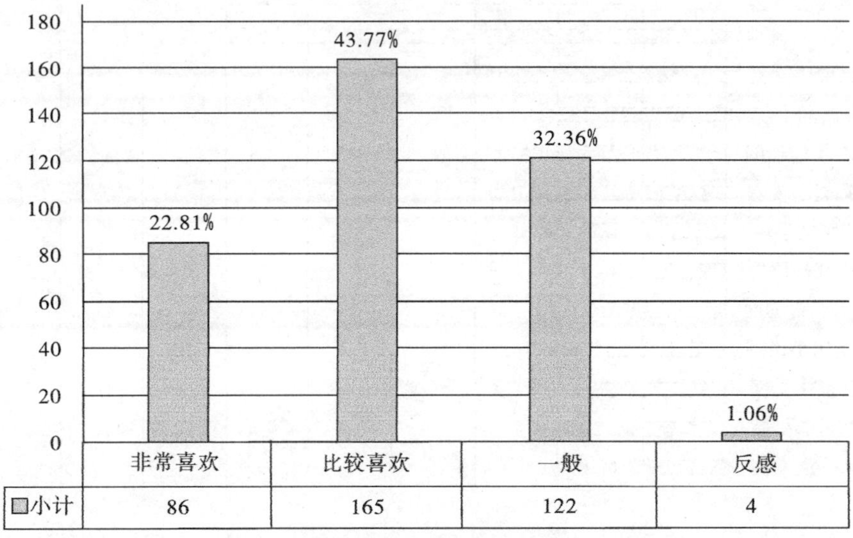

图6　中学生对网络文学的喜欢与否程度

由图 6 可见，中学生中明确表示对网络文学很反感的人数很少，仅占 1.06%，人数占比最多的是“比较喜欢”和“非常喜欢”，合计占 66.58%。有的学生网络文学阅读面非常广泛，言情、校园、科幻、同人、游戏、悬疑、衍生、刑侦等类型皆有所涉猎，多是阅读各种类型的代表性作品；而有的学生则专注于一两种自己喜欢的题材，在其中极力挖掘，深入阅读，例如受访的方同学尤为爱读校园文和刑侦文，她习惯将读过的小说书名记录在一本巴掌大的小本子上，随身携带，不时拿出来和朋友交流，如今已经记得满满当当，将要启用第二本。

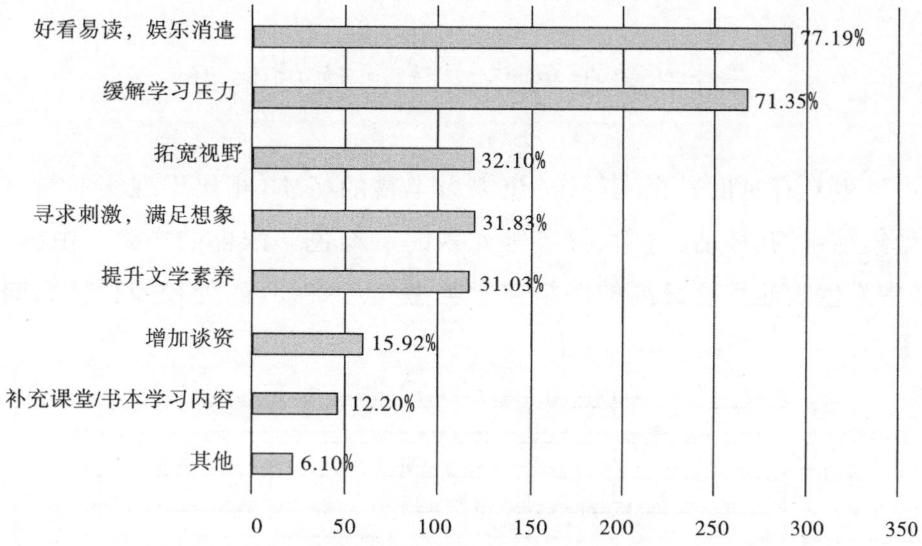

图 7　中学网络文学阅读目的

调查问卷中，关于对“你为什么阅读网络文学”这一问题的回答，77.19%的学生选择了“好看易读，娱乐消遣”，71.35%的学生选择了“缓解学习压力”，选择“拓宽视野”“寻求刺激，满足想象”和“提升文学素养”的学生都在 32%左右，而以“补充课堂或书本学习内容”为目的的学生仅占 12.2%(见图 7)。

除了娱乐消遣、缓解学习压力之外，网络文学也起到了拓宽视野、展现不同世界观的作用。例如，调查显示很多学生爱读当年明月的《明朝那些事儿》，通过阅读，几百年前那段陌生、模糊的历史以鲜活、有趣的形式展示在学生面前，枯燥、冰冷的王公贵族、政治官场、帝王权术、战争与宫变的史料记录，被作者加以文学再造，读来激情澎湃、唏嘘慨叹，学生不仅对三百年明史有了全面的了解，更是触摸到中华民族沧桑深厚的历史底蕴和虽死犹荣的民族气节。被访的吴同学说：“有的小说角度写得很清奇，感觉看到一种不同的世界观，看着有一种打开眼界的感觉。"例如受到很多男同学喜爱的《诡秘之主》,它的世界观是掺杂了克苏鲁风格的架空世界:夜空的月亮散发妖冶红色光芒,子弹穿头而过,伤口却能快速愈合……这个世界里有神秘莫测的力量、神奇非凡的物件,设定220种魔药、220种职业、22个成神途径,有照射出人邪恶本性的诡异镜子,有让正常人变成怪物的家族笔记,有神灵之间的明争暗斗,也有邪神对世界的入侵与破坏,共同搭建了一个充斥危险与疯狂、扭曲而失控的世界。学生在这些惊奇、反常的文字间游走,领略异世界风采。

三、中学生网络文学阅读的偏好

中学生具有对世界充满好奇、想象力丰富的特质,相比于现实题材,他们更偏爱集结奇幻、神话、冒险、寻宝等元素的奇幻色彩浓郁的小说。由图8可见,受中学生欢迎程度最高的网络文学类型是悬疑,其次为校园、科幻、同人、言情等。

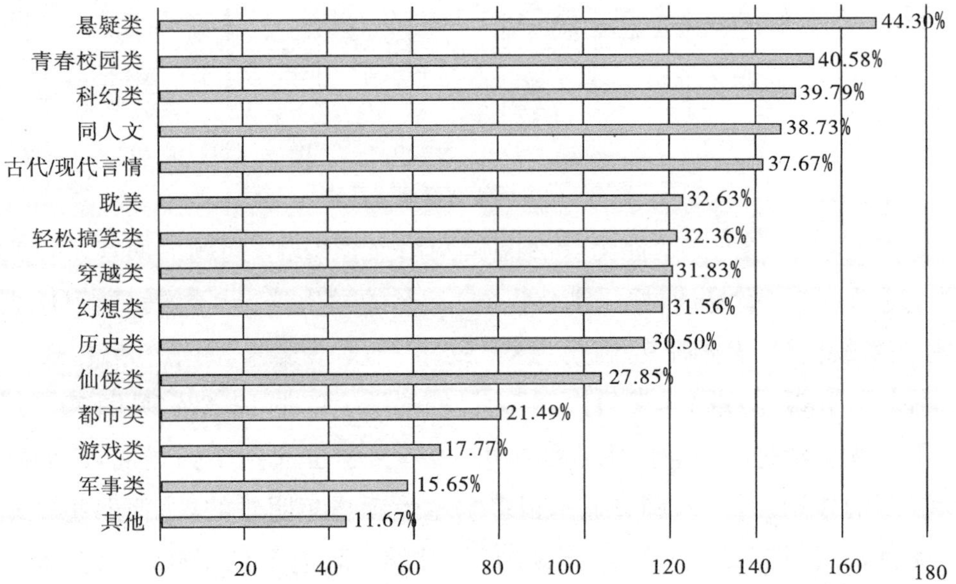

图8　中学生网络文学类型偏好情况

近年来,科幻、悬疑、犯罪、推理、武侠等题材作品在我国发展势头迅猛,在文学、电影、电视领域都取得不俗的成绩,例如小说《三体》《盗墓笔记》《鬼吹灯》,电影《流浪地球》《唐人街探案》，电视剧《法医秦明》《隐秘的角落》《谁是凶手》等，不乏有热门IP已横跨多个文艺领域。中学生对奇幻、悬疑、科幻类型的偏好，符合青年人的爱探索、想象力丰富、对世界充满好奇的心理特点。而相较于传统出版领域以男性为主要目标群体的推理侦探小说，网络领域兴起的“爱情＋悬疑”模式小说则获得了更多女性读者的青睐。淮上的《破云·吞海》《提灯映桃花》，丁墨的《如果蜗牛有爱情》《他来了，请闭眼》《美人为馅》，玖月晞的《亲爱的阿基米德》《亲爱的弗洛伊德》《亲爱的苏格拉底》等作品，采用侦查破案和谈情说爱双线并进的行文模式，二者相互穿插、相互推进，阴森冰冷的血案中又有或悲凉落寞或温馨甜蜜的情感洋溢其中，受到大量年轻读者喜爱，从中学生的调查和访谈结果中也可见一斑。有学生表示，自己很享受沉浸在剧情中和主人公一起推理探案的过程，所以读刑侦类小说时往往会选择一个自己身心放松、精神饱满的时间，“像作业写多了之后我就没脑子去想推理了”。

除了网络文学的爱好者，那些不阅读网络文学的同学，同样也爱读悬疑类小说，如日本著名推理小说家东野圭吾作为学生“最喜爱作家”屡屡被提及。较之言情、玄幻，悬疑文携带更多的现实元素，离奇恐怖的案件背后是对社会问题和人性之恶的冷峻反思。例如，东野圭吾的《湖畔》通过描写四个家庭的孩子为考取名牌中学聚集在一起补课时的暗流涌动，直指日本社会家庭和教育的扭曲；《红手指》《彷徨之刃》揭露未成年人犯罪问题，鞭挞了日本《少年法》的漏洞。Priest的《默读》“亨伯特·亨伯特”篇同样也关注了罔顾性命、作恶而不自知的未成年人犯罪问题，暴露校园霸凌之害；丁墨的小说涉及女性在职场遭受的压迫和不公正对待、女性对女性的残害、强奸案等，展现对女性生存困境的关切……作者通过案件的铺陈，表达自己对社会公序良俗、贫富差距、公平正义的思考与求索。中学生们处于青春热血的年纪，有指点江山、心怀天下之意气，作家们毒辣老到的语言、细腻动人的情感，总能轻易触动一颗颗涉世未深的心灵。正如被访者方同学所说，她喜欢读点“三观正的，能推敲点东西出来”的文字，单纯兴奋感官的书籍只能给人一时的快慰，往往读完就被丢弃在一旁，只有经得起推敲与咀嚼的作品，才会为人津津乐道。

关于“请推荐几个你最喜欢的网络文学或作者”的问题，将回收的答案分“作品”“作家”两类做词频统计,根据词频的高低进行排序,词频相同的作家或作品排名相同,统计结果仅展示部分热度较高的作家、作品,如表3和表4所示。

表3 最受中学生欢迎的网络文学作家

热度排名	作家姓名	热度排名	作家姓名	热度排名	作家姓名
1	Priest	11	蝴蝶蓝	15	长洱
2	木苏里	12	辰东	15	爱潜水的乌贼
3	唐家三少	12	当年明月	16	唐七公子
4	天蚕土豆	13	稚楚	16	西子绪
5	南派三叔	13	猫腻	16	远瞳
6	淮上	14	天下霸唱	16	马伯庸
7	木瓜黄	14	肉包不吃肉	16	非天夜翔
8	巫哲	14	我吃西红柿	16	栖见
9	墨香铜臭	14	竹已	16	火星引力
10	烽火戏诸侯	15	江南	16	唐酒卿
10	顾漫	15	匪我思存	16	六爻
10	八月长安	15	水千丞		

表4 最受中学生欢迎的网络文学作品

热度排名	作品名称	小说作者	热度排名	作品名称	小说作者
1	《盗墓笔记》	南派三叔	10	《最好的我们》	八月长安
2	《斗罗大陆》	唐家三少	10	《天官赐福》	墨香铜臭
3	《默读》	Priest	11	《你是我的荣耀》	顾漫
4	《全球高考》	木苏里	11	《龙族》	江南
4	《撒野》	巫哲	11	《难哄》	竹已
5	《斗破苍穹》	天蚕土豆	11	《轻狂》	巫哲
6	《伪装学渣》	木瓜黄	11	《二哈和他的白猫师尊》	肉包不吃肉
6	《破云》	淮上	11	《周生如故》	墨宝非宝
6	《魔道祖师》	墨香铜臭	11	《十宗罪》	蜘蛛
7	《全职高手》	蝴蝶蓝	11	《元尊》	天蚕土豆
7	《杀破狼》	Priest	11	《剑来》	烽火戏诸侯
8	《长安十二时辰》	马伯庸	11	《将进酒》	唐酒卿
8	《死亡万花筒》	西子绪	11	《不死者》	淮上
8	《庆余年》	猫腻	11	《镇魂》	Priest
8	《明朝那些事儿》	当年明月	11	《残次品》	Priest
8	《雪中悍刀行》	烽火戏诸侯	12	《完美世界》	辰东
9	《鬼吹灯》	天下霸唱	12	《哑舍》	玄色
10	《诡秘之主》	爱潜水的乌贼	12	《你好,旧时光》	八月长安
10	《三生三世》系列	唐七公子	12	《我只喜欢你的人设》	稚楚
10	《偷偷藏不住》	竹已			

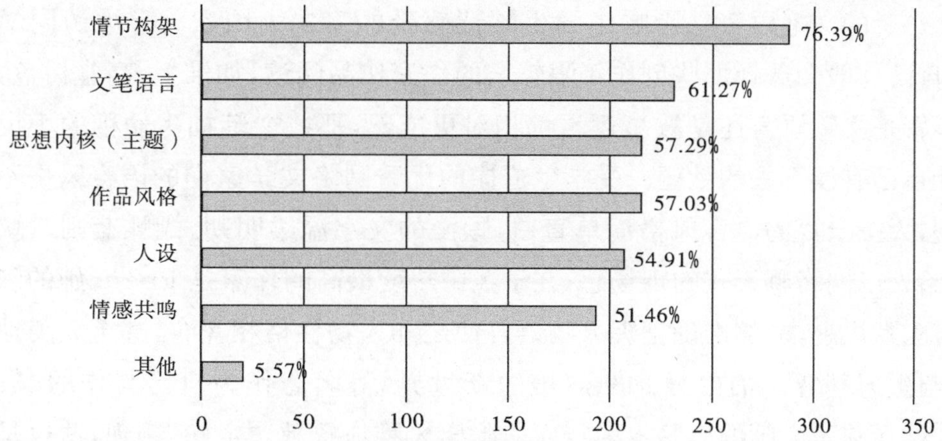

图 9　挑选网络文学的影响因素情况

那么，是什么因素决定着中学生挑选网文作家作品呢？关于中学生挑选网络文学的影响因素情况如图 9 所示，超过 76%的同学认为小说情节构架的好坏最能够直接影响自己是否继续阅读下去，中学生阅读网文的主要目的就是娱乐消遣、缓解学习压力，若是读到一本情节老套烂俗，世界观支离破碎的小说，自然无法愉悦身心。对于动辄几百万字，非一口气创作完成的网络文学来讲，特别是那些规模宏阔、结构庞杂的非现实小说，能否做到草蛇灰线伏脉千里，能否将庞大无比的剧情和“地图”编制得符合逻辑，能否将大部分“坑”填得绵密周到，能否写出新意，从数以万计、千篇一律的“套路文”中脱颖而出，都影响读者对文本的直观感受和阅读意愿。《默读》《盗墓笔记》《破云》之类的悬疑、刑侦文之所以受中学生喜爱，无疑是因为情节足够起伏跌宕、扣人心弦。

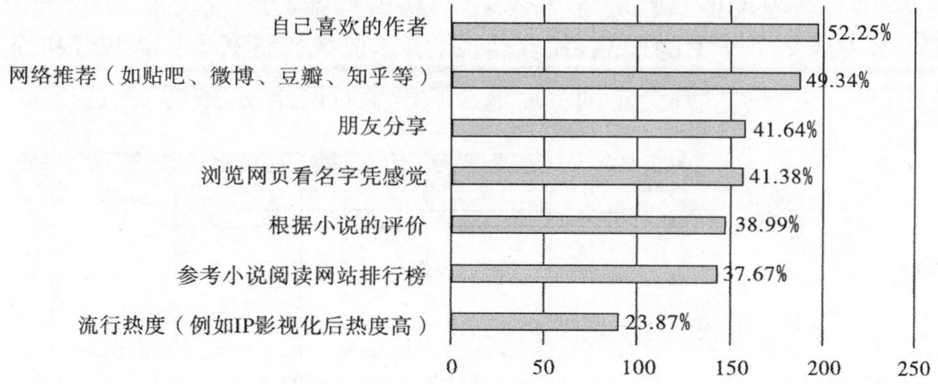

图 10　中学生网络文学的选择方式

作者的文笔语言是影响中学生阅读感受的第二大因素。有被访同学表示,自己一般会选择那些创作年限较长的作家作品阅读,如淮上、高堂树色,她们不管是文笔语言还是故事逻辑都相对更成熟,那些文笔拙劣幼稚的小说很难让自己有读下去的欲望。受学生追捧的优秀网络文学家们的语言风格不尽相同,天蚕土豆的语言风格简单直白,顾漫的文字温柔明朗,蝴蝶蓝则欢快诙谐,给人以网络聊天式的现场感;在学生中热度最高的作家是 Priest,她的叙述语言幽默风趣,能够准确把握人物语言使之和人物性格相契合,甚至完美地将《红与黑》《基督山伯爵》《1984》《美丽新世界》等名著作为自己写作的"数据库",站在前辈大师的肩膀上前行而非附庸风雅地致敬,"金句"频现,这也是最令她的书迷们引以为傲的地方。

从图 10 反映的结果来看,中学生选择网络文学的最主要方式是追随自己喜欢的作者,当学生阅读到一本有意思的小说,也会把作者的其他作品找来看一看,逐渐成为作家的"铁杆粉丝",投票、争榜、打赏、催更,伴随着作家作品的持续产出。同时,小说的宣传和推广也是中学生选择网文的一大途径,"文荒"时,学生会登录百度贴吧、知乎、微博、豆瓣等网站,翻阅其他读者的推荐与评价。近年来,随着小红书、抖音等社交 APP 的兴盛,出现了一批职业"推书"自媒体,他们介绍小说内容,特别是激发读者喜爱乃至产生迷恋的"萌点",为读者选文提供便利。中学生的校园生活相对封闭,课间休息的聊天内容大致围绕影视、明星、游戏、书籍、体育等娱乐活动,朋友间的相互推荐就成了学生选择小说的一大方式,同学间相知相熟,更能够了解彼此的口味偏好。另外,"跟风阅读"也是校园里很有趣的文化现象,一段时间里,很大一部分同学都在阅读某一本书或某个作家的作品,相互传阅,蔚然成风。此外,小说书名和简介、网站排行榜、流行热度都会不同程度地影响学生对网络文学作品的选择。

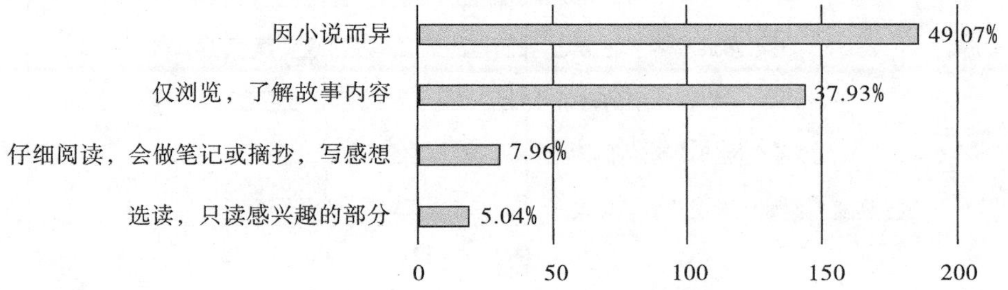

图 11　中学生网络文学阅读习惯

对于网络文学，你是仅浏览、了解故事内容，还是会仔细阅读，甚至做笔记或摘抄、写感想，或是采用略读、选读的方式，只读自己感兴趣的部分？针对这个问题，如图11所示，将近50%的学生表示会因小说而异，近38%的学生选择“仅浏览”，近8%的学生选择“仔细阅读”，约5%的学生选择“选读”。

可见，很大一部分学生已经将语文学习中素材积累、摘字炼句的习惯带进了网络文学阅读中。网络文学作品中不乏鞭辟入里的语句，出于积累作文素材的目的，或单纯的无功利审美需要，学生会将他们摘抄进笔记本中，反复回味研读。被访者方同学的老师并没有布置摘抄任务，但她很喜欢摘抄，并且还要时不时地加以整理，她说：“他们文笔很好，有的句子也能用到作文里。所以我经常会去找他们的新文，看有没有语句可以摘抄，希望从中学到一些好的语句，运用到自己平时的写作当中。”例如，笔者在实习学校批阅学生的作文，多次看到“彼方尚有荣光在”（耳东兔子《暗格里的秘密》）等句子。一些写作能力较强的学生甚至会模仿网络作家的文笔、行文风格，使自己的文章更加亮眼。小说里一些励志性的话语，已取代诸如“有志者事竟成”“书山有路勤为径，学海无涯苦作舟”等名言，成为给予学生奋发力量的新式“座右铭”。

四、中学生对于网络文学的评价

虽然网络文学在中学生群体中有很高热度，但是对网络文学总体质量非常满意的同学不到5%，最多的评价是“一般”，占比46.95%，其次是“较为满意”，占比40.58%，认为网络文学质量“太差了”的同学占比7.69%。

据了解，高中语文有数十本涉及考试的“必读书目”，如《呐喊》《红楼梦》《边城》《雷雨》《巴黎圣母院》《老人与海》《百年孤独》《大卫·科波菲尔》等，是学生日常阅读的重点所在。这些古今中外的文学巨著无疑完美符合人们对“文学经典”的认知，那么，在问世不过20年，学生们热衷阅读的网络文学中，是否会出现21世纪的“新经典”？针对这个问题被访学生持有不同的看法。

一些学生的回答是肯定。有同学大胆而真实地表达了自己的想法：“你知道《雷雨》吗？那部话剧写得特别狗血，但现在人称它为经典。”她认为“如果它的三观是正的,符合以后人们的思想,而且整个文章是正能量积极向上的话,它就能成为经典”。她给予了Priest的《默读》《镇魂》《杀破狼》极高的评价,觉得已经达到了自己心目中对于“经典好文”的标准。

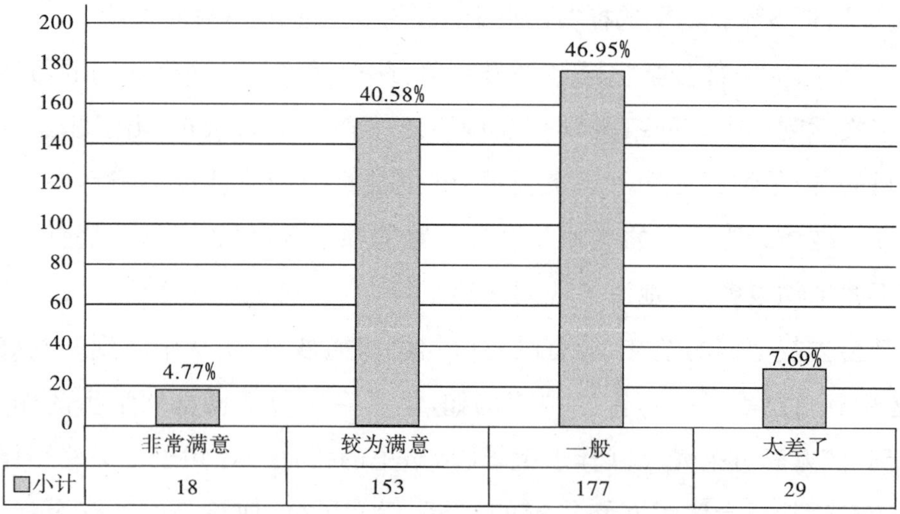

图12 中学生对网络文学满意度情况

而另一些学生则持怀疑态度。吴同学提出了别有新意的观点,她认为现有的网络文学离正统的“文学经典”还差之甚远,但由于读者众多,可以形成“经典反例”,她向笔者举了读过的玛丽苏小说的例子。这些已经类型化的“套路文”具有广泛的粉丝基础,这些作品廉价、批量生产、缺乏营养,却能够“充饥”,刺激人食欲。“如果不能公正地评价‘套路文’,就是对亿万网文读者‘文学生活’的蔑视,也不可能对网络文学的价值做出公正评价。”[①]吴同学也谈到自己期待的“正面经典”网络文学的特质:“首先情节要正能量,人物鲜活一点,像玛丽苏一样是平板人物就不好了,要比较真实,有血有肉一点。另外,成为经典的话肯定是读者众多,要符合当下年轻人的一些需求,比如龙傲天现在很火,因为现在年轻人喜欢看这种爽文,看得很爽,工作学习压力大,主角特别强的这种会吸引很多读者,读者多就会成为经典。”

在阅读网络文学是否会对学生的日常学习包括审美、理解、阅读、写作、知

① 邵燕君,薛静:《中国网络文学二十年·典文集》,桂林:漓江出版社,2019年版,第10页。

识视野等方面造成影响这个问题上，接近50%的学生认为有积极影响，约31%的学生认为没有影响，仅有4.51%的学生觉得有消极影响，另外约15%的学生则表示没有关注过这个问题。

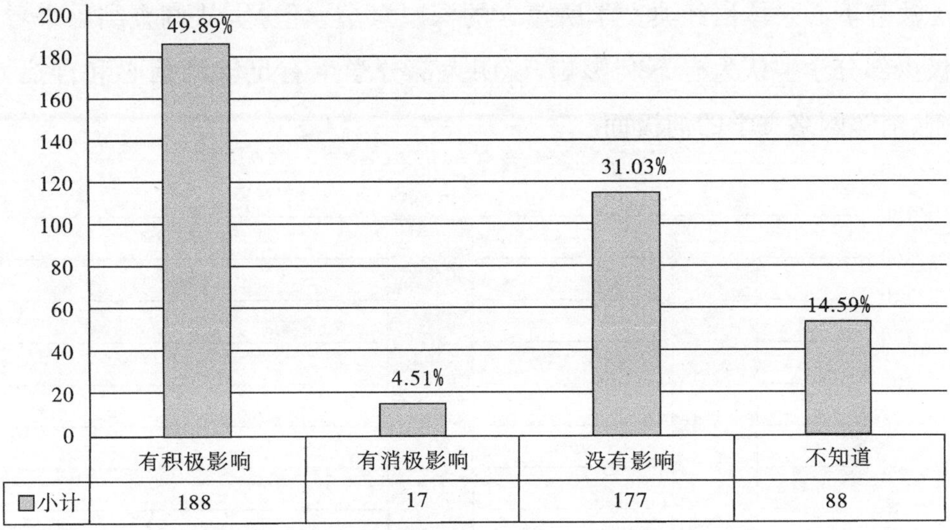

图13　网络文学对学生日常学习的影响情况

如前文所述，阅读网络文学能够有效缓解压力，给予积极的心理暗示，帮助学生放松心态、重整旗鼓地投入新一轮学习中去。中学生对于文本的选择和欣赏本身就是一个审美和理解的过程，作家的文笔文风会潜移默化地影响学生写作。此外，中学生所阅读网文的作者大多是该领域的"大神级"作家，很多非职业写手在现实中从事不同的职业，拥有不同的人生阅历，接触到广博的资源，形成具有高辨识度的个人风格，他们在自己构建的文学世界中输出迥乎不同的世界观、人生观、价值观，给久居一隅的中学生们带来接触世界的无限可能。

认为有"消极影响"的同学的担心也并非全无道理。网络作家的低门槛性导致网络文学市场鱼龙混杂，大量雷同的、未经雕琢的作品被产出，读者互动和网站平台的介入，也会导致故事逻辑漏洞百出、遣词造句不严谨、人物形象塑造前后脱节、剧情进展拖沓累赘，甚至靠一些不雅的描写博人眼球。有些同学沉迷于网络文学，耽误听课、写作业时间，甚至不惜牺牲睡眠熬夜"追更"，将自己的学习任务和身体健康抛之脑后。以娱乐消遣为目的的、追求速度的“随意浏览”和“蜻蜓点水”式阅读,长此以往必然会影响学生的阅读方式。他们习惯将注意力放在自己感兴趣的内容上,导致对文字的审美力和耐力下降,他们将无法静下心来体悟经典文学所蕴含的深厚意蕴。但是,从调查结果来看,只有极少部分学生认为有不利影响,说明大部分学生有足够的信心和自控力去抵御、消解网络文学的消极面。

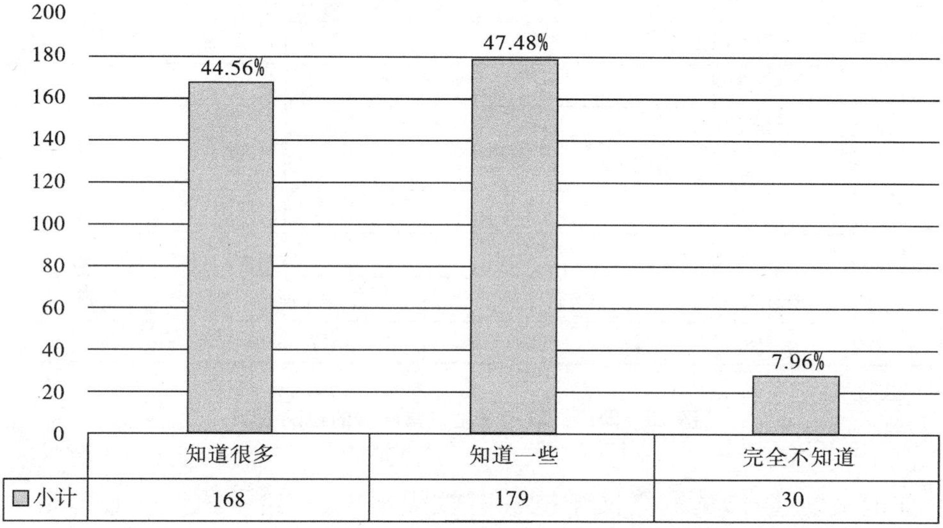

图 14　中学生对网络文学衍生产品的了解情况

近年来,由网络文学作品改编而成的电影、电视剧层出不穷。网络文学 IP 起源于网络,在被改编为影视剧之前已经积累了一大批的忠实粉丝,我们通常把这类群体称为“原著粉”。在影视化过程中,投资方通过网络文学的集群效应,将粉丝从原始文本引流至新媒介文本[①],能大幅带动播放平台的人气与点击率,愈来愈受到行业内的追捧,几乎占尽影视剧的大半江山,如热播的《甄嬛传》《琅琊榜》《庆余年》《赘婿》《长安十二时辰》《盗墓笔记》《三生三世十里桃花》《知否知否应是绿肥红瘦》《你是我的荣耀》《隐秘的角落》《香蜜沉沉烬如霜》《陈情令》《锦衣之下》《亲爱的热爱的》《周生如故》《开端》等都来源于网络小说。除电影、电视剧外,IP 改编的浪潮也波及了动漫、漫画领域,如《全职高

① 王梓睿:《网络小说 IP 影视化现象分析》,《现代视听》2018 年第 6 期。

手》《斗罗大陆》《魔道祖师》《从前有座剑灵山》《斗破苍穹》等都是改编自同名网络小说的人气动漫。面对这样一种跨媒介的文艺现象，如图 14 所示，超过 92％的同学有不同程度的了解，只有约 8％的同学对此表示“不知道”。

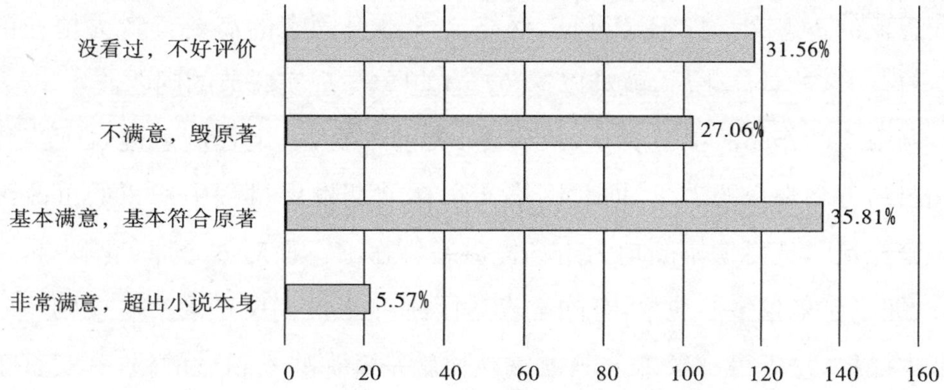

图 15　中学生对网络文学影视化改编成果的满意度情况

如图 15 所示，对于网络文学影视化改编的成果，只有 5.57％的同学非常满意，认为超出了小说本身质量，35.81％的同学基本满意，认为改编得基本符合原著，还有 27.06％的同学感到不满意，觉得“毁原著”。

一千个观众眼中有一千个哈姆雷特，经过交流，笔者发现，学生们对网络文学改编剧的负面评价主要集中在人物形象的塑造上。读者在阅读小说时，透过文字描绘，在心中对小说人物的容貌、性格特征已经形成“侧写”，众口难调，在现实中很难找到容貌、气质都完美契合原著的演员，更不用说在“粉丝效应”下，资本介入，选出的演员往往是当红明星，其稚嫩生涩的演技难以诠释人物复杂的性格。当今粉丝文化扩散，不仅是真人明星，小说、漫画中的虚拟人物皆有一批“唯粉”，不符合心理预期的影视角色塑造会给粉丝带来巨大的心理落差感，觉得自己喜欢的人物“被玷污了”“被毁了”，因而每当有新的网络 IP 改编剧官宣时，总会在评论区掀起一场犀利的“骂战”。

《全职高手》是被访者吴同学最喜欢的网络小说之一，对于由其改编而成的电视剧，吴同学这样评价：“《全职高手》我是动漫入坑，动漫看完了我才去看了小说，看了小说我又看了很多的同人文、同人图，脑子里就已经有他们的形象了，电视剧就比较毁，我特别讨厌那部剧……最失败的肯定是叶修人设偏离得太离谱了,原著里叶修给我的感觉是他非常强,也有会搞笑的点,但是在电视剧里他就被塑造成完全的宅男,什么都不懂,让人觉得不符合……杨洋他就不适合演这种,他就适合演那种校园男神,其他的演员我也不怎么认识,反正跟我想象的不怎么一样吧。”可见,网络文学本身固有的需要读者去填充的语义空白,一旦被具体化后,就难以避免产生想象与现实脱节的问题。[①]

网络文学作品故事节奏快、反转多、类型丰富,一定程度上迎合了当代影视剧出品方和观众的需求,同时网络文学在前期发展过程中积累的可改编资源十分充足[②],能源源不断地为市场提供新鲜血液。面对如今原创剧本越来越少,改编剧越来越多的现象,有同学表达了鄙弃之情:“反正国产电视剧一向都是资本操控,垃圾得一米嘛。IP改编纯粹就是赚那些女粉丝的钱,其实真正的热爱看网络文学的人是不会去看电视剧,反而是饭圈粉丝在那里炒作。其实IP改编也只是一个噱头,还是各自演员的粉丝会去看,真正看小说的人去看改编剧都是为了去骂那些改编剧的,因为改编得跟原著真的没什么关系。”如其所言,现阶段网络文学改编剧情节同质化问题严重。原著的故事内核截然不同,改编作品的剧情脉络却大同小异,让“原著”沦为噱头,自然会引起受众群体的不满。这些生产周期短、性价比高的流水线产品,在粉丝经济的带动下难免会压缩原创剧本的生存空间和发展前景。[③] 除了同质化的跟风拍摄外,小说的影视加工也受到了国家新闻出版广电总局相关法律规定的制约,一些题材涉及敏感话题,为过审做了改动和删减,甚至扭曲作者本来想要探讨的思想话题,强行扣上“伟光正”的帽子,这就无法还原小说本身的精妙之处,无疑会引起原著粉丝的不满情绪。

当然,也有一些改编剧受到了学生们的好评,如去年暑假热播的《你是我的荣耀》、今年寒假横空出世的“无限流”题材电视剧《开端》。《开端》的作者祈

---

① 张艳丽:《网络小说影视剧改编研究》,山东师范大学2018年硕士学位论文。

② 北方文学创作中心:《网络文学IP化热潮”将何去何从?》,https://mp.weixin.qq.com/s/Vak7jrdbNudMpWyPYzkIYg。

③ 北方文学创作中心:《“网络文学IP化浪潮”将何去何从?》,https://mp.weixin.qq.com/s/Vak7jrdbNudMpWyPYzkIYg。

祷君发微博称，电视剧出品方正午阳光邀请原著作者本人担任编剧，作者没有编剧经验，出品方手把手教剧本语言、格式和结构等一切专业知识。正午阳光素有“正午出品，必属精品”的美誉，其对待创作苛刻认真的态度是安身立命之根底。可见，一部艺术性、观赏性俱佳的作品的诞生，离不开原作者、导演、编剧、演员、幕后制作者的共同努力，需要立足原著，反复打磨角色和剧情逻辑，要能够坚守自身对创作的态度和思考，在观众的审美取向和市场收益之间寻找到平衡点。

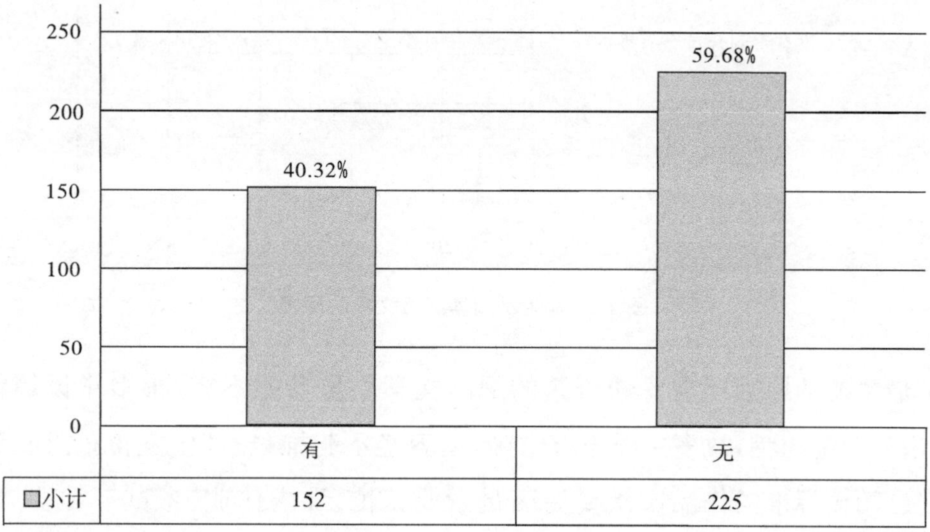

图 16　中学生网文创作情况

除了作业或考试任务外，中学生是否有过自发的网文创作经历？结果如图 16 所示，约 40％的同学表示“有”，约 60％的同学表示“无”。虽然有过自发创作经历的同学只占较小一部分，绝大多数都没有发表，甚至只有过三两个读者，但能从中看到学生们对生活的关注，对无功利写作的热忱，对把自己脑海中天马行空的想象落实于纸上的从容自信。如笔者实习所在班级的一位女同学，以擅长创作侦探小说在年级里小有名气；一位男同学虽不喜欢写白话小说，却常常模仿古人写诗作词来记录生活点滴、所思所想。一位受访同学说，自己已经在脑海中构思好三部小说，分别是《哈利比特》中斯内普教授的同人文，人气小说家唐家三少的同人文，以及一部都市刑侦文，待到高考后要把它们写出来。

在回收的560份有效问卷中，有377位同学阅读网络文学，还有183位同学不阅读网络文学，原因如图17所示。

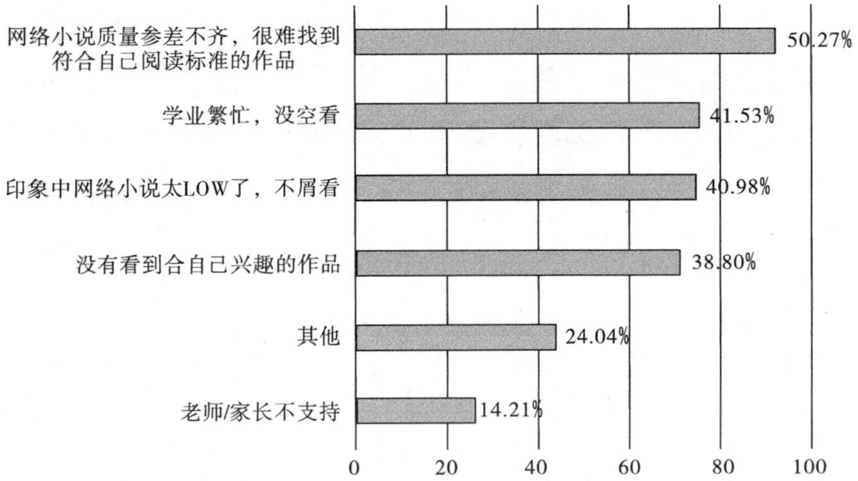

图17　学生不阅读网络文学的原因

最主要的原因还是卷帙浩繁的网络文学质量参差不齐，很多小说篇幅冗长，情节杂乱粗糙，故事主线不够清晰，内容经不起推敲，学生觉得很难找到符合自己阅读标准的作品。次要原因是学业繁忙，课内作业、考试劳神费力，学生分不出多余的时间与精力阅读网络文学。另外，网络上很多粗制滥造乃至下流低俗的小说给学生们留下"网络文学太LOW了"的刻板印象，不屑去看，一些同学评价道："99.9%的网络文学都是垃圾文学，不能给我带来任何帮助，浪费时间。""太烂了，写得很烂，什么总裁文，什么耽美，文笔很差。""内容黄色，语言粗俗，比不上纸质书的隽永之意。"此外还有"暂时没有看到自己感兴趣的作品""老师家长不支持"等原因。也有少部分同学是出于保护视力的考量，表示还是偏爱纸质书，"电子产品看久了，眼睛很累"。

中学生的网络阅读是为了娱乐而自主进行的活动，这种接触的方式首先就是绝对自由的、无外力干涉的，学生们不是为了什么而读，只是无功利地体验阅读的快乐。在无限开放、包容而又私人、隐蔽的网络空间中，中学生不再是那个在现实生活中时时被父母关切、被收归学校管理体系的"不成熟的未成年人”，而是作为一个个鲜明而独立的个体，自由自在地宣泄自己的喜怒哀乐，酣畅淋漓地表达对世界的看法。在这里，他们思想的光芒不再被压制，私人化的欲望也无须遮掩。而网络文学阅读本质上是一种以青少年为主体的文学活动，网络文学既对当下青少年的生存境遇、情感状态有着即时的反映，又寄托着青年们的心理需求和理想崇拜，形成一种双向的哺育。

当我们调查了中学生阅读网络文学的普遍性，以及深入分析了他们的接受方式、偏好、选择的标准和评价后，我们可以看到网络文学的影响已经实实在在地渗透进了校园，学生确实是网文阅读的重要群体。但同时我们也发现，中学生对网络文学的接受总体较为理性，并没有以影响学业为代价，并且在类型选择、作家作品的偏好方面既凸显了年轻一代的特点，也强调“文笔”等审美元素，在对网络文学评价方面，展现了自己的主体性。网络文学的确在丰富中学生认知、开拓中学生视野、培养中学生文学兴趣方面起到了正面的作用。当然，透过中学生的阅读书目，我们可以看到青少年真情实感的坦诚流露：除了对真善美的格外关照外，也有某种逃避和消极抵抗的心理因素。只有充分认识中学生网文阅读状况，才能更科学地对网络文学在中学生群体中的传播加以引导和纠正。

文学现场

2021中国网络文学发展研究报告*

中国社会科学院文学所"网络文学发展研究报告"课题组**

〔摘　要〕 网络文学被赋予用情用力书写中国故事，推进、助力全民阅读的新使命与新任务，展现出应有的社会责任和文化担当，呈现出继往开来、气象一新的风貌特质。首先，2021年，大众创作推进"题材转向"，网络文学成为反映当下时代生活和社会思潮的一面镜子。据阅文集团数据，过去五年现实题材复合增长率达34%，2021年增速为全品类TOP5；与此同时，科幻题材持续多年高增长，2021年新增作品数量为品类TOP5，已成网络文学五大品类之一。其次，2021年，网络文学已是全民阅读的重要组成部分，并持续为其注入新活力。网络文学是大众创作、全民阅读的中国故事，在文学阅读和数字阅读市场占有绝对优势。此外，2021年，网络文学海内外影响力持续攀升，成为讲述中国故事、建构和传播中国形象的重要载体。本报告立足中国网络文学现场，以重点网站、作品和作家为样本，以平台和调查机构公开数据、平台技术抓取统计和课题组调查数据等为支撑，对发展特征、脉络、走势等年度综合情况进行分析和判断，展现网络文学的发展成就和经验，客观评价网络文学的发展质量和社会贡献，摹画出全行业年度发展状况的全息画像，为全社会了解网络文学发展现状提供帮助。本报告从文化责任和内容题材变迁、作家读者变化、网文IP产业发展、网文出海进展和版权保护近况五个维度，综合阐述网络文学2021年度的变化与特征。

〔关键词〕 网络文学；大众创作；全民阅读；中国故事

---

* 该报告的正文于2022年4月7日发表于中国社会科学网。

** 《2021中国网络文学发展研究报告》课题组负责人：陈定家，中国社会科学院文学研究所研究员。课题组成员：汤俏，中国社会科学院文学研究所副研究员；桫椤，中国社会科学院文学研究所高级访问学者；王文静，中国社会科学院文学研究所高级访问学者；郑薇，中国社会科学院文学研究所高级访问学者；高寒凝，中国社会科学院文学研究所助理研究员。

引言　网络文学是大众创作、全民阅读的中国故事

中国网络文学经历二十余年的蓬勃发展，已从"小众创作"成长为今天成规模、成体系且有世界影响力的文化现象。"从总体上看，今日的网络文学已经改变了整个中国当代文学的发展格局……中国的网络文学在世界上独树一帜，打造了世界网络文学的'中国时代'。全世界没有哪个国家的网络文学能像中国这样发展得这么快，这么繁荣，这么有影响，成为一个产业，构成一个强大的社会文化现象。"①

2021 年，伟大的中国共产党成立一百周年，中国全面建成小康社会，网络文学进入了一个十分重要的转折年份。伴随"十四五"开局，党的十九届五中全会提出的到 2035 年建成文化强国的远景目标开始实施，网络文学被赋予用情用力书写中国故事，推进、助力全民阅读的新使命与新任务，展现出应有的社会责任和文化担当，呈现出继往开来、气象一新的风貌特质。

第一，2021 年，大众创作推进"题材转向"，网络文学成为反映当下时代生活和社会思潮的一面镜子。在时代的召唤下，党的百年奋斗路、脱贫攻坚和乡村振兴战略、"一带一路"和人类命运共同体、抗击新冠疫情等成为网络文学直面和聚焦的重大社会命题；在社会综合力量的引导下，各行各业一线从业者涌入创作队伍，用网文记录行业发展，时代风貌，侧写中国当代的经济腾飞与科技发展，彰显中国精神，展现中国气象。网络文学成为大众创作、普通人记录中国故事的重要手段。科幻、现实题材增速飞快，与玄幻、仙侠、历史等品类逐步呈并驾齐驱之势，网络文学内容题材多元化格局业已形成。据阅文集团数据，过去五年现实题材复合增长率达 34%，2021 年增速为全品类 TOP5；与此同时，科幻题材持续多年高增长，2021 年新增作品数量为品类 TOP5，已成网络文学五大品类之一。

第二，2021 年，网络文学已是全民阅读的重要组成部分，并持续为其注入

① 欧阳友权：《网络创作能否打造文学经典》，《上海文化》2021 年第 8 期。

新活力。网络文学是大众创作、全民阅读的中国故事,在文学阅读和数字阅读市场占有绝对优势。第 49 次《中国互联网络发展状况统计报告》显示,截止到 2021 年 12 月底,我国网民总规模为 10.32 亿,互联网普及率达到 73.0%,互联网应用规模位居世界第一。截至 2021 年 12 月底,我国网络文学用户总规模达到 5.02 亿,较去年同期增加 4145 万,占网民总数的 48.6%,读者数量达到了史上最高水平。网络文学是年轻人爱看的中国故事,读者中"Z 世代"持续涌入,为全民阅读注入活力和新生力量。据阅文集团数据,起点中文网 2021 年的新增用户,95 后占比超 60%。便捷传播的"好故事"飞入千家万户,有效拓展了社会数字阅读的广泛性、精品化和可能性,网络文学在全社会精神文化生活中发挥着越来越重要的积极作用。

第三,2021 年,网络文学海内外影响力持续攀升,成为讲述中国故事、建构和传播中国形象的重要载体。一方面,网络文学生产机制进一步优化,全行业呈现出可持续发展的强劲动力,网文 IP 的全链路开发,跨时代的 IP 生命力,有效地释放了其文学价值和商业能力,彰显了网络文学跨文化领域、跨媒介传播的张力,为影视、动漫、游戏、有声读物等提供优质内容,为下游文化产业的高质量发展夯实了基础,实现了立体化传播和影响力指数级增长。另一方面,无国界的互联网使网络文学向世界敞开,瑰丽的想象、精彩的故事、强烈的代入感吸引了世界五大洲的读者,海外用户数量超过 1 亿;从内容出海到生态出海,从文字出海到 IP 出海,网络文学成为外国人了解中国、学习中华文化的重要渠道;具有文化原创性的中国网络文学创作生产模式"成套"输出,有 20 多万名外国作者开始使用自己的母语在中国网络文学海外网站创作小说,海外原创小说上线近 40 万部。

本报告立足中国网络文学现场,以重点网站、作品和作家为样本,以平台和调查机构公开数据、平台技术抓取统计和课题组调查数据等为支撑,对发展特征、脉络、走势等年度综合情况进行分析和判断,展现网络文学的发展成就和经验,客观评价网络文学的发展质量和社会贡献,摹画出全行业年度发展状况的全息画像,为全社会了解网络文学发展现状提供帮助。以下,将从文化责任和内容题材变迁、作家读者变化、网文 IP 产业发展、网文出海进展和版权保护近况五个维度，综合阐述网络文学 2021 年度的变化与特征。

一、网络文学实现题材转向，现实、科幻内容崛起

在新时代的吁求下，国家、社会和平台多年号召、扶持和引导，网络文学自身创新发展诉求等的共同作用，我们看到，网络文学表现出承接书写中国形象、中国故事时代命题的内容势能，2021 年传递出了明确的“转向信号”：现实题材和科幻题材快速崛起，历史仙侠等传统题材表现出精神内核蜕变的力量，多元化内容格局已经成型。这并不意味着近几年来崛起的现实题材等一系列题材、类型相对细分的网络文学作品，都是无视网络文学的创作传统与创作规律的“急就章”，事实上它们更像对过往被遮蔽、被忽视的各种创作潮流的挖掘、改造与“再发现”，仍然是一种内在于网络文学发展脉络之中的创作实践。

如今，网络文学以其立足当下的现实题材，展望未来的科幻题材，继承传统文化元素的历史、仙侠题材和日益攀升的海外影响力，成为“讲好中国故事”的重要文艺载体之一。

（一）网络文学成为普通人记录当代中国的重要载体

面对新的文化责任，网络文学对现实的关切程度达到前所未有的高度。现实题材以“小众”之姿、“黑马”之貌快速崛起，高速发展。根据阅文集团数据，现实题材 2016－2021 五年内复合增长率达 34%，位于全类目第二，也是 2021 年增速 TOP5 的品类。与此同时，第五届现实题材网络文学征文大赛共有 19256 人参赛，同比增长 40.6%；参赛作品共计 21075 部，同比增长 42.4%，参赛作者和作品数量再创历史新高。

随着征文大赛、创作培训等活动的举办，现实题材在网络文学创作中的影响力持续扩大，各行各业涌现出众多优秀的创作者。网络文学作者队伍展现出不俗的知识结构、专业水平和高学历倾向，根据自己行业的实际经验，写出了更加多元、专业而立体的现实题材作品。例如，阅文集团“白金”“大神”作家中，大学以上学历的人数超过 75%，其中理工科占比超 60%，包括教授、技工、律师、法官、军人、医生、编剧、白领等各类职业技术要求较高的种类，行业技术

含量十分“硬核”。据统计,网文作家创作角色职业覆盖超过 188 种,医生、运动员和互联网从业者是网络作家笔下最青睐的三个职业。

现实题材写作呈现以特定的行业为背景,将主人公的职业发展道路与时代变迁、民族复兴相结合的趋势。继真熊初墨的《手术直播间》、手握寸关尺的《当医生开了外挂》相继完本之后,志鸟村的《大医凌然》也于 2021 年连载完结,救死扶伤的医生行业文热度持续走高;卓牧闲的《老兵新警》则将禁毒民警的日常工作上升到国家安全的高度;留学于意大利博洛尼亚大学的“95 后”新生代作家眉师娘首开《奔腾年代——向南向北》,聚焦改革开放后青年群体的成长奋斗历程,记录父辈入海南经济特区的打拼史;阿加安的《在阳光眷顾的大地上》描写中国工程人在非洲披荆斩棘 20 年,推动中非合作和非洲工业建设的艰难历程与悲欢离合;人间需要情绪稳定的《破浪时代》讲述中国手机制造发展史;匪迦的《北斗星辰》倾情讴歌不为常人所知的导航卫星研发者科技报国的情怀;殷寻的《他以时间为名》为读者开启敦煌壁画修复领域的职业画卷;花潘的《致富北纬 23 度半》结合自身经历,书写科技扶贫的故事;我本疯狂的《铁骨铮铮》、胡说的《扎西德勒》扎根基层现实、聚焦西部发展,致敬时代工匠、讴歌家国情怀。此外,更有为冬奥会发光发热、奔波忙碌的工作人员,计划将这一段宝贵的经历融入创作,写出一部以冬奥为背景的新书。

“行业文”原本就是网络文学、类型文学中的常见品类,早在题材转向之前就已经积累了大量忠实读者。这类作品往往兼具知识性与趣味性,擅长用引人入胜的故事带领读者探索一个个全新的职业体系;又或是借陌生而新异的工作环境为背景,讲述主人公们的爱恨纠葛。例如聚焦影视行业的《文艺时代》《制霸好莱坞》,描写钢铁行业的《重生之钢铁大亨》等。而当题材转向的浪潮自上而下、由外而内地冲击着整个网络文学产业时,“行业文”作为天然的现实题材作品便迅速地浮现出来。不过,相对于更强调娱乐性和故事性的传统“行业文”,题材转向之后的这批作品,由于明显地展现出对时政、民生等问题的关切,以“行业背景现实题材小说”称呼或许更为恰当。除此之外,广泛流行于女频网站中的“年代文”,也展现出对于新中国成立后至改革开放时期中国当代史的描摹,以及对身处历史潮流中的普通人命运的关怀,呈现出网络文学题材转向的又一重路径。

2021 年，网络文学现实题材创作展现出不俗的潜力。越来越多的一线工作者和亲历者用网络文学记录行业变迁和时代风貌，传播专业知识，汇聚成了中国当代故事的宽阔切面，勾勒出中国当下最火热的现实，绘制了壮丽多彩的时代画卷。这既是中国网络文学对中国梦的即时反映，也是站在新的历史起点上对全球视域下中国故事的多样性创新表达，更是文化强国战略中网络文学主动担当的时代使命。兼具现实性与专业性的大众创作成为网络文学现实题材中全方位记录、映射时代背景与社会心态的上佳承载。

(二)网络文学的文化传承、媒介变革与内容创新

早在 2015 年，学界便梳理了网络文学的历史参照与文脉发端："冯梦龙们→鸳鸯蝴蝶派→网络类型小说是有承传关系的中国古今市民大众文学链。冯梦龙们是木刻雕版时代的传媒，鸳鸯蝴蝶派是机械印刷时代的传媒，而网络小说是去纸张、去油墨化时代的传媒。它们与科学技术的发展也是相对衬相呼应的。……如果再往古代追溯，网络小说实际上是上承变文、志怪、传奇、话本、明清小说、鸳鸯蝴蝶派和金梁古、琼瑶为代表的港台通俗文学的轨迹，而它又比前辈眼光更为阔大，还嫁接了日本动漫、英美奇幻电影、欧日侦探小说等多种国外元素，就渊源之深广复杂而论并不在纯文学之下。"①网络文学作为一种通俗文学类型，即使生于网络兴于网络，在媒介传播、创作方式和叙事结构上与传统文学有天翻地覆之别，依然不妨碍其创新表达和精神内核中对优秀传统文化的承续与弘扬，中国古典文学的基因根种其中。

直到今天，武侠依然是网络文学中的重要类别，而由武侠小说裂变而来的玄幻、仙侠等类别佳作频出。如果说，过往《风起陇西》《雪中悍刀行》《后宫·甄嬛传》《绾青丝》《琅琊榜》时期的网文作品，是对古典文学高超艺术成就和审美无意识的认同和模仿(模仿《红楼梦》或金庸武侠)，2021 年网络文学对传统文化的继承和发扬则有两大显著特点：

---

① 范伯群、刘小源：《通俗文学的传统与网络类型小说的历史参照系》，《中国现代文学研究丛刊》2015 年第 8 期。

第一,主动调动传统文化宝库和古典文学资源,将传统文化与现代精神相结合。以男频为例,言归正传作品《这个人仙太过正经》以《山海经》等神话传说为故事背景,用网络文学诙谐幽默、"思想迪化"、现代化的语言和讲述方式,对古代传说做了新解。无独有偶,起点中文网 2021 年连续 5 个月稳居悬疑类月票榜第一的作品《镇妖博物馆》,也融合了《搜神记》《山海经》《聊斋志异》等华夏千年的神话传说、志怪传奇,在现代都市语境下讲述精怪妖魔的故事。女频古代言情创作除对社会风貌、历史背景、诗文辞赋、意象符号的继承外,写作手法也不断创新,将针灸、茶道、制瓷等更多非物质文化遗产融入主角的职业背景中,一方面在故事创作上更丰富细腻,另一方面对读者也起到了科普作用。如吱吱的《登堂入室》将制瓷技术的改革创新融入女主宋积云的成长故事;锦凰的《我花开后百花杀》融合香学、茶道、美食、妆容等中华传统元素。

第二,主人公的个人奋斗与家国叙事相结合。"侠之大者,为国为民",中国的侠文化深受儒家文化影响,以行侠仗义、救国救民、匡扶社稷为精神内核。但在以《诛仙》《斗破苍穹》为代表的仙侠、玄幻小说中,为了自我理想而奋斗,"逆天改命"成为侠文化的另一个意义层面,这与"80 后"追求个人奋斗的时代背景息息相关。但随着年轻一代在大国崛起叙事中成长起来,国际局势的变化提升了民族自豪感,网络文学的侠义精神和包裹在古典表达下的精神内核也发生转向,主人公的个人奋斗再度与家国叙事相结合。以榴弹怕水的《绍宋》为例,主角大学生赵玖机缘巧合之下穿越到宋朝,身附以明哲保身著称的皇帝宋高宗赵构身上,面对覆灭的北宋,赵玖拒绝百官南下的提议,决定留在中原抗金,力求一洗"靖康之耻"。抵御外敌、联合抗金、救国救民……《绍宋》故事情节和人物塑造始终围绕着家国情怀和大一统国家特点,表明中华民族深厚的爱国传统和民族情怀。千桦尽落的现象级古言作品《嫡长女她又美又飒》,塑造了新版名门女将的群像,展现了众多忠君爱国、坚守民族气节的情景,唤起了年轻一代读者对家国命运的关注。该书在书粉圈和行业中都大获好评,荣登艺恩数据评选的 2020 年阅文女频年度好书推荐榜,2021 阅文年度好书榜单女频 TOP1。

当网络文学成为中国传统故事创新表达的载体之一时,网络文学对传统文化的继承、延续与创新，也就不是停留在文字和故事层面，而是深入到了精神内核中，这不仅有利于知识的普及，也使基于传统文化知识内化的人文精神和价值观对读者产生了正向的影响。

(三)科幻网络小说的多样化发展与精细化运营

网络文学发展史中另一个值得关注的现象，则是科幻题材网络小说的崛起。作为一个曾经看起来与网文“无关”，很难适应网文创作方式的小说类型，科幻小说在题材转向的冲击之下，实现了逆势增长。根据阅文集团数据，2021年科幻作品新增数量位居全品类 TOP5，科幻已成网络文学五大品类之一。

从内容上看，科幻网文已经成为了科幻小说本土化的重要路径之一，是中国科幻故事的重要组成部分。

在过去的 5 年间，仅阅文集团旗下的网站，曾经创作过科幻小说的作者数量增长 189%，达到 51.5 万人次，其中，90 后作者占比超过 70%。除了作者群体的壮大，科幻题材网络文学的创作成绩也十分瞩目。据统计数据，2021 年，超 22%的阅文头部作家创作过科幻作品，有多部科幻或与科幻相关题材的作品登上起点月票榜前十。例如会说话的肘子《夜的命名术》打破多项平台记录；爱潜水的乌贼以游记式的松散结构构筑新型科幻作品《长夜余火》；黑山老鬼《从红月开始》描摹人类精神困境的新奇象征；而天瑞说符的《我们生活在南京》更是斩获了中国科幻小说最高奖项“银河奖”，这也是他继《死在火星上》之后的又一部荣获银河奖的作品。

科幻小说在网络文学界的逆袭，一方面显然受到热门科幻小说《三体》和现象级电影《流浪地球》的影响；另一方面，尽管科幻小说是明显的幻想题材，似乎与现实主义相抵触，但事实上科幻小说和现实题材作品都与科学理性有着极为深刻的关联，可以说是同根同源。因此，将科幻小说的崛起视作题材转向浪潮的重要组成部分，是毫无问题的。题材的繁荣不仅体现在作品上，也反映在商业动向上。2021 年 12 月 28 日，起点中文网发布公告，为鼓励题材多元化发展，有针对性地扶持“硬科幻”，起点将原有的科幻品类拆分为科幻与“诸天无限”，使得“诸天流”和“无限流”这两种包含科幻元素，但又和传统意义上强调科学创意和技术理性的“硬科幻”相距甚远的网文类型，从原本的“科幻”

品类中独立了出来。如同言情品类逐步拆分为古言、现言一般,对于平台来说,科幻品类也随着崛起和繁荣进入精细化运营阶段。

网络文学有全新的科幻话语体系,传统科幻母题在网络文学里生长出一系列新的融合写作方向,催生了众多优秀作品。如今,网络文学已是中国科幻小说的重要组成部分,展现了中国故事未来叙事的新可能。

二、网络文学推动全民阅读,Z世代引领新气象

网络文学发展初期,互联网媒介的嬗变降低了写作与阅读的门槛,带来了全民写作和阅读的井喷,收获了丰富的作品、巨大的经济效益和各方的关注,也成为千禧年后满足社会精神生活和文化消遣需求的重要内容出口。[①] 经历二十余年的发展,网络文学在社会影响、经济效益和文化输出等方面都取得了引人瞩目的成就,成为中国当代文学的重要组成部分、全民阅读的重要内容供给,深刻影响了当下社会的阅读方式、文化传播和文化产业。如今,网络文学已是全民阅读的重要组成部分,并以其对Z世代的影响力,深刻影响着全民阅读的面貌和未来。

(一)网络文学已是全民阅读的重要组成部分

网络文学在文学阅读和数字阅读市场占有绝对优势。第49次《中国互联网络发展状况统计报告》显示,截止到2021年12月底,我国网民总规模为10.32亿,互联网普及率达到73.0%,互联网应用规模位居世界第一。截至2021年12月底,我国网络文学用户总规模达到5.02亿,较去年同期增加4145万,占网民总数的48.6%,读者数量达到了史上最高水平。

根据第三方机构QuestMobile数据,网络文学用户男性占比50.70%,女性占比49.30%,男女分布持平。从城市数据来看,网络文学在各线级城市分布均匀,截至2021年11月,网络文学用户一线及新一线城市占比24.81%,二

① 参见黎杨全:《虚拟体验与文学想象——中国网络文学新论》,《中国社会科学》2018年第1期。

线城市占比 17.92%，三线城市占比 24.69%，四线城市占比 16.57%，五线及以下城市占比 16%。其中，北京是网络文学用户最多的城市，其次是上海、重庆、广州、成都。从省份来看，山东是网络文学阅读大省，前五省份依次是山东、江苏、河南、河北、浙江。

网络文学培养了用户使用智能手机等电子设备，充分利用碎片时间开展阅读活动的良好习惯。而推广“全民阅读”的思路，也绝不仅仅只是“鼓励更多人爱上阅读”，“拓宽阅读行为发生的场景与时段”亦是题中应有之义。如今，网络文学的读者群体已经覆盖全国所有省、直辖市和自治区的不同地域，无论是从读者的绝对数量还是分布范围来看，网络文学的“全民阅读”浪潮，已成不可阻挡之势。

（二）“Z 世代”读者成新增主体，引领网络文学新气象

从年龄分布来看，95 后成为网络文学读者的新增主力，为全民阅读带来新增量。2021 年，阅文旗下起点读书 APP 新增用户 95 后占比超 60%。Z 世代读者作为“网生”一代拥有与生俱来的数字化生存体验，他们具有更为灵活、敏锐和前沿的网感，和同年龄段的作者之间也更容易形成良好的互动关系，2021 年，阅文全平台累计评论超 100 万的作品增长量，同比增长 30%，起点读者在 17 万部作品中，创作了新的章评和段评内容，“埋梗”和书评、吐槽和“催更”，进一步圆融着网络文学沉浸式的写与读。

当 Z 世代成为读者主力时，作为最贴近读者的文学形式，Z 世代的行为方式、价值取向和精神特征也深刻影响了网络文学的内容构成和价值培育，呈现了与以往不同的风貌气象和精神境界。

首先，Z 世代的网文审美更加多元，既爱读都市、仙侠、历史作品，也热追科幻、现实、轻小说。科幻、现实题材的崛起离不开社会的引导和作家的创新，更离不开读者真金白银的支持，创作数量的增多也是市场审美取向的转变。据阅文集团数据，科幻题材读者 95 后占比达六成，现实题材读者 Z 世代占比超四成。与 2020 年相比，科幻题材付费人数增长率位于全站第一。

其次，随着网络文学的精品化、主流化以及题材转向趋势显性化，阅读网络文学不再只是茶余饭后的消遣娱乐，而逐步成为了 Z 世代的知识学习入口。

有读者表示:“我会通过网文进入一个不太熟的领域。比如看完《鬓边不是海棠红》后,我又去读了大量科普书籍和老一辈京剧人的传记回忆录。读完刑侦缉毒的网文后,又去读了许多关于刑侦技术、犯罪研究的书籍。读完以某个朝代为背景的网文,再去读关于这个朝代的学术书会更容易进入。”[①]越来越多的读者,也会在评论区激烈探讨网文中涉及的“硬核知识”,比如晨星 LL 的《学霸的黑科技系统》激发“野生课代表”围绕“周式猜测”“孪生素数猜想”“角谷猜想”等自发整理知识点、答疑解惑,形成“科普氛围组”;很多书友在天瑞说符《我们生活在南京》下,探讨无线电知识;也有读者在吱吱《登堂入室》的书评区里,贴上了书中引用的古代艺术品“象牙玲珑球”的样子。据阅文集团旗下起点读书 APP 统计,仅 2021 年一年,“知识”这一关键词在书评区出现达 13 万次,“物理”出现 7 万次,“化学”出现 1.6 万次,连“高数”都出现超 5000 次。

最后,Z 世代成长于崛起后的中国,民族自豪感表现更强烈,这既展现在网络文学的创作中,也蕴藏在网络文学的书评区内。除前文所述网络文学的家国叙事转向外,网络文学的读者也表现出了更积极的爱国情怀和民族自豪感。据阅文集团旗下起点读书 APP 统计,仅 2021 年一年,“中国”一词在读者评论中累计出现超 30 万次,过去 3 年累计近百万次。“爱国”提及次数达 1.5 万次。在书评区,随处可见的是读者在作品情感的激发下,表达出对中国传统文化、科技发展等软硬实力的骄傲之情。如有读者给阎 ZK《镇妖博物馆》留言:“字里行间闪耀的,是民族五千年来思想碰撞、锤炼、铸造的光芒。这既是我们民族的历史,也是我们民族曾经的传奇。”也有书友在卓牧闲《老兵新警》的书评区表达对人民警察的敬意:“没有人生而英勇,他们只是选择了无畏。他们用汗水、鲜血乃至生命,为国家安全、社会公共安全、人民生命财产安全筑起了一道坚不可摧的铜墙铁壁,用实际行动兑现了‘人民公安为人民’的庄严承诺!今天是人民警察节,在这里我借书友圈向所有人民警察致敬!你们辛苦了!”

我们可以看到,Z 世代的涌入深刻影响了网络文学的创作取向、精神风貌

---

① 参见《谁在教外国人写爽文》,《商业就是这样》2022 年第 53 期,小宇宙 APP 留言区,https://www.xiaoyuzhoufm.com/episode/621f3a9480d96d687e981aca?s=eyJ1IjogIjVlODFkMjJlMGE3YmQ4MDljMmViMjFjMSJ9。

和价值功用。网络文学凭借其丰富的想象力，一线的互动交流和春风化雨的优势，不仅创造了年轻人最爱看的中国故事，发挥着文学作品的正向价值引导作用，也成为不断吸纳新读者、新作品，拓宽全民阅读疆域和内容的重要组成部分。

三、保护、激活创作生态成网络文学行业重点

2020 年起，网络文学平台与作家关系发生转向，创作生态建设成为行业发展全新命题。保护、激活创作生态成为网络文学行业重点，创作端的活力本质上就是网络文学的生命力。年轻作家的创作活力、提升中腰部作家的创作潜力、版权的保护与治理等成为观察网络文学创作生态未来发展趋势的重要切口。

（一）激发创作活力，“Z 世代”成网络文学接班人

2021 年，网络文学作家队伍年龄构成范围更加广泛，基本覆盖各个年龄段。上至年逾古稀，下至双十年华，都在网络平台连载作品。创作中坚力量持续输出，以爱潜水的乌贼、吱吱等为代表的“80 后”头部作家依然以实力和人气备受瞩目；以会说话的肘子、榴弹怕水、老鹰吃小鸡、卖报小郎君、言归正传、锦凰、千桦尽落、叶非夜为代表的“90 后”作家更是以亮眼数据和斐然的成绩频频摘得桂冠。

更突出的趋势是，年轻一代网文作家的快速成长——“95 后”以崛起之势成为网络作家中占比最多、增长最快的群体。根据中国作协网络文学中心发布的《2020 中国网络文学蓝皮书》显示，“95 后”已成为创作主力，自 2018 年以来实名认证的新作者中“95 后”占比达到 74%。而阅文集团数据显示，2021 阅文新增作家中“95 后”超八成，2021 网络文学榜样作家“十二天王”中近半数为“95 后”，2021 作家指数 TOP 1000 的新面孔中“95 后”占三成，2021 新晋大神作家中四分之一是“95 后”。2021 年 7 月，中国作协网络文学中心还特地面向“90 后”网络作家开设青年创作骨干培训班，32 名来自全国各地的“90 后”优秀网络作家参加了培训。2021 年的中国网络文学影响力榜也针对“90 后”作家

特别增设“新人新作榜”,我会修空调、言归正传、柠檬羽嫣、耳东兔子、七月新番、浮屠妖、疯丢子、海胆王、萧瑾瑜、懿小如、枯玄等一批“90后”“95后”作家一起入围。网络文学海外市场的数据也显示,年龄分布上25岁以下的年轻人为创作主力。

由于新生代作家的兴趣偏好和关注领域愈加丰富和前沿,他们创作的作品也呈现出多元化、交叉化的特点。具体到创作内容生态上,则表现为过去一些较为小众的题材在“95后”创作中成为主流。玄幻、悬疑、校园题材仍然持续走高,科幻、轻小说、电竞、二次元等类型特征明显的题材全面兴起,轻小说和科幻则跻身“95后”作家最爱创作题材TOP5,极大地丰富了网络小说的内容生态。

在一些传统题材的写作上,Z世代作家也很注意突破旧有框架,以创新变种的元素赋予经典题材以新面貌。比如“95后”作家轻泉流响的创新作品《不科学御兽》开创了“御兽流”的新写法,新生代科幻作家代表天瑞说符获中国科幻最高奖“银河奖”的作品《我们生活在南京》,被称为“完成硬核科幻成就唯美故事的‘新科幻’实验”。

与此同时,不少年轻作家将笔触置于讲述中国故事的现实题材,生于1998年的眉师娘创作的《奔腾年代——向南向北》斩获第五届现实题材网络文学征文大赛特等奖,描写1988年设立海南为经济特区的时代背景下,一群浙中小城的年轻人南下闯荡成为“闯海人”的故事。

与此同时,网络文学平台也十分重视年轻作家队伍、中腰部作家的建设与成长。例如2021年6月,阅文集团发布了全新的青年作家扶持计划,并提出“三个一倍”的发展目标。2021年底,阅文集团宣布,其中腰部作家数量增长超三成,更健康的作家生态已经形成。

(二)加强版权保护,推动综合治理,促进有序繁荣

作家创作是网络文学的第一生产力。随着网络文学发展成为文化产业重要的IP源头,版权保护直接影响着创作是否可持续高质量发展。由于数字化文本形态存在拷贝和转录的便捷,盗版现象一直是寄生在网络文学躯体上的一颗难以割除的毒瘤,不仅侵害创作生态,更侵蚀行业发展的根基。

1. 盗版猖獗严重干扰行业发展秩序

盗版规模日益扩大，严重打击创作热情。《中国网络文学版权保护白皮书2021》数据显示，2020 年，中国网络文学整体市场规模为 288 亿元人民币，盗版损失规模同比 2019 年上升 6.9%，达到 60.28 亿元，盗版损失规模占总体市场规模的 21%。与此同时，85.4%的作家遭遇过侵权盗版事件，频繁遭受侵权盗版的比例高达 42%。约 60%的作家认为，侵权严重损害了创作者和平台双方的利益，并严重打击创作热情。

盗版网站窃取正版内容的速度不断提升，扰乱创作秩序。借助技术升级，盗版行为秒速窃取、同步更新屡见不鲜。2021 年 2 月 IP 改编剧《赘婿》热播，由影视带动了原著阅读热，阅文旗下平台原著日均阅读人数提升了近 17 倍。与此同时，盗版平台快速上线，有关“赘婿 TXT”关键词的盗版链接，高达 400 万条。盗版平台通过搜索引流等方式将部分新增读者转化为盗版读者，更有甚者，盗版网站会抢先发布知名作者的新书，诱导粉丝阅读。

盗版传播违规内容，败坏行业声誉。除了盗版平台和移动端入口，盗版内容通过自媒体平台、网盘、微博、贴吧、论坛、公众号、TXT 站点下载、问答网站、社群分享等更具有隐蔽性的渠道传播。这种隐蔽性的传播渠道使得盗版网文平台成为传播违规、违法内容的温床，严重败坏了网络文学的社会声誉。

盗版黑产链条成形，治理难度加大。盗版平台往往在境外设置服务器，并形成了搭建网站、购买软件、获取广告、宣传推广、资金结算的完整黑产链条。在长期发展中，盗版平台积累了大量流量，依赖搜索引擎、移动应用市场、网络广告联盟等利益相关方变现，复杂的利益输送方式和链条增加了盗版治理的难度。

屡禁不止的盗版严重干扰了行业发展秩序，给网络文学以及整个文化产业的可持续发展带来了不利影响。

2. 进一步提高版权保护意识，加大监管力度、打击力度和宣传力度

2021 年，伴随依法治国基本方略的深入实施，依法打击盗版，实施综合治理，有效保护网络文学创作者、平台方以及 IP 开发方的合法权益已经成为全行业的共识。

头部企业坚持维权专业化和常态化。阅文集团的知识产权管理团队不断完善技术监测机制,对PC端、APP端、微信公众号、网盘和音频等五个重点渠道全方位监测。2020年法务侧共计投诉下架网页链接1208万条,仅搜索引擎渠道平均侵权链接嗅探数量达20余万条/周。针对第三方盗版平台,日常监测时已对所有侵权盗版行为取证和存档,为后续维权做好准备。自2021年开始,还增加了针对热播IP剧原著的专项盗版扫描和维权行动。掌阅设计搭建了可管理海量内容版权的版权支撑系统,拥有3重预警机制、17项版权风险识别、5种风险应对方案。爱奇艺、中文在线、咪咕等网站,也在监测和维权服务方面做到了专业化和常态化。

官方持续推进依法打击盗版侵权。由国家版权局会同国家互联网信息办公室、工业和信息化部、公安部开展的"剑网"专项行动已进行17年,"剑网2021"将打击网络侵权盗版作为版权执法的重中之重,重点整治5个领域的版权秩序,包括进一步加强对社交平台、知识分享平台的版权监管,巩固新闻作品、网络音乐、网络文学等领域专项治理成果。2021年6月,国家版权局、全国"扫黄打非"办发布2020年度全国打击侵权盗版十大案件,其中北京"10·24"侵犯网络文学著作权案,违法人未经著作权人许可,在其运营的10余个APP上向用户提供侵权网络文学作品5072部,北京市海淀区人民法院以侵犯著作权罪宣判该案。因涉案人员众多,涉案作品数量大,非法经营额高,该案判决引发行业广泛关注,对打击网络文学侵权盗版、推动网络文学繁荣健康发展有重要意义。

新《著作权法》成为网络文学版权保护的"尚方宝剑"。党的十八大以来,我国知识产权法制建设取得了显著进展,经过三次修订的《著作权法》于2021年6月开始实施,着力解决制约著作权发展和保护的瓶颈问题,特别是针对以往侵权惩治力度不够的问题,修订之后对损害赔偿额的计算方式进行了优化,增加了惩罚性赔偿,提高了法定赔偿的上限,提高了违法成本,对盗版侵权行为产生了威慑力,也从国家层面对广大作者以及整个行业起到了最权威和专业的保护作用。配合新法实施,中国作协修订了《作家维权实用指南》,内容包含《最高人民法院关于审理侵害知识产权民事案件适用惩罚性赔偿的解释》等司法解释，《图书出版合同》《信息网络传播权授权合同》等常见条款解读等，更适应新形势下的著作权保护需要，也为广大作者维护自身权益提供了依据。

在相关法律和政策的加持下，还需要进一步强化对网络文学版权保护的宣传力度、监管力度和对侵权行为的打击力度，形成自上而下综合治理的常态。网络文学行业应联合政府机构，加强对搜索引擎、移动应用市场和网络广告联盟等服务提供商的监管，敦促平台做到常态化自查自纠，对明知是盗版内容仍提供网络信息传播服务的相关平台，追究连带责任。要从盈利源头斩断盗版利益链条，使盗版网站无利可图、难以生存，彻底切断盗版网站内容传播链条，从源头上消除盗版滋生的土壤。

保护版权，就是保护作家的创新力，保护文化创意产业源头的驱动力和推动力。我们期待健康良性的行业生态环境，让网络文学成为助力文化产业可持续发展的生力军。

四、网络文学 IP 全链路系列化高质量开发启新篇

（一）现象级爆款巩固影视化语境中的网文地位

2021 年 2 月发布的《2019—2020 年度网络文学 IP 影视剧改编潜力评估报告》显示，前两个年度的网文 IP 拉动下游文化产业总产值累计超过 1 万亿元。作为网络文学产业化的重要途径，影视剧是塑造中国形象、讲述中国故事最直观、最受用户关注的形式。2021 年，网络文学为影视剧创作提供了更加优质丰富的内容和创新多元的形式，催生了多个头部剧集和现象级爆款，成为影视剧改编的主角。

从豆瓣对 2021 年度剧集的百度指数排名看，TOP20 榜单中包含了《赘婿》《雪中悍刀行》《上阳赋》《你是我的荣耀》《司藤》等 12 部改编自网络小说的作品，涵盖了喜剧、玄幻、历史、都市等各题材领域。在猫眼研究院对该年度剧集市场的观察数据中，网文 IP 改编剧在热度榜 TOP10 中占有 8 席，头部剧集高达 80%的占比体现了网文在内容开发上的潜力。由同名小说改编的网络剧《赘婿》正片有效播放达 48.49 亿；改编自同名小说的《斗罗大陆》截至收官播

放量逾 43 亿,连续 27 天在骨朵热度排行榜排名第一。

灯塔数据关于 2021 年网络电影分账票房的榜单显示,根据《鬼吹灯》改编的《黄皮子坟》《黄皮幽冢》分别以 3190 万和 2622 万冲进 TOP10,根据《赘婿》改编的《赘婿之吉兴高照》也获得了 2600 万票房,彰显出网文 IP"超长待机"的蓄能优势。

在建党百年的背景下,网络文学 IP 影视化的头部作品还表现出浓郁的"国风"气质和昂扬的时代特征。《赘婿》《雪中悍刀行》《风起洛阳》《锦心似玉》等古装剧集在聚焦主人公乐观向上、砥砺奋斗的个人史同时,也弘扬了诚信仁义、守护正义、惩恶扬善等中华优秀传统文化。根据《军装下的绕指柔》改编的《爱上特种兵》,根据同名小说改编的《你是我的荣耀》等作品则通过反映不同职业背景下年轻人的成长历程,表达出新时代青年对家国情怀的阐释。

(二)全链路改编激发 IP 转化的强劲势能

随着 IP 转化形式的不断优化和完善,网络文学在影视改编方面成绩显著,动漫、有声、短剧以及线下文旅和衍生品等全方位、全链路的运营转化为用户提供了 IP 内容"放大效应",不同的艺术形式联动促成了网络文学多形态输出的破圈之旅。

2021 年,以传统文化和中国式表达为主要特征的国漫创作实现了行业实力的整体跃升,在公版 IP 为院线动漫电影提供滋养的同时,网文 IP 改编的中国动漫也达到了历史最高水平。全年上线的 114 部青少年动漫剧新作中,IP 改编作品有 72 部。根据网文 IP 改编的《斗罗大陆》《大奉打更人》《风起洛阳之神机少年》《凡人修仙传》《天宝伏妖录》《第一序列》等作品涵盖了侠义江湖、青春探险、热血英雄、未来科幻等多种题材。其中,作为国内第一部年番动漫的《斗罗大陆》人气始终高居榜首;《大奉打更人》上线仅 44 小时平台收藏量就突破 10 万;《第一序列》上线 8 天人气突破 8000 万。《斗破苍穹·第四季》《星辰变·第三季》《萌妻食神·第二季》《斗破苍穹·三年之约》《幻游猎人》等 6 部动画作品表现亮眼,其中《斗破苍穹》系列新作占总播放量三成以上,系列动画总播放量突破百亿大关。

艾媒咨询的《2020—2021 年中国在线音频行业研究报告》显示,86.2%的用户在音频栏目类型接近时会偏好收听 IP 音频内容，因此有声改编方面会因更加方便用户、更加忠实原著而活力满满。以阅文集团 2021 年的 IP 改编有声作品为例，不仅作品题材多元，涵盖玄幻、悬疑、言情、科幻、仙侠、游戏、都市、历史、轻小说等门类，全年点击量也达到 120 亿，出现了《大奉打更人》《赘婿》《诡秘之主》等多部精品有声剧。

短剧作为 IP 改编近两年发展起来的新模式，凭借节奏快、周期短、投资小等特点得到用户的关注，拓宽了网文 IP 转化的赛道。阅文集团授权合作的 144 个短剧 IP 中，与微视合作的《我的傻白甜媳妇》《将门铁血毒妃》总播放量超过 4100 万，与快手合作的《摸金令》《长乐歌》点击率和评论数不断刷新。书旗推出的《今夜星辰似你》、米读推出的《秦爷的小哑巴》、中文在线推出的《霸婿崛起》、塔读推出的《怂男进阶攻略》等一大批根据网文 IP 改编的作品在短剧圈产生了一定影响。

全链路的开发不仅成为体现网络文学商业潜能的途径，也在 IP 的转化探索中反哺 IP。《赘婿》播出后，尚处于连载中的原著日均阅读人数提升近 17 倍；《锦心似玉》播出后，原著作品《庶女攻略》日均阅读人数提升了约 46 倍，经历多次改编的经典 IP《斗罗大陆》《斗破苍穹》等作品的原著的阅读数仍有数倍增长。实际上，IP 势能的转化与反哺早就有迹可循，此前《庆余年》播出期间，原著网络小说的在线阅读人数增长了约 50 倍，只是这种现象随着 IP 工业化开发体系不断完善，在 2021 年集中体现了出来。

（三）精品 IP 系列化开发势头良好

2021 年，网文 IP 开发的精细化、系列化趋势更加明显。一是文学平台实施工业化开发提升了网文 IP 转化的可持续发展能力。从阅文集团、掌阅科技、中文在线三大上市网络文学公司的上半年财报来看，网文 IP 在公司战略中的比重增长明显，腾讯影业、新丽传媒、阅文影视打造的“三驾马车”成效突出，在三方对于 IP 评估、内容理解与专业改编制作的明确分工和深度合作下，网剧《赘婿》上线后成为爱奇艺平台史上热度值最快破万剧集，这也预示着全行业合作共建 IP 工业化开发体系的探索更进一步。爱奇艺文学的“云腾计划＋”助力爱奇艺视频推出了首部 IP 改编的网络剧《恋恋小酒窝》；掌阅科技推出了数百部微短剧计划,“长周期、重基建、深挖掘”为 IP 增值打造稳固的流量阵地。

二是精品 IP 的系列化开发强化了 IP 改编中的“长尾效应”。网络剧《庆余年》取得收视成功后,出品方继续整合产业资源,在维持主创和演员团队的稳定的前提下进入《庆余年 2》的制作,有效延长了精品 IP 的价值周期;剧集《赘婿》在获得成功后,网络电影《赘婿之吉兴高照》借势 IP 热度,在播前预约量便突破 159 万,拿下平台预约最快破百万的电影纪录,最终作品分账票房破 2600 万,荣登爱奇艺网络电影年榜 Top3。《斗罗大陆》的动画播放量突破 300 亿,剧集在央视二轮播出,《斗罗大陆:武魂觉醒》《斗罗大陆 2 绝世唐门》等多款手游冲进 ios 畅销榜;《大奉打更人》在小说完结不久后就开始了有声作品的开发,漫画作品上线后也成了平台爆款,动画、影视作品正在筹备或制作中,“一鱼多吃”的系列化开发优化了泛文娱产业赋能的格局。

五、“网文出海”纵深发力,中国故事“圈粉”全球

2021 年 5 月 31 日,习近平总书记在主持中共中央政治局集体学习时指出,讲好中国故事,传播好中国声音,展示真实、立体、全面的中国,是加强我国国际传播能力建设的重要任务。他明确提出,要更好推动中华文化走出去,以文载道、以文传声、以文化人。着力提高国际传播影响力、中华文化感召力、中国形象亲和力、中国话语说服力、国际舆论引导力。从一定意义上说,中国网络文学在加强我国国际传播能力建设方面,具有文学艺术所特有的春风化雨式的潜移默化优势。事实上众多海外读者正是通过阅读网络小说,才对中国人文精神和时代风貌产生兴趣的。实践证明,中国网文在推动构建人类命运共同体的道路上,正发挥越来越重要的桥梁和纽带作用。

2021 年,中国网络文学出海实现阶段性跨步:全方位传播、大纵深推进、多元化发展的全球局面正在形成,出海模式从作品授权的内容输出,提升到了产业模式输出,“生态出海”的大趋势已崭露头角。

(一)网文出海规模化效应的全球化显现

多年网文出海耕耘已有阶段性成果,网络文学出海规模化效应显现。

2021年10月中国作家协会在浙江乌镇发布《中国网络文学国际传播发展报告》,该报告指出,中国网络文学共向海外传播作品10000余部。其中,实体书授权超4000部,上线翻译作品3000余部;网站订阅和阅读APP用户1亿多,覆盖世界大部分国家和地区,国际传播成效显著。中国网络文学国际传播经历了从个人授权出版、平台对外授权、在线翻译传播到本土生态建立4个发展阶段,传播方式主要以实体书出版、IP改编传播、在线翻译传播、海外本土化传播、投资海外平台为主。

目前,网络文学传播从东南亚、东北亚、北美扩展到欧洲、非洲,到现在已遍布全球。其中,线上阅读在美国、加拿大、法国、西班牙等欧美国家广受欢迎,非洲国家对海外平台与APP授权作品更为热衷。"一带一路"沿线国家在中国网络文学平台建设方面已取得可喜进展,中国网络文学全方位传播、大纵深推进、多元化发展的全球化局面正在形成。

(二)网文出海的"国际基因"与模式创新

1991年中华网络文学诞生于北美,这种基于网络的"国际基因"使得网文海外传播具有天然的优越性。2001年中国玄幻文学协会面向海外华语群体输出中国网文,正式启动了中国网文海外传播之旅。2005年中国网文的外文出版授权在数字版权和实体图书出版领域加快了网文出海的步伐。以向海外读者提供优质网文为宗旨的"起点国际"于2017年5月上线,实现了网文外译规模化,尤其次年网站开放原创功能,使中国网文的国际发展模式从作品授权的内容输出,提升到了产业模式输出,实现了网文创作生产的跨域际转化。2020年,"首届上海国际网络文学周"发布全球内容生态开放平台,在提高海外市场收益的同时,海外原创作团队也因获得实质性扶持而快速成长起来。

资料表明,截至2021年底,起点国际上线约2100部中国网络文学的翻译作品,培育海外原创作品约37万部。在作品外译方面,"人机共舞"模式逐渐成为主流。当前,起点国际与分布在以北美、东南亚为代表的世界各地的译者团队已超过300人。外译作品题材广泛,类型多样,武侠、奇幻、科幻、都市、言情题材广受追捧,其中《诡秘之主》《超神机械师》《超级神基因》《抱歉我拿的是女主剧本》《天道图书馆》《许你万丈光芒好》《大医凌然》《全职高手》等优秀作品影响巨大。

更令人欣喜的是,中国网文的海外原创捷报频传。自2018年4月起点国际开放原创功能迄今,该平台吸引和培育了20多万名海外创作者,原创作品约37万部,许多文学爱好者借助平台实现了自己的写作梦想。疫情期间,海外网文作家数量增长超3倍,其中00后占比接近六成,东南亚和北美成为“盛产”网文作家的重要地区。在2021年度海外原创征文大赛中,起点国际收到参赛作品近8万部,其中68%的作家为首次在起点国际发布作品。这些成绩表明,原创出海模式前景广阔,大有可为。

2021年,中国网文IP出海明显呈现出综合创新趋势。(一)漫画作品出海风生水起。在起点国际上线的漫画作品中,不少名作的海外人气不断高涨,如IP漫画《恰似寒光遇骄阳》《放开那个女巫》等在日韩市场进入人气榜单前列,国际影响力仍在持续上升。(二)网文IP影视出海渐成规模。本年度《赘婿》《斗罗大陆》《锦心似玉》《雪中悍刀行》等IP剧集,先后登录YouTube、viki等欧美主流视频网站,在全球上百个国家和地区产生影响;(三)网文IP海外改编取得突破。由阅文作家囧囧有妖创作的《许你万丈光芒好》在越南被改编为剧集《惹火娇妻》,成功掀起了2021年初的追剧热潮。与此同时,2021年,电视剧《赘婿》影视翻拍权出售至韩国流媒体平台,IP影视作品不仅停留于海外播放,还成为海外剧集的内容源头,可见网络文学的海外影响力和文化渗透率逐步攀升。从改编出海、海外改编到海外翻拍的跨越,进一步彰显了中国网文IP的影响力。

值得注意的是,网文IP出海的成功还进一步巩固了外译授权合作优势,如《诡秘之主》《听说你喜欢我》《余生有你,甜又暖》《修真聊天群》《择天记》《斗罗大陆》《星辰变》《鬼吹灯》等名作,在多语种外译过程中都有不俗表现。这些作品中既有传承中华传统文化的佳作,又有摹画当代中国时代风貌的精品,还有反映未来社会图景的科幻力作。由此可见,中国网文不仅有能力“讲好中国故事、传播好中国声音”,而且在“展示真实、立体、全面的中国”等方面潜能巨大,并必将为加强我国国际传播能力建设做出更多贡献。

(三)中国网文“生态出海”的前景展望

2021 年 9 月,中国作协主办的“2021 中国国际网络文学周”在乌镇开幕,会议主题为“网络文学的世界意义”,其间还举办了“数字时代网络内容创新高端论坛”“网络文学 IP 发展大会及高峰对话”等一系列活动。相关材料表明,2021 年,网文出海从文本输出到模式输出的升级进展顺利,起点国际的模式输出达到了预期目标,作为代表性的网文国际传播平台,起点国际将付费阅读和作家培养模式成功移植海外,并在部分国家和地区取得成效。

起点国际的模式输出经验表明,中国网文的全方位“生态出海”已经形成网络文学发展的必然趋势。众所周知,早期网络作家大都受到欧美日韩“文游影漫”的影响,随着网文读写群体的快速崛起,中国网文逐渐成长为比肩美国大片、日本动漫、韩国偶像剧的“文化现象”。由于题材广泛、想象瑰丽、情节生动、表现手法丰富多彩、代入感强烈,网文海外传播很快形成了数量巨大、读者众多、影响广泛的良好局面。今天,各家网络文学平台正在不断完善多年前谋划的海外布局,继日韩、东南亚和欧美地区大量网文授权成功获益之后,中国网文的出海产业链打造和海外原创也在不断发力,越来越多的 IP 出海和本土精品表现出中国网文的实力,成为中国文化出海时代浪潮中的弄潮儿。

当然,相对于中国文化国际传播大业而言,中国网文的海外长征只是迈开了第一步。在过去的一年里,中国网文海内外原创作者队伍不断增长,AI 翻译功能逐渐增强,创作、翻译与阅读的产业链延展顺畅,其传播范围覆盖 40 多个“一带一路”沿线国家,涉及英、法、俄、日、韩等 20 多个语种,潜在市场规模或将超过 300 亿元,尤其是以网文为创意源头的 IP 影视、游戏、动漫、有声读物等流行文化业态,已经在国际市场显示出巨大发展潜能。

结 束 语

中国社会科学院文学研究所课题组持续观察和研究网络文学发展状况,力求把握每个年度内的整体性特征。根据作家读者、产业模式、内容生态、IP 产业等方面表现出的发展趋势,2020 年度的报告将“迭代”看做核心词和关键词,这一概括仍然适用于2021年。年度内,“新生”的网络文学迎来的是历史使命和文化责任的“迭代”变迁。带着“人民文艺”底色的“全民写作”意识,尝试打破文艺创作的职业壁垒,召唤普通人以自己的方式讲述自己的故事,并最终汇聚在一起,成为当代中国与中华民族的故事,谱写立体、有机、多元的故事图景,网络文学向世界展示着中国人民的奋斗意志和精神风貌。这或许才是2021年种种趋势、动因与路径给网络文学创作带来的最为深远的影响——“所有人写给所有人看”——这正是网络文学兼具“中国故事”与“全民阅读”基因的一种表征。

我们欣喜地看到,网络文学题材转向、年轻作家读者涌入、IP开发生命力增强、网文出海阶段性成果显著、版权保护力度加大的背后,是全行业、全产业链的共同努力。越来越多的各行各业从业者,正加入到网络文学的队伍中来,以自己的亲身经历为素材开展创作,这不仅是文学上的、国内的,更是全链路的、海内外的、穿越文字与时间的。诚然,当下的网络文学存在着一些问题和不足,但是我们相信,在社会引导、政策监管、行业自律的综合作用下,广大网络作家、网络文学从业者不断提升文学责任感和社会使命感,网络文学高质量发展的体制机制和伦理生态一定能够得到逐步完善和健全,网络文学的发展前景无限广阔。

九万里风鹏正举。伴随新时代文学的浩浩洪流,中国网络文学站在了新的历史起跑线上。习近平总书记在出席中国文学艺术界联合会第十一次全国代表大会、中国作家协会第十次全国代表大会时发表重要讲话,勉励广大文艺工作者“要从时代之变、中国之进、人民之呼中提炼主题、萃取题材,展现中华历史之美、山河之美、文化之美,抒写中国人民奋斗之志、创造之力、发展之果,全方位全景式展现新时代的精神气象”。我们坚信,有党中央的坚强领导和广大读者的热情支持,网络文学一定能够为丰富广大人民群众的精神文化生活提供有力支撑,在建设文化强国和实现中华民族伟大复兴征程中发挥应有的作用。

名家访谈

“每一部作品都是对自我的治愈”
——蒋离子访谈录

时间：2020年11月5日

对话人：

蒋离子：著名网络作家、编剧、中国作协会员

周志雄：安徽大学教授

魏晓杰、戴婷婷、闫敏等安徽大学文学院2020级研究生16人

访谈方式：在线（腾讯会议）

一、“如果说没有了写作这件事情，我可能更不知道自己是谁。”

周志雄：我先介绍一下蒋老师，我们今天请到的是蒋离子。蒋离子是非常著名的网络作家，她是中国作协会员，也是编剧，还是浙江省作协委员会的委员、浙江省网络作协理事、丽水作家协会副主席。她的代表作品有《半城》《糖婚》《老妈有喜》等，获得很多重要的网络文学奖项，比如茅盾文学新人奖、金键盘文学奖、网络文学双年奖。有多部作品进入中国作协重点作品扶持名单，获得了国家新闻出版署的优秀网络文学原创作品推优。蒋老师作品的题材领域主要是写当代人的情感婚恋生活。在我们现当代文学领域，像张爱玲、苏青、张洁都在写这样一个领域，确实是20世纪女性解放和性别意识的觉醒，这些作家在这个领域留下了很多优秀的作品。我们可以说蒋老师是一位当代的苏青，也是受到苏青影响的，创作态度非常严谨，追求作品内涵，是一个富有现实

关怀的网络作家。今天分享会首先是由蒋老师来给大家讲一讲,然后由我们三位研究生同学魏晓杰、戴婷婷、闫敏来主持今天的这个活动。我们先请蒋老师开讲,后面再由我们的同学来提问。我就介绍到这,下面请蒋老师开讲。

蒋离子:好的,因为我觉得我们比较轻松一点,这样聊聊天的这种感觉。之前志雄老师跟我说这个事情的时候,我也觉得很高兴。为什么?因为我最近在写一本新书,最近写新书的时候,我就遇到了瓶颈,也是很需要听一听别人的声音,就跟大家聊一聊有关创作的东西。然后我跟志雄老师也讲,我说我今天来聊,我肯定是毫无保留地跟大家说一说,我觉得主要是作品,到时候我们互动的时候可以聊,我这里主要是讲一讲我的创作经历,不知道大家感不感兴趣?

周志雄:我们很感兴趣。

蒋离子:我是从19岁开始写小说,是什么原因促使我写小说呢?因为19岁那年大一的暑假我被查出来得了挺严重的抑郁症,然后那个时候我就休学了,休学去接受治疗,吃很多药。就在那个情况之下,我开始写小说。因为我不知道你们身边有没有得抑郁症的朋友,其实抑郁症不是说每天很伤心很难过。得了抑郁症的感觉就是你什么都不想做。比如说在正常情况下,我要去洗脸,我要去洗个头,我会马上就站起来去做这些事情了。可是对于抑郁症患者来说,她去洗脸,去爬起来喝一杯水,都是需要莫大的勇气和力量去做这件事情的。那个时候我什么都不想做,对任何事情都没有兴趣。但是突然我就发现我特别想特别想写东西,特别想写作。

那个时候刚好休学在家里,然后我就拼命地在电脑上码字,就写一些有用的没用的各种东西,然后去各种网站发表。这个时候网络文学网站还不像现在这么多,那个时候主要就是红袖天香这些网站。这些可能你们不了解,因为你们已经不是那个时代的人,志雄老师知道,比如说红袖天香网站、91文学网、天涯论坛,还有榕树下这些网站。就写一写那种小短文什么的,后面慢慢地才开始去写我的长篇小说。

写第一本长篇小说,是05年出版。从05年到现在刚好是15年。就这15年里面我得抑郁症这个事情,也陪伴了我15年写作。现在我能够说出来是因为我觉得如果说没有抑郁症的话，可能我也不会去选择写作这条路，我觉得好像也不是什么很严重的事情，最起码我现在能够坦然地去接受。就是说这两件事情已经成为了我生活当中的一部分，我不会觉得我和别人不一样，我不会去这么想。

我写的第一本书就是《俯仰之间》，那个时候我是19周岁，05年的时候写的，这里面还有我那个时候的照片，比较年轻，可能看不清楚。可能大家都很难找到这本书了。现在对那个阶段的我来讲，写作主要是抒发个人情感的一种渠道，就是我需要一个东西去承载我的情绪，我没有想太多，比如说我需要用写作去完成我的一个使命，或者是这会成为我未来的工作，我从来没想过这件事情，只不过在写的过程当中，我突然觉得这是一件很开心很快乐的事情。

然后到了06年的时候我写了这本《走开，我有情流感》，写这本的时候我还换了一个笔名叫邓芷莘。这两本书都是属于那种青春文学的风格，非常轻松。运气也是挺好的，在网络上连载的时候，就有编辑来找我了。他问我有没有兴趣出版这两本书。因为当时作为网络文学的话，它出版的渠道主要是以台湾那边为主，在国内出版，好像还不是很常见，但当时编辑找到我的时候我还挺开心的。本来是自己写着玩玩的这样一件事情，突然变成我真的要出一本书了。这种东西带给了我一些成就感，就让我觉得我好像应该继续坚持下去。然后到08年的时候，我就出版了这一本书，叫《婚迷不醒》，也是先在网络上连载的，这本书写的是80后婚姻的小说，市面上可能还没有这种题材。这本书影视版权什么的卖得比较早。这本书是08年出来的，那个时候还没有IP热或者是IP这样的说法，只是说你这本书可能我们要买去，可能要拍电视剧或者什么的，当时价格的话就对方跟我说了一下，然后我就觉得原来写书我还能挣到钱吗？我当时心里咯噔一下，我就觉得很惊讶。后面在想翻拍成影视剧的时候，男主是想请余文乐来演，女主想请李小璐来演，但最终这个影视公司后面因为运营的一些关系，影视公司自己本身还垮掉了，这个项目就没有继续下去。

去年还是前年版权又续了一次，也是说打算拍。大家可以发现我这两本书完全是比较情绪化的一个写作，到这本《婚迷不醒》，写80后婚姻，这是我第一次在作品里去写群像,就是里面人物很多,有好几组不一样的人物,男男女女一对一对的,然后包括写他们的家庭,这都是我第一次尝试的人物创作。

我觉得我从前两本书过渡到这一本书,对于我来说是一个成长。因为当时我那个年纪也刚好是20来岁,要面临爱情、婚姻、工作、生活,这种东西交织在一块,我看问题的角度和写这两本书时的感觉完全不一样了。这是现实题材的,对作者来说是非常有魅力的。在你成长和生活的过程当中,你就会吸取到各种各样的营养,收集到各种各样的素材,你可以把身边的生活中包罗万象的东西都写到你的书里面去,这个是非常有意义的东西。玄幻小说的创作讲究脑洞、想象力,但是作为现实题材来说,更要讲究的就是你的观察能力和对事物的理解能力。这本书用的笔名也是邓芷莘,网络上应该也有电子版,这本书电子版的收益也是可以的,当时刚好大家开始普及看电子书。当时有一个移动网上书城,编辑跟我说这本书这个月的收益的时候,我都不敢相信,因为我觉得太不可思议了,那个金额是我之前完全没有想到的。原来因为我这本书比起很长的那种网络文学来说,这类书数量挺少的,所以在网络上得到了关注点击,甚至有人会去买它的电子版本来看,并且还创造了不错的收益。

当时我完全没有想到,但我写完这三本书后,大家会发现再次出书的时候是18年了,从08年到18年差不多有10年的时间,我都没有再出过书了。我很少再有作品了,大家都以为我是不写了。为什么?我自己分析过,二十几岁的时候,灵感这个东西是随取随用的,我想什么时候写,我什么时候坐下来就能写,有的时候写得很有感觉的时候,一天写两三万字都是很轻松的事情。

可是到了一定年纪,你就会发现灵感喷薄而出的时刻很少。生活给我的养分,不是很多,我的经历阅历这些东西相对来说都是很少的。说起我的写作技巧,我不是科班出身,写作技巧这种东西,几乎是没有的。那个时候我就黔驴技穷了,我不知道该写什么。所以我中间10年时间做过很多的事情,我自己创业过,我做过各种企划以及和文字打交道的工作,中间也当过编剧。这10年中,我就经历了生活中种种事情,是很有意思的,有的时候又很艰难,有的时候又很开心,就是这样的一系列过程。

后来到了16年的时候,我当时在写剧本,那个时候我就想能不能再试着回去写一下我的小说。《糖婚》是从16年的时候开始写的，15年的时候在构思，当时还没有完全想好我到底要写一个什么样的故事。到16年的时候，我突然就想到我就写一个婚姻的故事，还是写离婚的故事，不行的话就写结婚的故事。就《糖婚》而言，我就想写一个离婚的故事，因为当时离婚率挺高的，当时我也看到一组数据显示离婚率非常之高。我觉得怎么就那么多人选择了洒脱地走出婚姻。不管是主动，还是被动，他们都走出了自己的婚姻。我就想研究一下这一群人他们是什么样的生活状态。当时写的时候真的没想太多，没想我这本书一定要怎么样，一定要卖出版权之类的。我觉得那个时候我内心有一个声音说：应该回去写小说了。所以说我就完整地把这本书写出来了。出版后大概30万字，电子版的话有七十几万字，然后出版的时候我把它缩减了一下，稍作修改，有了这样一本书。

这本书给我带来了很多的东西，像刚才志雄老师讲的一些评奖，还得过一个什么“数字阅读十大作品”，包括它的版权运营得也挺不错的。所以我感觉这10年的时间对我来说也没有白费。我经历了人生，经历了生活，就我自己的感受来讲，我觉得要创作现实题材是离不开生活的。你肯定先要融入生活当中，去了解身边各种各样的人，用心地去感受，这是我作为作者对于自己所处的各种各样的人生阶段的感受。

关于《半城》，其实是一本比较偏向于纯文学创作的书籍。因为它是属于浙江省作家协会的青年作家文丛。浙江省作家协会每年都会选一些青年作家的作品，然后出版，做一个丛书。这本书我还从来没有在网络上发过，直接出版纸质书，因为我觉得它并不适合在网络上阅读。有的章节我自己觉得是比较偏向于那种纯文学的东西，里面的一些内容什么的也是我自己很喜欢的。再到后来的作品就是《老妈有喜》，它就有三册，总共60万字，当时我觉得《老妈有喜》对于我来说是一个比《糖婚》更有突破性的一个作品，因为《糖婚》只是写婚姻，没有写到更多的东西，哪怕它会写到关于生活的各个方面，包括亲情、爱情、友情、育儿以及一些校园生活，还有里面写一些人生的各个阶段所展现出来的不同的这种人生状态。这本书我感觉是我目前为止比较大的一个突破。那么《老妈有喜》之后，我又写了一本关于反校园暴力的这样一本书，叫

《听见你沉默》。这本书目前还处于出版稿的修改阶段，我想把它改得尽量让我自己觉得满意一些，然后再去出版。因为校园暴力也是一个值得我们关注的事情。这本书里面的故事，我自己觉得我的设置还行，但是里面的细节还是要加深一点。

《听见你沉默》之后，我又写了一本90后婚恋题材的叫《小伉俪》，这本书写的是90后的婚恋观。我想90后对婚姻和爱情的感受肯定是和80后、70后又不一样。所以我又去想写这样的一个东西。我现在手上写的书是《糖婚》系列的书。《糖婚》的话，我打算写三部曲，我现在手上写的是第二部，第二部叫《人间慢步》，"慢"是快慢的慢。大家谈女性成长、女性独立这个话题，已经谈了很多年了。作为女性来说，我想能不能不要成长得那么快，我的步子能不能不要迈得那么大，就在涌入冲突、繁忙的生活当中，能不能在这里面找寻到自己内心，找到真正的自己。

这本书里面的一些内容也是我自己成长的时候遇到的，包括我的一些事情，包括身边这个年龄段的女性成长中遇到的东西。我们从二十几岁开始就不断地有人跟你讲，说你要独立、要有成就，要么就是有幸福美满的家庭，要么就是有自己一番事业，最好是两者兼得。如果说我各方面做得都并不是很好，或者说，我不可能做到面面俱到，这样的时候我能不能停下来喘一口气。我们这个社会到底是如何去定义女性的成功，是不是非得做一番大事业才叫成功，不是非得生两个小孩才叫成功，如果这些我都不想做了，我就想停下来看看沿途的风景；我就想安静下来，去找一找真正的自己，这样行不行？带着这样的思考，我写了这本书。这本书已经快写好了，整本书是30万字，现在已经到了收尾这个阶段。不好意思，我讲话可能语速有一点快。这就是我从2005年到现在2020年的这15年来，我创作的整个情况，因为我们时间有限，差不多就讲这些吧！

周志雄：好，下面我们请魏晓杰同学来主持提问。

二、"自由就是有选择,有选择才是自由"

魏晓杰:好的。蒋老师,您好。

蒋离子:你好。

魏晓杰:我想请问您,您之前给自己的定位是通俗小说,但是您也提到之前创作过传统文学作品,纯文学跟网络文学有一些区别,纯文学表现的更多是人物的内心的世界,而网络文学就直接体现人与人之间的直接碰撞,纯文学更多是为了理想、自我而写作,而网络文学一出生就有明确的读者群,我想请问您是如何实现从传统文学到网络文学的转变的呢?

蒋离子:我是这样的一个过程,一开始我写第一行字的时候就是在网络上写的,后面是因为当时出版书的时候,别人定义我说你是青春文学作家。现在也有一些青春文学作家,比如说我们同期的好多作家,本来他是在纯文学界,有一些是在畅销书行列,也就是通俗文学,有一些也在网络文学界,所以说好像大家本来在同一个起点出发,但是后来这些人走上了不一样的路。中间我也写过纯文学,那是因为当时我在一家传统文学的杂志社工作,有一段时间我也编辑一些纯文学作品,也写一些纯文学作品。但是我感觉对我来说,我不是从传统文学转到了网络文学,而是我又回归到了网络文学。因为当时,在我们那个时代还没有那么重视网络文学,也没有比如说像志雄老师这样的专家去研究网络文学或怎么样的,在其他的传统作家眼里,觉得你是不务正业的。因为那个时代大家对网络文学的认识还不像现在那么全面。他就会把你拉过来,说你必须得写传统文学,你得跟我们走一样的路,你去杂志上发。

那个时候我是做了一些尝试,比如说《半城》就是在那个阶段的一个点子。写了这样的东西,写出来之后我自己感觉还行,但是我自己读起来总觉得欠缺点什么,比如说我给这本书打分,如果满分是10分的话,我可能只能打6分,就是这个样子。因为我觉得我两者都没有做好,我想在这本书里面写纯文学的东西,但其实我并没有展现好,里面也会有网络文学的东西,但是并没有体现好。

魏晓杰:好的,谢谢老师解答。

您说您在开始创作的时候,当时在红袖天香网站、91文学网以及天涯板块书写。但是当时写作还没有收入。您当时有没有过放弃写作的念头呢?是什么支撑您继续写下去的呢?

蒋离子:因为当时真的是很有意思了。在网站上我们是作者,线下我们还要客串编辑。整个过程下来是特别有成就感的。每天写完之后,网站的负责人就会因为编辑人手不够,他会问你要不要来当编辑,但是这是没有钱的。然后我们还可以登录网站的后台,负责审稿。我们还有那种读者群、文友群,大家聚到一块,小圈子的氛围就会给你带来很多的喜悦和快乐。就从来没有想过说有一天我不写了会是什么样子,当然中间也有很多朋友因为种种的原因,就选择了离开这个圈子,或者是不写作了,而后去做一些别的事情。

每个人都有自己的追求。当时我的想法是:如果说没有了写作这件事情,我觉得我可能更不知道自己是谁。从小我的角度来讲,我每写完一本书,我觉得对我自己的每一个人生阶段,是一种治愈的过程。当每一次写完一本书后,我好像就能找到在生活当中,我一直在问的一些答案,一直在追寻的答案。我不需要再去问那些问题,我把这本书写完,就有我的问题好像都解决了的那种感觉。这种过程是我自己特别享受的。

魏晓杰:好的,谢谢老师。下面请戴婷婷同学来提问。

戴婷婷:蒋老师,您好!我想请问您,您现在的小说《糖婚》也正在进行影视化的改编,您自身也会投入相应的剧本创作之中,那么请问,您觉得作为作家和编剧,对待同一部作品会有什么样的不同之处?您是如何去完成这种身份转换的?

蒋离子:作为作者的话,我觉得是非常个人化的身份,我可以只考虑把自己的书写好就行了。但是一旦投入这个剧本创作,和写小说完全不一样,剧本你要考虑各种各样的东西。就举一个例子,比如说在小说里面我可以写一些比较大的场面,可能到剧本里面去就要考虑到拍摄成本,各种各样的拍摄技术,各种各样的问题,编剧会觉得这个场面是写不了的。有一些在书里面能体现的东西,在影视化后可能较难体现出来。除了这些差别之外,还有一个很大的差别是你没有办法百分百地去呈现你小说里的东西。但是剧本和小说不一样的是:剧本可以把你的人物、故事情节更好地呈现在这个屏幕上,让人物更加生动。有的东西你是写不出来的,比如人物非常微妙的那种表情,那种状态是很难写出来的。

这本书目前还在运作当中,前期我也去开过好多会。开剧本会的时候,坐在那里的一些人,好像每一个人都比你了解你的书,在那里一直说你这本书有什么毛病,接下来要怎么弄,接下来要怎么改,如果你说按照你的方式来写,他们会说过不了审什么的,总之,它就是一个集体创作的过程。需要不断地去妥协,去做一些让步,但是也是要有自己的坚守,比如说我对于人物的定调定性,我设定的人生就是这样子的,我就不希望改这样的东西。

戴婷婷:好的,谢谢老师。

闫敏:蒋老师,您好!

蒋离子:你好。

闫敏:您的作品中有很多关于家庭和事业的描写,所以我想问一下,你认为当代的年轻人应该如何平衡家庭和事业之间的关系?

蒋离子:我觉得你这个问题好大(笑)。我在写书时也涉及这些问题,还有人建议让我去开个抖音号,就谈情感婚姻之类的话题。但其实如果你们看过我的书就应该知道,其实我很少在书里面教人家说你应该怎么样去生活,因为我觉得每一个人都有自己的不一样的点。但是昨天我写书的时候,我刚好写到一个话题:什么是真正的自由?自由就是有选择,有选择才是自由。作为当代女性来说,不要去随波逐流,人家怎么样我就怎么样,我就选择最适合自己的。比如说你喜欢居家生活,我就觉得你在家里也蛮好的,我想把更多的时间精力放到家庭里面去,那也挺好的,那也挺开心的;但如果说我要出去,我想把重心放在工作上,事业上多一点,那也未尝不可,主要是看个人选择。其实在小城市可能很难有这种感觉,但是在大城市,特别是一线城市,一般阶层的家庭很难说让妻子在家里做家庭主妇,这种可能性是非常小的。因为要承担房贷车贷,女性她必须也要和丈夫一样,一起上班,而且她要做的事情更多。可能老公下班了,出去应酬一下。作为妻子可能要回来辅导小孩写作业。甚至有的妈妈教得心肌梗死。这种类似的事情在电视新闻上都很多。女性天然地就要去承担这样的事情,特别是在一线城市这种现象更普遍。可能小城市生活压力会小一点。

但是平常看到那种快乐的主妇还是多一点,但是在大城市的工薪家庭里面,很少会看到全职太太,除非是家里条件很好。这要看情况去分析,而不是说应该怎么样去平衡。因为任何一种平衡,它不断地变化,都会失衡,关键是你在失衡的时候怎么调整回来。这件事其实是特别重要的,如果不打算这辈子一个人过的话,在身边的这个人,当你们的生活失衡的时候,总要有一个人把生活的平衡感给找回来。两个人一起把它找回来,这个非常重要。在我们这一代,我们是看琼瑶的小说长大的,就是那种很浪漫的言情小说。在我们的感觉里,所有爱情故事的大结局都是一个很盛大的婚礼,然后就是男女主人公结婚了,他们过着很幸福的生活。但我们自己到二十几岁的时候,我这一代很多人都认为,结婚了就好了,因为身边很多家长也好,长辈也好,他都给你灌输这个观念,只要结婚就好。但其实当我们脱下婚纱的那一刻,当我们从进入婚姻生活的第一天开始,我们就发现结了婚之后,人生才刚刚开始,就有各种各样的问题需要去面对。你会有好多事情,每个阶段都需要去平衡。有一个统计数据显示,夫妻关系最危险的有两个时间段,一个是结婚的第一年,另外一个是生了小孩之后的第一年,就这两个时间点特别难,影响家庭婚姻爱情的稳定性和平衡性的因素实在是太多了。现在也有身边的朋友经常会有各种各样的婚姻生活、爱情以及伴随而来的各种各样的烦恼。有时我们大家也会一起探讨,觉得幸福绝对不会是婚姻和爱情生活的主旋律,幸福只是穿插在其中的,让你能够喘一口气,让你会觉得原来我的生活还好,我还能感受到幸福。我是这样理解的。我觉得我们能够在失衡的时候把自己拉回来,身边这个人也能够和我一起去平衡我们的生活,我们能够找到这样一个人,我们能够做到这一点,我觉得就没有什么好担心的了。

闫敏:好的,谢谢老师。

戴婷婷:老师您好,我之前看了您的小说《半城》。这本小说的结局并没有像一以贯之的言情小说的那种 happy ending 的大结局大团圆模式,让主角在爱情事业上双丰收。那么您在写结局的时候,有没有考虑过读者的一些阅读期待?

蒋离子:没有。这本书就是我自己怎么舒服怎么写,我完全没有考虑过我真实的想法,我完全没有考虑过读者的一些想法,就是我不去管这些东西。这本书没有作为网络文学来发表,而是作为一本纸质丛书出版,对我来说是一个纪念。这本书对我的意义是什么呢?可能我写《俯仰之间》的时候,我觉得爱情是至上的,即便是爱情有悲剧,但是悲剧也是无悔的;然后我写《走开,我有情流感》的时候,我觉得爱情是让人成长的;然后当我写这本《半城》的时候,爱情在我看来是伤人的亲密关系,它是带刺的,就是这种感觉。

我写完这本书,当时的感觉是:还并不是非常地执着于要完美的爱情,或者说我必须去找到我心中完美的、非常契合灵魂的伴侣。反而觉得好像突然自己也解脱了,因为我觉得这是不可能的,所以我为什么没有让他们大团圆。就像刚才闫敏问我如何平衡爱情和事业这个问题一样,因为我觉得每个人生阶段其实你想要的伴侣,不管是生活上的伴侣也好,灵魂的伴侣也好,或者是两者结合的这种伴侣也好,想要达到一种非常完美的状态是很难的。

这本书里面的那句话"爱欲于人犹如执炬",意思就是你很容易伤到自己。这样一本书,对我人生刚好是有些意义的,就是我自己想清楚的一些东西,我把它记录下来。当时没有去考虑太多,比如说读者看了这个东西,会怎么去想,他们内心的想法是什么,没有想过这个问题。

戴婷婷:好的,谢谢蒋老师。我还有一个问题,在《半城》中经常会在一个章节之中,出现叙事视角的转换。比如说前面是李陌在叙述,然后紧接着就变成了上官芝桃在进行他的内心独白。有网友评论说叙事视角不够统一,您怎么看这个问题?

蒋离子:我在写《半城》的时候,其实它也是一本群像小说。然后我就想说,人物用不同的视角,他去看同样一件东西或同样一件事情,肯定是会不一样的。所以说里面可能会有一些显得凌乱,但是我可能还沉醉在那种自我感觉良好中。因为写这本书的时候,我没有什么太大的压力,没有说我要用这本书去给自己得到多少收益或者怎么样。没有这种压力之后,突然我整个人就放开了,我就感觉我想怎么写就怎么写。这个小说就是在那个状态下出来的。

戴婷婷:好的,谢谢老师。小说《半城》中也是女性形象的描写,小说《半城》中有一些女性像抹茶、田皑皑、邱莘在追求自己的爱情时充当了他人婚姻中的第三者,这种追求爱情的方式是否有悖于伦理道德?

蒋离子:那肯定是的,因为这本书写的爱情是伤害,那我肯定在设置角色的时候,必须在一段关系当中出现一个毁灭性伤害的东西,然后才能够把张力给写出来。所以说我觉得你这个问题让我想起来一件事情,经常有一些作者,比如说他想写这个现实题材,他就会来问我,他说现实题材是不是这个也不能写,那个也不能写,是不是有很多的约束。但是我感觉我没有,因为我觉得现实生活当中的一些东西是可以写的。就通俗文学来讲,我们写的是人民内部矛盾,比如说我们是写两口子之间的矛盾或者写什么矛盾,因为这个事情即便你不写到书上去,就是比如说我不写摩擦,这个人物难道生活当中就没有摩擦吗?

当然不会的。生活当中它还是存在这个人物的,它并不代表了什么,而是说刚好我写这样一段关系存在的时候,它是有张力的,它是能够给这个人物关系带来一些毁灭性的东西,所以我才设置了这个人物。

就是说我们需要尽量地去展现一些真实的东西,不能够说我要去写婚姻多美满,每天两口子恩恩爱爱的,没有任何的波折。毕竟这个现实生活就摆在这里,我们每个人不管是已婚的未婚的处于各种关系阶段的人,他都可能会面临各种各样的诱惑。我们现实生活太便利了,我们有各种各样的社交软件,只要我们有时间有精力有这个想法,我们就可以去认识各种各样不同的人。如果我们把这些东西都写出来了,都展现出来了,让读到这些东西的读者,去思考,去想。包括我谈话里面也是一样,在婚姻里面,在感情里面你会觉得这个路很长,你会遇到一些诱惑,你会遇到一些来自外在的,包括物质上的很多诱惑;有的来自精神上,但我不是说这些诱惑有什么不一样的区别,而只是说我们对待这些诱惑的时候,我们的态度是怎么样的。我不想写出来东西去教说读者,说你不要去干吗干吗。我不想写这样东西。我只是说把现实生活当中存在的这种现象写出来,让他们自己去思考。如果你真的选择了去接受诱惑,走向诱惑，你可能会面临很多问题，比如你能不能承担这样的责任，这就是我想展现的东西。

戴婷婷：好的，谢谢老师。我之后还看了您的另一部小说《听见你沉默》。这部小说我个人感觉非常真实地反映了当下的校园霸凌的现状。小说中主人公共振也就是陈然，他为了揭露校园暴力而寻找真相，既是为了遭受校园暴力的小女孩白蔷，也是为自己14年前的自己发声，想请问您为什么会给这部小说起名叫《听见你沉默》呢？

蒋离子：因为写这本书的时候我查了很多资料，包括我了解的一些遭受过校园霸凌的这样一些小孩、成年人。有的人可能就是在十几岁的时候在学校里面，有过这样的遭遇。问他为什么不跟爸爸妈妈讲，为什么不去跟老师讲，他们说，跟爸爸妈妈讲了之后，很多的父母都会这样回答，为什么别人只欺负你而不欺负其他的同学呢？他得不到回应和支持，他只能沉默，因为他知道他即使说了也没有人会去帮他。就好像似乎每一个集体里面都得有这么一个人，好像是标配一样。你们可以去想一下，你们现在是研究生，可能不太会存在这样的事情。青少年时期就特别多，十几岁的时候，在每一个集体里，包括我自己上学的时候，也有这样的小孩。就我们自己而言，我们虽然没有去欺负别人，可是我们也不知道怎么帮他，我们应该怎么做。所以我在书里面有各种各样的群体，有一些比较有正义感的会去伸出援手，但有一些就在边上看一看，我知道一切的事情，但是我不说我不做，反正这些事情和我无关，比较典型的一个人物就是里面写的李遇，他们的班长。这样的一个人物就是典型的学霸，我只要学习好就行了，我的父母也跟我讲学习好就行了，其他事情都和我没关系，我不管我不闻不问，谁去负责这个事情和我没关系。他甚至不知道被欺负的白蔷长什么样子，他都没什么印象，就是存在这样各种各样的群体。

戴婷婷：那是什么样的契机让您想要创作一部这种类型的小说呢？

蒋离子：这个很难讲。你知道我是怎么找素材的吗？我可以跟大家分享一下。我不知道你们平时写不写小说，我比较常去关注社会新闻板块，比如各个APP的一些社会新闻或微博上的一些社会新闻之类的，一些我感兴趣的，比如说校园霸凌，有这样的新闻之后，我会去看，然后我把同系列的新闻都找出来,找出来之后我要去找到相关的资料。因为现在网络它给我们的便利真的是很大,我基本上能够找到我想要的资料,找到之后把这些资料分门别类。然后我就想,我只看纸上这些东西还是不行的,我要去问。比如说我写校园霸凌的时候,刚好我有一个朋友,他是做学生心理咨询的心理老师,他刚好是做这个工作的。我就去问他,把我写的一些片段、一些想法和他说。他会给我提一些东西,有一些他说你确实是写得挺真的、挺像的,也有一些他会说你这个还不行,不是这个样子的,他会给我指出一些东西。包括后期,我会去找这样的一些人,会去问你有没有经历过这样的事情或者怎么样。一些我认识的不同年龄段的人,我都会想办法去问一下,把新闻上的东西,通过新闻线索去寻找资料,然后找到资料之后我要去验证。我不可能去做一个很大的调查什么的,但最起码我可以从我认识的或者我自己能够找到的渠道,去验证这样的东西。比如资料里面讲的东西是不是真的,是不是真的有那么多这样的孩子在学校里遭受了这些,学校也意识到这个问题了,但其实还是束手无策,不知道怎么办,就有这么一个过程。

然后写《老妈有喜》的时候其实也是一样。二胎,两个小孩子年龄差距很大,这样的家庭怎么相处,怎么样去做。然后我又去找这种东西,基本上是这样。因为我自己的生活当中也不可能发生那么多精彩的事情,有很多还是要去观察。

闫敏:老师好,您《糖婚》这部小说,最开始的题目是《80 年代的离婚潮》,请问您为什么把题目改成了《糖婚》呢?

蒋离子:因为编辑说这名字不好,因为要送去评新闻出版总署和中国作协的推优,然后他说你这名字不行,不吉利。但是我心里其实不是很开心,为什么呢?因为我觉得离婚是正常的一个事情,因为婚姻法规定我们可以结婚就可以离婚,怎么离婚就变成一个不吉利的事情了呢?但编辑又说这个名字还不够一点或者怎么样。后来我想来想去,我就把它改成了《糖婚》,刚好男女主人公也是结婚 6 周年。“糖”这个字也特别有它的意义和深意,因为当我们觉得我们怀着我要去感受甜蜜的心情,进入婚姻当中的时候,你会发现有的时候它会甜得发苦,是吧?有的时候他又会甜得发酸,会有各种各样的人生百味,但都是从甜开始的,所以说我就起了这样一个名字。

闫敏:好的,谢谢老师。您在《糖婚》中将故事背景设置到一个叫作"有城"的地方,请问这是有什么特殊的含义吗?

蒋离子:因为我是想虚虚实实地写,首先一个我不想写某一个具体的城市,其实在这个上面我感觉我在这一块上是偷懒了,为什么?因为如果我写一个具体的城市,比如说我写北京、上海、杭州,那肯定会有很多地标性的东西,会有很多城市特质的东西我要去展现,但其实我没有在北京上海生活过,我怎么能够去描写它,我没有办法去描写它,所以我只能自己设置,把背景放到这样的一个城市,这是一个原因。另外一个原因,我总希望这书里发生的悲剧都是假的。其实在现实生活当中就是有这样的事情,但是我觉得他们不应该是这样的,他们应该是很幸福地生活在一起,这是种美好的想象,但现实生活当中又是这样子的。所以我自己感觉写到后面的时候,我就感觉我真的希望这个故事是假的,但这个故事其实是假的,可能我自己太投入了。完稿的时候,我自己感觉特别难受,然后我还哭了。当时就觉得我怎么就把他们两个写成这样了,但其实你在创作的过程当中,你就会发现你写的人物已经不是你想让他怎么样就怎么样了。他的性格,他的一系列的东西,一系列的事情推着他往前走的时候,你想说我给他设置一个幸福的结局,你已经设置不了了,因为没有办法了,就有这样的一个过程。

闫敏:好的,谢谢老师。我注意到您在《糖婚》和《人间慢步》这两部小说的开头,都是以人物的死亡为开端的,在《糖婚》徐子汶的猝死,还有《人间慢步》中于新的自杀,请问您为什么要这样设置呢?

蒋离子:因为我一直觉得死亡是一种新的开始,其实看过《老妈有喜》的人也知道,许梦安的老公,李临,他是做殡葬学研究的,是殡葬学的教授,为什么他会去研究这么冷门的一个学问,因为我觉得生和死是相连的。我写第一部的时候,包括徐子汶猝死,猝死了之后带出来的一系列的事情,我觉得那是一个终点,他的死亡是一个终点,之后就有无数的事情,无数的新生的东西出来了。包括于新的死也是这样,于新的死是悲剧性的,和徐子汶的死又不一样,于新的死我是想展现什么呢?我看了很多关于某某企业的创始人,三十几岁突然就自杀了,或者突然怎么样,这样的例子很多。但其实这种创业的人,当他的生命当中承受了太多东西,太多的压力责任和负担的时候,他就像一个气球一样爆开了。所以我写于新的死的时候,我也是希望我能够关注到这一点,然后看了这本书的人也能够关注到这一点,就是他们的光鲜亮丽的背后,付出的东西是什么?我一直在追问,包括书里好多的内容都是一直反复地追问:"是不是值得,是不是值得去付出我的一切,包括我的生命,去做这样的一件事情,去创立一个企业,去创立一个公司,这样的事情值不值得?"书里就在反复追问这件事。

闫敏:好的,谢谢您。我看到有网友评论说《糖婚》这部作品现实性比较强,很有代入感,但是后半部分的情节设置有些戏剧化,结局不够精彩,对于这样的评价您怎么看呢?

蒋离子:可能写到后半部分的时候,就像我刚才说的,虽然说已经由不得我去改变什么,但是我还是会想让他们稍微美好一点,就包括海莉,我也是想让海莉和明杭在一起,就非常想写他们已经结婚了,他们已经怎么样了,但是我只能用一个比较开放性的结尾去写,不是说想让每个人物都找到自己的幸福,最起码我想在最后的时候,他们都是朝着追寻幸福的那条路,他们在那条路上走着了。我是这么想的,还是有一些美好的东西。

闫敏:好的,谢谢老师。还有您早期的一本小说《走开,我有情流感》。

蒋离子:你也看了吗?连这本书都看了吗?

闫敏:是的。这篇小说,充满了青春的伤痛,因为主要是通过橙子的回忆展开的,所以好多人认为其中会有您自己的影子,请问您的写作和您的现实生活是有什么样的关系吗?

蒋离子:怎么说,其实我觉得橙子不是我一个人的影子,肯定是因为我当时也到北京去生活了一段时间,肯定里面有一些描写北京的,包括自己内心的一些感受,包括写北京的干燥的天气什么的,这样奇奇怪怪的东西肯定都有。当时我们有一群文学女青年,非常狂热的那种,当时青春文学这一块很多,大家都去北京追寻梦想。我觉得橙子身上有一些性格,有一些东西代表了那一群人,我们去追求所谓文学梦想也好,去追求美好的生活,去追求爱情也好,我们去追求这样东西的时候，可能我当时写这本书的时候，我还没有去考虑这种追寻值不值得。我只是在写这种追寻是一种必然，在那个年龄段，你会对这个世界有无数的好奇，你苦苦追求的文学的梦想到底是什么？你苦苦追求的那种爱情到底是什么？你会去想这个东西，而且大家也都知道爱情和文学又是能够非常融洽地混到一起的这样的一个东西。所以说才有了这样的一本书。其实我在书里面很少写自己，我可能会把我看到的、我身边发生的一些事情写出来，但是我自己的人生经历比较少。可能周宁静的职业什么的，是和我自己的人生经历有关系，因为我有一段时间是在商场企划部里面做过企划，做过活动策划，所以说我对商场的整个流程、整个运作比较了解。

写到这些的时候，我会把我自己的人生经历和阅历用上去，比如说我对哪个行业是比较了解的或者怎么样，但是我现在新书写的是民办教育行业，就写在线教育这一块，我对这一块内容是一点都不了解。我桌子边上还摆了好多书，买了一些这样的书。在线教育是我不了解的一个行业，我就把这类书翻开，反正这一类的书买了好几本，我就经常去看。但如果说我了解的行业，或者我了解的人生经历的这一块，那我肯定就不花这个时间了，肯定就是现成的拿来用了。

闫敏：好的，谢谢老师。

三、“现实的手法去记录过当代女性的生活”

魏晓杰：老师您好，我阅读了《老妈有喜》这部小说，它反映了女性在当下社会的一个生存问题，是一部现实主义题材的小说，也以女性视角写出了女性的个人独立价值，体现了一个人只有找到自己喜欢，并且愿意为之付出的事情时，才能够体现自己的价值。比如小说中的许梦心，她从一开始的精神空虚的阔太太变成一个精英干练的职场女强人，在网购行业找到了自己的热爱。还有另一个女性婉真，她在面对丈夫情感不忠的时候，选择强大自我，然后重新获得了美满的婚姻。这些都体现了女性依靠个人的力量，在社会更好地去生存。我想请问您，这是不是也体现了您对于当代女性的生存态度呢？

蒋离子:怎么说呢?我自己感觉我的书里面一个非常大的缺陷,就是我的男性角色都挺不完美的,挺不好的。我也是一直想改这个毛病,但其实包括《老妈有喜》里面,包括李临,包括婉真的丈夫,这几个人物,其实他后期也是有成长和转变的。但为什么我好像把所有的光亮都照到女性身上了,所有的闪光灯都在女性身上,好像男性给了他们很少的这种"亮",我好像很少把高光时刻留给他们,为什么呢?因为我身边女性朋友也很多,特别是我们一直说我们这个岁数,我们这代人感觉从小接受的教育和我们自己读的那些小说,告诉我们男人就是伟岸的,是吧?他可以保护我们,这种期盼的东西太多了,当你真的和一个异性建立关系,恋爱也好,走进婚姻也好,你真正和对方建立关系之后,你就会发现其实你所想象的那种伟岸也好,所想象的那种完美也好,是不存在的。有的女性在这个过程当中,她就会变成怨妇了。我举个例子,比如说你结婚之前都是怎么对我的,你现在变成这样了。没有和我谈恋爱之前,你追我的时候都对我很好,当我答应你了,你就变成这样了。有的女性她会朝这个方向走了,还有一部分女性她就会觉得你不够完美,你不够伟岸,我就自己变得完美,是吧!我感觉我想要的生活,你没有办法带给我,我就自己去创造。我觉得像婉真、像梦心都是这一类人,甚至梦心这个人物,我还把她拔高了一下。她是最后和丈夫一起承担整个家庭了,不仅仅是说我自己去追寻一些东西就可以了,她甚至把整个家庭都承担起来了。

我特别喜欢许梦心这个人物,我觉得她比她姐姐还要出彩,是一个特别有意思的人物。她真的是没读多少书,为什么我会说她没读多少书?如果说一个真正比较有文化有涵养,思想境界比较高的女性,她即便做全职太太,她的内心也是不空虚的。但是你发现没有,我写许梦心的时候,她的一天是很空虚的,因为她内心没有什么东西,她没思想,烫烫头发是一天,做做指甲又是一天,每天都活在这样的东西当中。所以说当命运给了她一个巨大的转折的时候,她想要的东西,她的丈夫给不了她的时候,她必须逼着自己去创造的时候,就突然把她的能量给激发出来了。身边就是有这样的女性,一部分变成了怨妇,有一部分变成了自己撸起袖子,去创造美好的生活。

魏晓杰:好的,谢谢老师。从《糖婚》中反映的 80 后闪婚、闪离的一系列情感问题,到《老妈有喜》中反映的二胎政策放开后带来的一系列家庭问题,就从这些可以看出,您的创作是紧跟时代潮流热点的,反映了当下的社会问题。但是如果说到社会问题,我们可以看更切实的一些社会新闻,或者是一些综艺节目,这种动态化的叙述可能要比小说更精彩。所以我想请问您,小说创作如何在这些现实题材中脱颖而出呢?

蒋离子:我有一次因为《糖婚》这个作品开过一个作品讨论会,在人民大学开的一个作品讨论会,当时有一个老师也问了与你一模一样的问题。既然我们也同样是写现实生活的,展现现实生活的,我们有各种各样的东西,甚至我们身边有好多比文学创作要精彩的东西,但是我觉得任何一种形式都不能完全去替代文字所表达出来的东西。比如说像我写到《糖婚》里面的婚姻当中遇到的一些争执也好,一些很细节很微妙的这种心理描写也好,我觉得这个东西在社会新闻上你也看不到,是吧?它所带来的感受也是不一样的,社会新闻我们并没有那么多的代入感,说你一定要怎么样去感受。而且像综艺节目,我觉得更多的是一种放松也好或者怎么样也好。你看我们大家今天下午都坐在这里讨论文学的东西,你们也是研究文学的,文学有非常独特的魅力。当我翻开这本书,或者当我点开网页,我打开手机,我看到那一行字的时候,我情不自禁地投入进去了,然后我还想往下看,这是对网络文学而言。对纯文学而言,我把这本书拿出来,发现一些非常微妙的心理描写,一些妙语连珠的语句,我觉得带来的享受和你的听觉上或者看综艺节目,包括刷抖音带来的东西是不一样的。

闫敏:老师,您好。您《糖婚》这部小说被誉为当代婚姻生活指南,小说中的心理描写也很细腻,表达很成熟。请问您在创作这部作品的时候,有没有受到过其他作家作品的影响?

蒋离子:我上大学的时候,看得最多的就是两个作者的书,一个是李碧华,《胭脂扣》的作者,然后还有严歌苓,我特别喜欢看她们两人的书。但是现在回忆起来我看了她们那么多的书,她们是女作家里面作品呈现在屏幕上,改编得也是非常多的。像李碧华,几乎她的每一部作品都拍成了电影,严歌苓也是。我喜欢看她们的书,我觉得她们对我创作的影响是有的,但是《糖婚》这本书并没有说我看了某某书或者是怎么样。《糖婚》这本书受到的最大影响可能源于我之前从事过几年的编剧,然后我把写剧本当中用到那种人物的转场、叙事角度的变化,包括一些很自然的衔接,运用到我的小说里面了。

戴婷婷:老师您好,我曾经在微博上看到您说在现在这个时代,每个作者都得到尊重,每一种文学形式都得到尊重。您觉得在当下这个时代对网络文学的支持体现在哪些方面?

蒋离子:我记得我当时出第一本书的时候,被邀请去参加一个类似于这种作家的会议,基本上都是传统作家和 80 后作家的一个座谈会,面对面特别尴尬的一个会。当时大家都年轻气盛,我们不是出了书,但有一些传统作家其实并没有这种实体书的作品的,然后他会觉得说你们年轻人就在网上写几个字,你们这本书虽然印出来了,有什么了不起的。他们会是那样子的,甚至有一个传统作家,他桌子一拍就走了,会也不开了。这是我 14 年前还是 13 年前遇到的事情了,但是当时这样的事情、这样的争论特别多,所以在那个阶段我内心是非常犹豫和犹疑的。因为 20 岁出头的女孩子,她还是属于那种不知道我是谁,我是干什么的,看到那么德高望重的人,他们都是不喜欢这个东西,他们觉得这个东西是糟粕,他们觉得你们是瞎写的,你们写东西都是什么?都是垃圾。当有一个德高望重的人,这样子说的时候,而且他还在会议上把桌子一拍就走的时候,我对自己内心是非常不确定的,我说我在干些什么,原来我写的都是垃圾,会有这样的念头,对自己的质疑,导致我后来会选择去传统杂志做编辑然后去接触一些传统作家,跟他们学习。我发现他们身上确实有可学习的东西,但是我内心我最热爱的还是我自己这种写法。所以读过《半城》的同学应该知道,其实这本书写得很别扭,就什么都不是,但是我写《糖婚》、写《老妈有喜》的时候,我整个写下来都是舒畅、流畅的那种感觉,我还是更适合这样的一条路。虽然说可能我的作品又和那种比如说玄幻小说、小甜文或者其他的小说又有差别,但网络文学正是因为有这种不一样的差异性,它允许各种文本的存在,所以它才会特别有意思。

我觉得近七八年你感受不到那种氛围了,就是一个非常德高望重的人,他拍桌子走人的那种事情了。感受到的是大家都好像很关心网络文学,包括各种评奖,是各种扶持,包括这种学习,加入各级的作协。我们当地的网络作协成立的时候我也参与了,然后我也在其中发现,你们现在看到的可能都是已经写出书来的作者,但是其实还有很多很年轻,比如说刚入行的作者,现在他们的整个的创作环境和氛围是非常好的,整个的文学评论体系慢慢地成熟,然后整个的环境也好,对他们的成长非常有利。所以他们现在的环境是比我们当时好太多了。当时别人一听说我们在网络上写小说,就有一些想法。而且我非常不喜欢一点,几年前我们也是开一个会,介绍那些传统作家都是某某老师,其实别人叫不叫我老师,我真的不在乎这个东西,你不想叫我老师,你说这是离子或者蒋离子就可以了,他非得说这是我们网络美女作家,把你摘出来的那种感觉。其实我觉得我们都是一样的,我们都是写书的,为什么非得给我在前面加各种各样的标签,或者是其他的?但是这样的事情我觉得这五六年来越来越少了。我们更多的是会被问到:“你们想得到什么样的支持、你们在创作当中遇到什么困难?”更多的是这样的一些东西,创造的机会也更多了。

魏晓杰:老师,您好。在微博上看到你发文说高度专注加适度自律才是安全感的主要来源,然后在现代社会中自立的生活确实能够引领美好的人生,但是对于大部分年轻人来说还是有些困难的,并且在信息爆炸的社会想保持高度专注也很难做到。我想请问您在平时工作中是如何保持高度专注和适度自律的呢?

蒋离子:你这句话现在挺让我有感而发的,因为当时我在微博上写这句话的时候,我还做不到,但是现在我做到了,我居然做到了,你知道吗?当时我就想说有一天如果我能做到这样就好了。但我今年以来我感觉我真的做到了,为什么?因为身体状况不好了之后,你就会发现以前的生活方式是不对的。我现在基本上每天早上差不多5点左右起来,然后稍微吃一点东西,如果觉得今天不是很累的话,我早上就运动一两个小时,最起码一个小时,运动一个小时之后吃早饭,然后就工作,尽量不熬夜,基本没有熬过夜。如果说有一天就自己感觉今天真的很累,想休息一下或者怎么样,我就会选择比如说礼拜六礼拜天,我爱人他也休息的时候,我可以稍微晚一点起来,也尽量别影响他的休息或者怎么样,可能也会是这样。然后我因为身体不好,很多东西都不能吃了。以前我特别爱吃重口味的东西,麻辣香锅、火锅、烧烤、可乐。维他柠檬水,你们喝不喝?其实维他柠檬水里面糖分很高,我在这里码字,这个时候我就不自觉地拿起来喝,一瓶一瓶,我可以喝一排,就一排的话好像有5瓶还是6瓶,那一排喝下去其实热量是爆炸了。但现在我不喝这些东西,我觉得其实也还好,就是一个习惯的过程,现在这样生活负担很轻,我状态各方面都挺不错的。当然你们这个年纪像这样生活不大可能,因为你们还是要吃要喝,是吧?像肥宅水,还是会想吃烧烤、火锅什么的,因为这毕竟也是人生当中非常美好的东西。

魏晓杰:从一些资料中也得知,您从很小的时候就受到了文学的启蒙,9岁就读完了《西游记》,小学没毕业就读完了四大名著、《金庸全集》等许多书籍,了解到您有深厚的阅读基础,您认为到目前为止对您影响最大的一本书是什么呢?

蒋离子:到目前为止对我影响最大的一本书,其实不是这些名著,是当时在榕树下有一个作者,他叫陆幼青,他写过一本书叫《生命的留言》,那个时候还是BBS时代,他在上面写东西。当时他生命要走到尽头了,他就写了这么一本书,里面很多都是关于对人生的思考、对生命的思考,包括留给他老婆孩子的一些只言片语。因为那本书是先在论坛上发的,BBS上发,发了之后再变成书。我当时读高中,我是在一个书摊上买的那本书,但我其实还没有接触过网络文学。就是因为看了他那本书之后,我知道原来可以在网络上写出来,发这样的文字,还能变成一本书。那个时候我觉得这本书带给我最大的影响不仅仅是它关于生命的思考,更多的是这种形式。快走到生命尽头的一个人,他在网络上把自己的只言片语全部都记录下来,记录下来之后被印成了书,这样的一种形式,我觉得对我的影响也是非常大。

魏晓杰:好的,谢谢老师。您刚刚提到您的每一部作品都是对自己每个阶段的治愈,然后我觉得您的每一部作品也可以看作对于您不同的阶段的一个总结。我想请问您对于以后的创作有什么规划吗?

蒋离子:因为我接下来《人间慢步》写完之后,我的新书也是《糖婚》系列的第三部,我想写重组家庭,因为现在重组家庭太多了。重组家庭会遇到各种各样的问题，像小孩的问题、前任的问题，这个和谈恋爱的前任又不一样了，因为已经过去的那段婚姻，就是离掉的那段婚姻，如果说两个人有孩子的话，其实是一辈子都分不开的，为了孩子你们总得联系，就是这样的一群人。因为我写《糖婚》第一部的时候，我只是写他们的离婚，我并没有写重组家庭这样的故事。身边很多有经历的这样朋友都跟我讲，说离婚了，要么我就一个人过，是吧？我为什么还要去结婚，这也是一个想法；还有的就是说我就随随便便找一个人，就是搭伙过日子了，什么爱不爱的都无所谓了，也有这样的想法；还有一部分人她仍然想要爱情的，是吧？虽然说上一段婚姻失败了，可就是因为上一段婚姻失败了，所以说我这一次才应该去找到真正适合我的人，是吧？我还有权利去追求我的爱情，是吧？也有这样的人，所以每个走出婚姻的人，走出围城的人，她的想法和她接下来的一些东西都是不一样的，我想写这样一群人他们之间的碰撞，是这样的故事。明年的想法，明年的创作计划。

魏晓杰：好的，谢谢老师。我们的问题就到此结束了。

许青青：老师您好，因为最近我正好在写关于网络现实题材小说创作的一些论文，我想请问一下老师，您怎么看待近几年的热门网络现实题材小说创作这个现象？

蒋离子：因为当时我写《婚迷不醒》的时候，它就是一部现实题材小说，但是那个时候在网络文学这一块，没有提出来这样的一个概念。有时候我会处于一种很尴尬的局面，比如说一起出去活动或开会，别人站起来说我是写什么类型的，我不知道自己是什么类型的，后面提出大力倡导现实题材创作，我才知道原来说我这个东西是这个类别的。我一直的感觉就是说任何一个作者他就写自己擅长的题材就好了，不要说看玄幻小说卖得好，或者是这种竞技类的小说卖得好，或者是各种二次元的小说卖得好，我就去写那些东西，但这种东西如果根本不擅长，你写起来一个是你自己在创作的过程当中很痛苦，另外一个是读者读你的这样东西的时候，其实也很痛苦。现实题材我看过很多，比如说有些人的稿子也会发给我看，“你看我写的这个，这一次我决定写现实题材了”。但我一看那个不还是“小甜文”吗？是吧？那个女主还是玛丽苏，现实生活当中不可能有这样的人，现实生活当中不可能有一个女孩走到哪儿人人都喜欢,她不可能存在的,如果说写这种就不是现实了,还是要找到适合自己的。当然说得主旋律一点就是我们美好的生活,它是值得我们去记录的,确实也是这样子的。对我自己来讲,我希望尽可能地去呈现一些无限接近于真实的东西,可能我的东西并不能完全体现当代女性的一些生活、一些特质,但是我以小见大,我希望记录下来她们在这个时代遇到的一些困境,她们是如何解决这些问题,是吧?她们怎么说?如果说我的作品真的有意义,我希望它的意义是在这里。她们遇到困境的时候,是如何走出困境的,是怎么样处理和解决的。可能很多年、几十年之后,有人想起来说,当时的那些女性,她们是怎么生活的?她们的婚姻爱情状态是怎么样的?除了冷冰冰的数据和调查报告之外,还有一些文学作品是写她们的,翻到我这本书,一看,原来这个作者她也曾记录过,用以无限接近真实的笔触,用现实的手法去记录过当代女性的这么一点点的生活,这个可能是我追求的意义。

周志雄:好的,蒋老师我来问一个问题。您的小说在网上连载,也出实体书,有没有拍影视剧?这个资料我还没有去细查,您的作品影视化的状况。

蒋离子:是这样子,现在的话就是说我有4部作品,项目都在运作当中,因为这个,怎么说呢?这是作为作者来说没有办法控制的东西,前段时间我还跟我的编辑在聊,我说一本书,可能在影视化之后,会让书也好,作者也好,更加出圈,它可能会带来更多的连锁反应,比如说整个作品的知名度也好,包括作者也好,但其实最终的开发,并不是作者可以决定的,作者自己也控制不了这个东西。就像我什么时候想要推一下进度,但这本身是一件很被动的东西,只能说让他们慢慢操作吧,我能做的只是不断地出新的作品,是吧?只能是这样了。

周志雄:对,我听你讲的就是那几部,影视版权已经卖出去了,然后影视公司在运作。那么在您的写作收入里面,应该网络收入是一块,还有实体书是一块,再就影视版权是一块。那么在你的收入构成里面,应该是哪一部分会多一些,整体是一个什么情况?

蒋离子:整体的话,影视版权这一块是占大头的。

周志雄:实体书和网上的收益是怎么样的?

蒋离子：相比影视版权来说，我觉得，怎么说，因为你知道现实题材，其实在网上的点击你根本拼不过别人，因为可以选择的太多了。她为什么就是说要看这个，如果我是上了一天班很累的人，我喜欢看一些轻松的东西，就不大愿意去看和现实生活当中差不多的故事，因为我就是这样的，我为什么要看这样的，挺累的了，但是也有一批读者就特别爱看这种的。但我是觉得现实题材是一个小众的阅读的题材，所以说整个收益还有其他东西都没有办法与其他类型的小说比。现在对我来说最大的一块收益就是来自于影视版权这一块。

周志雄：您这么一说，我也就理解了，其实您写的书，包括您送给我的这几本，《老妈有喜》有三卷本要长一些，然后像《半城》《糖婚》都是单行本，网上可能要长一些，实体书是非常精炼的，这里面其实就有一个写法的问题，我听了您今天讲的还有读您的书的感受，你是一个对写作非常严谨的人，就是说你要去表现这个时代，你要去记录这个时代，去写这个时代，而且忠于自己的这种感受去写。因为在网上写作，还有另外一面就是说你必须去面对读者，你写的时候，你会不得不考虑读者的阅读趣味，然后你写的这个故事如果不好看，有的人就不读，或者粉丝就会流失，就会遇到这样的问题。实际上我想问的问题是什么？就是说你是怎么去考虑这样的一个写法的问题，我既要把我所观察到的现象的这种真实的内心感受，这种深度的东西写出来，同时我又要考虑到在网上写作的特殊性，要为读者写作，要写得轻松好看。这中间写法上怎么写的问题，怎么写小说，在艺术处理上，你有些什么经验？是怎么处理的？

蒋离子：我是觉得可能网络小说这一块，读者更注重的是即时的感受，就是当下我就要感受到他的痛快。像我从小到大就看过很多书，一般传统文学小说。在读完的那一刻，是你感触最大的时刻，你在读书的全过程当中，你所有累积下来的东西到结局的时候，盖上这本书的时候，那一刻你得到了最大的满足。但网络小说最好是 1000 字就有一个点，2000 字就有一个点，比如说 1 万字有一个点，就是让读者感受到及时的满足的这样的一个东西。其实我不是很追求这样的一个东西，原因就是我很害怕被读者牵着鼻子走。这是我很害怕的一个东西，那样我就会处于被动的状态了，之后我真正想写的东西反而写不出来了，因为作为我来说，从一开始我的选题，到后面搭建整个框架，其实我已经有自己的想法和思路了,只要我知道自己的想法和思路,我这个作品我的完成度会很高。但如果中间就是说,我考虑过多的读者的东西,可能我会偏了之后,我整个就扭不过来了。当然也有读者,我的那些读者他们也会给我一些反馈,比如说你这里怎么样,那里怎么样,但我觉得在不影响我整个大框架的前提之下的东西,我可能也会接受一些,但如果说他的建议和意见让我觉得我被他牵着鼻子走了,我就不是很愿意了,因为不想把自己处于那种被动的状态之下。就是好不容易对我来说,你看我从 08 年到 18 年,我都没有什么拿得出手的作品的时候,当我终于有自己作品的时候,我又已经是这个年纪,可能我的那种创作的原则也好,我的一些想法也好,可能我还会相对比年轻的时候更偏执一些,因为年轻的时候你不知道自己写出来的是什么,你二十几岁的时候你不知道自己写出来最终是一个什么样的东西,但是我现在知道最终会是这样一个东西,可能读者在阅读时他不像读别的网络小说一样,就马上一个一个点,就让他带着爽感读下去,但是如果说他把这本书读完,他能够找到让他感到满足和享受的点,这是我追求的一个东西,可能现在也有很多作者也会像我这样一个想法,我觉得作者应该是除了怎么更为读者考虑,这肯定是有必要的,但是你创作的整个框架和整体,你的走向是不能被影响的。

周志雄:好,实际上就是我在读《老妈有喜》的过程当中,我还是感受到了这种很强烈的网文风格。比如说这个人物的成长,在慢慢地进步,然后小说里面它也有那种很欢脱和喜悦的氛围和感觉,当然这个东西它也是和人物的一些痛感联系到一起。在读小说的时候,当时我记得读的过程当中,我还是很能够被你小说的情节故事所吸引,然后你写的人物命运相互之间这种关系,也能紧紧地抓住我。我觉得这也是一部很有网感的小说,我就想问问你,其实你在写的时候,你刚才没有讲,在写的时候还是考虑网络写法的吗?

蒋离子:对,因为如果说我想把它写得每一章节都有爽点,我的情节必须非常地狗血,现实生活只能是这样,是吧?我必须非常地狗血,非常抓人眼球,里面写的内容才能够带来那种极致的,也就是说大起大落的感觉。但《老妈有喜》相对来说,在情节上是克制的,可能我在情节上克制,但是我把人物的情感比较细腻地呈现出来了。我有时候写一写,我自己代入感也非常强,就像在

《老妈有喜》里面,每个人都在做选择,就又会出现新的选择。

周志雄:您刚才讲的每个人物都在做选择,这其实是现在我觉得网络小说里面非常可贵的一个东西。他不是说这个人一定要这样,也不一定说一定要那样,他既不是一个正面人物,也不是一个反面人物,而是说他处在一种多层的关系当中,多种不同的因素作用之下,然后他做出这种选择,小说写出了这种对人物的影响。我觉得这其实是网络小说作家对生活把握的一个很重要的观察力。网络的这种写作跟传统小说真的很不一样。以前的一些婚恋小说和现在有些作家的婚恋小说,有的人物会很无力。你读苏青的《结婚十年》,她也是写婚恋的,但是她那个东西真的是很无力,结婚了,然后离婚了。这个人物离婚了之后,就是一些支离破碎的一些生活,但是在您的小说里面,这种很复杂的就是好几组关系当中,最后这个人物转到最后他都能找到一条适合自己的路,或者是起码像您刚才说的就是沿着幸福的方向去努力,我觉得这是很重要的。它既有这种时代感,同时它又是你对现实生活的一种写照,它又具有这种很好的网感,读者读起来还是能够沉浸到其中去的,这样一种写作,我觉得这其实应该是值得肯定的一个东西,不知道你怎么想?

蒋离子:我突然觉得很开心,我当时写《老妈有喜》的时候,因为我自己没生过小孩,所以我真的不知道生小孩是个什么样的体验,何况女主角她还有两个小孩,我不知道应该怎么办了。然后我就去问了很多已经当妈妈的这些朋友,问她们的感受,包括已经生二胎的,她们的生活整个状态呈现给我的是,她们没有一天是平静的。像我们经常看到的那种海报和画面,包括现在有一些视频,出来温馨的一家四口,那种感觉画面很美,但是那种画面在她们生活当中出现的概率是很低的。但是偏偏在现实生活当中能够维持着我们继续走下去的,正是这种偶然出现的很短暂的幸福和温馨的感觉,所以我在书里面就写她们会做选择,她们生活会很乱,会经常不平静,但她们总有那种温馨的时刻。家里人也好,或者是夫妻也好,包括兄弟姐妹之间也好,她们经历了很多的混乱时候,但是过了一会就会出现这种温馨的片段。让她们觉得我在遇到难处的时候,身边还有一个人在支持着我,我可能比较想展现这样的一个东西,"幸福"这个词在我们婚姻和家庭生活里面,其实它只是一个片段,一个很短暂的东西,但偏偏就是这样的东西,在支持着我们去维系我们的婚姻,去维系我们的家庭,支持着我们继续往下走。

周志雄:还有一个东西,刚才我们有位同学她问到这个现实主义的问题,你刚才说得很好玩,说现在来谈论现实主义的时候,才发现自己写的原来是属于这一类的作品。实际上就是我们现在国家提倡的主旋律的现实主义。网络作家去写这些,就会有局限性,因为本身网络文学就会有深度不够的问题,就会有比较按照读者趣味去走的问题。你现在要求网络作家去写这种主旋律的重大题材,他怎么去写出深度?这里面是有矛盾的。这个问题其实就是说我们看到在一些很宏大的题材里面,像大国重工,像大国航空。像这样的一些大题材,最后他们必须要采用这种网文的方式,这个人他穿越到20年前,30年、40年前,怎么样用一个很轻松的故事去把改革开放的40年成就呈现出来?但是您的小说不是这样的,你这个是不需要的,因为你本来就是在写青春,在写婚恋,在写情感,你一直是在这个领域,这个其实是另外一个话题,就是我们有很多作家在写的时候,他就是要找到一个自己的写作,像开矿一样找到一个自己擅长的领域,其实这就是你的开矿,这就是你的矿山,你就是在写这个东西的。

我觉得您找到了矿山,就是对当代人的这种情感和婚恋,就是在这个领域你思考得比较多,你也非常擅长观察,也去做一些功课,对一些新的东西也很擅长去学习和接受。所以我觉得如果讲现实主义,您的小说在这一点,我觉得非常好,有很可贵的一些地方。你实际上有非常强的这种时代感,同时又是很用心地去捕捉人物的内心世界,其实是自我很投入地去写这些东西,您有一些自我经验,更多的和这个时代所写的同类人物的交流和调查,然后很用心地去写。所以我觉得你这样的写作,用你刚才总结的一句话,它是一个小众文的写法,它不可能有一个很大的读者群。但是你的这部小说里面也有爽的成分,如果不爽这就不是网络文学,更有内涵一些,同时也更留得住。我想这也是为什么你这10年没有写,近几年来这几部作品能够获得这么多的荣誉、推广和评奖。你正好是处在这样一个时代的风口上,离子一直是在关注现实的,现在国家提倡网络直接关注现实,然后你抓的这些现象也很好。《老妈有喜》你一看这个题目,现在二胎政策一放开,在这样一个情况下,这种阶层的人该怎么办?然后这个小说里面你就很好地把你擅长的东西和我们这个时代国家的风向融合得非常好,是一种文学和形势的融合,我觉得这个方面是非常好的。

蒋离子:谢谢志雄老师。因为我写不了那种非常宏大的东西,我只能是写时代背景下的一些普通的人物,她们没有这种金手指,她们也没有人物光环,几乎每一个女性,她在困境里面的时候,必须自己很用力,她才能走出来,也没有开挂的东西。所以这就是我们普通女性的生活。像刚才您说的改革开放之后怎么样,我觉得从我的作品里面,可以写到我们女性其实已经很独立了。独立之后我已经开始思考,我们女性也可不可以不那么独立,我已经在思考这个问题了,就可见我们的生活是发生了翻天覆地的变化。你想,比如说像我奶奶那辈人,她们绝对想不到现在的女人可以这么生活。这也是改革开放的一个很小的缩影,但是我觉得这是能够在我的作品里面找到的一个东西,不是说非要写非常宏大的叙事,才能够反映我们的改革开放以来的一些变化,反而从一些小人物的身上也能够反映这一点,我一直写离婚之类的。你说很多年前有,几十年前,20 年前,如果说谁离婚了,真的是非常不光彩的一件事情。但现在,你听说谁离婚了,比如说我们哪个朋友跟我们说离婚了,我们都会祝贺他。因为我们认为作为一个成年人,他已经想清楚了他为什么要走出婚姻,是吧?作为他来说是一种全新的生活的开始,是一件值得祝贺的事情,不会觉得他跟我们有什么不一样或者是怎么样,丝毫没有这样的想法,这也是改革开放带来的巨变。就像文化,我们的新文化,传统文化和新文化,它的冲击,包括我们现在观念的改变,这样的一些东西。

周志雄:你的作品里面还有一些很好的东西,比如说刚才有个同学问到你最喜欢的一本小说,你竟然讲到陆幼青的《生命的留言》,陆幼青当时在榕树下连载那本日记,榕树下还给了他一等奖还是一个特等奖,就是奖金 10 万元,他自己不能去领,还是他的家人去领的奖。我从您的作品叙述当中感受到的是你对生命本身的理解和尊重,这可能是跟你自身的人生经历相关。你会特别重视这个人物的内心感受,然后去追问一些问题,说我这样做是不是值得?这样做是不是可以?我该怎么办?在这种情况下我的内心是什么样子的?我觉得这也是很重要的,女性小说在这些方面高于男性小说的地方,就是它会很细腻,能够对人物内心的逻辑进行细腻的描绘,然后你会感觉到这才是生活,这才是文学。像王安忆讲过,什么叫小说?小说就是往小处说,我觉得这些东西是非常好的。

蒋离子:谢谢周老师。

周志雄:还有一个地方是,有个同学问到,您说冇城,你说虚虚实实,您说这是你有点偷懒的行为,不是写一个具体的城市。这个绝对不是偷懒,这个恰恰是一个有作为的、很好的设计。你看鲁迅写小说叫未庄,未庄是哪个村庄?它为什么叫未庄呢?这个未庄就是天下的村庄,他通过一个村庄,其实写出的是所有的村庄,所有的农民,他要写出他国民的精神层面的这种东西。你这个"冇城",其实它更大的意义,在某种程度上,它反映的不是你偷懒,反映的是你写作很高的一个雄心,就是你要通过这样一个冇城,写出中国的这个城市或者那个城市,其实它代表的就是中国当下的所有的城市。在一个历史化的进程当中,这里面生活的男男女女们,他们就是这样的生活,他们就是有这样的种种烦恼,种种问题,他们是怎么去处理的?这个不是偷懒。

蒋离子:对,因为"冇"这个字,是没有的意思。我想说没有的话就是到处都有,既然这个东西没有,它就可以到处都有。真的,我觉得你刚才就把我内心的那种很真实的想法给说出来,因为如果我自己说的话,我就感觉我好像有一点……

周志雄:所以你比较谦虚。

蒋离子:没有没有。因为我《糖婚》的三部曲都是发生在这一个城市里面,都发生在冇城里面,它是中国的那种发展中的城市,它不是最发达的地方,因为只有在发展中城市,只有城市不断在发展,生活在这座城市里的人,他才会不断去改变,他才会有各种各样的选择。包括我新书里面的女主角,她到这座城市创业十几年,突然这一切都失去了意义的时候,她面临新的选择的时候,这个城市包括她所从事的行业都发生了巨大的变化。这只有在城市变迁的过程当中,一个大的城市变迁,整个时代的发展,当这些力量达到一个小人物身上的时候,她的命运会发生什么改变?她对自己接下来的人生又有什么样的思考？我可能写得比较多的是这样的东西。

周志雄：还有一个地方，就是有个同学问您《半城》的叙述视角，有一个多视角的转换，我不知道你是不是有意识地去看过这种多视角的小说，像帕姆克有一部小说，就是这种多视角的转化，像莫言的《檀香刑》，这些小说不止一个叙述人，是这个人来叙述，然后跳到下一步是下一个人再叙述，然后再跳到下一步下一个人再叙述。他们讲的其实可能都是同一件事情，但是因为不同的人在讲这样的一个事，所以呈现出不同的效果，这其实就是说你讲现实、写现实，这才是深度写实的一种写法。

蒋离子：我当时写《半城》的时候，因为我已经开始写剧本了，可能我的脑子里面画面感的东西比较多，我会想这是一个电影，像《老妈有喜》和《糖婚》，我会想象成一部电视剧。《半城》我会把它转换成电影的感觉，就是那种镜头的老化什么，我也会觉得这样转会比较好看，可能当时下意识的想法是这样。

周志雄：还有一个是故事的结局，刚才我们有同学也问到您，好像没有那种大团圆的结局，不是这种团圆式的。你讲到在爱情里面，不光是甜蜜的，有伤人的，有带刺的，让你不舒服的这些东西，这个也恰恰是现实主义所要求的，就是要求你要写出生活的真相，要写出生活的残酷的一面。如果仅仅是讲光明面，那是童话故事，那是讲给小孩子听的。只有把生活的残酷的一面你也揭示出来。同时网络小说又不像批判现实主义，揭示生活的残酷的一面，残酷到什么程度，就直接把人搞到绝望的地步，像骆驼祥子，最后残酷到这个人就毁掉了。方方写了一个涂自强的个人悲伤，也是写到这个大学生毕业之后怎么办？找不到工作，然后家庭压力，种种情况下最后年轻大学生就压垮了，最后怎么办？最后就只能去死掉。这是一种现实，但是这是一种普遍的现实吗？而且这种现实是一种积极的更有普遍性的、符合我们这个时代趋向的、让我们直面现实的一种写法吗？有的时候我觉得网络小说或者像您的作品里面，我觉得在这个方面的考虑其实是很得当的。既写出这里面的甜的东西，同时我要写出这里面伤人的、残酷的东西，但是核心的东西就是这个人物是有成长的，是有变化的。我们是要去积极应对的，最后虽然没有大光明的结局，但是这个人物是努力向好的、幸福的那个方向走的。这样一种东西，我觉得其实是非常好的,它既有深度,同时在价值导向上,能给人积极和温暖的力量。

我也感觉到现在的网络小说,像你写的这样的一些作品,它的现实意义和现实价值,这些方面我在读的时候我觉得是挺好的,我看到您的作品在这些方面,无论推广也好,评奖也好,您的作品能够被大家都接受和认可。还有你说的写作是一种治愈。抑郁症,这仿佛是一个只有天才的人物才能得的,是这种身体才可能出现的状况。

蒋离子:我真的是头一次在那么多陌生人面前讲起这个事情来,因为我和同学们都还不认识,志雄老师我们是认识的。今天之前,我一直在想,包括我上线之前,我还在想我到底要不要讲这个事情,因为我觉得因为今天都是同学,我觉得我讲一下这个事情可能会对他们有一些新的启发或者怎么样,其实真的没有必要把这个事情看得好像很严重,我得了这个或者是怎么样。对我来说,我已经把它当成生活的一部分之后,我很坦然。因为如果说当我处于生活当中的低潮期的时候,我真的是感觉我这几天不对劲了,我也能够接受自己,因为情绪总是有好有坏,当我能意识到这一点的时候,其实这些都不成问题,我今天主要说这个事情,就是想说我的创作其实就是从这个病开始的,就是从抑郁症开始的。

周志雄:在文学创作界,像这种抑郁的,还有更严重的,你这根本还算是轻的,那种精神癫狂的这种天才有很多了,这是一个很正常的一个情况。那么,我觉得我们这样的一个交流,包括我们同学的发问,其实更多的是倾听,我也要求同学们今天来参加这个活动,这都是我们的研究生,人不多,但是他们都精华,都是您的粉丝读者。我们首先是不做评判,倾听您的讲述,在倾听之前,他们都阅读了您的作品,然后针对您的作品提出这些问题。通过这样一个交流,我觉得也是很重要的。我们现在的网络作家很多,作品也很多。相应的评论工作,也是中国作协一开会就不断讲的事情。就在前两天杭州开一个全国网络文学理论会议,这也是个小范围的,这次人不是很多。还是在讲我们评论怎么样去跟上创作了,评论永远是滞后于创作的,会议提出了一些很高的要求,评论要怎么去引领创作和指导创作。这个要求很高,我认为我们现在能做的工作就是说首先要去读这些作家的作品,去理解他为什么这么写的这样一个逻辑。作家在作品的创作过程中，它包含着哪些有效的、很好的一些创作经验，我们怎么样去把它总结出来？这是需要时间的，也是对研究者的一个很高的要求。像您的作品读起来，文字量还不是特别大，像三少和血红这样的作家，你要去研究他的话，阅读量真的是一个挑战，5000万字是个什么概念？一天读30万字要读大半年，而且仅仅是读第一遍，研究者起码都要读三遍以上。

那么通过今天这样一个交流，不知道同学们是什么样的感受，我觉得收获还是非常大的，我们今天访谈的东西，就是这样的一个交流，最后会整理成一个文字出来，看看是不是找一个刊物发一下，最后我们要编书和出书。此外，您的作品同学们已经初步了解并且写了篇文章，评论文章当时写的这个理解不是说不正确，而是说我们对一个作家的理解还需要不断去用力，才能够更深地理解它。像老一辈的一些作家，有一个很有名的现代文学的研究学者叫范伯群，他和江苏的作家陆文夫是好朋友，他和陆文夫采用这种通讯的方式进行交流。有很多做批评的人，做研究的人，他和作家进行通讯，他和陆文夫本来也经常见面，但是他用书信的方式有什么好处呢？用书信的方式就是能把对他作品的这些理解，用文字的方式更深入地进行探讨和交流，进行了多次通信之后，他写了论陆文夫的小说，然后过了一段时间，过了一两年又写了一篇，然后再过了几天又问，到第三次写的时候，他就三论陆文夫。他和陆文夫的书信有很多封，所以我觉得我们今天这样一种交流的方式，也是同学们来了解作家，了解网络文学的一个非常重要的方式，这也是我们做网络文学研究的一个基本的功课，就是你要去和作家交流，你才能更深入地理解他，这也是一个基本的工作。就是做资料，作家会怎么想？你今天的讲述就是第一手的资料，我们把它整理出来。等以后蒋老师成为更大的、更著名的作家的时候，你看我们当年对蒋老师的访谈，这个就成为很多人的参考，假如以后会有越来越多的人来研究你的小说的时候，这就会是一个参考。有人会认为，这是她当年跟安徽大学的这些老师同学们的一个交流，她当时是怎么想的，她是怎么理解这些东西的，经过多少年之后，现在又有一些新的变化，有一些新的理解。

蒋离子：我是去年年初的时候去人民大学杨庆祥老师一个课堂，因为我之前没有正儿八经地开过我一个人的作品的讨论会，当时去之前，他们老师就跟我讲:“我们可能会提一些比较激烈的批评的东西,你能不能承受?”我说我是很愿意去倾听别人对我的一些肯定的也好,一些不肯定或者批评建议也好,我非常愿意倾听。刚才同学们对我的提问也好,包括志雄老师您讲的一些话,包括您上次给我发的同学们写的评论文章,其实我都一字一句地读了,我觉得这样的反馈和读者的反馈对我来说价值是一样的,就是我很愿意去接纳这样的东西。因为我不可能就停留在这样的创作层面上,我个人觉得我还是有很大的成长空间的,我可以写得更好,所以我很愿意去倾听。今天我真的挺开心的,就特别开心。

周志雄:你肯定会写得更好的。你这个心态是一个开放的,对未来是有期待的,本身有这么好的写作基础,现在也获得了这么高的认可。你还这么年轻,我们说作家的黄金创作期,写出这种传世之作的人,很多人都是四五十岁这个年龄写出来的。所以就是说我们对你的未来的创作也充满期待。

蒋离子:谢谢,谢谢大家。

周志雄:今天这个活动我们现在已开了两个多小时,整理出来可能就有两三万字。这个东西我们整理出来再发给你看看,还有同学们通过今天这个活动,特别是几位写了论文的同学,对您的作品的理解,我觉得应该会要更深一些,下去再完善下相应的论文,我们今天这个活动就到这里。

蒋离子:好,到时候麻烦哪个同学整理一下你们的通讯录,就是地址,就是我给你们寄书。给你们每个人寄一本书,寄《老妈有喜》好了。

周志雄:好好,我代表同学们,谢谢你,蒋老师的签名书。

蒋离子:谢谢老师,也谢谢各位同学。

周志雄:谢谢你,也谢谢各位同学,今天我们这个活动就到此结束,谢谢大家,再见!